W0317376

Gemma O'Connor
Die Frau auf dem Wasser

Gemma O'Connor

Die Frau auf dem Wasser

Roman

Aus dem Englischen
von Inge Leipold

Kabel

Die englische Originalausgabe erschien 2001
unter dem Titel »Walking on Water«
bei Bantam Press in London.

Von Gemma O'Connor liegen auf deutsch bereits vor:

»Fallende Schatten«
»Tödliche Lügen«
»Wer aber vergißt, was geschah«
»Zeit des Vergebens«

Die erste Zeile des Mottos ist ein Zitat von Horaz
(Oden, Buch IV, Gedicht 1, Vers 3);
der Eigenname Cynara kommt ausschließlich bei Horaz vor;
außer an dieser Stelle noch in: Oden, Buch IV,
Gedicht 13, Vers 22f.

ISBN 3-8225-0562-5
© Gemma O'Connor 2001
Copyright der deutschsprachigen Ausgabe:
© Kabel Verlag GmbH, München 2001
Gesetzt aus der Garamond
Satz: Verlagsservice G. Pfeifer/EDV-Fotosatz Huber, Germering
Druck und Bindung: Clausen & Bosse, Leck
Printed in Germany

In liebevoller Erinnerung
Kate O'Brien zugeeignet

Vorbemerkung der Autorin

Sämtliche Gestalten in dem Buch sind frei erfunden, ebenso die Handlung; jede Ähnlichkeit mit irgendwelchen – lebenden oder toten – Personen wäre reiner Zufall. Auch der Schauplatz des Geschehens ist meiner Phantasie entsprungen. Der Fluß Glár und sein Mündungsgebiet haben eher Ähnlichkeit mit einer bestimmten Bucht in Connemara als mit irgend etwas an der Küste von Cork. Und obwohl die Grafschaft sich eines Passage West und Waterford sich eines Passage East rühmen kann, sind jedoch Passage South wie auch Duncreagh, Trianach und Daingean fiktiv.

Die Ortsnamen sind meist gälischen Ursprungs: Daingean = Zitadelle; Glár = Treibsand, Schlick; Trianach = Nistgebiet der Seeschwalben. Daingean ist zudem das irische Wort für Dingle in Kerry, was eine (zumindest für mich) schöne Verbindung zu Recaldos Herkunft knüpft.

Ein anderer bin ich denn unter der huldreichen
Herrschaft Cynaras

Vergangene Nacht, oh, gestern nacht, senkte sich
zwischen ihre und meine Lippen
Dein Schatten, Cynara! Dein Odem streifte
meine Seele inmitten der Küsse und des Weins.
Und verzweifelt war ich, erschauderte ob einer
vergangenen Leidenschaft,
O ja, verzweifelt war ich und senkte mein Haupt:
Stets treu war ich dir, Cynara, auf meine Art

Ernest Dowson, 1867–1900

Prolog

»Bemerkt habe ich sie, als ich gestern abend mit dem Boot eingelaufen bin«, erklärte John Spain. »Allerdings habe ich dem nicht allzuviel Bedeutung beigemessen. Abends sehe ich sie oft, vor allem bei Ebbe, wenn sie da unten bei der verkrüppelten Eiche steht.«

Gelegentlich lehnte die amerikanische Dame lässig und elegant wie eine Tänzerin an diesem Baum, rauchte und blickte schweigend auf das Wasser; etwas an der Art, wie sie sich so zur Schau stellte – nicht nur das schöne Gesicht und der geschmeidige Körper, nein –, die Gesamterscheinung war Balsam für seine Augen: der entrückt-romantische Blick des Weitsichtigen; er nahm sie durch einen verklärenden Schleier wahr. Ihre extravagante Art, sich zu kleiden, verzauberte ihn zusätzlich. Lange, fließende, durchsichtige Gewänder in fahlen Farben, immer ungemustert: blau, grün, hin und wieder weiß.

»Oft hat sie sich ein Tuch um den Kopf gewickelt«, fügte er unvermittelt hinzu. »Wahrscheinlich zum Schutz vor der Feuchtigkeit ... vor der Brise vom Meer her.« Einen Augenblick lang hielt der alte Mann inne und rieb sich fahrig den Nacken. »Möglicherweise hat das Licht mich getäuscht, aber nie wäre ich auf die Idee gekommen ...« Dann verfiel er in eine Art Trancezustand; als er schließlich mit seiner Geschichte fortfuhr, klang seine Stimme, als wolle er sich selbst von dem überzeugen, was er gesehen hatte.

»Ich war ein bißchen früher draußen als sonst. Der Morgennebel war noch nicht ganz aufgeklart, als ich sie entdeckt habe. Es war, als wäre sie aus einem Gemälde getreten, aus einem Buch oder aus einem Film ...« Niedergeschlagen schüttelte er den Kopf. »Atemberaubend, wunderschön war sie in dem seltsamen, geheimnisvollen rosafarbenen Licht.« Beinahe haßerfüllt sah er den Polizisten an, als schäme er sich seiner poetischen Entgleisung. Recaldo schwieg unnachgiebig, wartete, daß er weiterredete.

»Ich habe den Motor gedrosselt und das Boot mit der Strömung treiben lasssen, während ich mir eine Pfeife angezündet und zurückgelehnt die Dämmerung genossen habe. Man erlebt nicht oft so einen Tag, also versucht man, das Beste daraus zu machen.« Er schloß die Augen und holte tief Luft. »Erst als ich um die Biegung getrieben bin« – mit ausgestrecktem Arm beschrieb er den Verlauf der Küstenlinie an der Stelle – »habe ich sie gesehen. Sie war in strahlendes Licht getaucht, stieg aus wirbelnden Nebelschwaden empor. Anfangs wollte ich meinen Augen nicht trauen, Gott vergebe mir, aber es war, als wandle sie auf dem Wasser.«

Dienstag

1

Wo der Glár sich weitet und bei dem unmittelbar an der Küste gelegenen Dorf Passage South ins Meer mündet, ist er fast einen Kilometer breit. Dort kräuselt das Wasser sich verspielt um eine Anhäufung schroffer Felsen, und dort läßt sich am besten fischen; wie eine Unmenge kleiner Fahnenstangen ragen die Markierungen der Hummerkörbe aus der See. Ihre zerfetzten Fähnchen tanzen flatternd auf dem Wasser, kleinen, von Windböen zerzausten Pferdeschwänzen gleich. Den jungen Seglern, die an den Wochenenden hierherkommen, dienen sie als eine Art Miniaturslalomstrecke, und wie wild gewordene Fledermäuse schlängeln die kleinen Laser sich zwischen ihnen durch.

Es war Mitte September. Nach etlichen Regentagen und nahezu jeder Spielart von Herbststürmen dämmerte ein heller, sonniger Dienstagmorgen mit herrlichem, wenn auch kühlem Wetter herauf, das wie durch ein Wunder mittags noch nicht umgeschlagen war. Oben auf der Klippe stand Sergeant Francis Xavier Recaldo – Amateurmusiker und gelegentlich Reiseschriftsteller –, der die gesamte Polizeieinheit von Passage South repräsentierte, und ließ seinen Blick übers Meer schweifen; sein starkes Fernglas hatte ein blau gestrichenes Fischerboot im Visier, das zwischen den Inseln auf der anderen Seite der Bucht Verstecken spielte.

Nach ein paar Minuten begann sein Funktelephon zu knistern. Er preßte den Hörer ans Ohr und lauschte. »Der versucht uns zum Narren zu halten«, antwortete er. »Aber jetzt müßte er eigentlich gleich in dein Blickfeld kommen ... jetzt. Siehst du ihn? Umrundet gerade Cormorant

Island. Hast du ihn? In Ordnung, bis nachher, wie abgemacht.« Er schob die Antenne wieder zusammen und hakte den Hörer an seinem Gürtel fest.

Recaldo – für seine Freunde Frank und FX für diejenigen, die sich für seine Freunde hielten – war über einen Meter neunzig groß und sah seinen romanischen Vorfahren ähnlich. Üppige blauschwarze Mähne, tiefblaue Augen mit schwarzen Wimpern, von schweren Lidern verschattet. Adlernase und ein sinnlicher Mund. Ein zurückhaltender Mensch, der eine seltsame Ruhe ausstrahlte. Außergewöhnlich förmlich und äußerst höflich; nur selten vergaß er seine guten Manieren. Oberflächliches Geplauder fiel ihm allerdings schwer, und er schloß nicht so ohne weiteres Freundschaften. Im großen und ganzen fanden Frauen ihn anziehend, Männer hingegen weniger, da er kein besonderes Interesse daran hatte, mit ihnen zu klüngeln. Taktgefühl und Diskretion waren bei einem Vertreter des Gesetzes auf dem Land von Vorteil, und über beides verfügte Recaldo. Gleichgültig, welche Informationen ihm zugetragen wurden, er behielt sie eisern für sich: ein guter Polizist, aufgeschlossen, doch nie von aufdringlicher Freundlichkeit.

Mittlerweile ging es auf Mittag zu. Seit der Morgendämmerung war er auf seinem Überwachungsposten und fühlte sich jetzt irgendwie ausgelaugt. Er zog sich an einem großen glatten Felsen hoch und streckte sein Gesicht der Sonne entgegen. Vor drei Jahren – damals war er achtunddreißig – hatte er nach einem anstrengendem Squashspiel einen Herzanfall gehabt. Streß und sechzig Zigaretten am Tag waren wohl mit daran schuld gewesen. Aber auch seine Gene hatten eine Rolle gespielt: Sein Vater war mit fünfundfünfzig an einem Herzinfarkt gestorben. Die Bypass-Operation war erfolgreich verlaufen – allerdings hatte die Erkrankung seiner vielversprechenden Karriere im Polizeihauptquartier von Dublin ein Ende gesetzt. Und seiner Ehe, obwohl die schon seit einiger Zeit zerrüttet gewesen war.

Ironischerweise war er, als er sich – entgegen seinen eigenen Erwartungen – allmählich erholte, zu dem Schluß gekommen, daß er sich nichts sehnlicher wünschte, als vom Fließband einer vorhersagbaren Laufbahn herunterzuspringen und seine Lebensweise von Grund auf zu ändern. Weil dieser Wunsch so stark gewesen war, hatte er seine frühzeitige Pensionierung beantragt und seine Frau nicht in diese Pläne eingeweiht. Für Sheila hatte dies – durchaus verständlich – das Faß zum Überlaufen gebracht. Ihre Scheidung war eine der ersten im Rahmen der neuen Gesetzgebung gewesen. Sie waren übereingekommen, sich zu trennen, noch ehe ihm klargeworden war, daß fünfzig Prozent von dem, was nach der Scheidung blieb, nicht einmal reichte, um sich ein Cottage zu kaufen, in das er sich als Pensionär zurückziehen könnte, ganz zu schweigen von dem Haus, das er in seinen Träumen auf dem Familiengrundstück in der Nähe von Dingle gebaut hatte. Das Ganze schien aussichtslos, bis ein Freund ihm den Tip für die Stelle in Passage South gab. Zwar lag das nicht in seinem geliebten Kerry, sondern in Cork, der angrenzenden Grafschaft, doch das war nahe genug.

Es bedurfte beträchtlicher Überredungskunst, seine Vorgesetzten dazu zu bringen, ihn dorthin zu versetzen – die Polizei stufte ihre Beamten nicht gerne herunter –, doch letztlich setzte er sich durch. Körperlich angeblich geheilt, jedoch mit völlig ramponiertem Gefühlsleben, traf er in Passage South ein. Seine gesamte weltliche Habe bestand aus einem frisch erstandenen Armeejeep, der bereits acht Jahre auf dem Buckel hatte, zwei Koffern voller Kleidungsstücke, einem Schrankkoffer mit Taschenbüchern, einem abscheulichen Kofferradio und einer umfangreichen CD-Sammlung.

Seine Söhne – beide im Teenager-Alter – weigerten sich, ihn in der »finsteren Provinz« zu besuchen, doch mit Sturheit schaffte er es, eine vernünftige Beziehung zu ihnen aufzubauen. Bei seinen Besuchen in Dublin richtete er sich nach ihnen; außerdem hatte er mit der Zeit gelernt, auf ihr

Alter und die entsprechenden Vorlieben Rücksicht zu nehmen. Daß er Musiker war, half ihm dabei. Zu seiner eigenen Belustigung entwickelte er ein echtes Interessse an der Musik, die gerade in war. Seltsamerweise trug seine Liebe zur Musik auch dazu bei, daß man ihn in Passage South akzeptierte – obwohl seine hartnäckigen Versuche, segeln zu lernen, vielleicht noch wichtiger waren.

Und genau danach sehnte Recaldo sich heute vormittag, er wollte in seinem kleinen Boot sein. Unruhig ging er zum Klippenrand und blickte auf die Szenerie unter ihm. Das in der Sonne glitzernde Meer mit den wie Juwelen darin verstreuten Inseln stellte eine ungeheure Versuchung dar. Einige kleine Boote flitzten durch die Bucht – die Fischer und Segler genossen den Tag, der möglicherweise der letzte schöne in diesem Jahr war; mitten unter ihnen entdeckte er seinen Freund John Spain in seinem robusten Holzboot. Der Alte tuckerte fast jeden Morgen die paar Meilen von seinem Cottage aus die Bucht hinunter und verbrachte dann drei oder vier besinnliche Stunden damit, zu fischen, Köder zu fangen oder seine fünf Hummerkörbe zu überprüfen.

Von seinem Aussichtpunkt konnte Recaldo gerade noch den goldfarbenen Sandstrand von Trabuí auf der gegenüberliegenden Seite der Bucht erkennen, wo er später mit Cressida Sweeney verabredet war, der er seit ein paar Monaten den Hof machte. Heimlich natürlich, und das hieß, verbunden mit all der Geheimniskrämerei und den Unannehmlichkeiten, die derlei mit sich brachte. Und Enttäuschung und Niedergeschlagenheit. Samstag und Sonntag hatte er bei seinen Söhnen in Dublin verbracht und sie daher seit vergangenem Freitag nicht mehr gesehen. Er hatte die Hoffnung, sie zu überreden, ihren widerwärtigen Ehemann zu verlassen. Und mit ihm zusammenzuleben. Wie stets weckte der Gedanke an sie maßlose Sehnsucht ihn ihm – er hatte entdeckt, was Liebe bedeuten kann, als er am wenigsten damit gerechnet hatte, und sie erfüllte ihn mit unbändiger Freude.

Trabuí lockte. Oder vielleicht war es der Gedanke an Cressie, der seine Vorstellungskraft beflügelte und ihn den Entschluß fassen ließ, den Nachmittag freizunehmen und über die Bucht zu segeln, um sich mit ihr zu treffen. Eine romantische Geste, um zu zeigen, daß das Glück es ausnahmsweise gut mit ihnen meinte. Am Tag zuvor hatte er einen einigermaßen akzeptablen Vertrag für seine erste Sammlung von Reisegeschichten unterschrieben. Er streckte die Arme aus und rief: »Ich danke dir, ich danke dir, Gott, oder wer auch immer seine Hand über mich hält.« Dann pfiff er seinem Hund.

Es dauerte etliche Minuten, bis Barker, ein Labradormischling, auf ihn zusauste und dabei wie wild bellte. Als sie am Hotel Atlantis vorbeikamen, rief der alte Gärtner ihnen einen Gruß zu. Recaldo winkte zurück, blieb jedoch aus Angst, aufgehalten zu werden, nicht stehen. Er war auf der Hut vor Finbarr Spillane, einem hingebungsvollen Klatschmaul.

Sein Zuhause war ein kleines, in neuerer Zeit hinten an die Terrasse einer der leerstehenden Ferienwohnungen angebautes Häuschen. Er nahm sich kaum Zeit, ein belegtes Brot hinunterzuschlingen, dann ging er ins Dorf hinunter, das in der Sonne friedlich vor sich hin dämmerte.

Passage South hatte den Vorzug einer atemberaubend schönen Lage. Die ursprüngliche, dichtgedrängte kleine Häuseransammlung war im Lauf der Jahre gewachsen und hatte sich im großen und ganzen ihren jahrhundertealten Zauber bewahrt. Das Dorf breitete sich von dem kleinen Hafen in der Ortsmitte fächerförmig einen sanft ansteigenden Hügel hinauf aus und war durch die Hauptstraße von Ost nach West zweigeteilt. Die Zahl der etwas mehr als tausend Bewohner des Dorfes und des zugehörigen Hinterlandes wuchs im Verlauf der Sommermonate gelegentlich auf das Dreifache an, doch ab Ende August glitt die kleine Ortschaft wieder in verschlafene Normalität ab. Das war die Zeit, in der die ortsansässigen Segler, zu denen jetzt auch Recaldo gehörte, zu ihrem Recht kamen, denn der September war manchmal der schönste Monat des ganzen Jahres.

Er ging weiter zu dem aus zwei Räumen bestehenden Polizeirevier, das sich in der Duncreagh Road, gleich neben der Hauptstraße und in der Nähe der Kirche, befand. Normalerweise verbrachte er dort so wenig Zeit wie möglich. Wie das Glück es wollte, warteten nur drei Leute auf ihn, und letztlich dauerte es nicht mehr als eine Stunde, bis er ihre Probleme geklärt hatte. Um Viertel vor zwei schaltete er endlich das offizielle Telephon auf den Anrufbeantworter um, steckte sein Funktelephon in die Tasche, stieg in seinen uralten Jeep und fuhr Richtung Bucht.

2

Recaldo hatte sein kleines offenes Dingi, die *Peig,* am Ostufer der Insel Trianach, etwa eine Meile flußaufwärts von der Einfahrt zur Bucht entfernt – mit dem Auto waren es allerdings fünf Meilen –, auf dem Trockenen verstaut. Man erreichte die Insel über einen Damm, der von der Straße nach Duncreagh abzweigte, einer geschäftigen, sieben, acht Meilen landeinwärts gelegenen Marktstadt. Trianach hatte die From eines Dreiecks; die längste Seite war dem Fluß zugewandt, an dem sich drei, vier ausgedehnte Grundstücke aneinanderreihten, sämtliche im Besitz von Nichtortsansässigen. Auf beiden Seiten der Bucht wohnten zahlreiche Neubürger, und es wurden immer mehr. Die Einheimischen nannten sie Hereingewehte.

Verlassen stand das Dingi auf einem Flecken Niemandsland zwischen den beiden größten, ungefähr dreißig Meter voneinander entfernten Häusern. Die aufwendigsten Besitze auf Trianach befanden sich auf der Südseite; von dort aus hatte man einen Blick über die Bucht. Der rechts von ihm gelegene war ein umgebautes ehemaliges Lagerhaus und gehörte Evangeline Walter, einer Amerikanerin. Zu seiner Linken stand ein abscheulicher Ferienbungalow im Stil einer Ranch, den ein deutsches Paar dort hatte bauen lassen und der elf Monate im Jahr leer stand.

Nach dem verregneten Wochenende befand die *Peig* sich in erbärmlichem Zustand. Die Persenning war heruntergerutscht, so daß sich fast zehn Zentimeter brackiges Wasser in dem Boot angesammelt hatten. Recaldo zog die Heckzapfen heraus und kippte die kleine Jolle um, damit sie abtropfen konnte; anschließend zerrte er den Bootsanhänger über den Kies ins Meer.

Auf beiden Seiten des Flusses waren etwa ein Dutzend Jachten unterschiedlicher Form und Größe vertäut. Die protzigste, eine etwa zehn Meter lange Ketsch, gehörte Cressidas Mann V. J. Sweeney, einst ein erfolgreicher Geschäftsmann, jetzt jedoch so etwas wie ein Säufer. Unter den anderen waren mindestens vier oder fünf, die offenbar das ganze Jahr nicht benutzt wurden. Die übrigen gehörten größtenteils Ortsansässigen. Eine davon, die *Cynara*, eine gepflegte, acht Meter lange Schaluppe, war im Besitz von Mrs. Walters und nicht weit von der Stelle entfernt vertäut, wo ihr Garten zum Meer hin abfiel.

Es war schon fast drei Uhr, als Recaldo an Bord kletterte, das Segel der *Peig* anschlug, sich an die Ruderpinne setzte und vom Ufer abstieß. Binnen kurzem blähte eine steife Brise das Segel und beförderte ihn in die Strommitte.

Ein herrlicher Tag, um auf dem Meer zu sein. »Schöner Tag heute«, rief John Spain im Vorbeirudern. »Passen Sie auf, Frank, flußaufwärts in der Nähe von Whelans Garten treibt ein Baum im Wasser.« Zu seiner Überraschung bemerkte er Cressidas kleinen Sohn Gil, der aufrecht vorn im Boot saß und auf irgend etwas im Wasser deutete. Die Sonne schimmerte auf seinen blonden Locken. Kaum hatte er Frank erblickt, winkte er ihm aufgeregt zu und rief: »Tank!« Recaldo winkte zurück. Vermutlich waren die beiden losgefahren, um die Robben auf den Felsen bei der Einfahrt zur Bucht zu beobachten. Wie jedesmal wunderte er sich auch jetzt, woher der alte Mann die Kraft nahm, mit seinem kleinen, aber schweren Holzboot zurechtzukommen. Nachdenklich sah er ihnen nach; zwei Gedanken gingen ihm müßig durch den Kopf: Erstens hatte er nie zuvor das Kind allein in John Spains Boot gesehen, und zweitens hielt Gil, der fast taub war, sich meistens in der Nähe seiner Mutter auf. Folglich hätten er und Cressie möglicherweise einmal ein wenig Zeit für sich allein. Regelrecht übermütig wurde er, als ihr Bild in seinen Gedanken Gestalt annahm. Recaldo beschloß, nicht gleich nach Trabuí, sondern vorher nach Coribeen – so hieß ihr

Haus – zu segeln; er hoffte, sie abzufangen, ehe sie zum Strand ging. Ihr Mann war übers Wochenende nach London gefahren, und wenn sie etwas Glück hatten, war er noch nicht zurück.

Es war ein Augenblick vollkommener Zufriedenheit. Ich bin glücklich, dachte er, während sein kleines Boot übers Wasser glitt. Heute bin ich glücklich; alles wird gut. Irgendwie würde die Situation sich klären lassen. Zusammen würden sie es schaffen. Nie zuvor war er einer Sache so sicher gewesen. Er summte ein Stück der Corrs vor sich hin, das er am Wochenende gehört hatte – »What can I do to ...«. Wie kam es, daß das, was dieser Popsong beschrieb, so furchtbar sentimental klang, wenn er versuchte, es in Worte zu fassen?

Während Recaldo durch die Bucht und aus dem Blickfeld von Trianach lavierte, trat Mrs. Evangeline Walter aus ihrem Haus und schlenderte durch den Garten zum Ufer; in der rechten Hand trug sie einen Picknickkorb. Sie war von mittlerer Größe, wirkte aber, da sie ungeheuer dünn war, um einiges größer; sie trug eine hellblaue weite Hose und dazu eine lange Kasakbluse. Um den Kopf hatte sie einen Seidenschal geschlungen, dessen Enden im Wind flatterten. Am Ufer setzte sie den Korb ab, zündete sich eine Zigarette an und lehnte sich an einen verkrüppelten Baum, dessen Zweige über das Wasser hingen.

Ein teures Motorboot aus Fiberglas raste mit hochaufragendem Bug flußabwärts. Der Lärm war ohrenbetäubend. Scheinbar ziellos schlängelte es sich zwischen den vertäuten Jachten durch. Mrs. Walter beobachtete, wie es näher kam, hob dann den einen Arm und rief etwas. Das Boot beschrieb langsam einen Halbkreis, ehe es anlegte. Geschickt fing Mrs. Walter das Seil auf, das der Bootsfahrer ihr zuwarf, und schlang es um den Baumstamm. Ein gutaussehender Mann in marinefarbener Hose, gestreiftem Hemd und Blazer kletterte gewandt ans Ufer. Seine gekräuselten Haare waren grau meliert, seine Gesichtsfarbe war frisch und sein Lächeln hinreißend. Jeremiah O'Dowd, auch der Lächler genannt, war ihr Nachbar, ein zuvorkommender Herr, den die Einheimischen allerdings nicht in gleichem Maße schätzten wie die Neuankömmlinge, die er mit seinem Charme, den er nur allzugern spielen ließ, einwickelte; Mrs. Walter war eine seiner treuesten Bewunderinnen.

»Hi, Jer«, rief sie und lächelte ihm entgegen – eine attraktive Frau mit makelloser Haut und vollkommenen Zähnen. »Ist alles vorbereitet?«

Jer O'Dowd legte ihr den Arm um die Schulter. »Bist du dir dieser Sache wirklich sicher?« fragte er liebevoll. »Glaubst du, daß du das durchstehst?«

Mit einem Achselzucken, doch immer noch lächelnd, tat sie seine Bedenken ab. »Natürlich bin ich mir sicher, mein Lieber. Vertrau mir.«

Er wiegte sich auf den Ballen seiner zierlichen Füße hin und her. »Na schön, ich halte es trotzdem für einen Fehler, Vangie. Du solltest es auf sich beruhen lassen. Schließlich hast du ihn dort, wo du ihn haben wolltest, oder etwa nicht? Dieser Mensch ist unberechenbar, und du willst ihn doch bestimmt nicht reizen. Du schaffst dir nur Probleme. Und verdirbst am Ende alles.«

»Ich weiß sehr wohl, was ich tue.« Ihre Stimme klang wie Stahl. Doch dann lächelte sie erneut, und ihr Gesicht wurde sanfter. Sie mochte ihn, eindeutig. »Jedenfalls bist ja du dabei, um auf mich aufzupassen. Wozu sich also Sorgen machen?«

»Du wirst auch bestimmt nicht auftrumpfen, Vangie, oder?«

»Keine Angst. Ich bring das Ding bestimmt nicht zum Kippen«, entgegnete sie mit einem Seitenblick auf die Jacht und grinste, stolz auf das Wortspiel.

Herausfordernd reckte er den Kopf und grinste ebenfalls. Er ließ sich nicht auf einen Streit ein. Eine junge Frau, eigentlich noch ein Mädchen, mit langen Haaren hüpfte von einem Felsvorsprung herunter und rannte auf sie zu.

»Mein Gott, Vangie. Du willst doch nicht etwa *die* da mitnehmen?«

»Natürlich kommt sie mit«, erklärte sie liebenswürdig, als das Mädchen zu ihr trat und sich an ihren Arm klammerte. Sie stupste O'Dowd einen langen, rosa lackierten Fingernagel an die Wange. »Worauf warten wir also noch, Jer? Los geht's, Schätzchen.«

»Gott allein weiß, was du vorhast, Vangie; jedenfalls hoffe ich, du weißt, was du tust, mehr kann ich nicht sagen.« Er versuchte vergeblich, seine Verärgerung zu verbergen.

»Das Ganze ist nichts weiter als ein Vergnügungsausflug für meine Kleine.« Sie zog das Mädchen an sich und hakte es unter. »Ich schätze jedenfalls, es wird recht unterhaltsam.« Ihr Reptilienlächeln strafte ihre lässig hingeworfenen Worte Lügen.

Er sah sie von der Seite an und schürzte die Lippen. »Deswegen habe ich noch lange kein besseres Gefühl bei der Sache«, meinte er unbehaglich. »Hör auf mich, Vangie, es geht dir noch nicht so besonders ...«

»Zum Teufel, Jer, du bist manchmal überängstlich. Vergiß es! Ich weiß, was ich tue.«

Verdrossen sah O'Dowd sie an. »Na schön, aber gib nicht mir die Schuld, wenn es schiefläuft.«

»Nein, Jer, bestimmt nicht. Das zumindest kann ich dir versprechen.« Mit gerunzelter Stirn sah sie ihn spöttisch an. »Du hast noch immer von allem profitiert, was ich ausgeheckt habe. Warum also mit einem Mal diese panische Angst?«

»Ich will nur nicht, daß irgendwas bei dem Verkauf danebengeht. Das ist alles.«

Sie kniff die Augen zusammen. »Warum sollte es?«

Er zuckte die Schultern. »Ich verkaufe nicht gern das Fell des Bären, ehe ich ihn ...«

»Keine Angst, wir werden ihn erlegen.« Sie lachte. »Wir erwähnen es erst im letzten Augenblick. Ich kann es kaum erwarten, dann sein Gesicht zu sehen.«

»Hast du den Verstand verloren?« fuhr er sie an. »Ich stecke heute abend einen Zettel in seinen Briefkasten – der soll seine Wutanfälle allein austoben.«

»Das war doch nicht ernst gemeint.«

»Das will ich hoffen«, erwiderte er. Sie hauchte ihm ein Küßchen auf die Wange und fing an, ihn schelmisch zu necken. Bald grinste er ebenfalls und half ihr und dem Mädchen an Bord. Ein paar Minuten später drehten sie auf der ihnen zugewandten Seite von Sweeneys Ketsch bei. O'Dowd wartete ab, bis beide Frauen im Unterdeck außer Sichtweite waren, ehe er Kurs auf den Holzpier unterhalb von Coribeen nahm, wo er mit leer laufendem Motor wartete.

Nach etwa zehn Minuten trat ein Mann aus dem spätgeorgianischen, von Bäumen umstandenen Landhaus und schlenderte über die Wiese auf ihn zu. Ehe er an Bord ging, blieb er stehen und zündete sich eine Zigarette an. Auch er trug eine marineblaue Hose und hatte ein weißes Tuch um den Hals gebunden. Auf den Kopf hatte er sich eine Kapitänsmütze aus weichem Stoff gestülpt. V. J. Sweeney war großgewachsen, in mittlerem Alter und blond. Ein gutausssehender Mann, dem man allerdings sein ausschweifendes Leben ansah. Er knurrte eine Begrüßung – sprechen konnte man das schwerlich nennen. O'Dowd legte den Gang ein und steuerte die Ketsch rückwärts vom Pier weg.

»Das gute Wetter dürfte noch ein paar Stunden lang halten. Wir lassen den Motor laufen, bis wir in der Bucht draußen sind, dann sehen wir weiter«, kündigte Sweeney an. Er machte einen ungewöhnlich umgänglichen Eindruck. »Auf dem Rückweg segeln wir.«

»Ich würde heute lieber nicht segeln«, wandte O'Dowd ein. »Ich muß erst noch ein bißchen sicherer werden, und das fällt mir leichter, wenn wir mit dem Motor fahren.«

»Oh, auf einmal?« VJ runzelte die Stirn. »Sie werden es nie schaffen, wenn Sie so feige sind. Auf dem Rückweg segeln wir«, bestimmte er kategorisch. »Und Sie werden, verdammt noch mal, genau das tun, was ich sage; ich will nicht noch mal ein solches Fiasko erleben wie letzte Woche.« O'Dowd schauderte. Angeblich brachte Sweeney ihm das Segeln bei, doch sein Jähzorn machte ihn zu einem hoffnungslos anmaßenden Lehrer und den Lächler zu einem ängstlichen Schüler.

»Sie schauen einfach zu, was ich mache, und halten sich an meine Anweisungen. In Ordnung?«

»Wie Sie meinen«, murmelte O'Dowd geistesabwesend. Den nächsten Minuten sah er keineswegs mit Freuden entgegen.

Erst als er an Sweeneys Pier anlegen wollte, sah Recaldo, daß Sweeney im Boot stand. »Scheiße«, murmelte er und schlug hastig einen anderen Kurs ein. Sein Herzschlag setzte fast aus, als er einige Minuten später sah, wie V. J. Sweeney Anweisungen brüllte. Einen Augenblick lang konnte er nicht erkennen, daß sie an O'Dowd gerichtet waren. Nun war Recaldos Neugierde endgültig geweckt. Sweeney, der seinem glücklosen Begleiter nach wie vor Anweisungen zurief, steuerte langsam und mühelos. Als das Heck in sein Blickfeld kam, bemerkte Recaldo, daß die Ketsch offenbar vor kurzem umbenannt worden war. Sie hieß nun nicht mehr *Azurra;* jetzt war in kühn geschwungenen weißen Buchstaben *Halcyon* auf das blaue Heck gemalt. Als dann die Jacht an ihm vorbeisteuerte, erlebte er eine weitere Überraschung: Aus dem Unterdeck tauchten zwei Frauen auf und schlossen sich Sweeney und O'Dowd an. Mrs. Walter erkannte er sofort, doch weit mehr zog die andere Frau seine Aufmerksamkeit auf sich. Aus der Entfernung konnte er sie nicht deutlich sehen; außerdem wandte sie ihm den Rücken zu. Die langen blonden Haare brachten ihn jedoch auf die Idee, es könnte sich um Cressida handeln.

Cressida? Aber das war doch kaum möglich, oder? Cressie war mit ihm am Strand von Trabuí verabredet. So war es abgesprochen. Außerdem haßte sie Segeln. *Cressie?* Zweifel überfielen ihn.

3

Augenblicklich ließ Recaldo seinen Entschluß, Cressie auf Coribeen zu überraschen, fallen und nahm, eher voller Hoffnung als Vorfreude, Kurs auf Trabuí. Selbst wenn es sich bei dem Mädchen auf der Jacht nicht um Cressie gehandelt hatte, war ihm doch klar, daß jetzt, nachdem ihr Mann wieder da war, kaum Aussicht bestand, daß sie kommen würde. Er behielt die Ketsch im Auge, bis sie in der Weite der Bucht verschwand. Die Namensänderung verwunderte ihn ein wenig. Allerdings machte VJs plötzliches Auftauchen ihm weit mehr Sorgen, bedeutete es doch möglicherweise, daß er sich nicht mit Cressie treffen konnte – und zwar etliche Tage nicht. Als er ihr das letzte Mal begegnet war, hatte sie erneut eine Verletzung gehabt. Nicht die einzige in letzter Zeit, deren Ursache sie nicht erklärte. Und das beunruhigte ihn.

Er war letzten Freitag im überfüllten Supermarkt in Duncreagh gewesen und hatte gerade versucht, sich für eine bestimmte Kaffeesorte zu entscheiden, als plötzlich eine bandagierte Hand eine Tüte aus dem Regal geholt hatte. »Probier den da«, hatte sie gesagt und angesichts seiner Überraschung gegrinst. Frank hatte ihr das Päckchen abgenommen. »Was ist denn mit deiner Hand passiert, Cressie?«

»Pst«, hatte sie geflüstert und sich besorgt umgesehen. »Ach, das ist nichts weiter. Nur eine kleine Verbrennung.« Und hatte die Hand in die Jackentasche gesteckt. »Sag Hi zu Frank, Gil.« Sie hatte sich zu ihrem Sohn hinuntergebeugt und langsam und sehr deutlich gesprochen. Lächelnd hatte der sechsjährige Gil aufgeblickt. »Hi«, hatte er hervorgestoßen; das H war unterwegs irgendwie auf der

Strecke geblieben, aber trotzdem, es war eindeutig ein »Hi« gewesen. »Tank«, hatte er spitzbübisch hinzugefügt. Frank hatte die Hand ausgestreckt und ihm die blonden Locken zerzaust, auch wenn er die ganze Zeit eigentlich Cressie berühren wollte. »Hi, Gil. Wie läuft's denn so mit dem Einkaufen?« Gil hatte eine lange Liste hochgehoben und schweigend auf den halbvollen Einkaufswagen gedeutet, ihn ein Stück weiter geschoben und noch mehr Sachen aus den Regalen geholt. Dabei hatte er jedesmal sorgsam auf die Liste geschaut und jedesmal seine Mutter angesehen, um sich zu vergewissern, ob er es richtig machte. Insgesamt hatte er äußerst zufrieden mit sich gewirkt.

»Freut mich ungeheuer, dich zu sehen«, hatte Frank reichlich täppisch erklärt; er hatte hundert Augen auf ihnen gespürt.

»Wir sind gerade auf dem Heimweg; wir haben Gils Hörgerät überprüfen lassen«, hatte Cressida laut erwidert und dann flüsternd hinzufügt: »Val fährt für ein paar Tage weg.«

»Wann?«

»Das hat er nicht gesagt. Morgen, glaube ich.«

»Ich kann es einfach nicht fasssen«, hatte er niedergeschlagen gestanden. »Ich bin auf dem Weg zu einer Besprechung im Hauptquartier, und anschließend fahre ich nach Dublin. Mein Wochenende mit den beiden Jungs. Ich komme erst am Montag zurück.« Er hatte sich näher zu ihr gebeugt. »Der Londoner Verleger, von dem ich dir erzählt habe, will sich in Dublin mit mir treffen. Verdammt. Ich sage ihm ab.«

»Tu das nicht«, hatte sie ihm eindringlich zugeredet und sich auf die Lippen gebissen. »Ich weiß nicht genau, wann Val fährt, und noch viel weniger, wann er zurückkommt; könnte jederzeit sein. Oder gar nicht. Du weißt doch, wie er ist. Nur ruf um Himmels willen nicht an. Ich melde mich, sobald ich kann.«

»Hast du genügend Zeit für eine Tasse Kaffee?« hatte er gefragt. Das verstieß gegen all ihre Regeln. Angst war in ihren Augen aufgeschimmert, doch ihre Stimme war freundlich geblieben. »Nein. Wenn er bis Dienstag nicht zurück ist, machen wir einen kleinen Ausflug nach Trabuí«, hatte sie geflüstert. »So gegen vier?« Sie hatte gelächelt, sich dann umgeschaut und die Hand an die Wange gelegt. »Paß auf, Frank, diese Walter-Kuh ist gerade reingekommen. Die hat uns gerade noch gefehlt.« Sie war ein Stück von ihm abgerückt. Mit »Also, auf Wiedersehen« hatte sie sich deutlich vernehmbar verabschiedet. »Ich laufe lieber Gil nach, sonst kauft er noch den ganzen Laden leer.«

Recaldo fuhr in eine kleine Bucht in der Nähe des Trabuí-Strands, sprang an Land und zog die *Peig* aufs Ufer. Die Erinnerung an ihre letzten Bemerkungen machte ihm klar, wie unwahrscheinlich es war, daß Cressie an Bord gewesen war. Sie konnte Evangeline Walter nicht ausstehen.

Fast eine Stunde lang schlenderte er über den Sandstrand, ehe er die Hoffnung aufgab, sie zu treffen. Als er zu seinem Dingi zurückkehrte, war der Himmel bewölkt; die Luft hatte sich in gleichem Maße abgekühlt wie seine Laune. Glücklicherweise wehte zumindest der Wind aus einer günstigen Richtung, und er schaffte es in einer Rekordzeit durch die Bucht. Ehe er das Boot ans Ufer zog, holte er sein Handy aus dem Auto – vielleicht hatte Cressie ja eine Nachricht hinterlassen. Nichts. Dann rief er bei ihr zu Hause an, unterbrach jedoch die Verbindung, als er hörte, daß der Anrufbeantworter eingeschaltet war. Ihr Handy war offenbar, wie schon seit einigen Tagen, abgeschaltet.

Es deprimierte ihn, derart machtlos zu sein. Sie durfte einfach nicht länger bei ihrem brutalen Mann bleiben. Bald schon, so schwor er sich, würde ihr Verhältnis sich klären, und sie könnten zusammenleben. Einen Augenblick lang dachte er darüber nach, dann schalt er sich einen romantischen Narren.

Auf dem Heimweg schaute er bei der respekteinflößenden Mrs. Imelda Ryan vorbei – ihr unterstand das Postamt von Passage South, das gleichzeitig als eine Art Delikatessengeschäft diente. Unter anderem kochte sie köstliche Suppen, die sie zum Verkauf anbot.

»Sie waren also draußen, Frank? Ein bißchen Sonne abgekriegt? Da haben Sie aber wirklich Glück gehabt, denn der Wetterbericht hat Regen angesagt.«

»Tatsächlich? Für heute abend?«

»Nein, auf längere Sicht. Morgen oder übermorgen. Das letzte Wochendende war schrecklich, finden Sie nicht?«

»In Dublin war es gar nicht so schlimm.«

»Ja, hab gehört, daß Sie dort waren. Wie geht's Ihren Jungs?«

»Teenager«, erwiderte er lakonisch. »Wir haben uns ein paar Filme angesehen.« Zusammen mit all den anderen Teilzeitvätern, dachte er schuldbewußt. Diesmal war sein Besuch besonders unglücklich verlaufen: Die Jungs äußerten Wünsche, die zu erfüllen er sich finanziell nicht leisten konnte, und dann hatten sie seine angebliche Knausrigkeit mit der Großzügigkeit des Partners seiner Exfrau verglichen.

»Werden wir die hier eigentlich je zu sehen bekommen?« unterbrach Mrs. Ryan ihn in seinen Überlegungen.

Recaldo lachte. »Na ja, sobald es mir gelingt, ihnen klarzumachen, daß das Leben nicht südlich der O'Connell Street endet.«

»Haben Sie schon gehört – Marilyn Donovan ging es gestern gar nicht gut.«

»Nein, ich bin erst gegen Mitternacht zurückgekommen.«

»Gott steh ihr bei, sie hat das Baby verloren. Mrs. Sweeney hat sie ins Krankenhaus gefahren. Ist sie nicht eine herzensgute Frau?«

Er spitzte die Ohren. »Mrs. Sweeney? Warum nicht Steve?«

»Der hatte einen Auftrag drüben in Daingean und war erst so um neun wieder da.« Darauf konnte man sich verlassen: Mrs. Ryan versorgte einen mit allen Einzelheiten.

»Ich nehme einen Viertelliter Tomatensuppe und ein halbes gekochtes Huhn.« Er schien nicht sonderlich interessiert. »Ach ja, und ein Brot. Das Krankenhaus in Duncreagh, nicht wahr?«

»Nein, nein. Cork. Mrs. Sweeney hat sie bis nach Cork gefahren.«

»Ist sie schon wieder zurück?«

»Wer? Marilyn? Nein, die behalten sie ein paar Tage dort.« Wissend hielt sie inne, wartete, ob er sich nach Cressie erkundigte, doch den Gefallen tat er ihr nicht. »Wie ich gehört habe, ist Mrs. Sweeney die ganze Zeit über bei ihr geblieben.«

Natürlich. Im Krankenhaus mußte man ja sein Handy ausschalten. Augenblicklich besserte sich Recaldos Laune. Wie jeder, der wirklich liebt, war er begeistert, den Namen seiner Geliebten zu hören, und Mrs. Ryan hatte ihn binnen weniger Minuten dreimal genannt. Und was sie ihm berichtete, legte den Schluß nahe, daß die Frau an Bord des Schiffes unmöglich Cressie sein konnte. Jetzt war ihm klar, warum sie nicht ans Telephon ging und warum der alte Spain auf ihren Sohn aufpaßte.

Während Recaldo das Essen im Kühlschrank verstaute, hörte er sich die Sechs-Uhr-dreißig-Kurznachrichten an. Dann fuhr er zu John Spains Cottage, um herauszufinden, ob der eine Ahnung hatte, wo Cressie steckte. Doch John Spain war nicht zu Hause.

4

Der Bootsausflug verlief nicht gerade harmonisch. Als die beiden Frauen an Deck auftauchten, bekam Sweeney einen Wutanfall und drohte umzukehren. O'Dowd übernahm das Ruder und erklärte ein wenig hämisch, er könne ja zurückschwimmen. Dann ging Sweeney auf Mrs. Walter los. Die beiden beschimpften einander gehässig, wenn auch in gedämpftem Ton.

Das Mädchen schien in seiner eigenen Welt zu weilen. Es saß hinten im Schiff und beobachtete selbstvergessen die Bugwellen, schien wie gebannt von den Mustern; und das war auch gut so, denn niemand schenkte ihm auch nur die geringste Beachtung. Doch als es einmal unabsichtlich Sweeney berührte, sprang er mit einem Satz nach hinten.

Die Flut stand schon ziemlich hoch, als sie zurückkamen, und geschickt manövrierte Sweeney die Ketsch zu ihrem Vertäuplatz. Er blieb am Steuerruder stehen, während O'Dowd das Motorboot heranzog und hineinkletterte. Als er den beiden Frauen von der Jacht hinunterhalf, wechselten O'Dowd und Mrs. Walter einen Blick.

»Tu's nicht«, murmelte er und hielt sich dabei die Hand vor den Mund. Mrs. Walter gab keine Antwort.

»Hey, Val«, rief sie. »Vielen Dank für die Bootsfahrt. Halcyon hat es großen Spaß gemacht.« Sie zog das Mädchen an sich. »Sie fühlt sich wirklich geschmeichelt. Jammerschade, daß das Schiff verkauft ist.«

»Wovon redest du?«

»Oh, hat Jer dir das nicht gesagt?« fragte sie leichthin. »Die *Halcyon* ist verkauft.« Sie wandte sich ab, um O'Dowds Blick auszuweichen. »Wäre gut, wenn du dich darum kümmerst, daß sie auf Vordermann gebracht wird«, fügte sie fröhlich hinzu. Sweeneys Gesicht lief rot an, und er klappte in Zeitlupe den Mund auf. »Einfach so?« Seine Stimme war nur mehr ein dumpfes Krächzen. »Was hast denn du damit zu schaffen? Ich habe mit O'Dowd verhandelt.«

»Nicht nur mit ihm, und jetzt ohnehin nicht mehr. Damit ist es vorbei. Und wenn dir das nicht paßt, kannst du ja gegen mich vor Gericht gehen.«

»Hör auf, das kannst du nicht machen!«

»Wir haben es schon gemacht.«

Zehn Minuten später gingen sie beim Alten Kornspeicher an Land. »Vielleicht hätte ich doch lieber auf dich hören sollen«, meinte Evangeline Walter. Sie wirkte völlig erschöpft und zitterte vor Kälte. O'Dowd zog seinen Blazer aus, legte ihn um ihre Schultern und stützte sie, als sie langsam zum Haus hinaufgingen. Hinter ihnen trottete das Mädchen herein. Mrs. Walter warf sich auf das Sofa und schloß die Augen.

»Ist mit dir alles in Ordnung? Vangie? Hörst du mich?« Der Lächler schob den Arm unter ihre Schultern und hob vorsichtig ihren Kopf an. Sie schlug die Augen auf; ihre Lider flatterten.

»Aber ja«, erwiderte sie leise. »Natürlich. Aber mit der da komme ich heute vermutlich nicht mehr zu Rande.« Mit dem Kopf deutete Mrs. Walter auf das Mädchen. O'Dowd nickte. Er half ihr aufzustehen und führte sie in die Küche, wo sie sich an den langen Tisch setzten. Sie warf ihm einen Blick zu. »Würde es dir etwas auszumachen, sie allein zurückzubringen? Bitte, Jer.«

O'Dowd antwortete nicht. Er ging zum Kühlschrank und schenkte jedem ein Glas Weißwein ein. »Hättest du vielleicht die Güte, mir zu erklären, was das alles sollte? Was hast du mit diesem Schauspiel auf der Jacht bezweckt? Ich bin mir völlig fehl am Platz vorgekommen. Vangie?« Er sprach jetzt mit gefährlich erhobener Stimme. Keine Spur mehr von dem, worauf sein Spitzname beruhte.

»O Jer«, erwiderte sie müde. »Nicht jetzt. Dazu fühle ich mich wirklich nicht in der Lage.«

»Und du weißt auch, warum, oder? Du hättest zu Hause bleiben sollen, wie der Arzt es dir geraten hat. Und wie ich es dir geraten habe.« Besorgtheit verdrängte seine Verärgerung. »Vangie, das war eine verrückte Kapriole; du hast nichts weiter erreicht, als ihn wütend zu machen. Und damit hast du dir einen schlechten Dienst erwiesen. Gib's auf. Was auch immer es ist. Gib's auf. Ich hab dir gesagt, ich kümmere mich um dich. Warum vertraust du mir nicht?«

Sie umklammerte seine Hand. »Lieber Jer. Du weißt, du bist der einzige, dem ich vertraue.« Freudlos sah sie ihn an. »Die guten Nachrichten habe ich dir noch nicht erzählt«, fuhr sie fort. »Mure-Robertson wird mir seine Anteile am Hotel verkaufen.«

O'Dowds Augen weiteten sich. »Meinst du das ernst? Er hat tatsächlich eingewilligt? Schriftlich?«

Sorglos zuckte sie die Schultern. »Noch nicht. Wir treffen uns am Freitag. Dann unterzeichnet er.«

Das Lächeln erstarb auf seinen Lippen. »Fast, aber nicht ganz also, so sieht es doch aus, oder?«

»Das geht schon in Ordnung; du weißt, er ist verrückt nach mir.«

»Da gibt es noch viele Wenn und Aber«, gab er düster zu bedenken. »Ich hoffe nur, daß du recht hast.«

»O Jer, reg dich nicht unnötig auf. Hab ich je etwas vermasselt? Sag schon, hab ich das?«

»Heute bist du zu weit gegangen«, meinte er bedächtig. »Sweeney ist den ganzen Aufwand gar nicht wert. Ich wünschte, du hättest *sie* nicht mitgenommen.« Er hielt ihrem Blick stand.

Sie schien verblüfft, doch nach ein, zwei Augenblicken nickte sie. »Ja, ich schätze, du hast recht. Und ich hätte ihm auch nicht sagen sollen, daß wir das Schiff weiterverkauft haben, stimmt's?«

»Nein.« O'Dowd gab ein hohl klingendes, bellendes Lachen von sich. »Das nur nebenbei. Sag mir, was hast du dir von dem Ganzen versprochen? Ich meine, abgesehen davon, ihn zu ärgern.« Als sie nicht antwortete, fügte er leise hinzu: »Das alles ist zu persönlich geworden. Und das ist schlecht fürs Geschäft.«

Evangeline Walter lächelte: ein breites, träges, verschwörerisches Lächeln. Ein tapferer Versuch, doch er ließ sich nicht täuschen. »Bringst du sie nun zurück?« fragte sie.

»Was – jetzt? Heute abend?« Beunruhigt sah er sie an.

Unvermittelt verlor sie die Geduld. »Tu's einfach, ja? Bitte. Ich ertrage sie keine Sekunde länger. Ständig schleicht sie um mich rum.«

»Aber sie sollte doch hierbleiben, damit du sie deinem Cousin vorstellen kannst. Deswegen hast du sie doch hergeholt, oder?«

Jetzt wurde sie richtig wütend. »Ja, aber der hat mich wie üblich versetzt. Sie kommen erst am Freitag. Irgendein Freund von ihm ist krank geworden.« Mit hochgezogenen Augenbrauen lachte sie verbittert auf und ahmte spöttisch-übertrieben eine schleppende Redeweise nach. »›Ach, Evangeline, Schatz, ich weiß nicht, was ich sagen soll, aber jetzt kann ich gerade nicht weg.‹« Sie blickte zu O'Dowd auf. »Typisch«, erklärte sie zornig. »Ohne ihn säße ich jetzt nicht in der Klemme. Seine verfluchte Frau hat ihn dazu gebracht.«

Er seufzte tief auf. »Einverstanden, ich mach's. Aber nur dieses eine Mal, wohlgemerkt.« Damit stand er auf. »Ich bring das Boot zu mir nach Hause und hole den Wagen. Dauert nur ein paar Minuten, mach sie also schon mal fertig. Ich will nicht unterwegs anhalten müssen.«

»Ich habe ihr ein Beruhigungsmittel gegeben; wahrscheinlich schläft sie gleich ein«, erklärte sie, als er zurückkam. »Aber selbst wenn nicht, es sind ja nur zwei Stunden, und du weißt doch, wie sehr sie dein Auto mag. Ich verspreche dir, sie macht dir keine Schwierigkeiten«, redete sie ihm schmeichelnd zu.

»Kommst du denn nicht mit?«

»Nein, Schatz, aber das macht dir doch nichts aus, oder? Ich bin völlig fertig«, sagte sie leise und lächelte tapfer.

»Na schön, aber dann geh gleich ins Bett, Vangie. Ruh dich aus, um Himmels willen, du siehst grauenhaft aus.«

»Vielen Dank«, erwiderte sie und funkelte ihn wütend an.

Er stellte sich vor sie und legte ihr die Hände auf die Schultern. »Hör mal, ich glaube du weißt, ich halte dich für die großartigste Frau der Welt und die beste Freundin, die man sich nur wünschen kann. Aber ich fahre nicht mit der Kleinen durch die Gegend, wenn du nicht tust, was ich dir sage.« Er zählte seine Anweisungen an den Fingern ab. »Jetzt hör gut zu. Du rufst den Arzt an, nimmst ein paar Schmerztabletten, und dann gehst du ins Bett. Um Himmels willen, du hast gerade erst eine schwierige Operation überstanden. Du solltest eigentlich gar nicht auf sein.«

»Ich nehme erst mal ein Bad«, verkündete sie, als sie das Mädchen endlich ins Auto gelockt hatte – sehr gegen den Willen O'Dowds auf den Vordersitz.

»Kommst du zurecht, Vangie? Ich schau noch vorbei, wenn ich zurückkomme«, erklärte er und zurrte seinen Sitzgurt fest. »Einverstanden?«

»Ruf vorher an. Wahrscheinlich nehme ich eine Schlaftablette.«

»Gute Idee. Aber iß zuerst was. Versprochen?«

»Ich versprech's.« Sie steckte den Kopf durch das Fenster und hauchte ihm einen Küßchen auf die Wange. »Du bist wirklich ein Freund, Jer. Ich weiß nicht, was ich ohne dich machen würde.«

»Soll ich bei Mr. Mure-Robertson vorbeischauen, wenn ich schon in der Gegend bin?«

Sie überlegte einen Augenblick. »Ich halte das für keine besonders gute Idee«, meinte sie schließlich wegwerfend; dann lächelte sie dem Mädchen zu, das beflissen zurücklächelte.

Als er von Trianach losfuhr, war es Viertel nach sechs. Beim Überqueren des Damms merkte er, daß er nicht mehr viel Benzin hatte, also beschloß er, in Duncreagh zu tanken. Vor der Einfahrt zur Tankstelle übersah er das vorübergehend dort angebrachte Schild, daß die Tanks aufgefüllt würden, und blieb hinter einem Kleinlaster stecken, dessen Fahrer weit und breit nicht zu sehen war. Kochend vor Wut wollte er gerade zurückstoßen, als Cressida Sweeneys Landrover schwungvoll hinter ihn fuhr. Die Stoßstangen der beiden Autos prallten gegeneinander, als sie quietschend bremste. Sie sprang aus dem Auto; Gil richtete sich auf dem Vordersitz auf und krabbelte hinter ihr heraus. Blaß und erschöpft sah sie aus. O'Dowd stieß die Wagentür auf und funkelte sie an. Keine Spur von seinem gewohnten Lächeln, als er peinlichst genau den hinteren Teil seines zwei Jahre alten Mercedes untersuchte.

»Passen Sie doch auf, wo Sie hinfahren, Mrs. Sweeney.«

Cressie sah sich den Schaden an. »Tut mir leid«, erklärte sie. »Ist ja nur die Stoßstange.«

»Ja, aber es hätte ...«

Cressie war müde. »Ich habe gesagt, daß es mir leid tut, Mr. O'Dowd«, erwiderte sie gequält. »Ich komme für den Schaden auf, falls sich einer feststellen läßt.«

Das Mädchen im Mercedes fing an, Gil zuzuwinken und ihn anzulächeln; der lachte und winkte zurück. So ermutigt, stieg es aus, ging auf Gil zu und begann, sein Gesicht zu betasten. Ihr hübsches Lärvchen wirkte irgendwie leer, und obwohl sie wie achtzehn oder noch älter aussah, verhielt sie sich wie ein kleines Kind. Gil fühlte sich überrumpelt. Erschrocken wich er zurück und sah flehentlich zu seiner Mutter. O'Dowd, der sich immer noch über die Stoßstange seines Autos beugte und vergeblich nach einem Kratzer suchte, richtete sich auf. Er ging auf das Mädchen zu, packte es am Arm und versuchte, es wieder ins Auto zu zerren.

Mittlerweile blieben ein paar Leute stehen und gafften. Cressida ging auf ihren Sohn zu, und nach kurzem Zögern legte sie dem Mädchen eine Hand auf die Schulter. Augenblicklich wandte es seine Aufmerksamkeit Cressie zu, umarmte sie unbeholfen und legte den Kopf an ihre Schulter. Cressie streichelte das lange, seidige Haar.

»Mama«, protestierte Gil eifersüchtig. »Mama.« Er drängte sich an sie und klammerte sich an ihr fest. Cressida beugte sich zu ihm hinunter. »Gil, mein Schatz. Komm, wir helfen Mr. O'Dowd«, erklärte sie laut und deutlich. »Na komm.« Sie legte jeweils einen Arm um ihren Sohn und das Mädchen und drängte beide zu dem Mercedes. O'Dowd sprang behende nach vorn und öffnete die Tür. Cressie kramte ein paar Pfefferminzbonbons aus der Tasche und gab sie dem Mädchen; es lächelte und streichelte mit beiden Händen Cressies Gesicht. »Ma«, sagte es. »Mama.« Gil, der all dies beobachtet hatte, schüttelte heftig den Kopf und packte Cressie an der Hand. »Meine Mama, meine«, schrie er. Dann lachte er unvermittelt und zeigte auf sich. »Gil, Gil.« Er streckte dem Mädchen die Hand hin. »Eer?« *Wer?*

»Das ist Halcyon«, erklärte O'Dowd ruhig; sein Gesichtsausdruck war schwer zu enträtseln.

»Was haben Sie gesagt?« fragte Cressida neugierig. Er reagierte nicht gleich, doch als er dann antwortete, wandte er sich an Gil, obwohl er mit Sicherheit wußte, daß der kleine Junge es nicht hören konnte. »Kennst du Halcyon nicht, Gil?« fragte er. Cressida sah ihn verblüfft an. »Halcyon?«

»Ist das nicht komisch, Gil«, fuhr er fort. »Wir waren gerade bei deinem Daddy auf seinem Boot. Schade, daß du nicht dabei warst. Es war richtig lustig.« Erst jetzt sah er Cressida an. In seinen lächelnden Augen blitzte Mutwilligkeit auf. »Aber Halcyon verrät es niemandem, keine Angst. Das kann sie nicht.« Cressie schluckte krampfhaft.

»Wer, haben Sie gesagt?« krächzte sie. Doch offenbar hatte O'Dowd sie mißverstanden. Als er wieder auf dem Fahrersitz Platz nahm, sagte er über die Schulter: »Ihr Mann, Mrs. Walter und ich.«

5

Cressidas Herz klopfte noch immer, und ihre Angst nahm zu, als sie vor der Haustür VJs Wagen sah. Sie fuhr in die Garage, blieb sitzen und starrte die kahle Wand an, während Gil eine Tüte Chips leerte. Von dem Geruch nach leicht ranzigem Öl wurde ihr fast übel, doch Gil stopfte die seltenen Leckerbissen fröhlich in sich hinein. »Badezeit«, erklärte sie, als er schließlich die leere Tüte zusammenknüllte. Sie zwang sich zur Ruhe und zu einem kleinen Lächeln für ihren Sohn. Er schmiegte sich an sie, als sie ihn aus dem Wagen hob. »Badezeit«, wiederholte sie. »Dann eine Geschichte, und dann ...«

»Bett«, kreischte er und schnitt eine Grimasse. Nur mit Mühe gelang es ihr, den Schlüssel ins Schloß zu stecken, so sehr zitterten ihre Finger. Ein paar Minuten lang blieb sie völlig reglos stehen. Sie wartete darauf, daß die unheilvolle Spannung sie einhüllte. Manchmal konnte sie die Angst, ihre Angst, die auf sie wartete und sich in der Diele auszubreiten schien, regelrecht riechen. Das Kind spürte sie auch – sie sah es in seinen Augen und an der Art, wie es sich bewegte: schwerfällig und zögerlich, wann immer Val in der Nähe war. Übertrug sie ihre Furcht auf Gil, oder spürte auch er all das Üble, das in der Luft lag? Er hatte ihre Auseinandersetzungen nie miterlebt, hatte nie gesehen, wie ihr Mann sie geschlagen hatte, doch er schlich um seinen Vater herum, als warte er nur darauf, daß das Beil auf seinen Kopf niederging.

Sie nahm Gils Hand und hielt sie fest umklammert, als sie hineingingen. VJ stand in der Diele und telephonierte. Er legte die Hand auf den Hörer und formulierte lautlos: »Dauert nicht mehr lange.« Vor Erleichterung wurde Cressie ganz schwach, und endlich fing sie an, wieder normal zu atmen. Nach dem, was sie mitbekam, kaufte oder verkaufte er irgend etwas. Während Gil in der Badewanne plätscherte, ging sie auf Zehenspitzen zum Treppenabsatz und lauschte.

»... ein Hohn ... mehr wert als drei ...«, hörte sie Val sagen. Drei? Dreihundert? Dreitausend? Millionen? Das Grundstück? Das Haus? Sie sandte ein Stoßgebet gen Himmel – nicht das, nur nicht das Haus.

»... eine Mehrheit ist von größerem Wert ... darauf bestehe ich.« Ein ärgerlich bellendes, kurzes Auflachen. Cressie schauderte.

»Fünf pro Anteil, Robertson ...«, sagte er. Sie preßte die Hand auf den Mund, um nicht laut aufzuschreien. Jetzt wußte sie, mit wem er sprach und worüber. Mure-Robertson war einer der Anteilseigner am Hotel Atlantis. Val ebenso. Soweit sie wußte, war dies sein letzter größerer Aktivposten, obwohl sie keine Ahnung hatte, wie viele Anteile ihm gehörten und was sie wert waren. Geschäftliche Angelegenheiten besprach Val nie mit ihr. Doch sie wußte, er wollte unbedingt der Hauptaktionär werden – er hatte vor, das Hotel zuzumachen, das Grundstück neu zu verkaufen und einen satten Spekulationsgewinn einzustreichen.

»Donnerstag? ... Dann also Freitag. Bar? In Ordnung«, trompetete er triumphierend und beendete damit das Gespräch. Cressida stand wie angewurzelt da. Kaufen? Womit? Dann müßte er etwas verkaufen. Sie strich sich mit der Hand über die Stirn. Das Grundstück? Das Haus? Das konnte er nicht. Es war das einzige, was er nicht ohne ihre Einwilligung machen konnte. Als sie hörte, wie er auflegte, schlich sie ins Badezimmer zurück.

Eine halbe Stunde später lag Gil in seinem Bettchen. Mittlerweile fiel Cressida vor Müdigkeit beinahe um; sie sehnte sich jetzt nur noch nach einem langen, entspannenden Bad und danach, früh ins Bett zu gehen. Es war, als hätte sie unbewußt ihre Entscheidung getroffen, die von ungeheurer Tragweite war. Irgendwo, irgendwann im Verlauf der letzten Stunde hatte sie sich gestählt. Ihre Ehe war Vergangenheit; sie mußte anfangen, für sich zu kämpfen, sich allein durchs Leben zu schlagen.

Sie hatte keine Ahnung, ob O'Dowd sie derart aufgeregt hatte oder was für eine Rolle sie in seinen Plänen spielte – falls überhaupt eine. Doch endlich einmal hatte sie dem geglaubt, was sie mit eigenen Augen gesehen hatte. Und der Angst in Gils Augen. Der Augenblick der Wahrheit war nicht die grauenhafte Angst gewesen, die sie erfaßt hatte, als sie in ihr Haus gegangen war, sondern die demütigende Erleichterung, als sie gesehen hatte, daß ihr Mann lächelte. In dem Augenblick hätte sie ihre Seele verkauft, nur um ihm einen Gefallen zu tun. Oder ihr Haus.

Wann war sie von bloßer Untätigkeit und Selbstgenügsamkeit dazu abgeglitten, sein Fußabstreifer zu sein? Wann hatte sie angefangen, ihre Rolle als Opfer zu lieben? Die Gefahr zu übersehen, in der Gil schwebte? Mit der Unmöglichkeit, noch so etwas wie Liebe zu empfinden, hatte sie sich – aus Angst vor Armut – abgefunden. Voller Selbstekel schloß sie die Augen. Die Welt war voller alleinstehender Mütter, die es schafften, ihre Kinder großzuziehen und zu beschützen. Sie hatte sich gestattet zu glauben, Gils Behinderung mache sie beide zu etwas Einzigartigem. Einzigartig, das sehr wohl, doch nicht auf die Weise, wie sie gedacht hatte. Gil war etwas Besonderes, und ihre symbiotische Beziehung war etwas Besonderes. Das hatte John Spain sie gelehrt. Und Frank. Geliebter, guter, großartiger Frank. Er war so *erwachsen.*

Die ganze Zeit mußte sie an ihn denken, so wie er stets an sie dachte – zumindest behauptete er das. Doch sie war entschlossen, nicht zu einer weiteren Last auf seinen ohnehin schwerbeladenen Schultern zu werden. Seit er damals nach Passage South gekommen war, hatte sie ihn vom Sehen her mehr oder weniger gekannt; außerdem schwirrten überall die wildesten Gerüchte über ihn herum. Man hatte ihn den Geheimnisvollen oder den Spanier genannt.

Er war der Mann mit Vergangenheit. So viel war spekuliert worden, weshalb er aus der Hauptstadt versetzt worden war und sich in einem unbedeutenden Fischerdorf vergraben hatte, daß es fast so etwas wie eine Enttäuschung bedeutet hatte, als Mrs. Ryan vom Postamt die Sache mit seiner Herzkrankheit und der Bypass-Operation herausbekam.

Gelegentlich, wenn sie und Gil auf den Klippen Finnegan ausführten, war er spazierengegangen oder hatte auf einem Felsen gesessen und etwas in ein winziges Notizbuch gekritzelt. Eines Tages war er dann mit diesem verrückten Hündchen aufgetaucht, und von da an waren sie vielleicht einmal in der Woche miteinander gelaufen, meist in freundschaftlichem Schweigen. Was auch immer seine Gründe gewesen waren, Barker zu kaufen, an Liebe oder auch nur die Möglichkeit von Liebe hatte sie keinen Augenblick gedacht. Sie war verheiratet, und das nahm sie ernst, unabhängig davon, wie grauenhaft die Beziehung zwischen ihr und Val war. Doch dann, vor neun Monaten, an Silvester hatten sie sich gegen alle Wahrscheinlichkeit – es war wahrhaft ein *coup de foudre*, ein regelrechter Blitzschlag gewesen – binnen eines Augenblicks und auf bestürzende Weise ineinander verliebt.

Frank hatte sich mit seinem Kontrabaß einem Jazztrio angeschlossen, das gelegentlich in Husseys Pub eine kleine Jam Session abhielt. Gegen Mitternacht wurde ein kleiner Festsaal neben der Bar zur Disco umfunktioniert, und die Leute begannen zu tanzen. Val, der ziemlich getankt hatte, war vollauf mit zwei deutschen Mädchen beschäftigt und bestand darauf, sie sollten beide mit ihm tanzen. Den ganzen Abend über hatte er sie nicht beachtet; sie hatte die Nase voll und betrank sich, als Recaldo sich entlang der überfüllten Bar zu dem Platz vorschob, wo sie, die Ellbogen auf den Tresen gestützt, saß und krampfhaft versuchte, das alberne Getue ihres Ehemannes zu ignorieren.

»Was wollen Sie trinken?« fragte er zu ihrer Überraschung.

»Ich bin mir nicht sicher, ob ich je in meinem Leben noch mal einen Drink auch nur anschauen möchte«, erwiderte sie. »Jedenfalls hab ich schon was, vielen Dank.« Er sah das halbleere Glas mit abgestandenem Rotwein, auf dem sich ein dünner weißer Schaumfilm gebildet hatte.

»Das ist ja ein grausliches Zeug«, meinte er und nickte dem Barmann zu. »Zwei Murphy's, Michael.«

Während er einschenkte, sagten beide kein Wort – schienen kaum Notiz voneinander zu nehmen. Doch allmählich, ganz langsam, wurde ihr seine körperliche Nähe bewußt, und es fiel ihr schwer, der Versuchung zu widerstehen, ein Stückchen näher zu rücken.

»Probieren Sie mal das da, Mrs. Sweeney.« Er schob ihr eins der Gläser zu und erhob das andere. »Ich wünsche Ihnen ein gutes neues Jahr.«

»Das Zeug da hab ich noch nie probiert«, meinte sie. Als sie zaghaft daran nippte, sah sie ihn zum ersten Mal direkt an. »Gar nicht so schlecht«, erklärte sie überrascht. Er lachte. »Cheers«, sagte sie.

Ihr war nach Heulen zumute. Ihr Ehemann versuchte gerade, eines der deutschen Mädchen zu einem Striptease zu überreden. Peinlich berührt, wandte sie sich ab; sie hatte das verzweifelte Gefühl, in der Falle zu sitzen. Vielleicht war dies der Augenblick, in dem sie mit Sicherheit wußte, daß ihre Ehe im Eimer war.

»Alles in Ordnung, Mrs. Sweeney?« fragte er.

»Cressida.« Zögerlich streckte sie die Hand aus, als stelle sie sich vor. »Vielen Dank für das da.« Sie trank noch einen Schluck. Er beugte sich zu ihr.

»Frank«, sagte er und berührte mit den Spitzen seiner langen, schlanken Finger ihre Hand.

»Ich weiß«, erklärte sie mit einem schwachen Lächeln. »Mir gefällt allerdings Recaldo besser, es klingt melodischer.« Augenblicklich kam sich wie eine Närrin vor. Selbst in ihren Ohren klang ihre Stimme affektiert, schlimmer noch: nuschelig. Und das war der Augenblick. Er streckte die Hand aus, zog die Kontur des Barts aus cremigem Schaum auf ihrer Oberlippe nach und steckte dann den Finger in den Mund. Ihr Blick verlor sich in seinen kobaltblauen Augen.

»Tut mir leid; weiß auch nicht, was in mich gefahren ist«, murmelte er. Als sie die Augen niederschlug, bemerkte sie, wie seine Hand sich langsam über den Tresen schob. Beiläufig hob er sie und legte sie auf ihre. Und ohne zu überlegen, was sie tat, beugte sie sich nach vorn, bis ihre Stirn die Theke berührte, und schmiegte die Wange an seinen Handrücken. Einer der Schildpattkämme in ihrem Haare hatte sich gelöst, und einen Augenblick lang betastete er die silberne Spange. Dann zog er die Hand zurück, als habe er sich verbrannt. Später fragte sie sich, ob sie sich diesen kleinen Vorfall nur eingebildet hatte.

»Ich muß nach Hause«, erklärte sie und rutschte von ihrem Hocker herunter. »Ich habe der Babysitterin versprochen, vor eins zurück zu sein.« Sie zog sich den Mantel über die Schultern und bahnte sich einen Weg durch die überfüllte Bar, hinaus in die kalte Nacht.

Kurz nachdem sie gegangen war, kam es zu einem regelrechten Aufruhr. Man warf Val aus dem Lokal, und in den frühen Morgenstunden brachten Jer O'Dowd und Evangeline Walter ihn nach Hause. Dort tranken die drei weiter und saßen immer noch da, als Cressie und Gil am nächsten Morgen herunterkamen, um zu frühstücken. Sie machte ihnen etwas zu essen, während Evangeline ihre Kumpane mit ihren Ansichten über Hausfrauen unterhielt. Etliche Male fiel dabei das Wort »jämmerlich«. Val amüsierte sich prächtig.

Cressida zog einen schwarzen Pullover und Jeans an, bürstete sich die Haare zurück und steckte sie mit Schildpattkämmen hinter den Ohren fest. Sie klopfte sich auf die Wangen, damit sie etwas Farbe bekamen, legte ein wenig Lippenstift auf, holte tief Luft und ging nach unten. Streng ermahnte sie sich, sich nicht zu ducken, mit hocherhobenem Haupt einzutreten, nicht dem lockeren Charme ihres

Mannes zu verfallen. Unabsichtlich hatte O'Dowd ihr eine Waffe in die Hand gegeben, und die würde sie einsetzen. Doch bei jedem Schritt wurden ihre Füße schwerer.

Sweeney stand in der Küche am Fenster und sah hinaus; in der einen Hand hielt er eine Flasche, in der anderen ein Glas.

»Willst du etwas essen?« fragte sie.

»Was hast du denn zu bieten?«

»Eier mit Bratspeck?«

»Bratspeck? Du wirst in der Tat allmählich eine Einheimische. Was ist nur aus den guten alten Eiern mit Speck geworden?« Spielerisch faßte er sie unters Kinn. »Ich hole eine Flasche Beaujolais.«

Zum ersten Mal seit Tagen saßen sie gemeinsam an einem Tisch. Anfangs überschlug er sich fast, um höflich zu wirken, doch er hatte Schwierigkeiten, ein Gespräch in Gang zu halten. An seinem Verhalten merkte sie, er steuerte auf irgend etwas zu, versuchte, sie milde zu stimmen, damit sie tat, was er wollte. »Ich brauche Haushaltsgeld«, erklärte sie und war überrascht, als er seine Brieftasche herauszog und ihr zweihundert Pfund gab. Sie steckte die Geldscheine in die Gesäßtasche ihrer Jeans. »Danke«, sagte sie und war noch erstaunter, als er versprach, Ende der Woche etwas Geld auf ihr Konto zu überweisen.

Schließlich schob er seinen Teller beiseite und schenkte sich Wein nach. »Ich habe ein Angebot für eine Wohnung in London gemacht«, verkündete er beiläufig. »Ich muß aus diesem verdammten Loch hier raus und wieder ins Geschäft einsteigen.«

Cressida erstarrte. Das war ein bekannter Ton; sie wußte, was jetzt kam. Er würde versuchen, sie moralisch unter Druck zu setzen, das Haus zu verkaufen. Würde versuchen, die Situation so unerträglich zu machen, daß sie nachgab. Seit Monaten spielten sie dieses aufreibende Spiel, doch seit etwa vier Wochen war es ein Alptraum geworden. Bitte, lieber Gott, laß ihn einfach gehen, betete sie im stillen. Laß ihn verschwinden und uns allein lassen.

Völlig unerwartet begann er, ihr zu schmeicheln. »Komm schon, Cressida, die Wohnung wird dir gefallen. Sie liegt in Victoria, vier Schlafzimmer. Eines werde ich als Büro nutzen, bis ich etwas Besseres finde.« Sie spürte, wie Angst ihr die Wirbelsäule hinunterkroch. Er ist gefährlich, dachte sie, er scheut vor nichts zurück, nur um zu kriegen, was er will. Sie holte tief Luft.

»Du kannst ja gehen«, sagte sie ruhig. »Wir bleiben hier, Gil und ich.«

»Und von was wollt ihr leben?« Seine Stimme klang kalt, und Blut stieg in die geplatzten Äderchen seiner Wangen, bis zu beiden Seiten der Nase zwei tiefrote Flecken glühten. Und er war einmal so schön, dachte sie traurig.

»Ich finde, du solltest allein nach London ziehen«, erklärte sie unumwunden. »Du brauchst mich nicht. Wir sollten die Scheidung einreichen.«

»Eine Scheidung? Daß ich nicht lache. Du hast mich schon genug Geld gekostet. Scheiß auf die Scheidung. Ich werde mein Leben nicht damit zubringen, euch beide zu unterstützen, damit das klar ist.«

»Ich will nicht ...«, setzte sie an, als Gil an der Tür auftauchte. Mit der einen Hand umklammerte er einen etwas ramponierten Teddy, in der anderen hielt er seinen leeren Becher.

»Oh, verdammt noch mal«, murmelte Sweeney. Er stand auf und schenkte sich ein großes Glas Whiskey ein. »Das Kind sollte im Bett sein.«

Da sagte Gil: »Ich habe die D-D-Dame gesehen, Dada.« Entsetzt starrte Cressida ihren Sohn an. Normalerweise kam er mit den Wörtern nicht so einfach zurecht, doch heute abend formulierte er wirklich deutlich, und sie wünschte sehnlichst, sie hätte ihm nie beigebracht zu sprechen. Beschützend nahm sie ihn in den Arm.

»Komm, wir gehen wieder ins Bett, Liebes«, schmeichelte sie und stand auf.

»Was hat er da gesagt?«

»Nichts.«

»Ich habe die D-D-Dame gesehen«, wiederholte Gil. »D-D-Dame.« Er rollte das Wort auf der Zunge und schien ungeheuer zufrieden damit. »D-D-Dame.« Er lachte.

»Was hatte dein Kind heute im Boot des alten Perverslings zu suchen?« brüllte Sweeney.

»Und was wollten *dein* Kind und dieses Miststück von Walter auf deinem?« schrie sie.

Tödliches Schweigen.

»Was hast du gesagt?«

Cressida schluckte krampfhaft. »Ich habe gesagt ...« – ihre Stimme bebte – »... du hattest ein Mädchen an Bord ...«

»Und?«

»Und ... und ... Mr. O'Dowd hat gesagt, sie sei ...«

»Mr. O'Dowd? Dieser verdammte Mr. O'Dowd hat was gesagt?«

»Er brauchte gar nichts zu sagen«, erklärte sie ruhig. »Ich habe schließlich Augen im Kopf.« Sie lachte kurz auf, ein hohl klingendes Lachen. »Du hast offenbar sehr prägende Gene.«

Ohne Vorwarnung machte VJ einen Satz nach vorn durch das Zimmer und versetzte Cressida einen heftigen Schlag. Gil kauerte sich hinter seine Mutter und begann zu wimmern. Sweeney stieß ihn beiseite, und das Kind flog über die rutschigen Kacheln. Ein dumpfer, gräßlicher Aufprall war zu hören, als sein Arm auf den Boden aufschlug. Cressie rannte zu Gil, nahm ihn in die Arme und kroch zur Tür. Doch Sweeney war vor ihr dort.

»Rühr dich nicht von der Stelle. Mit dir bin ich noch lange nicht fertig. Was meinst du mit Genen? Mit dieser Schwachsinnigen ...« – er verschluckte sich beinahe, als er das Wort aussprach – »... habe ich nichts zu tun. Sie heißt Halcyon Walter. Hat O'Dowd dir das nicht gesagt? *Walter.* Muß ich es dir buchstabieren?«

»Das Boot ...«

»Dieses Miststück hat das Boot gekauft, nicht der beschissene Mr. O'Dowd, und es nach ihrem schwachsinnigen Sprößling benannt. Nun, da hast du was zum

Tratschen. Wundert mich, daß dein Freund Spain dir das alles nicht erzählt hat.«

»John Spain?«

»Mein Gott, bist du denn völlig ahnungslos? Er schafft es nicht, sich von ihr fernzuhalten. Von dir auch nicht.«

Sie hatte gedacht, nichts könne sie mehr erstaunen, sie könne den Windungen seines wirren Hirns folgen, doch was er nun sagte, ließ sie außer sich geraten vor Angst.

»Weißt du, was Evangeline Walter zu mir gesagt hat, als sie deinen Sohn im Boot dieses alten Mistkerls gesehen hat? Sie hat gesagt, wenn der Sozialdienst herausfände, daß du ihn mit diesem Perversen allein gelassen hast, würden die ihn in ihre Obhut nehmen. Ihn dir wegnehmen. Die Behörden sind ganz scharf auf so was. Besonders wenn sie der Ansicht sind, der alte Wüstling sei dein Liebhaber.« Diese Vorstellung schien ihm zu gefallen. Er näherte sein Gesicht dem ihren. »Nur ein kurzer Telephonanruf, mehr braucht es nicht. Und wenn du nicht in den Verkauf des Hauses einwilligst, werde ich genau das tun.«

»Kein Mensch würde dir glauben.« *O doch, das würden sie.*

»Was spielt das schon für eine Rolle? Ich brauche das nur zu sagen. Und dann wart mal ab.«

Dann langte er ganz beiläufig nach unten und zog die Geldscheine, die er ihr gegeben hatte, aus der Tasche ihrer Jeans; als er sich aufrichtete, versetzte er ihr einen heftigen Fausthieb auf die Schulter. Cressida war ganz übel vor Schmerzen und Furcht. Sie schob Gil zur Tür hinaus. »Lauf, Gil«, schrie sie. »Geh rauf, geh ins Bett.«

Sweeney zog sie auf die Beine und drängte sie an die Wand. »Nein«, kreischte sie. »Nein, schlag mich nicht. Ich unterschreibe.«

»Natürlich unterschreibst du«, brüllte er. Mit den Geldscheinen wedelte er ihr vor dem Gesicht herum. »Kein Geld, kein Entkommen. Du rührst dich nicht von der Stelle, bis ich zurückkomme. Denk nur an das, was ich dir gesagt habe. Eine falsche Bewegung, und du bist dein Kind los. Und natürlich auch das Haus.« Er ballte die Faust und schlug ihr aufs Auge. Cressida fiel zu Boden.

Als sie wieder zu sich kam, war er verschwunden. Sie rannte zum Fenster und sah, wie die Ketsch sich im Zickzack über den Fluß schlängelte. »Gil«, schluchzte sie. »Gil, es ist alles in Ordnung, mein Liebling.« Suchend blickte sie um sich – er war nicht da. Sie rannte in die Diele und die Treppe hinauf, rief immer wieder seinen Namen. Er lag unter seinem Bett, zusammengerollt wie ein Foetus, und hatte den Daumen in den Mund gesteckt. Die klaffende Wunde auf seiner Stirn blutete.

»Gil, Liebling, komm da raus, Schatz«, lockte sie. Doch das Kind zuckte verschreckt zurück. Es dauerte eine halbe Stunde, bis es ihr gelungen war, ihn zu überreden, in ihre Arme zu kriechen. Sie wusch seine Wunde, gab ihm ein Aspirin und hielt ihn im Arm, bis er eingeschlafen war; dann legte sie ihn behutsam auf das Bett und deckte ihn zu.

Anschließend ging sie in ihr Schlafzimmer und hielt von dort Ausschau, ob sie in der Bucht das Boot erspähen konnte, doch ohne Erfolg. Wahrscheinlich war er auf der anderen Seite, in Trianach. Bei Evangeline Walter. Wenn sie seine Jacht gekauft hatte – warum nur? –, hatte sie ihm dann vielleicht auch ein Angebot für das Haus gemacht? Anfangs, als sie noch so etwas wie befreundet gewesen waren, hatte sie einmal zu Cressie gesagt, wenn sie je beschlösse zu verkaufen, wolle sie das Vorkaufsrecht haben. War er jetzt zu ihr gegangen, um ihr zu sagen, daß es soweit war? Warum? Das alles war ein einziger Wirrwarr. Sie fühlte sich wie gelähmt und unfähig, klar zu denken. Warum war er weggegangen? Wußte er denn nicht, daß sie Gil nehmen und davonrennen würde? Oder glaubte er, sie sei zu verängstigt? Zu dumm? Gils Arm war angeschwollen, er mußte behandelt werden.

Halb rannte, halb fiel sie die Treppe hinunter zum Telephon und wählte Recaldos Nummer. »Sei zu Hause, Frank«, betete sie. »Sei da.« Nach siebenmaligem Läuten schaltete sich der Auftragsdienst ein. Sie hinterließ keine Nachricht.

Dann ging sie wieder nach oben und hob, so behutsam sie konnte, Gil hoch. Sein verletzter Arm fühlte sich heiß an, und er wimmerte im Schlaf, als sie ihn berührte. In der Diele langte sie nach ihrer Tasche und stolperte zu ihrem Range Rover hinaus. Halb war sie die Auffahrt schon hinuntergegangen, als ihr klarwurde, sie konnte nicht gewinnen. Ob sie nun wegrannte oder nicht, Val würde John Spains Ruf ruinieren. Bliebe sie, würde er vielleicht erneut auf Gil losgehen, und das durfte sie nicht riskieren. Doch irgendwie mußte sie Spain warnen.

Bis zur anderen Seite der Bucht brauchte sie etwa eine Viertelstunde. John Spain war nicht zu Hause. Möglicherweise ist er noch auf seinem Boot, dachte Cressida und rannte den Weg zum Ufer hinunter, doch das Boot war nicht an seinem Platz. Zwischen ihr und der Bucht erstreckte sich eine Landzunge, so daß sie nicht flußabwärts schauen konnte. Gerade halb zehn vorbei. Sie wußte, er fuhr immer bei Anbruch der Dämmerung hinaus und lag dann um zehn meistens im Bett. Er konnte also nicht weit sein. Sie ging zum Range Rover zurück und wartete eine Viertelstunde. Gil schlief nach wie vor fest. Dann ließ sie den Motor an und fuhr rückwärts die Straße hinauf, bis sie wenden konnte. Ungefähr eine halbe Meile flußabwärts war hinter der Landzunge eine Stelle, von der aus man einen guten Ausblick hatte.

Kaum war sie aus dem Wagen gestiegen, sah sie Spains Boot. Es war an einem überspülten Felsblock in der Nähe der alten Helling festgebunden. Sie kletterte auf die Motorhaube und stellte sich aufrecht hin. Augenblicklich erspähte sie ihn. Er ging durch Evangeline Walters Garten. Und trug etwas in den Händen.

6

Es war halb sieben, als John Spain das Boot vertäute. Die Lachsforelle lag auf dem Boden des Kahns; sie glitzerte im Mondlicht, hob sich wie helles Silber von den dunkelgrünen Weinblättern ab. Ein edle Gabe, ihrer Schönheit würdig.

Sie trat aus dem Haus und blieb einen Augenblick lang stehen, in sich ruhend, reglos; ihre Gestalt hob sich dunkel von den hellerleuchteten Fenstern ab. Ganz deutlich sah er die Umrisse des nackten Körpers unter der Seide ihres durchsichtigen Kleids. Eine leichte Brise spielte mit dem Schal, den sie sich um Kopf und Schultern gelegt hatte. Sie rief etwas. Die einzelnen Worte verstand er nicht, er nahm nur auf- und absteigende, bedeutungslose Laute wahr. Er hielt den Fisch in beiden Händen, trug ihn vor sich her wie eine Opfergabe; da er jedoch nicht sicher sein konnte, ob er willkommen war, zögerte er noch einen Augenblick, ehe er in den Garten hinaufging. Als er näher kam, drehte sie sich langsam um, warf dann unvermittelt den Kopf zurück und lachte.

»Introibo ad altare Dei«, spottete sie. Sie streckte die Arme aus und drehte sich langsam um sich selbst, lockte ihn, sie zu bewundern. Als sich das Gewand öffnete, stand er ganz still da, krampfhaft bemüht, ruhig zu atmen. Das Blut stieg ihm ins Gesicht. Einen Augenblick lang beobachtete sie seinen Kampf, dann lachte sie erneut heiser auf.

»Willkommen, Pater«, sang sie höhnisch. In den Schatten bei den Felsen raschelte irgend etwas. Noch einmal drehte sie sich langsam um sich selbst. Wieder und wieder, wie ein junges Mädchen. Ein Trugbild von Jugend.

Nicht deswegen war er gekommen, doch nun taumelte

er auf sie zu. Er konnte sich nicht mehr beherrschen. Es verwirrte ihn, wie durchdringend der Schmerz war. Und wie demütigend, da er ihn willig annahm, ihn eher heraufbeschwor denn abwehrte, das erlesene Vergnügen undenklich lange zurückliegender, nur halb erinnerter Wonnen auskostete. Am meisten überraschte ihn, daß er überhaupt etwas empfinden konnte. Denn tief in seinem Inneren glaubte er immer noch – so wie er dies stets geglaubt hatte, selbst in seiner lange zurückliegenden Jugend –, die Qualen der – nein, nicht der Liebe, auch nicht der Lust – körperlichen Anziehung empfänden nur die Jungen. Und doch stellte ausgerechnet er unter Beweis, sie hörten nicht auf. Nicht ständig waren sie da, nicht einmal häufig, sondern in Schüben, die ihn unerwartet überfielen.

Lust überkam ihn. Leidenschaft. Glühende Erregung durchzuckte ihn, als er den ewigen Kampf verlor. Zu anderen Zeiten war er heimlich mit seinem Tribut an sie gekommen oder hatte gewartet, bis sie ihm zurief, hatte ihrer Sirenenstimme gelauscht, sie heimlich von seinem Boot aus beobachtet, seine Selbstbeherrschung auf die Probe gestellt, seine Abgehobenheit. All das war nun vergessen, und ihr spöttisches Lächeln sagte ihm: Sie wußte es, und sie kannte die Macht, die sie über seine Begierde hatte.

Sie nahm den Fisch aus seinen Händen und ließ ihn beiläufig zu Boden fallen; dann ergriff sie zu seiner Überraschung seine Hände. Langsam zog sie ihn an sich, bis sie so nahe vor ihm stand, daß er durch sein grob gewebtes Hemd und den Overall spüren konnte, wie ihre Brüste sich hoben und senkten. Einen Augenblick lang ruhte ihre schlanke Hand in seiner, dann begann sie, diese mit den Fingern langsam und sinnlich zu erforschen, spielerisch erotische Phantasien zu zeichnen. Träumerisch schwankte ihr Körper hin und her, die Augen hatte sie geschlossen. Sie erwartete keine Reaktion, war nach innen gewandt: eine Übung in Selbsterregung, ohne gefühlsmäßig beteiligt zu sein. Angreifend, doch unangreifbar. Sie brauchte nicht mehr als eine flüchtige Anregung, und die bot er ihr mit seiner Anwesenheit. Voller Bitterkeit wurde ihm klar, es hätte jeder Beliebige sein können: eine tödliche Lektion in Demütigung.

Dann stieß sie ein langes, kehliges Lachen aus und flüsterte ihm ins Ohr. »Siehst du? Wenn ich Erleichterung oder Unterhaltung brauche, kann ich sie heraufbeschwören – nicht dein Bild, sondern meine Lust, in deiner Reaktion. Du begreifst das wohl nie, was, Priester?« Mit einer gewandten Geste zog sie die Träger seines alten Overalls herunter, fesselte so seine Arme an seinen Körper. Die Augen hatte sie nach wie vor geschlossen, und ein leichtes Lächeln spielte um ihre Lippen, als ihre geschickten Finger sein Hemd aufzuknöpfen begannen, langsam, mühelos. Für sie waren die Dämonen, die sie in ihm weckte, ohne Bedeutung. Die konnte sie beiseite schieben. Unter Kontrolle halten. Er bot einen absurden Anblick, glaubte, seine Schmach habe ihren Höhepunkt erreicht, doch es hatte erst begonnen.

»Ach herrje.« Sie blickte auf seinen beschämenden erigierten Penis und lachte. »Ach herrje.« Und ließ sich auf die Knie gleiten und nahm ihn in den Mund.

Wie oft hatte er davon geträumt, wie oft hatte er sich, wenn er sie mit ihren verschiedenen Liebhabern hatte herumtanzen sehen, genau dies vorgestellt. Ihre erfahrene Zunge spielte mit ihm, ihre kleinen, scharfen Zähne züchtigten und erregten seine Lüsternheit. Nun stieß er einen Schrei aus, das urzeitliche, heisere, verzweifelte Aufbrüllen von etwas tödlich Verletztem. Und eine unbezähmbare Erregung stieg in ihm auf, als er sich ihr entgegenwarf, sie nach hinten drängte, versuchte, sie auf den Boden zu zwingen.

Doch er fiel nach vorn, behindert von der Hose, die auf seine Knöchel gerutscht war; sie hingegen sprang behende beiseite. »Komm«, rief sie. Er rollte seitwärts, zerrte an seinen zerknitterten Kleidungsstücken, versuchte sich zu bedecken. Er wollte sie jetzt. Er machte einen Satz auf sie zu, halb geduckt wie ein Zentaur, eher Tier als Mensch.

Doch erneut triumphierte sie über ihn. Erfahren, spöttisch. »Armes altes Ding«, flüsterte sie, während sie auf ihn zukam. Er riß ihr das Kleid von den Schultern, als sie ihre Brüste anhob und ihm ans Gesicht drückte. »Du brauchst mich nicht zu nehmen. Ich will dich«, gurrte sie, hob dann die Stimme und rief: »Komm, mein Geliebter.« Sie umschlangen einander, während sie ihn nach hinten schob, bis sie sich vor den hellerleuchteten Fenstern des Hauses abhoben. Sie starrte ihm in die Augen, und als sie spürte, wie sein Zorn schwand, hob sie langsam, sinnlich das eine lange, wohlgeformte nackte Bein und schlang es um ihn. Dann hob sie die Rechte über den Kopf und winkte; mit der Linken führte sie ihn in sich ein, stieß gleichzeitig ihre Salamanderzunge in seinen Mund.

Eine große, schattenhafte Gestalt tauchte aus dem Haus auf, hob sich kurz von dem erleuchteten Fenster ab, ehe sie in das Gebüsch neben dem Haus schlüpfte. Spain bemerkte es jedoch nicht, so selbstvergessen war er, so überwältigt. Er konnte nicht kommen, konnte die wilden Zuckungen seines gemarterten Körpers nicht bändigen. Sie schrie immer wieder ekstatisch auf, er voller Verzweiflung. Sie stachelte ihn an; er kämpfte; nicht mehr ihre oder seine Schmach kümmerte ihn, nur das eine: dem ein Ende zu setzen, sich selbst jenseits von Schmerz und weit, weit jenseits allen Begehrens zu treiben.

Er hätte endlos so weitergehen können, dieser zügellose nackte Tanz, doch dann öffnete der alte Mann die Augen und sah die Erscheinung. Cressida Sweeney war ganz in Schwarz gekleidet, so daß er nur ihr entsetztes blasses Gesicht sah, das auf halbem Weg den Garten hinunter in der Luft zu schweben schien. Spain stieß einen wilden Schrei aus und stieß Evangeline von sich. Sie taumelte nach hinten, fing sich aber binnen eines Augenblicks und streckte sich träge, warf den Kopf nach hinten und grinste Cressida an: »Na? Hast du keine Augen im Kopf? Glaubst du, er hat jetzt genug?« Sie stand auf und wandte sich dem Haus zu.

»Du Hexe.« Cressida blickte ihr nach und sah, wie die Lichter im Haus gelöscht wurden. Und in dem Augenblick wurde Spain klar, er war übertölpelt, als eine Art Spielzeug, als Waffe mißbraucht worden. Ihr Begehren war eine Einladung zum Vergnügen eines Zuschauers gewesen – das wahre Objekt ihrer Begierde oder Rache war ganz in der Nähe.

Cressida machte einen Satz nach vorn und stieß Evangeline zu Boden. Mit einem dumpfen Krachen schlug ihr Kopf auf der Kante eines Steins auf. Sie stöhnte leise und lag dann still mit ausgestreckten Armen da. Spain mühte sich ab, in seinen Overall zu schlüpfen, als Cressida eine Flasche nahm und erneut auf sie losging. Er warf sich dazwischen, zog Cressida weg und schleifte sie hinter sich her durch den Garten. Als sie bei der alten Helling anlangten, sah er den Range Rover. Gils blasses Gesichtchen starrte aus dem Fenster.

Mittwoch

7

Unter normalen Umständen trug Sergeant Recaldo nur selten Uniform, da seine täglichen beruflichen Aufgaben diese Art Förmlickeit nicht erforderten. Doch am Mittwochmorgen, als John Spain ihn um zehn vor sechs aus einem unruhigen Schlaf geweckt hatte, da hatte er sie unwillkürlich aus dem Schrank geholt.

In dem Augenblick, als er durch das Seitentor in Evangeline Walters wunderschönen Garten trat und die leblose Gestalt zu John Spains Füßen liegen sah, wußte er, seine Zeit der Unschuld hier in der Bucht war zu Ende. Und er wußte auch, John Spain würde unweigerlich unter Verdacht geraten, nicht nur weil er die Leiche gefunden hatte, sondern auch aufgrund seiner Eigensinnigkeit und seiner bewegten Vergangenheit.

Die Situation war ausgesprochen peinlich, um es gelinde auszudrücken. Er kannte und schätzte den alten Spain; sie empfanden Sympathie füreinander, vielleicht weil sie beide Außenseiter waren. Allerdings empfände er, versicherte er sich selbst, gegenüber jedem in seinem Bezirk, der sich in einer vergleichbaren Lage befände, das gleiche. Gewalt war an diesem Ort etwas Außergewöhnliches, nahezu Unbekanntes. Grund für seine Empörung war nicht nur die Tote: frühere Erfahrungen an anderen Orten hatten ihn gelehrt, Mord – und es sah doch sehr nach einem Mord aus –, änderte alles, und zwar für alle. Ein Strudel des Bösen, in den der Unschuldige ebenso leicht hineingezogen werden konnte wie der Schuldige. Verdrossen starrte er ins Leere, ging im Kopf noch einmal Spains Geschichte durch, versuchte, sich einen Reim darauf zu machen, ehe die Ermittlungsabteilung aus der Zentrale einträfe. Recaldo blätterte in seinem Notizbuch und hoffte inständig, daß man ihn dann nicht mehr brauchte.

Der ortsansässige Arzt war hier gewesen und wieder gegangen. »Sie war nicht meine Patientin«, hatte er erklärt, »wir müssen also wohl den amtlichen Leichenbeschauer benachrichtigen.« Obwohl er Dr. McCarthy darum gebeten hatte, wollte dieser keine Mutmaßungen hinsichtlich des Zeitpunkts des Todes noch der unmittelbaren Todesursache äußern. Behutsam hatte er das Gewand der Toten aufgeschlagen und eine bläulich verfärbte Narbe quer über ihren Bauch untersucht. »Erst kürzlich operiert. Noch ziemlich frisch, die Narbe«, hatte er gemurmelt und zu Recaldo aufgeblickt. »Und offenbar hatte sie Blutungen. Warum genau, ist allerdings eine andere Frage.« Näher hatte er sich nicht äußern wollen. »Das überlasse ich alles dem Pathologen«, meinte er. »Ich habe mit derlei wenig Erfahrung, Gott sei Dank.«

Kaum war er gegangen, deckte Recaldo die Leiche mit einer Plane zu, die er hinten im Jeep verstaut gehabt hatte. Er führte Spain durch den Garten hinauf zu einer Bank auf der Terrasse und forderte ihn auf, sich hinzusetzen.

»Alsdann«, setzte Recaldo barsch an. »Ich muß einen zusammenhängenden Bericht liefern, wenn die Ermittlungseinheit eintrifft, und was Sie bis jetzt gesagt haben, ergibt nicht viel Sinn, oder? Ich weiß, John, das ist nicht leicht für Sie, aber könnten Sie mir alles noch mal erzählen? Und lassen Sie nichts aus.«

»Ich werd's versuchen.« Spain seufzte müde.

»Gehen Sie zurück bis zu dem Zeitpunkt, als Sie sie gesehen haben.«

Spain zögerte, als wolle er seine Gedanken sammeln. Mit starrem Blick schaute er durch den Garten zu der am Boden hingestreckten Leiche und weiter auf das funkelnde Wasser. »Als ich gestern abend zurückgekommen bin, hat sie da gestanden«, flüsterte er.

»Wann sind Sie rausgefahren?« Recaldo war wieder eingefallen, daß weder von Spain noch von seinem Boot etwas zu sehen gewesen war, als er am Abend zuvor gegen sieben Uhr zum Cottage des Alten gefahren war. Auch von Gil nicht.

»Nachmittags hatte ich Gil bei mir. Cressida hat ihn um sechs rum abgeholt, und unmittelbar danach bin ich rausgefahren. Wird wohl so gegen halb neun gewesen sein, als ich zurückgekommen bin. Sicher bin ich mir da nicht; es ist allmählich dunkel geworden, war aber immer noch recht mild. Und sehr ruhig.«

»Und sind Sie dann noch mal rausgefahren?«

Der alte Mann sah zur Seite. »Gegen zehn liege ich immer im Bett.«

»Und Sie haben sie beim Reinfahren im Garten gesehen?«

»Ja. Abends steht sie oft dort am Ufer.« Unbewußt sprach er in der Gegenwart, als er sich daran erinnerte, wie die Frau sich an die verkrüppelte Eiche gelehnt, schweigend aufs Wasser geblickt und geraucht hatte.

»Und heute morgen haben Sie sie erkannt? Obwohl es dunkel war?«

»Es war nicht mehr ganz dunkel, außerdem brannte im Haus Licht.« Er wandte sich zu den Fenstern hinter ihnen, die weit offenstanden; das Licht war nach wie vor eingeschaltet.

»Sie hatte eins von diesen Wickelgewändern an, die sie immer getragen hat«, fuhr Spain verträumt fort. Ernst sah er Recaldo an. »Verstehen Sie, am frühen Morgen habe ich sie nie dort stehen sehen. Vielleicht hat das meine Aufmerksamkeit gefesselt. Um die Wahrheit zu sagen, in dem Augenblick bin ich nicht im geringsten auf die Idee gekommen ...«, murmelte er. »Erst als ich näher gekommen bin, habe ich bemerkt ...«

»Nun mal langsam, John, jetzt komm ich nicht mehr ganz mit«, fiel Recaldo ihm ins Wort. »Reden wir jetzt von gestern abend oder von heute morgen?«

»Heute morgen.« Der Alte wurde ganz aufgeregt, und sein Gesicht rötete sich gefährlich. Er sprach jetzt lauter.

»Das hab ich Ihnen doch schon zweimal gesagt. Nie zuvor hab ich sie morgens gesehen. Nicht ein einziges Mal.«

»Und was ist dann passiert?« fragte Recaldo besänftigend. Er spürte, der alte Mann versuchte, etwas zu verbergen, doch es hätte ihn nur störrisch gemacht, wenn er jetzt darauf herumgeritten wäre. Als Spain schließlich zu reden begann, war es, als spreche er eher mit sich als mit dem Polizisten.

»Der Grund, warum ich so früh rausgefahren bin, war die Springflut; ich wollte sie erwischen, wenn sie umschlägt, sie die Arbeit für mich tun lassen. Der alte Außenbordmotor hat mir in der letzten Zeit ein bißchen zu schaffen gemacht.« Er verzog das Gesicht und blickte in eine andere Richtung. »Allerdings stellte sich heraus, ich war ein wenig zu früh dran. Das Wasser stand ungewöhnlich hoch. Wenn das passiert, steigt es bis auf die grasüberwachsene Böschung« – er deutete mit dem Finger in die Richtung – »das ganze Ufer entlang. Überschwemmt gelegentlich die Gärten. Ich habe sie erst gesehen, als ich ziemlich weit weg von meiner Ankerboje war, mitten im Fluß. Ich habe das Boot mit der Strömung dahintreiben lassen und mir eine Pfeife angezündet.« Er schloß die Augen und atmete tief durch.

»Erst als ich die Landzunge umfahren hatte, habe ich sie gesehen.« Er deutete zu der Stelle. »Das Licht war seltsam, rosafarben ... rot. Sie ist aus dem Nebel aufgestiegen ... leuchtend. Als ich das gesehen habe, bin ich fürchterlich erschrocken.« Er preßte die Hand auf den Mund, würgte und stürzte dann hinter einen Busch. Ein paar Minuten später tauchte er wieder auf, hielt sich ein verdrecktes, von Blutflecken übersätes Taschentuch vors Gesicht. »Tut mir leid«, murmelte er, »Spätschock.« Recaldo bemerkte das Taschentuch, sagte jedoch nichts. Er bedeutete Spain fortzufahren.

»Es war ungewöhnlich, daß irgend jemand außer mir um diese Zeit schon auf war, deshalb habe ich wahrscheinlich gedacht, ich nutze die Gelegenheit – erlebe das Schauspiel eines wunderschönen Sonnenaufgangs zusammen mit ihr. Wie ich gehört hatte, war sie im Krankenhaus gewesen, ich habe mir also überlegt, ich könnte sie fragen, wie es ihr geht.«

Er habe sich langsam zum Ufer treiben lassen, berichtete er, und sich am Anblick der Frau geweidet, deren loses Gewand sich an ihre schlanke Gestalt schmiegte und dadurch mehr preisgab, als es verhüllte. Ihm sei gar nicht aufgefallen, wie kalt es war, bis er die Hand gehoben habe, um die Pfeife aus dem Mund zu nehmen, und dabei sein schweres Ölzeug mit ihrem dünnen Gewand verglichen habe. Erst dann habe er reagiert, sei aufgesprungen, um zu ihr hinüberzurufen. Sie habe nicht geantwortet. Als er dann nähergetrieben sei, habe er bemerkt, daß die Flut das Ufer überspült hatte und in den Garten geschwappt war. Sie sei also durchaus nicht auf dem Wasser geschwebt: vielmehr hätten die Wellen ihre Knie umspielt.

»Sie erkälten sich. Gehen Sie doch rein«, habe er gebrüllt, ehe ihm aufgefallen sei, wie die Farbe von ihrem Gewand ins Wasser sickerte und sich wie ein roter Strudel um sie herum ausbreitete. Als er schneller fahren wollte, sei der Außenbordmotor ausgefallen und er selbst in Panik geraten. Er habe die Ruder gepackt, sie bei seinem hastigen Versuch, sie in der Halterung zu befestigen, beinahe über Bord fallen lassen, und sei dann zu heftig gerudert; mit einem gräßlichen Knirschen sei das Boot auf den gezackten Überresten eines uralten Außenpiers aufgelaufen, der dicht unter der Oberfläche des schlammigen Wassers verborgen war. Nirgendwo habe er eine Stelle gefunden, um das Boot zu vertäuen. Darum sei er vom Ufer weggefahren und habe die seit langem verlassene Helling ein paar hundert Meter von ihrem Grundstück flußabwärts angesteuert.

Er habe die unhandliche Jacke aus Ölzeug im Boot gelassen und sei das Ufer entlang zurückgerannt, habe, sobald sie in Sichtweite gekommen sei, laut gerufen und es merkwürdig gefunden, daß sie nach wie vor nicht antwortete. »Am Rand des Gartens stand das Wasser fast einen halben Meter hoch. Die letzten paar Meter mußte ich waten.«

Durch seine Gummistiefel hindurch habe er gespürt, wie eisig kalt das Wasser war. Die Kälte habe sich um sein Herz gekrampft, er habe nur noch mühsam und unter Schmerzen atmen können. »Ich blieb mit den Füßen im Schlamm stecken und bin hingefallen. Im Laufen habe ich ihr zugebrüllt, sie solle ins Haus gehen. Doch sie hat nicht geantwortet.« Erst in diesem Moment habe er zu seinem Entsetzen bemerkt, daß Evangeline Walter tot war. Was das Ganze noch entsetzlicher machte, war die Tatsache, daß sie aufrecht an dem Baum lehnte. »Als sei sie noch am Leben. Ich habe gedacht, sie lebt noch... Ihr Haar klebte ihr im Gesicht, und seitlich sickerte Blut aus dem Mund.« Spain ließ sich schwerfällig zu Boden sinken und vergrub den Kopf zwischen den Händen.

»Jetzt ist aber kaum mehr Blut zu sehen«, bemerkte Recaldo mit tödlicher Ruhe.

»Nein«, murmelte Spain. »Ich habe es weggewischt, das mußte ich. Ich konnte nicht zulassen, daß sie so aussieht.« Bestürzt blickte er auf. »Das Entsetzliche ist, ich habe weiter mit ihr geredet.« Er hatte sie gedrängt, sich zusammenzurappeln, mit ins Haus zu kommen und dort heißen Tee zu trinken. »Ich habe einfach nicht begriffen, daß sie tot ist. In meinem Inneren habe ich es gewußt, aber ich konnte es einfach nicht begreifen.« Ihm war durchaus klar, er hätte ihr das Gesicht nicht abwischen, sie nicht hinlegen dürfen, doch wie hätte er das arme Wesen einfach so da stehen lassen können, während das Blut über ihr Gewand ins Wasser tropfte, als würde das Leben aus ihr heraussikkern?

»Haben Sie irgendeine Vorstellung, wieviel Uhr es war, als Sie dort hingekommen sind? Als Sie bei der Helling angelegt haben? Wissen Sie das noch? Das werden die Sie als erstes fragen.« Der Alte schluckte krampfhaft und schüttelte den Kopf.

»Gehen Sie noch mal zu dem Zeitpunkt zurück, als Sie sie gesehen haben. Sie wohnen kaum eine Viertelmeile weit flußaufwärts – um wieviel Uhr sind Sie losgefahren?« drängte Recaldo behutsam.

Verwirrt blickte Spain um sich; er fing an, mit der Hand an seinem Ohr zu zupfen. »Ich«, setzte er an und räusperte sich dann. »Ich erinnere mich, daß ich mich, als ich aus dem Boot geklettert bin, gefragt habe, ob ich mir das alles nur eingebildet hatte, weil es erst kurz nach halb sechs war.«

»Herrgott noch mal. Und woher wissen Sie das auf einmal?« platzte Recaldo heraus.

»Ich habe auf die Uhr geschaut, das ist doch klar. Woher sollte ich es denn sonst wissen?« entgegnete Spain würdevoll. Das Gespräch wurde allmählich surreal.

»Ihre Uhr? Sie haben auf die Uhr geschaut?«

»Na ja, muß ich wohl getan haben, oder?« Die müden Augen hatte er geschlossen. »Ich brauche normalerweise nur ungefähr eine Viertelstunde, um so weit flußabwärts zu fahren. Selbst wenn ich langsam bin, dauert es nicht länger als fünfzehn, zwanzig Minuten.« Er sprach wie zu sich selbst. »Ich bin schon vor fünf aufgestanden und habe kurz darauf das Haus verlassen. Geschlafen habe ich kaum. Ich schlafe überhaupt nicht viel«, fügte er hinzu.

»War es noch dunkel?«

»Nicht mehr richtig dunkel. Es wurde allmählich hell.«

»Wie lange bleiben Sie normalerweise draußen?« fragte Recaldo.

»Drei, vier Stunden.«

»Und an dem Morgen wollten Sie eigentlich auch so lange draußenbleiben?«

»Warum denn nicht?«

»Ich versuche ja nur, mir ein Bild zu machen. Also, um halb sechs waren Sie bei der Helling? Ist das richtig?«

»Mehr oder weniger. Vielleicht fünf, sechs Minuten hin oder her.«

Recaldo stöhnte. »Gott steh uns bei, würden Sie sich bitte entschließen. War es fünf Uhr dreißig oder zwanzig vor sechs? Das ist ein Unterschied, verstehen Sie?«

»Halb sechs.«

»Sind Sie sicher?«

»Ja.«

»Und womit war sie an dem Baum festgebunden, John?«

Der alte Mann blickte geistesabwesend um sich. »Mit dem Schal? Oder war es ein Strick? Ich weiß es nicht.«

Gott verleihe mir Geduld, dachte Recaldo grimmig; irgendwie gelang es ihm jedoch, seine Stimme weiterhin ruhig klingen zu lassen. »Kommen Sie mit.« Er packte Spain am Arm und zog ihn auf die Beine. »Sie haben gesagt, sie sei an den Baum gelehnt gewesen. Alsdann, kommen Sie mit, und zeigen Sie mir das.« Sein Gesicht wirkte versteinert, als sie wieder zu der Stelle gingen, wo die Leiche lag. Spain fiel auf die Knie, krümmte sich vornüber, und seine Schultern begannen zu zucken; laute, heisere Schluchzer entrangen sich seiner Kehle. »Ich habe nicht gesagt, daß es ein Seil war. Es hatte nur den Anschein, als sei sie mit irgendwas an dem Baum festgebunden«, keuchte er. Recaldo ließ ihn ein, zwei Minuten gewähren, dann zog er ihn auf die Beine. »In dem Fall«, erklärte er ruhig, »in dem Fall sollten wir nichts mehr von wegen Seilen sagen. Haben Sie mich verstanden? Sie machen aus dem Ganzen nur einen heillosen Wirrwarr. Die Leiche lehnte an dem Baum? An die unteren Zweige gestützt. Das wollten Sie doch damit sagen, oder?«

Spain nickte zustimmend. »Ja, so ungefähr. Es sah so aus, als lehne sie an dem Baum.«

»Haben Sie sie je so dort stehen sehen?«

»O ja, oft. Aber immer nur abends. Sie lehnte sich mit dem Rücken an, einen Fuß auf den Stamm gestützt, und sah auf die Bucht. Meistens hat sie dabei geraucht.« *»Viel Glück, John Spain, ich hoffe, die Fische beißen heute an«, hatte sie dann gerufen und glucksend gelacht. »Fischer*

Spain.« Die etwas hinterhältige Anspielung hatte ihr offenbar ungeheuren Spaß gemacht.

»Haben Sie nicht gesagt, das Blut sei ihr seitlich aus dem Mund getropft?« fragte Recaldo leise. Er sah den alten Mann gespannt an und wartete ab.

»*Neben.* Neben dem Mund, glaube ich«, murmelte er mit gesenktem Kopf. »Nein, es ist heruntergeflossen, obwohl, das könnte am Regen gelegen haben.« Er blickte über das Wasser in die Ferne. »In der Nacht hat es geregnet. Vielleicht war es das – vielleicht hat der Regen das Blut am Hals entlangfließen lassen?« Er schüttelte den Kopf. »Ich weiß es nicht. Ist es geflossen, getropft? Was macht das schon aus? Ich weiß nur eines – sie war tot.«

Recaldo verdrehte die Augen, bewahrte jedoch die Ruhe. Die Situation war ihm unangenehm. Er stand John Spain so nahe, wie dieser es je irgend jemandem gestattet hatte – was in Wirklichkeit nicht allzu nahe war. Spain war der Außenseiter, der Hereingewehte mit einer Vergangenheit, die die anderen dazu brachte, ihn zu meiden; er lebte am Rand der kleinen Gemeinde, die seine Anwesenheit zwar hinnahm, sich jedoch kaum die Mühe gemacht hatte, ihn willkommen zu heißen oder Freundschaft mit ihm zu schließen.

Er war Mitte Siebzig, kräftig gebaut und von etwas mehr als durchschnittlicher Größe; nach wie vor hatte er die breiten Schultern eines Sportlers, obwohl er ein wenig krumm war und etwas nach vorn geneigt ging, als habe er sich irgendwann eine schwere Rückenverletzung zugezogen. Sein Gesicht war verschlossen und traurig. Nur selten gestattete er sich ein Lächeln, und obwohl seine Zähne fleckig und im Vergleich zu dem breiten Mund zu klein waren, war es ein freundliches, ziemlich attraktives Lächeln in einem reizvollen Gesicht. Das Wetter hatte die Haut rötlichbraun gegerbt; das von grauen Strähnen durchzogene rotblonde Haar auf dem fleckigen Schädel war schütter. Die leicht nach oben gebogene Nase verlieh dem Gesicht etwas leicht Lächerliches, Clownhaftes und entsprach seinem sich selbst herabsetzenden Verhalten, ließ jedoch nicht auf seine wache Intelligenz schließen.

Recaldo wußte, er mußte Abstand gewinnen, alles, was er von Spain selbst oder aber durch das allgemeine Gerede wußte, ausschalten. Als Ermittlungsbeamter mußte er ihn wie jemanden betrachten, den er zum ersten Mal sah. Doch es war ihm unmöglich, in den dunklen, vom Alter verblaßten Augen zu lesen. Stand er unter Schock? Oder war er geistig verwirrt?

Spain hatte mit Sicherheit gewußt, es war töricht, am Ort des Geschehens irgend etwas zu verändern. Außerdem war nicht nur ihr ausgefallenes Gewand voller Flekken. Auf den Haaren und am Hals war Blut, das wohl aus der klaffenden Wunde am Kopf stammte. Unverhohlen starrte er Spains Pullover an, der ebenfalls ziemlich fleckig war. Waren die Flecken neu? Unmöglich zu beantworten. Der alte Mann, der sehr wohl merkte, wie Recaldo ihn musterte, rieb sich nervös die Brust.

»Warum haben Sie sie auf den Boden gelegt?« Mittlerweile fragte Recaldo eindringlicher, schroffer.

»Ich habe nicht überlegt.« John Spains traurige Augen bohrten sich in seine; unergründlich waren sie, voll tiefem Kummer. Er kaute an der Unterlippe. »Ich wollte nichts weiter als ihr helfen. Das war rein instinktiv, schätze ich ...

Ich kann es nicht fassen, daß sie tot ist«, erklärte er nach langem Schweigen. »So wunderschön, so jung.«

So jung auch wieder nicht, dachte Recaldo verdrossen. Weit in den Vierzigern, wenn auch mit Sicherheit gutaussehend, exotisch. Er mußte daran denken, wie sie am vergangenen Freitag in den Supermarkt gekommen war. Und an den wissenden Audruck auf dem blaßen, angespannten Gesicht, als sie gesehen hatte, wie Cressie sich mit ihm unterhielt.

»Mit wem verkehrte sie?«

»Woher soll ich das wissen?«

»Sie wohnen nur ein kleines Stück weiter flußaufwärts.« Recaldos Stimme klang nach wie vor gelassen, aber nicht ganz so liebenswürdig, wie er es beabsichtigt hatte. »Kommen Sie schon, John, Sie sind jeden Tag hier vorbeigefahren. Wer waren ihre Freunde? War beispielsweise gestern abend jemand bei ihr?«

Spain zögerte kaum merklich. Und als er den Mund aufmachte, um etwas zu sagen, sanken seine Augenlider schlaff herab. Ein Rufen vom Tor her ersparte ihm eine Antwort. Mr. Jeremiah O'Dowd, häufiger der Lächler genannt, spazierte in den Garten. »Hallo? Vangie?« rief er. »Bist du da?«

Mit wiegenden Schritten kam er durch den Garten auf sie zu und strahlte von dem wie festgefrorenen Lächeln bis zu den glänzenden Augen Selbstvertrauen aus.

»Was, zum Teufel, will denn der hier?« murmelte Recaldo gereizt und sah zu, wie O'Dowd näher kam. »Hier können Sie nicht rein«, rief er, doch der Lächler blieb nicht einmal stehen. Instinktiv rückten Spain und Recaldo näher zueinander, um ihm die Sicht zu versperren, so daß er fast mit ihnen zusammenrempelte, ehe er die zugedeckte Gestalt auf dem Boden sah. Unvermittelt blieb er stehen. »Was ist denn das? Was geht hier vor?« Die Stimme klang unsicher, die Augen huschten unruhig hin und her, das immerwährende Lächeln verblaßte.

»Sie haben hier nichts zu suchen, O'Dowd. Sie müssen wieder gehen«, forderte Recaldo ihn auf.

»Und aus welchem Grund?« fragte O'Dowd kampflustig.

Recaldo trat zur Seite. Der Mund des Lächlers öffnete sich zu einem verdutzten O. »Ist das ...? Ist das Evang... O mein Gott«, rief er. »Was ist mit dir?« Er sank neben der Leiche auf die Knie und streckte die Hand aus, um die Plane wegzuziehen.

»Ich würde das nicht tun«, warnte Recaldo ihn. »Stehen Sie auf, Mann.« Er legte beide Hände mit Nachdruck auf die Schultern des Lächlers und hielt ihn fest. »Was wollen Sie hier, Mr. O'Dowd?«

O'Dowd schüttelte Recaldos Hände ab. »Ich bin nur vorbeigekommen, um nach ihr zu sehen. Vangie«, murmelte er. Er kauerte noch neben der Leiche, wandte sich jedoch von ihr ab und blickte zu den beiden Männern auf.

»Vangie?«

»Evangeline. Mrs. Walter.«

»Um halb acht Uhr morgens?« Recaldo zog die Augenbrauen hoch. »Ein bißchen früh für kleine Freundschaftsbesuche, finden Sie nicht auch?«

»Sie ist eine Frühaufsteherin. Um Ihnen die Wahrheit zu sagen, ich bin gekommen, um mich zu entschuldigen. Ich hatte versprochen, gestern abend noch einmal nach ihr zu sehen, sobald ich zurückkäme.« Er räusperte sich. »Aus Dublin, aber mir ist das Benzin ausgegangen; die Benzinuhr hat bereits geblinkt. Hat mich Stunden gekostet, irgendwie klarzukommen.« Er stand auf und rieb an den Grasflecken auf seinen Hosenbeinen. Er war ein gewitzter und schlagfertiger Mann, und man sah förmlich, wie seine Gedanken sich überschlugen; seine huschenden Augen erfaßten die Situation, vermerkten jede Kleinigkeit. Er preßte die Lippen aufeinander, als wolle er sich daran hindern, irgendeine Art von Gefühl zu zeigen. »Wann ist sie ... kollabiert?« fragte er.

»Kollabiert? War sie denn krank?« Recaldo überlegte, ob er O'Dowd darauf ansprechen sollte, daß er ihn am Tag zuvor gesehen hatte, beschloß dann aber, sich für den Augenblick zurückzuhalten.

»Deshalb bin ich ja vorbeigekommen – um nachzusehen, ob mit ihr alles in Ordnung ist. Sie ist erst vor ein paar Wochen aus dem Krankenhaus entlassen worden.«

»Warum?«

Verlegenes Schweigen.

»Irgend etwas mit ihrem Magen, ich weiß es nicht genau ... Arme Evangeline.« O'Dowd hielt dies eindeutig für die Todesursache.

»Sie waren ein enger Freund?«

O'Dowd schien gar nicht zu bemerken, daß er in der Vergangenheitsform sprach. Er wandte den Kopf. »Ja, ich bin ihr Freund«, murmelte er undeutlich, ehe es aus ihm herausbrach: »Gott der Allmächtige, ist das alles, was Sie dazu zu sagen haben?«

Recaldo blieb ungerührt. »Seltsam, gerade ehe Sie aufgetaucht sind, habe ich Mr. Spain nach ihren Freunden gefragt.«

O'Dowd spreizte sich wie ein Hahn im Hühnerhof. »Was?« Sein Gesicht verzerrte sich. »Was?«

»Ganz einfach. Wen hier in der Gegend hat sie sonst noch gekannt? Wer hat sie sonst noch besucht?«

O'Dowd kniff die Augen zusammen. »Warum fragen Sie das *mich?*«

»Das ist nun mal üblich«, erwiderte Recaldo nüchtern, »wenn jemand unter, hm, ungewöhnlichen Umständen stirbt.«

»Ungewöhnliche Umstände?« wiederholte O'Dowd ungläubig, als begreife er nicht so ganz, was er gehört hatte. »Inwiefern ungewöhnliche Umstände?« fuhr er fort. »Was wollen Sie damit sagen, Mann?«

»Überhaupt nichts. Ich habe Sie lediglich gefragt, wen in der Gegend sie kennt – kannte.«

Verwirrt verzog O'Dowd das Gesicht. »Um Himmels willen, wollen Sie damit sagen, jemand hat sie *umgebracht?*«

»Ich habe nichts dergleichen gesagt. Beantworten Sie einfach meine Fragen, ja? Wir wissen noch nicht, was passiert ist.«

O'Dowd schürzte die Lippen. »Finbarr Spillane sieht nach ihrem Garten, Terry Whelan von der Bootswerft kümmert sich um ihr Schiff, Kevin Corkery ebenfalls. Dann Michael Hussey – sie geht ziemlich oft in die Bar; ich bin sicher, Sie haben sie dort schon mal gesehen. Sie kennt eine Menge Leute. Aber Freunde?« Er zuckte die Schultern. »Gesellschaftlich engagiert sie sich hier nicht sonderlich.« Irgendwie schien ihn das ein wenig stolz zu machen. »Die Sweeneys, nehme ich an. Zumindest mit *ihr* hat sie sich früher oft getroffen«, fügte er gehässig hinzu.

»Und was ist mit *ihm?*«

O'Dowd ging nicht gleich darauf ein. Verschlagen blickte er Recaldo aus den Augenwinkeln an und schätzte die Lage ab. »O nein«, sagte er, etwas zu beiläufig, »für ihn hatte sie nicht viel Zeit übrig. Sie war eigentlich nur mit Mrs. Sweeney befreundet.«

»Oh.« Recaldo versuchte angestrengt, keinerlei Regung zu zeigen, doch das wissende Glitzern in O'Dowds Augen war ein unmißverständlicher Hinweis darauf, daß Recaldos Interesse an Cressida nicht unbemerkt geblieben war. Mein Gott, dachte er verzweifelt, *dieses Dorf.* Kann denn hier überhaupt irgend etwas geschehen, das nicht bemerkt wird? Das man nicht kommentiert, bis zum Gehtnichtmehr zerredet? Doch O'Dowds Bedürfnis, einen Punkt einzuheimsen, war ein Fehler gewesen: Es war eine sinnlose Lüge.

»Wer sonst noch?« fragte er grimmig.

»Der da.« O'Dowd wirbelte herum und sah John Spain an. »Der hängt ständig hier rum«, fauchte er wütend und funkelte dann Recaldo an. »Sie können sie doch nicht einfach so da liegen lassen! Bringen Sie sie ins Haus! Wo ist denn der verdammte Arzt?« Er sah aus, als stehe er kurz davor zu explodieren. »Und überhaupt, was, zum Teufel, macht dieser Kerl hier?« brüllte er.

Ohne ein Wort zu sagen, sah John Spain O'Dowd direkt in die fiebrigen Augen. Er richtete sich auf und stand reglos wie ein Monolith da. Seine unterdrückte Kraft wirkte bedrohlich. Das stumme Kräftemessen dauerte nicht länger als ein paar Sekunden, dann wandte Spain sich um und stapfte durch das schilfige, nasse Gras davon.

»Hey, Mr. Spain, was fällt Ihnen ein, einfach wegzugehen!« rief Recaldo. »Sie können nicht einfach so verschwinden.«

Spain blieb stehen. »Ich kann, und ich werde gehen«, erklärte er heftig. »Ich bin alt, völlig durchnäßt, und mir ist kalt. Ich gehe nach Hause, Mr. Recaldo. Ohne jeden Zweifel weiß Mr. O'Dowd, was zu tun ist.«

»Dann bleiben Sie aber auf jeden Fall zu Hause. Wir werden uns später bestimmt noch mit Ihnen unterhalten wollen.«

In dem Augenblick klingelte Recaldos Handy. Er hörte ein, zwei Minuten lang zu, ohne O'Dowd aus den Augen zu lassen. »Ich muß Sie bitten, jetzt ebenfalls zu gehen, Mr. O'Dowd«, meinte er höflich und steckte den kleinen Apparat wieder in seinen Gürtel.

»Kann ich sie sehen?«

Zu seiner Überraschung fiel O'Dowd auf die Knie, senkte den Kopf und verharrte so neben der Toten. Unbehaglich musterte Recaldo ihn; ihm war klar, binnen kurzem würde O'Dowds offenkundiger Kummer durch die Morduntersuchung erstickt. Er war ihr nächster Nachbar gewesen wie auch ihr – was? Ihr Freund? Ihr Liebhaber? Was auch immer, man würde sein Leben peinlichst genau durchforsten, seine Schwächen offenlegen; seine Privatsphäre wäre dahin – möglicherweise für immer. O'Dowd, Spain, jeder, der irgendwie in Verbindung zu der Toten gestanden hatte, wie unschuldig er auch sein mochte. Der Gärtner, der Barmann, die Jungen von der Bootswerft. Cressida Sweeney. Er selbst. Sie alle würden wie Korn durch die Mühle gedreht.

»Sie müssen jetzt gehen. In Kürze wird jemand bei Ihnen vorbeikommen. Bleiben Sie inzwischen zu Hause, wenn Ihnen das nichts ausmacht, und kommen Sie ja nicht auf die Idee, all dies irgend jemandem gegenüber zu erwähnen. Haben Sie verstanden? Ich will keine Ratschereien in Husseys Bar. Und das meine ich ernst.«

»Ich habe nicht gehört, daß Sie dem alten Spain irgendwelche derartigen Anweisungen gegeben hätten«, bemerkte O'Dowd schneidend.

Recaldo ließ sich nicht aus der Fassung bringen. »Nun ja«, erklärte er in versöhnlichem Ton. »Wenn ich das Gefühl hätte, es bestünde irgendeine Gefahr, daß *er* die Geschichte herumerzählt, hätte ich das sehr wohl getan. Doch Sie wissen genausogut wie ich, John Spain verbringt seine Zeit selten in Gesellschaft anderer.«

»Und sie nicht in seiner«, höhnte O'Dowd.

»In der Tat. Ich bin daher sicher, Sie stimmen mir zu, daß die Dinge bei Ihnen völlig anders liegen, Mr. O'Dowd. Ich würde sagen, Sie wissen mehr über die Leute hier in der Gegend als irgend jemand sonst.« Recaldo schenkte ihm ein kühles Lächeln. »Auch über Miss Walter. Habe ich recht?«

»Mrs.«, murmelte O'Dowd zärtlich. »*Mrs.* Walter. Sie hat immer sehr großen Wert darauf gelegt, korrekt angesprochen zu werden.«

»Tatsächlich? Ich frage mich, was ich davon halten soll.« Recaldo faßte O'Dowd unnachgiebig am Ellbogen und führte ihn zum Seitentor. Danach ging er zu der gefliesten Terrasse hinter dem Haus. Irgend etwas hatte vorhin, während er mit Spain gesprochen hatte, seine Aufmerksamkeit auf sich gezogen. Er hatte gesehen, wie es einen Sonnenstrahl reflektierte. Langsam, Schritt für Schritt, suchte er jeden Zentimeter der Grasumfassung der Pflasterung ab, bis er fand, was er suchte.

Sein Herz machte einen Satz, als er einen kleinen Schildpattkamm mit einer Silberspange aufhob. Einer von einem Paar, wie Cressida Sweeney sie normalerweise verwendete, um ihre langen Haare zurückzustecken.

Er wählte ihre Nummer und ließ es ein dutzendmal oder öfter läuten, ehe er es – ebenso vergeblich – auf ihrem Handy probierte. Er verzichtete darauf, eine Nachricht zu hinterlassen, steckte den Kamm in die Tasche und wartete auf das Eintreffen der Spurensicherung.

8

Es war Viertel vor neun, als die beiden Beamten vom Hauptquartier an das Seitentor hämmerten. Sie stellten sich als Superintendent Peter Coffey und Detective Inspector Phil McBride vor.

»Francis Xavier Recaldo? Ein ziemlicher Zungenbrecher. Wie nennt man Sie denn so? FX?«

»Nein. Frank. Oder einfach Recaldo.«

»In Ordnung.« McBride grinste vergnügt. Er war vermutlich Ende Dreißig, ungefähr einen Meter achtzig groß und gut gebaut. Seine Haare – er hatte fast eine Halbglatze – waren sehr kurz geschnitten und verliehen ihm das Aussehen eines etwas ungeschlachten, wilden Kerls, wozu im übrigen auch die schwarze Lederjacke beitrug.

Coffey war allem Anschein nach Mitte Fünfzig, etwa zehn Zentimeter kleiner als Recaldo und fast genauso mager. Seine Gesichtszüge waren markant und verschlagen, und offenbar fehlte ihm jeglicher Sinn für Humor. Unstete Augen und eine ungesund teigige Gesichtsfarbe unter schütterem grauem Haar. Seine Kleidung – ein Jakkett aus grobem Tweed und eine ausgebeulte graue Hose – sah aus, als hätte er darin geschlafen.

»Sie haben es schnell hierher geschafft«, bemerkte Recaldo.

»Ja, gar nicht schlecht«, erwiderte Coffey. »Phil fährt wie Stirling Moss.« Er räusperte sich. »Wir wären schon früher hier gewesen, aber es war trotz Ihrer Hinweise teuflisch schwer, das Haus zu finden. Nur gut, daß Sie uns gesagt haben, wir sollten uns nicht auf die Wegweiser verlassen.«

»Die umzudrehen ist hier so eine Art Volkssport – der Bezirksrat hat es aufgegeben, sie immer wieder richtig hinzustellen.«

»Sie haben einen ziemlich ungewöhnlichen Namen«, meinte – wie vorherzusehen gewesen war – Coffey, als sie über die nasse Wiese gingen. Recaldo, der einigermaßen stolz auf seine spanischen Vorfahren war, die schon mit der Armada gekommen waren, seufzte.

»Ungefähr genauso fremdländisch wie de Valera, nehme ich an«, erwiderte er lakonisch. »Sir.«

»Hm?« Verdutzt sah Coffey ihn an und kapierte dann mit einiger Verspätung die Anspielung auf den ehemaligen Präsidenten der Republik. »Dann stammen Sie also aus Clare?«

»Nein, aus Kerry. Von der Halbinsel Dingle.«

»Na ja«, mischte McBride sich grinsend ein. Er hatte einen ausgeprägten Dubliner Akzent. »Das *ist* Ausland. Wie ich sehr wohl weiß«, fügte er hinzu und ignorierte, daß Coffey ihn wütend anfunkelte. »Ich selber bin ein Dub. Und sich irgendwo noch ausländischer vorzukommen als in Cork ist kaum möglich, glauben Sie mir.«

Er drehte sich zum Haus um. »Ziemlich aufwendiger Bau«, bemerkte er. »Man muß vermutlich ganz schön Kohle haben, um den instand zu halten. Was war das eigentlich ursprünglich? Irgendeine Art öffentliches Gebäude?«

»Nein, ein Lagerhaus für Getreide aus dem 19. Jahrhundert – daher auch der Name.«

»Hm?«

»Der Alte Kornspeicher«, erklärte Recaldo trocken.

»Hübsch. Das Grundstück ist auch nicht schlecht«, meinte McBride, nachdem er sich ein wenig umgesehen hatte. »Ist schon seit langem ein Wohnhaus?«

»Ich bin mir nicht ganz sicher, aber ich glaube, die Schweizer, die vor ungefähr zwanzig Jahren das Hotel Atlantis in Passage South bauen ließen, haben ihn umfunktioniert.«

»Eigentlich sind wir ja nicht wegen einer Vorlesung über Architektur hergekommen«, unterbrach Coffey barsch. »Also, fangen wir an. Wie hat man sie gefunden?«

»Ein Fischer, der vorbeigerudert ist – er heißt John Spain –, hat sie heute morgen kurz nach halb sechs entdeckt.«

»Spain? Komische Namen habt ihr hier«, bemerkte Coffey säuerlich und schniefte; dann warf er einen Blick auf seine Uhr. »Wir haben nur seine Aussage, was die Uhrzeit betrifft? Keine weiteren Zeugen?« Recaldo schüttelte den Kopf.

»Hat der hier zuständige Arzt sie untersucht?« erkundigte sich McBride.

»Ja, als ich gesehen habe, daß die Frau tot ist, habe ich sofort Dr. McCarthy angerufen. Er hat auf dem Weg zu seiner Sprechstunde in Duncreagh vorbeigeschaut. Da er ganz in der Nähe wohnt, war er bereits um sechs Uhr fünfzig hier. Bis er um elf Hausbesuche macht, hält er Sprechstunde – falls Sie mit ihm reden wollen.« Er gab Coffey einen Zettel mit der Telephonnummer des Arztes.

»War die Verstorbene eine seiner Patientinnen?« fragte McBride.

»Anscheinend nicht. Er hat den Gerichtsarzt benachrichtigt.«

»Gut. Die Pathologin kommt aus Cork und ist auf dem Weg hierher – oder wird sich auf den Weg machen, sobald sie ihre Kinder zur Schule gebracht hat.« Coffey zog die Mundwinkel herunter; allerdings war nicht klar, ob er die Tatsache, daß es sich um einen weiblichen Untersuchungsbeamten handelte, oder aber die Tatsache, daß sie Familie hatte, mißbilligte. »Der Photograph und die Fingerabdruckspezialistin sind wahrscheinlich schon vor der Pathologin hier. Ein Ehegespann.«

Die drei Beamten waren gerade dabei, das Gelände mit Plastikbändern abzusperren, als sie am Seiteneingang ein beharrliches Klopfen hörten. Recaldo ging hin und ließ ein Paar um die Dreißig ein, von denen jeder eine große, kistenähnliche Aktentasche schleppte.

»Louisa und Mark Duffy«, erklärte die junge Frau. »Ich mach die Abdrücke, er die Photos.«

Mark Duffy grinste. »Und sie ist fürs Reden zuständig; ich bin der große Schweiger.« Sie gingen durch den Garten und hörten sich ohne jeglichen Kommentar Coffeys Anweisungen an; binnen weniger Minuten machten sie sich an die Arbeit.

Coffey sah sich im Garten um. »Und wo ist jetzt der alte Kerl, der sie gefunden hat?« Er hatte den Kopf zur Seite gelegt und streckte das Kinn vor; wie ein Terrier sah er aus: aggressiv und reizbar.

Recaldo lockerte mit einem Finger den steifen Kragen seiner Uniform. »Der ist nach Hause gegangen«, gab er etwas einfältig zu. Dies wurde mit tödlichem Schweigen aufgenommen. »Tut mir leid, Sir, aber mir ist nichts anderes übriggeblieben. Er ist ein alter Mann. Stundenlang hat er hier gewartet und war völlig durchnäßt. Außerdem hätte ich, sobald er einmal entschieden hatte, es sei genug, ohnehin kaum etwas tun können, um ihn aufzuhalten, denn unglücklicherweise ist ausgerechnet zu dem Zeitpunkt ein Nachbar namens O'Dowd hereingeplatzt; ich steckte also in einer Art Zwickmühle. Ich konnte schwerlich hinter Spain herlaufen *und* gleichzeitig auf die Leiche aufpassen, stimmt's? Oder O'Dowd mit ihr allein lassen. Der alte Spain ist verläßlich.«

»Außer natürlich, er hat sie umgebracht, aber ich schätze, das haben Sie in Betracht gezogen. Bei der Untersuchung eines Mordfalls ist niemand vertrauenswürdig.« Coffey schürzte die Lippen, offenbar wog er die Vor- und Nachteile der Möglichkeit ab, darüber zu streiten, daß dem Hauptzeugen gestattet worden war, vor *seinem* Eintreffen den Ort des Geschehens zu verlassen. Für alle Fälle schwieg er lange genug, um seine Mißbilligung deutlich zum Ausdruck zu bringen; dann fragte er: »Wieviel Uhr war es, als Sie hier eingetroffen sind?«

»Gerade zwanzig nach sechs vorbei.«

Coffey kniff die Augen zusammen. »Fast eine Stunde nach Auffindung der Leiche? Um welche Zeit hat Spain Sie angerufen?«

»Er hat um fünf Uhr zweiundfünfzig auf dem Revier angerufen. Der Anruf wurde automatisch durchgestellt – ich wohne auf der anderen Seite von Passage South. Er erklärte lediglich, ein Unfall sei passiert; das ist der Grund, weshalb ich nicht sofort in der Zentrale angeläutet habe. Ich war dann in weniger als zwanzig Minuten hier, von der Zeit des Anrufs an gerechnet. Um ...« – er warf einen Blick in sein Notizbuch – »... um sechs Uhr fünfzehn bin ich eingetroffen, habe an die Tür des Seiteneingangs geklopft, und Spain hat mich eingelassen – er ist von innen mit einem Sicherheitsschloß abgesperrt. Nachdem ich mich vergewissert hatte, daß bei Mrs. Walter kein Puls mehr zu spüren war, habe ich Verbindung mit der Abteilungszentrale aufgenommen.« Erneut konsultierte er sein Notizbuch. »Das war um sechs Uhr fünfundzwanzig. Ehe Dr. McCarthy eintraf, habe ich Spains Aussage aufgenommen. Als der Arzt weg war, bin ich das Ganze mehrmals mit ihm durchgegangen, bis O'Dowd hereingeplatzt ist. Ein paar Minuten später ist Spain nach Hause gegangen; ich habe ihm gesagt, er solle dort warten, bis wir bei ihm vorbeikommen. Er wohnt nur ein kleines Stück weiter flußaufwärts.« Recaldo hielt Coffey sein Notizbuch hin, der es beiseite schob.

»Und warum haben Sie anschließend das Gartentor nicht abgesperrt?«

»Ich habe es sehr wohl abgesperrt.«

»Tatsächlich? Wie konnte dann dieser O'Dowd ›hereinplatzen‹, wie Sie es nennen?«

Recaldo fühlte sich überrumpelt und kratzte sich am Kopf. »Wissen Sie, ich war so verdutzt, als ich ihn gesehen habe, daß ich gar nicht gefragt habe. Vermutlich hat er einen Schlüssel; er ist ein Freund der Toten.«

»Herrje«, meinte McBride lakonisch, »das dürfte noch so was wie ein Problem geben. Ist wohl besser, wir holen den alten Kauz wieder her, und zwar sofort. Finden Sie nicht auch?«

»Das machen wir gleich nachher«, schaltete Coffey sich ein. »Kommen wir erst noch einmal kurz auf Spain zurück. Ich blicke da nicht ganz durch. Warum hat es zwanzig Minuten gedauert, bis er um Hilfe gerufen hat?«

»Er sagt, er sei in Panik geraten – habe nicht gewußt, von wo aus er telephonieren sollte – er hat kein Handy.«

»Und von wo aus hat er dann telephoniert?«

»Von hier aus, von drinnen. Die Lichter haben gebrannt, und die Terrassentür hat offengestanden.«

»Na so was«, kommentierte McBride halblaut. *»Von drinnen?«*

Coffey funkelte ihn wütend an. »Er ist in das Haus gegangen? Allein? Stimmen die Fußabdrücke drinnen damit überein?«

Recaldo hüstelte. »Ich konnte keine Fußabdrücke entdecken. Selbst war ich nicht drinnen, aber vom Fenster aus sah alles ganz in Ordnung aus.« Die beiden anderen starrten ihn einigermaßen erstaunt an. »Er hat erklärt, er habe seine Stiefel ausgezogen«, fügte Recaldo hinzu.

»Wie durch Zauberei?« Coffey drehte sich auf dem Absatz um, stakste zum Haus hinauf und beugte sich durch das offene Fenster. McBride folgte ihm auf den Fersen.

»Warum haben Sie das Haus nicht durchsucht?«

»Ich konnte mich schwerlich zweiteilen«, erwiderte Recaldo gleichmütig. »Nach den Vorschriften muß ich bei der Leiche bleiben. Und genau das habe ich getan.«

»Mir brauchen Sie die Vorschriften nicht zu zitieren«, erklärte Coffey hochnäsig.

»Korrigieren Sie mich, falls ich mich irre, FX«, warf McBride gelassen ein, »aber war Spain nicht mindestens vierzig Minuten allein hier, von dem Zeitpunkt an, als er die Leiche gefunden hat, bis Sie eingetroffen sind? Eine verdammt lange Zeit.«

»Er ist ein alter Mann, bewegt sich ziemlich langsam. Und reagiert auch langsam, wie wir alle, wenn wir unter Schock stehen.«

»Ich schätze, wir müssen davon ausgehen, daß er die Wahrheit sagt, was den Zeitpunkt betrifft, zu dem er sie gefunden hat«, räumte Coffey ein.

»Mit Sicherheit können wir das nicht wissen; wir haben nur sein Wort.« Eine bissigere Antwort versagte Recaldo sich. »Selbst nach meinem Eintreffen hier war in der Bucht weit und breit keine Menschenseele zu sehen. Der Alte allerdings befand sich in einem massiven Schockzustand. Das war eindeutig.«

»Und das, glauben Sie, macht ihn unschuldig? Nun, ich würde sagen, dafür könnte es eine Menge Gründe geben. Sie hätten ihn nicht gehen lassen dürfen.«

»Das ist mir klar, aber wie ich bereits erklärt habe, ich hatte kaum eine andere Wahl.«

»Es gibt immer eine andere Möglichkeit. Eine richtige und eine falsche Vorgehensweise. Das sollten Sie eigentlich wissen.« Coffey seufzte. »Hören wir uns mal Ihren Bericht an.«

Während er beschrieb, was er bei seinem Eintreffen vorgefunden hatte, blätterte Recaldo in seinem Notizbuch und las anschließend John Spains Beschreibung vor, wie er die Tote gefunden hatte. Nach ein paar Sätzen streckte Coffey die Hand aus. »Ich sag Ihnen was, ich lese mir das selbst durch; währenddessen fahren Sie mit der Durchsuchung des Geländes fort. Ach ja, und rufen Sie diesen Spain an, und sagen Sie ihm, er solle zu Hause bleiben, wir würden bald vorbeikommen. Wir holen ihn um, sagen wir mal, zehn Uhr rüber. Aber erzählen Sie ihm das nicht, ich will nicht, daß er abhaut. Und dieser andere Typ – O'Dowd war der Name, oder? Rufen Sie den zuerst an, und richten Sie ihm das gleiche aus. Mit dem befassen wir uns, sobald wir mit den Vorarbeiten hier fertig sind. Sagen Sie ihm, er soll sich nicht von der Stelle rühren und daß wir ihm die Schlüssel abnehmen.«

»O'Dowd kann ich natürlich anrufen, aber John Spain ist telephonisch nicht erreichbar.«

»Großer Gott«, explodierte McBride. »Das soll wohl ein Witz sein!«

»Durchaus nicht«, erwiderte Recaldo nachsichtig. »Er ist finanziell nicht besonders gut gestellt. Wenn er jemanden anrufen will, macht er das von der Telephonzelle in Passage South aus. Und wenn man etwas von ihm will, schaut man einfach bei ihm vorbei.«

»Müssen wir sonst noch etwas wissen?« fragte McBride sarkastisch.

»Ich habe ihm gesagt, er solle zu Hause bleiben; ich kann aber auch ohne weiteres bei ihm vorbeigehen und ihn herholen, wenn Sie wollen.«

»Nein«, bestimmte Coffey, »Sie bleiben hier. Aber rufen Sie den anderen Typ an.«

Während Recaldo telephonierte, baute Mark seine Ausrüstung auf, und Louisa stellte die üblichen Untersuchungen im unmittelbaren Umkreis der Toten an. Superintendent Coffey und Inspector McBride kauerten sich zu beiden Seite der Leiche hin und unterhielten sich leise murmelnd mit den Experten. Möglicherweise gehörte das zu einem eingespielten Vorgehen, und sie legten nicht mehr Verachtung gegenüber einem einfachen uniformierten Gendarm an den Tag, als es für Polizeibeamten in Zivil nun einmal typisch ist, doch es wirkte so, als wollten sie ihm vor Augen führen, wie eine solche Untersuchung ordnungsgemäß durchgeführt wird. Recaldo, ohnehin schon gereizt, geriet allmählich in Wut.

Wie, zum Teufel, hatte das nur passieren können, daß ihm das mit den verdammten Schlüsseln von O'Dowd nicht aufgefallen war? Herrgott, was hatte er denn sonst noch übersehen? »FX?« rief McBride, als könne er Gedanken lesen. »Haben *Sie* Schlüssel zu dem Haus?«

»Nein, ich bin, wie schon gesagt, nicht drinnen gewesen. Wahrscheinlich liegen die noch irgendwo im Haus. Seit ich hergekommen bin, ist nichts verändert worden.«

»›Seit‹ könnte in diesem Zusammenhang wirklich das passende Wort sein«, grummelte Coffey sauertöpfisch. »Also schön, wir machen uns jetzt wohl besser an die Arbeit. Phil, Sie kümmern sich um das Haus, während Mark hier weitermacht. Sehen Sie sich gründlich um, und suchen Sie dabei gleich die Schlüssel. Sorgen Sie dafür, daß

Louisa alles überprüft – Lichtschalter, Türgriffe.« Hinter ihm formulierte McBride stumm: Ja, ja, ja. »Und überprüfen Sie das Telephon, ob ...«

»Wir erledigen das schon, Boß«, meinte McBride unbekümmert und ging.

»Ach ja, und vielleicht könnten Sie eine Kanne Kaffee aufbrühen, wenn Sie schon da drinnen sind ... oder Tee. Und zwar starken, ja? Mir platzt gleich der Schädel.« Er wandte sich zu Recaldo. »Ich frage mich, wo die Pathologin bleibt. Die braucht ganz schön lange. Hat sich vermutlich verfahren. Gehen Sie doch auf die Straße raus, und halten Sie Ausschau nach ihr. Ich wette, die hat Schwierigkeiten, das Haus zu finden. Und wenn Sie schon dabei sind, können Sie sich gleich mal überlegen, was man machen könnte, um den Eingang zu sichern. Sonst haben wir, ehe wir's uns versehen, eine Menge Gaffer hier rumstehen. Oder, was noch schlimmer wäre, die Presse, Gott steh uns bei.«

»Ich habe ein Ersatzvorhängeschloß mit Kette im Auto.«

»Gut. Sie kümmern sich also darum.«

Abgeschoben, ausgeschlossen. Das Blut in Recaldos Schläfe pochte. So einfach war das. Elegant. Beinahe bewunderte er Coffey, obwohl er sich fürchterlich über dieses Eindringen in sein ureigenstes Territorium ärgerte.

Fast zwanzig Minuten lang wartete er auf die Pathologin. Die feuchte Luft ließ ihn frösteln. Er stampfte mit den Füßen auf, um seinen Kreislauf in Schwung zu bringen. Bedachtsam ließ er die letzten Stunden im Kopf Revue passieren, dann drehte und wendete er den kleinen Kamm. Wann genau hatte er ihn zum letzten Mal bei Cressida gesehen? Am Freitag? Ja, am Freitag ganz bestimmt, im Supermarkt. Mittlerweile war er sich unsicherer denn je, was die Gesellschaft auf dem Boot und das Mädchen betraf. War es Cressie gewesen? Und falls ja, was hatte sie dort gemacht? Was hatten sie alle gemacht? Die Tatsache, daß O'Dowd den Ausflug nicht erwähnt hatte, schien ihm ungemein bezeichnend. O'Dowd spielte den Schweigsamen. Na ja, er schließlich auch. Und wenn er nicht auf der Hut war, würde McBride es bald kapieren. Der hatte einen messerscharfen Verstand.

Nach einer Weile, als immer noch nichts von der Pathologin zu sehen war, wählte er auf seinem Handy die Nummer der Sweeneys. Fünfzehnmal ließ er es läuten, zwanzigmal, und er gab erst auf, als er Motorengeräusch hörte.

Ein kastanienbrauner Volvo Estate raste die schmale Straße herunter. Als Recaldo einen Schritt vortrat, um ihn anzuhalten, geriet er ins Schleudern und kam quietschend vor ihm zum Stehen.

»Sie haben mir vielleicht einen Schrecken eingejagt.« Ein freundliches, ziemlich mütterlich wirkendes Gesicht schaute aus dem Autofenster. »Trotzdem bin ich froh, daß Sie da sind, ich wäre glatt vorbeigefahren.« Sie lächelte und streckte die Hand aus. »Joanna Morrow; ich bin die Pathologin. Und Sie sind Inspector McBride?«

»Nein, ich bin die örtliche, niederrangigere Polizei«, erklärte er mit einem kaum merklichen Anflug von Ironie. »Frank Recaldo.« Sie schüttelten einander die Hände. »Fahren Sie hier lang, Dr. Morrow, aber gehen Sie's langsam an, die Auffahrt ist ein regelrechter Sumpf. Superintendent Coffey und Detective Inspector McBride sind beim Haus und erwarten Sie dort. Folgen Sie einfach dem Weg, aber passen Sie auf, er biegt scharf nach links.« Dr. Morrow hob die Hand. »Hüpfen Sie rein, dann können Sie es mir selbst zeigen.« Er sicherte die Gatter mit dem Vorhängeschloß und ließ sich dann vorsichtig auf den Beifahrersitz neben ihr gleiten. Der Boden des Autos war knöcheltief mit allem möglichen Plunder übersät: Papier, Spielzeug, Chipstüten.

»Haben Sie genug Platz für Ihre langen Beine? Schieben Sie den Sitz einfach zurück – das Dingsda ist irgendwo auf der Seite. Und das Zeug da – schmeißen Sie es einfach auf den Rücksitz zu dem anderen Krempel«, meinte sie fröhlich. »Meine Kinder schaffen es, alles zu einer Müllhalde zu machen.« Sie lachte liebevoll. »Abgesehen davon, daß sie mich die halbe Nacht wach halten. Ein bißchen viel in meinem Alter.«

Ungefähr so alt wie er selbst, schätzte Recaldo. Sie sah in der Tat so aus, als sei sie eben erst aus einem tiefen Schlaf aufgewacht und immer noch nicht ganz da. Müde, aber offenbar guter Dinge, den Eindruck hatte er, obwohl er sie gerade erst kennengelernt hatte. Er gestattete sich einen kurzen Traum, wie Cressie und er sich aneinanderkuschelten und sie ihm die Stirn streichelte. Mit einiger Selbstverachtung machte er sich klar, seine Sehnsüchte nahmen infolge der gefühlsmäßigen und sexuellen Entbehrung zunehmend eine verzweifelte Grundstimmung an.

»Wie alt sind Ihre Kinder denn?« erkundigte er sich höflich.

»Fünf und drei. Ich war eine Spätzünderin.« Sie verdrehte die Augen, als sie neben den beiden Polizeiautos anhielt. »Und was ist mit Ihnen? Haben Sie Familie?«

Das Auftauchen McBrides, der in dem Augenblick zusammen mit Mark und Louisa Duffy, die offenbar im Aufbruch begriffen waren, durch das Seitentor kam, ersparte ihm eine Antwort.

»Wie geht's, Doc?« fragte er grinsend und nahm ihr die schwere Tasche ab. »Auf dem Herd steht eine Kanne mit heißem Kaffee. Guter Kaffee, aber im ganzen Haus ist nichts Eßbares aufzustöbern. Nicht einmal Kekse.«

»Nein danke, ich muß mich an die Arbeit machen. Hab heute viel zu tun.« Joanna Morrow streifte sich dünne Gummihandschuhe über. »Wie heißt sie?«

»Evangeline Walter«, erwiderte Recaldo.

»Ziemlich ausgefallen. Von Longfellow gibt es doch ein Gedicht mit diesem Titel, nicht wahr? Evangeline.« Sie ließ den Namen förmlich auf der Zunge zergehen. »Gefällt mir. Wissen wir irgend etwas über sie?«

»Nicht viel. Amerikanerin. Wohnte allein hier.«

Dr. Morrow befestigte einen kleinen Empfänger an ihrem Revers. »Alsdann«, meinte sie, »fangen wir an.« Schweigend stand sie da, musterte eingehend die Stelle, wo die Tote lag, und ließ sich dann langsam auf die Knie nieder. »Seltsam friedlich, finden Sie nicht?« bemerkte sie. »Derlei sieht man nicht oft.« Als sie Evangelines Kopf berührte, rutschte das Tuch herunter, und schulterlange schwarze Haare kamen zum Vorschein, die in erschrekkendem Kontrast zu ihrer blassen Haut standen. Als sie den Pony zurückstrich, fielen ihnen Narben entlang dem Haaransatz auf; bei näherem Hinsehen bemerkte man, daß sie sich um das ganze Gesicht zogen.

»Plastische Chirurgie, und zwar reichlich«, murmelte sie erstaunt. »Ist das nicht außergewöhnlich? Soviel von der Art habe ich noch nie gesehen. Allerdings hervorragend gemacht.« Sie berührte die Augenlider der Frau und drehte das Kinn leicht zu Seite. »Überall. Sie hat das Alter in Schach gehalten, das muß man sagen.« Sie betrachteten Evangelines seltsame, puppengleiche Maske, auf der keinerlei Falten auf ihr Alter oder ihr Wesen schließen ließen. Sie war völlig ausdruckslos: keine Furcht, kein Zorn. »Blaue Lippen, möglicherweise gequetscht. Wunde an der linken Schläfe, ebenfalls eine Quetschung.« Mit einem Tupfer fuhr sie unter die Fingernägel. »Nägel manikürt, mattrosa lackiert, unversehrt, keine Anzeichen eines Kampfes. Das ist merkwürdig«, murmelte Dr. Morrow. »Wenn man die Wunde in Betracht zieht... Natürlich könnte sie gestürzt sein.« Sie blickte um sich. »Jede Menge Felsbrocken.« Behutsam betastete sie den Hals links unter dem Kinn, wo ein kleines rotes Mal von der Größe etwa eines Pennys zu sehen war.

»Knutschfleck?« fragte McBride.

Mit der Fingerspitze zeichnete sie die leicht erhabenen Konturen des Mals nach und drückte dann leicht darauf. »Nein, ein rotes Muttermal.« Grinsend blickte sie zu ihm auf. Als nächstes wollte McBride wissen, ob sie nach Alkohol rieche. Dr. Morrow beugte sich über die Tote und schnüffelte. »O ja, eindeutig«, erklärte sie entschieden. »War sie eine Trinkerin?«

»Auf dem Küchentisch steht eine halbleere Flasche Wein«, meinte McBride. »Napa Valley Chardonnay. Aus der Kellerei White Rock«, führte er aus wie jemand, der sich für derlei Dinge interessiert.

Dr. Morrow schüttelte den Kopf. »Nein, riecht eher nach Whiskey. Das überprüfe ich später, im Labor«, murmelte sie. Sie fuhr leicht mit dem Finger über die Haut zwischen den Brüsten. »Ach du meine Güte, an der ist ja nichts dran«, rief Dr. Morrow aus. »Im mittleren Alter und dann magersüchtig – albernes Ding.« Sie entblößte den Rumpf; mit der behandschuhten Hand zeichnete sie eine fünfzehn Zentimeter lange Narbe nach. »Ziemlich frisch. Nicht älter als ein paar Wochen. Na ja, das soll mir eine Lehre sein«, murmelte Dr. Morrow. »Also keine Diät. War sie Schauspielerin? Ein Filmstar oder dergleichen? Wie ich gehört habe, wimmelt es hier nur so davon.«

Recaldo zuckte die Schultern und schüttelte den Kopf, um die wiederkehrenden Anfälle von Übelkeit zu vertreiben. »Sie war so eine Art Kunstexpertin, glaube ich«, murmelte er mit zusammengebissenen Zähnen. »Hat Ausstellungen organisiert. Eigentlich weiß ich nicht sonderlich viel über sie, außer daß sie Amerikanerin war und seit etlichen Jahren hier wohnte.«

»Bißchen abgelegen für einen Großstadttyp, stimmt's?« meinte Dr. Morrow in ihrer nüchternen Art. »Sie kennen sich hier aus, Mr. Recaldo. Kennen wir ihren Arzt? Ich würde wirklich gerne ihre Krankengeschichte sehen.«

»Bei Dr. McCarthy war sie jedenfalls nicht – das hat er mir gesagt, als er heute morgen hier war. Zu seinem Zuständigkeitsbereich gehört auch Trianach – da sind wir jetzt. Er hat gesagt, er wolle sich unauffällig in den anderen Praxen umhören, vielleicht könne er es herausfinden.«

»Das wäre äußerst hilfreich.«

»Könnte es sein, daß sie an Unterkühlung gestorben ist?« fragte Recaldo unvermittelt und ignorierte den mißbilligenden Blick, den Coffey ihm zuwarf.

»Unterkühlung? Das kann ich jetzt noch nicht sagen.« Sie blickte ihn überrascht an. »Haben Sie einen bestimmten Grund, warum Sie das fragen?«

Er zuckte die Schultern. »Sie ist nicht gerade passend für das Klima und die Gegend angezogen. Das Kleid ist reichlich dünn.«

»Scheint als Hauptursache unwahrscheinlich.« Verunsichert sah sie ihn an. »Sie hat eine Wunde am Hinterkopf, und sie hat ziemlich viel Blut verloren.«

»Eine Folge der Operation?« wollte McBride wissen.

»Möglich«, meinte sie zurückhaltend. »Könnte verschiedene Gründe haben.

»Vergewaltigung?« fragte er beharrlich weiter.

»Das kann ich noch nicht mit Sicherheit sagen. Sieht aber ganz danach aus, als sei es zu irgendeiner Art sexuellem Kontakt gekommen. Wissen wir, wann man sie zum letzten Mal lebend gesehen hat?«

»Ich habe sie gestern am frühen Nachmittag gesehen. Der Alte, der die Leiche entdeckt hat, erklärt, er habe sie dort drüben stehen sehen, gestern abend, so gegen acht.« Er deutete zu dem verkrüppelten alten Baum am Flußufer. »Normalerweise fährt er ungefähr um die Zeit raus, um frischen Köder in seine Hummerkörbe zu legen. Sie war noch da, als er zurückgekommen ist, sagte er.«

»Um acht?« Sie schürzte die Lippen. »Zu früh, glaube ich. Meiner Schätzung nach – und mehr kann ich zu diesem Zeitpunkt noch nicht sagen – nehme ich an, daß sie später gestorben ist, frühestens zwischen neun und zehn oder« – sie rieb sich mit der Hand über den Mund – »am frühen Morgen – ein Uhr? Ich kann das jetzt noch nicht mit Sicherheit sagen. Aber sie war ein paar Stunden im Freien – möglicherweise die ganze Nacht; zudem kann sie eine Zeitlang im Wasser gelegen haben. Wir werden ja sehen, was sich bei der Obduktion ergibt.« Sie trat ein Stück näher zu Coffey. »Ich rufe Sie heute abend an und bringe Sie auf den neuesten Stand. Bis dahin haben wir die Fingerabdrücke und Photos. Ich möchte mir ein, zwei Aspekte von alldem hier durch den Kopf gehen lassen« – sie deutete um sich – »ein, zwei Leute konsultieren. Einstweilen möchte ich mich noch nicht festlegen.«

»Beunruhigt Sie irgend etwas, Joanna?«

»Ja. Irgendwas. Hat möglicherweise nichts zu bedeuten. Aber im Augenblick würde ich noch nicht eindeutig von einem Mord ausgehen.« Als Recaldo aufblickte, stand Joanna Morrow neben ihm und lächelte ihm zu. »Hat man sie so gefunden?«

»So hat sie dagelegen, als ich hergekommen bin«, erwiderte er vorsichtig. »Zu einem früheren Zeitpunkt war der Garten überflutet; vielleicht ist sie ertrunken.«

Nach kurzem Schweigen legte Dr. Morrow ihm die Hand auf den Arm. »Mr. Recaldo, haben Sie mich gehört? Hat man sie so daliegend gefunden?«

Er räusperte sich. »Nein. Unglücklicherweise hat der alte Mann sie da hingelegt. Er hat gesagt, sie habe, an den Baum gelehnt, dagestanden, und er habe sie auf den Boden gelegt, als er merkte, daß sie tot war ...«

»Gestanden?« Unwillig rümpfte sie die Nase. »Glauben Sie ihm?« fragte sie einen Augenblick später leise. Ungläubig verfolgten Coffey und McBride diesen Wortwechsel, und ihm war klar, jetzt war es aus; nun hatten sie begonnen, hinsichtlich seiner Verwicklung in das Geschehen mißtrauisch zu werden.

»Ich habe keinerlei Grund, weshalb nicht ...«

Sie wechselten Blicke. Coffey sprach als erster. »Der Alte hat die Stellung der Leiche verändert? Habe ich recht verstanden?« Vor Ärger lief sein Gesicht rot an.

Recaldo räusperte sich. »Ja, Sir.«

»Warum? Hat er geruht zu sagen, warum?«

»Nein, Sir.«

»Nein? Und Sie sind nicht auf die Idee gekommen, uns das mitzuteilen?«

»Was hat sie dort festgehalten?« unterbrach Dr. Morrow ihn. »War sie festgebunden oder was? Mit irgend etwas?«

»Er hat gesagt, sie habe, an den Baum gestützt, dagestanden, aber ich frage mich, ob er nicht halluziniert hat.« Seine Stimme wurde hitzig. »Verstehen Sie, sie hatte die Angewohnheit, an den Baum gelehnt dazustehen und den Sonnenuntergang zu betrachten. Und zu rauchen. So hat er sie fast jeden Abend gesehen. Von einem Strick keine Spur. Ich habe mich gründlich umgesehen«, erklärte er entschieden. Aus den Augenwinkeln sah er Spains Boot durch die Bucht auf sie zukommen. »Am besten, Sie fragen ihn selbst, Dr. Morrow. Da ist John Spain, er kommt gerade.« Er deutete auf das Boot. »Das ist der Mann, der auf seinem Weg zum Fischen heute morgen um halb sechs die Leiche gefunden hat.«

»Um halb sechs? Er fährt um diese Zeit zum Fischen raus?« Sie blähte die Backen auf. »Mein Gott, der ist offenbar nicht ganz bei Trost. Wie alt ist er denn?«

»Drei- oder vierundsiebzig.« Er zuckte die Schultern. »Könnte natürlich älter sein. Oder jünger.«

»Und klar im Kopf?«

»Was?«

»Was ist denn mit Ihnen los, Mann? Ist er bei klarem Verstand?« warf Coffey ungeduldig ein.

»O ja, sehr klar, würde ich sagen.«

Coffey packte Recaldo am Arm. »Worauf warten Sie noch; rufen Sie ihn her, Mann.« Das war jedoch nicht nötig; Spain kam auf sie zu.

Sie beobachteten, wie er festmachte und am Ufer entlangging. »Das gleiche hat er heute morgen gemacht?« fragte Coffey.

»Ja, nur stand die Flut so hoch, daß er den Großteil des Weges durchs Wasser waten mußte.«

»Und deshalb war er so durchnäßt, daß er nach Hause gehen mußte?« Ironisch zog Coffey die Augenbrauen hoch. »Sie hätten ihn hier festhalten sollen.«

»Das ist mir klar«, erwiderte Recaldo, der allmählich die Geduld verlor. »Ich hätte ihn aufhalten sollen, aber ich habe Ihnen schon gesagt, das hätte bedeutet, O'Dowd bei der Leiche allein zu lassen; und dem traue ich weit weniger über den Weg als John Spain.« Er schielte zum Superintendent hinauf. »Ich habe mich für das kleinere Übel entschieden. Wäre ich dem alten Mann nachgehetzt, hätte ich O'Dowd allein am Tatort zurücklassen müssen. Und dem hätte nichts besser gefallen, als mittendrin im Geschehen zu sein. Der Mann mischt sich in alles ein. Unser örtlicher Besserwisser. Und ich hatte durchaus nicht die Absicht, ihn hier herumlungern zu lassen.«

»Was ist denn in Sie gefahren?« fragte McBride herausfordernd. »Was, zum Teufel, hat dieser O'Dowd Ihnen denn getan?«

Recaldo zog den Reißverschluß des Leichensacks zu und richtete sich auf. »Nichts.«

»Finden Sie nicht, daß Sie ein bißchen zu weit gehen? Auf jeden Fall halten Sie nicht besonders viel von ihm, das muß ich schon sagen.«

»Ich traue O'Dowd nicht über den Weg. Wir sollten nicht länger damit warten, ihn aufzusuchen.«

»Wir?« Jetzt wurden die Territorien abgegrenzt.

»Wir. Sie. Oder ich.« Er seufzte verdrossen. »Was immer Sie wollen, meine Herren«, erklärte er. In dem Augenblick trat Spain zu ihnen.

»Oh, Mr. Spain«, begrüßte Coffey ihn. »Wir würden Ihnen gerne ein paar Fragen stellen.« Er wandte sich zu Recaldo und brachte ihn mit plötzlicher Freundlichkeit völlig durcheinander. »Hören Sie, gehen Sie doch nach Hause, und legen Sie mal eine Pause ein, Frank, Sie müssen ja völlig erschöpft sein. So wie es aussieht, werden wir wohl den Großteil des Tages hier zu tun haben, folglich müssen wir einander ablösen. Wir schauen bei O'Dowd vorbei. Und jetzt ab mit Ihnen, schlafen Sie ein bißchen, essen Sie was, und kommen Sie dann in zwei Stunden wieder. Bis dahin sollten wir eine erste Lagebesprechung abhalten können.«

»Vielen Dank, Sir.« Recaldo warf einen Blick auf seine Uhr. »Ich bin um halb eins wieder da.« Nachdem er Coffey den Schlüssel zu dem Ersatzvorhängeschloß gegeben hatte, legte F. X. Recaldo, ehemals Detective Inspector, zuletzt im Hauptquartier der Polizei in Phoenix Park tätig, einen würdevollen Abgang hin.

9

Der Kamm und Cressida gingen ihm nicht aus dem Kopf. Er versuchte erneut, sie anzurufen, doch auch jetzt meldete sie sich nicht. Zudem beunruhigten ihn Spains Ausflüchte, ebenso die von O'Dowd. Wen versuchten die beiden zu schützen? Sich selbst oder jemand anderen? Irgendwo tief im Inneren wußte er, der Bootsausflug war der Schlüssel zu dem, was mit Evangeline Walter passiert war. Und daß Spain, O'Dowd und Cressida, möglicherweise auch deren Mann, eine Rolle dabei spielten.

Seine Gedanken kreisten um die *Halcyon.* Er hatte das Gesicht des Mädchens nicht richtig sehen können, das sich neben Mrs. Walter, bei der sie sich untergehakt hatte, auf das Geländer gestützt hatte. *Untergehakt?* – Evangeline und Cressida? Lachhaft.

Er fuhr über den Damm, doch anstatt rechts nach Passage South abzubiegen, fuhr er nach links auf die Hauptstraße und in Richtung der alten Steinbrücke über den Hauptausläufer des Glár ein paar Meilen weiter flußaufwärts. Er überquerte die Straße zum anderen Ufer und bog nach drei Meilen auf den Weg zum Grundstück der Sweeneys ein. Das Tor stand offen, doch das Haus war abgeschlossen. Er hämmerte an die Tür, läutete und ging auf die Rückseite des Gebäudes, doch keine Menschenseele war zu sehen. Auch von Finnegan, dem roten Setter, keine Spur.

Auf dem Weg durchs Dorf fiel ihm etwas anderes ein. Marilyn Donovan wohnte gleich neben Husseys Pub. Sie war bekanntlich die beste Putzfrau weit und breit, ein wahrer Segen für jeden Haushalt. Er hatte sie einmal gefragt, ob sie für ihn arbeiten würde, doch sie hatte behauptet, ohnehin schon viel zuviel am Hals zu haben. Schwach erinnerte er sich, wie irgend jemand gesagt hatte, Marilyn arbeite ausschließlich für die Fremden, da sie besser zahlten. Vor allem war sie offenbar von den Amerikanern angetan. Außer Mrs. Walter gab es in der Gegend noch etliche andere 'Yanks'.

Vier- oder fünfmal hämmerte er an die Tür, ehe ein winziges Mädchen im Alter von etwa zehn oder elf öffnete; sein Gesicht war verkniffen vor Verzweiflung. Im Hintergrund hörte er ebenso verzweifelt einen Säugling schreien.

»Ist deine Mutter da?«

»Nein.« Das Mädchen schniefte und wischte sich die Nase am Ärmel ab. Das Schreien im Hintergrund ging in durchdringendes Gebrüll über.

»Du bist Aisling, stimmt's?«

»Woher wissen Sie das?« Entsetzt sah sie ihn aus hellblauen Augen an. Nicht einmal der Hammermörder hätte schuldiger dreinschauen können. Er kauerte sich auf Augenhöhe zu ihr nieder.

»Kümmerst *du* dich ganz allein um das Baby?« fragte er freundlich.

»Das mach ich doch immer«, platzte sie heraus.

»Wo ist Mammy?« In dem Lärm konnte er kaum sein eigenes Wort verstehen.

»Die ist im Krankenhaus. In Cork.« Tränen traten ihr in die Augen; er vermutete, eher aus hilfloser Niedergeschlagenheit als aus Sorge.

»Was fehlt denn dem Baby?«

»Ich weiß es nicht«, jammerte sie.

»Komm, wir sehen mal nach ihm, und währenddessen erzählst du mir, was mit deiner Mammy los ist.« Er ging in die Diele und folgte Aisling in die Küche, wo ein durchdringender Gestank keinen Zweifel daran ließ, warum das Gesicht des kleinen Liam purpurrot angelaufen war. Recaldo rümpfte die Nase. »Ich glaube, er braucht eine frische Windel.«

»Aber die sind ausgegangen.« Immer noch mit Tränen in den Augen blickte sie zu ihm auf.

Er fischte einen Fünfer aus der Tasche. »Lauf schnell los und besorg welche. Weißt du die richtige Größe?«

»Natürlich, für was halten Sie mich denn?« erklärte sie, rührte sich jedoch nicht von der Stelle.

»Na los, warum, um Himmels willen, stehst du denn noch rum?«

»Das reicht nicht.«

»Was reicht nicht?«

»Der Fünfer. Die kosten doch fast sechs Pfund.«

Recaldo gab ihr noch ein Pfund, doch Aisling machte nach wie vor keine Anstalten zu gehen.

»Was ist denn jetzt schon wieder?«

»Mammy sagt, ich darf ihn nicht allein lassen«, erklärte sie geziert. »Oder Fremde ins Haus lassen.«

Recaldo seufzte laut auf. »Ich bin schließlich Polizist. Du kennst mich doch, oder?« Sie nickte. »Also dann, lauf schon. Ab mit dir.«

»Danke, Mr. Recaldo«, erwiderte sie. »Bin gleich wieder da.« Sie nahm eine Rolle Toilettenpapier aus der Schublade der Anrichte.

Das Kinn sackte ihm herunter. »Was soll ich denn damit?«

»Ihn saubermachen; ich hab das schon dreimal gemacht.« Ein freches Grinsen breitete sich auf ihrem Gesicht aus. »Na ja, schließlich haben Sie mich gefragt, stimmt's?« Sie schoß wie der Blitz durch die Tür davon.

Er war immer ein Vater gewesen, der derlei strikt seiner Frau überlassen hatte. Soviel zum abgebrühten Berufsmenschen, dachte er schicksalsergeben, hob das stinkende Kind hoch und hielt es auf Armlänge vor sich. Augenblicklich hörte Liam auf zu schreien und betrachtete ihn voller Ernst und mit großem Interesse. Recaldo starrte zurück. Glücklicherweise kam Aisling zurück, ehe das Gebrüll von neuem einsetzte.

»Jetzt erzähl von deiner Mammy. Was fehlt ihr denn?«

»Irgendwas ganz Schlimmes.« Über den Kopf des Babys hinweg sah sie ihn an. »Sie ist die Treppe hinuntergefallen.

Ich hab nicht gewußt, was ich machen soll. Fürchterlich geblutet hat sie – überall war Blut, und mein Dad war beim Arbeiten, also hab ich Mrs. Sweeney angerufen. Die hat Mammy ins Krankenhaus gebracht.«

Die Erwähnung von Cressidas Namen stimmte Recaldo augenblicklich milde. »Wann war das, Aisling?«

»Am Montag, um die Teezeit.«

»Und warum hast du Mrs. Sweeney angerufen?«

»Weil Mam für sie arbeitet, schätze ich. Ich hab's zuerst bei Mrs. Walter probiert, aber die hat gesagt, ihr Auto ist kaputt. Also hab ich Mrs. Sweeney angerufen; die ist sofort rübergekommen und hat meine Mam nach Duncreagh gebracht. Von dem Krankenhaus dort hat sie Daddy angerufen und ihm gesagt, daß sie ins Bons ... das Bons irgendwas ... in Cork müssen.« Das Kind kämpfte mit den Tränen.

»Das Bon Secours, so heißt es doch?« Er kauerte sich neben sie.

Sie nickte. »Mrs. Sweeeney hat gesagt, sie kommt wieder her und hilft uns, aber sie ist nicht gekommen.«

»Wann hat Mrs. Sweeney das gesagt?«

»Am Montag, als sie Mam abgeholt hat.«

»Und sie ist nicht mehr hergekommen? Überhaupt nicht mehr?« fragte er. Aisling schüttelte den Kopf.

»War Gil bei ihr?«

»Wer?«

»Ihr kleiner Junge.«

Ein seltsamer Ausdruck trat in ihr Gesicht. Abscheu?

»Der ist zurückgeblieben.«

»Wer sagt das?«

»Meine Mam. Sie sagt, er ist ein Idiot.«

Allmächtiger Gott. »Mit Gil ist alles in Ordnung, Aisling. Er ist nur ein bißchen taub, das ist alles. Aber er lernt jetzt sprechen.«

Das interessierte sie nicht. »Deshalb geht er nicht zur Schule. Meine Mam sagt, Mrs. Sweeney ist wie eine Heilige zu ihm. Die Geräusche, die er macht, würden einen verrückt machen.«

Recaldos Mitgefühl für Marylin löste sich in nichts auf. »Hat Mrs. Sweeney noch mal angerufen?«

»Ja, aber sie hat mit meinem Dad gesprochen ...«

»Am Montag abend?« half er nach.

Wieder nickte sie, doch dann fiel ihr etwas ein, und sie fügte hinzu: »Gestern nach dem Tee ist er nach Cork raufgefahren und erst mitten in der Nacht zurückgekommen. Seit heute morgen sind wir allein.«

»Aber du hast ihn gesehen, ehe er heute morgen zur Arbeit ist?«

»Ja. Er hat gesagt, Mammy geht es gut, aber mit dem neuen Baby wird es nichts, und ich muß auf Liam aufpassen, bis er nach Hause kommt.«

»Danke, Aisling. Bist ein prima Mädchen.« Er wühlte in seiner Tasche und gab ihr noch einen Fünfer; das Ganze erwies sich als reichlich kostspieliger Besuch. »Hol dir unten in Molly's Café was zu essen, und kauf noch ein bißchen Milch für die Heulboje.«

Recaldo fuhr nach Hause und trank zwei Tassen starken schwarzen Kaffee. Nachdem er vier Scheiben Toast gegessen hatte, duschte er und zog eine dunkelgraue Cordhose und einen schwarzen Rollkragenpullover an. Anschließend verfrachtete er seinen Hund in den Wagen und fuhr Richtung Klippen. Viel Hoffnung hatte er nicht, Cressida einzuholen, da er soviel Zeit bei den Donovans vergeudet hatte. Doch es war immerhin einen Versuch wert.

Als sie nirgendwo zu sehen waren, beschloß Recaldo, nicht noch mehr Zeit zu verlieren, sondern Barker zu Hause abzuladen und nach Trianach zurückzufahren, ehe Coffey ein Suchkommando losschickte. Er wünschte, er hätte das getan, was der Superintendent ihm empfohlen hatte – ein Nickerchen zu machen, anstatt wie ein Blöder durch die Gegend zu rennen, ohne etwas zu erreichen. Sein Hinterkopf pochte wegen des Schlafmangels. Dennoch vermittelte ihm, als er auf dem Nachhauseweg am Gelände des Hotels Atlantis vorbeikam, ein Blick zur Seite einen halb vergessenen Eindruck von etwas vage Vertrautem.

Er bremste scharf, fuhr rückwärts zum Eingang und hastete dann durch den Hotelgarten; die ganze Zeit über fiel ihm die Ähnlichkeit der Landschaftsgestaltung mit der auf dem Grundstück Evangeline Walters auf. Schließlich fand er den Gärtner, der ein halbkreisförmiges Gebüsch bearbeitete: ein winziger Mann, fast verdeckt von Blättern.

»Finbarr? Wie geht's denn so?«

Finbarr Spillane richtete sich zu seinen vollen ein Meter fünfzig auf, schob die Mütze in den Nacken, blickte auf und schenkte Recaldo ein gewinnendes, wenn auch fast zahnloses Grinsen. Das Alter des Gärtners war schwer zu schätzen, doch er strahlte die ruhige Würde eines Menschen aus, der sich seiner Berufung sicher ist. Er machte den Eindruck, vollkommen in seinem ureigensten Element zu sein.

»Nicht schlecht, so im ganzen gesehen. Und Ihnen?« Er fuhr sich mit dem Handrücken über die Stirn, der dort dicke schwarze Schmutzstreifen hinterließ. »Wunderbarer Tag heute.«

»Ich habe mich gefragt ...« Recaldo zögerte. Jetzt, da er genauer überlegte, konnte er sich nicht erinnern, Finbarr jemals anderswo als beim Arbeiten im Garten des Hotels gesehen zu haben. Vielleicht kauerte er sich abends einfach wie ein Kobold unter einen Busch und schlief dort? »Ich habe mich gefragt, ob Sie sich auch noch um andere Gärten kümmern?«

»Schon. Hier ein bißchen und dort ein bißchen, so von Zeit zu Zeit.«

»Mrs. Walter hat einen wunderschönen Garten«, sagte Recaldo leichthin.

»O ja. Für die arbeite ich auch.« Er starrte Recaldo an und nahm die Mütze ab. »Gott schenke ihrer Seele Frieden.«

Recaldo zuckte kaum merklich zusammen, doch noch ehe er seiner Befürchtung Ausdruck verleihen konnte, erklärte Finbarr: »Ich habe gesehen, wie Sie heute morgen, als ich gerade aus dem Bett gekrochen bin, hingefahren sind. Hab mir gleich gedacht, daß da irgendwas passiert ist. Jedenfalls weiß es inzwischen die ganze Stadt. Eine eindrucksvolle Frau. Und sie hat sich wirklich gut mit Pflanzen ausgekannt. Hat alle lateinischen Namen gewußt.«

»Dann stehen Sie also sehr früh auf?«

»O ja. Sobald es hell wird. Und manchmal schon vorher, wenn ich aufwache.«

»Wo wohnen Sie denn eigentlich, Finnbarr?«

»Ich hab gedacht, das wissen Sie mittlerweile.« Schelmisch blinzelte Finbarr ihn an. »Ziemlich weit draußen in der Duncreagh Road, dort, wo sie nach Trianach abbiegt. Das weiße Haus auf der rechten Seite. Dort wohne ich mit meiner Tante Mona.«

»Sitzt sie in einem Rollstuhl?«

»Ja«, antwortete er. »Aber das hält sie nicht davon ab, alles zu tun, was sie will. Eine großartige Frau, wirklich.« Er kicherte. »Jedenfalls mich hält sie in Trab.«

»Wann waren Sie zum letzten Mal bei Mrs. Walter?«

»Am Montag, wie immer. Ich arbeite einen Vormittag pro Woche bei ihr. Aber diesmal bin ich nicht lange geblieben. Sie hat mich schon ziemlich früh weggeschickt, hat gesagt, alles sei zu naß. Wegen dem vielen Regen.« Er verdrehte die Augen. »Aber schließlich hat es ja nicht die ganze Zeit geregnet, oder? Früher hat ihr das nie was ausgemacht, mir auch nicht.«

»Es war also ungewöhnlich, daß sie Sie nach Hause geschickt hat.«

Finbarr nickte. »Schon ein bißchen. Vielleicht weil dieser Besuch da war?«

»Besuch?«

»Ein Mädchen. Lange blonde Haare. Hat ein bißchen wie Mrs. Sweeney ausgesehen.«

Vor Überraschung zuckte Recaldo ein wenig zusammen. »War es denn Mrs. Sweeney?«

»Nein, die war es nicht. Nur die langen Haare haben mich an sie denken lassen.«

»Und, wer war sie dann? Haben Sie mit ihr gesprochen?« fragte Recaldo.

»Nein. Ich habe nur gesehen, wie sie am Fenster gestanden und zu mir rausgeschaut hat, als ich einen Busch zurechtgestutzt habe. Ich weiß nicht, wer sie war. Hab sie noch nie zuvor gesehen.« Er kaute auf der Unterlippe herum. »Aber ich hab sie dann noch mal gesehen, gleich am nächsten Abend.«

Abend konnte alles ab Mittag bedeuten. Im lokalen Sprachgebrauch waren Nachmittag und Abend austauschbar. »Um wieviel Uhr?« fragte Recaldo heftig.

»Weiß nicht genau. Jedenfalls nach dem Mittagessen. Normalerweise hören wir so um zwei rum auf.«

Recaldo erstarrte. »Und wo war das?«

»Wo war was?«

»Wo haben Sie das Mädchen gesehen?«

»Draußen in der Bucht, auf einer Jacht. Na ja, an so einem schönen Tag, da wollte die Tante einen Ausflug machen. Ein Nachbar hat uns nach dem Essen zu einer Spritztour nach Trabuí rausgefahren, und da hab ich die große Jacht vorbeifahren sehen, auf der sie waren.«

»Sie meinen, auf Mr. Sweeneys Jacht?«

Finbarr sah ihn von der Seite ein wenig mißtrauisch an. »Vielleicht haben Sie die ja selber gesehen? Sie waren doch auch draußen, oder?«

Das überhörte Recaldo. »Haben Sie gesehen, wer sonst noch auf der Jacht war?«

»Klar. Hab prima Augen, Gott sei Dank. Jer O'Dowd, Mrs. Walter, das Mädchen und noch so ein Kerl. Waren recht gut zu sehen, weil sie die Segel nicht gesetzt hatten. Sind nur mit dem Motor gefahren.« Das stimmte genau mit dem überein, was Recaldo gesehen hatte.

»Wer hat am Steuer gestanden?«

Zum ersten Mal wurde Finbarr unsicher. »Weiß nicht, war mir da gar nicht so recht sicher – jedenfalls hatte er eine Kappe über die Augen gezogen. Hat wie Mr. Sweeney ausgesehen, nur, ich hatte gehört, daß der letzte Woche in

London war. Wahrscheinlich war er es. Wer hätte es denn sonst sein sollen?«

Das stimmte – wer denn sonst? »Und Sie sind sicher, daß das Mädchen nicht Mrs. Sweeney war?«

Mitleidig sah Finbarr ihn an. »Nein, war sie nicht. Mrs. Sweeney macht sich überhaupt nichts aus Segeln. Das weiß doch jeder.«

Wie anscheinend alles.

»Jedenfalls, sie geht nie ohne den Jungen – Gott steh uns bei – aus dem Haus.«

Recaldos Gesicht wurde ausdruckslos. So vertieft war er in seine Gedanken, daß er beinahe Spillanes nächste Bemerkung überhört hätte.

»... in ihrem Wagen.«

»WAS?«

»Ich hab' gesagt, jedenfalls war Mrs. Sweeney ohnehin nicht da, sondern in Cork. Sie hat doch Marilyn Donovan ins Krankenhaus gebracht.«

»War das nicht am Montag?«

»Gestern auch. Hat das Kind bei ...« – er schaute mißbilligend drein – »... bei dem alten Spain gelassen, schätze ich«, fuhr er fort und beobachtete Recaldo. »Die Tante hat gesehen, wie sie so um zehn Uhr vormittags über den Damm gefahren ist.«

Das war zwar keine wirkliche Bestätigung, machte es jedoch einigermaßen unwahrscheinlich, daß Cressie auf der Jacht gewesen war. Irgendwie beunruhigte ihn das Mädchen. Eines war jedenfalls klar: Es spielte eine Art Schlüsselrolle. Im Lauf der Jahre hatte er gelernt, seine Ahnungen ernst zu nehmen. Er gab sich weiterhin gelassen – wenn auch ohne große Hoffnung, daß Finbarr sich auch nur einen Augenblick lang täuschen ließ. Verdammt noch mal, dieser Kobold schien in der Lage, Informationen aus der Erde zu ziehen.

»Hocken Sie eigentlich ständig am Fenster?« fragte der Polizist fast wütend.

»Ich nicht«, meinte Spillane übermütig lächelnd, »aber die Tante. Auf die Weise wird ihr nicht langweilig.«

»Und Sie bleiben auf dem laufenden, stimmt's?«

Vergnügt sah Finbarr ihn an. »Das können Sie glauben«, kicherte er.

»Und wo ist sie hingefahren?«

»Zurück nach Cork, schätze ich. Marilyn ist immer noch im Krankenhaus. Irgend so eine Frauensache hat sie, also ist sie wahrscheinlich noch im Bons. Aber das ist nicht schwer rauszukriegen. Sie wissen doch, wo sie wohnt, oder?«

»Ja.« Recaldo wandte sich ab. Irgend etwas im Tonfall Spillanes ließ ihn vermuten, der Gärtner wußte bereits über seinen Besuch bei den Donovans Bescheid. Aber vielleicht litt er allmählich an Verfolgungswahn.

»Danke, Finbarr. Ich schau später noch mal vorbei, um noch ein bißchen mit Ihnen zu plaudern. Würde es Ihnen etwas ausmachen, das alles für sich zu behalten?« fügte er eher hoffnungsvoll als in der Erwartung, daß es etwas nütze, hinzu.

»Natürlich mach ich das. Mein Mund ist versiegelt.« Finbarr fuhr sich mit dem Finger über die Lippen und versuchte dann, die ihm zustehende Gegenleistung auszuhandeln. »Die arme Mrs. Walter, was ist denn eigentlich passiert?« fragte er listig und drehte aufgeregt seine Kappe in den Händen hin und her.

Recaldo gab auf. »Sie ist unerwartet gestorben«, erklärte er nüchtern. »Aber das bleibt unter uns, wohlgemerkt.«

»Sie hat gesagt, daß sie vielleicht von hier weggeht.«

»Was?«

»Wegen der Kälte. Hat gesagt, die Winter hier machen ihr gelegentlich zu schaffen.«

»Wann hat sie das gesagt?«

»Vor ein paar Wochen. Ich hab nicht besonders drauf geachtet, weil sie fast jeden Winter wegfährt, aber ...« Er tupfte sich an die Nase und senkte die Stimme zu einem verschwörerischen Flüstern. »Als sie das gesagt hat, hab ich den Eindruck gehabt, diesmal ist es vielleicht für immer. Natürlich kann ich mich da irren, offiziell mitgeteilt hat sie mir's nicht.«

Im Schneckentempo fuhr er über die Dammstraße und den engen Weg zum Alten Kornspeicher und versuchte, seine Gedanken zu ordnen. Das Mädchen beunruhigte ihn. Wenn es nicht Cressida gewesen war, wer dann? Hatte Finbarr sich geirrt? Unwahrscheinlich. Recaldo hatte seit langem festgestellt, er war der verläßlichste aller seiner Informanten. Ungemein genau. Als er bei dem Gatter anlangte, kreisten seine Gedanken vor allem um Cressida Sweeney. Die Frage war, wann sie, falls sie am Dienstag tatsächlich nach Cork gefahren war, zurückgekommen war. *Wo war sie gewesen?* Falls sie nicht auf dem Schiff gewesen war, wer dann? Seine Finger spielten mit dem kleinen Kamm in seiner Tasche. Er mußte Cressida finden.

10

Coffey war zum Mittagessen gegangen, und McBride erkundete peinlich genau Evangeline Walters Garten. »Na, gut geschlafen?« begrüßte er ihn mit einem süffisanten Unterton.

»Ich bin ins Bett gefallen, und weg war ich«, murmelte Recaldo.

»Tatsächlich? Sie sehen aber immer noch ein bißchen mitgenommen aus.« McBride musterte ihn mißtrauisch.

Auf der Seite des Hauses, die der Bucht zugewandt war, führten riesige zweiflüglige Verandatüren auf eine weitläufige Terrasse. Eine leicht abfallende Wiese erstreckte sich von hier zum Flußufer. Doch obwohl das Gras sorgfältig gemäht und gewalzt war, blieb es trotzig das, was es immer gewesen war: borstiges Wiesengras. Eine ganze Armee hätte darüber hinwegmarschieren können, ohne großen Schaden anzurichten. Wer auch immer in der vorangegangenen Nacht über die Wiese gegangen war, hatte keinerlei Spuren hinterlassen.

»Letzte Nacht ist offenbar ein regelrechter Wolkenbruch niedergegangen.«

»Ungefähr um drei Uhr morgens«, präzisierte Recaldo freundlich. »Ich hatte mein Schlafzimmerfenster offengelassen, und der Regen hat mich geweckt.«

»Tatsächlich? Das haben Sie Dr. Morrow gegenüber nicht erwähnt, als sie versucht hat, den Todeszeitpunkt zu bestimmen. Warum eigentlich nicht?«

»Daß der Regen mich geweckt hat? Warum sollte ich?«

»Na ja.« McBride ging nicht näher darauf ein. Zentimeter für Zentimeter suchten sie das Gelände ab, verstauten jeden noch so winzigen Fund in Plastiktütchen und etikettierten sie für die Beweisaufnahme. Die Ausbeute war mager: ein paar Fäden grober schwarzer Wolle, die sie von den Zweigen eines kleinen Weißdorn zupften; eine Sprungfeder, die anscheinend von einer kleinen Taschenlampe stammte, eine Reihe Stummel von Filterzigaretten, der Verschluß einer Flasche Vat 69, ein kaputter Ohrring, den McBride in einer Spalte der Terrasssenpflasterung entdeckte.

McBride war einigermaßen freundlich, auch wenn er die ganze Zeit verstohlen Recaldo beobachtete, der sich nicht sicher war, ob es beabsichtigt war, daß er es bemerkte, oder nicht.

»Haben Sie Spain und O'Dowd befragt?« erkundigte Recaldo sich.

»Wir haben von beiden die Fingerabdrücke genommen, aber befragt haben wir nur diesen seltsamen alten Kauz. O'Dowd haben wir uns aufgehoben, weil wir dachten, Sie sollten dabeisein, da Sie ihn für einen so zweifelhaften Gesellen halten.«

»Und wie ist es mit Spain gelaufen?«

»Wir haben ihn ein paarmal berichten lassen, wie das Ganze sich abgespielt hat, und ihn dann alles noch einmal nachstellen lassen. Ich will Ihnen mal eines sagen, FX, dieser alte Bursche ist wie eine zerbrochene Schallplatte – hat sich nicht beirren lassen. Ist das nicht seltsam? Sein Bericht stimmte genau mit dem Ihren überein. Wortwörtlich.«

»Was ist denn daran so seltsam?« fragte Recaldo barsch, entschlossen, Ruhe zu bewahren. »Ich habe genau das aufgeschrieben, was er gesagt hat.«

»Eben das hat uns ja so irritiert. Verstehen Sie denn nicht? Die Einzelheiten stimmen zu exakt überein. Das ist nicht normal. So funktioniert das menschliche Gehirn nun mal nicht. Leute sind keine Automaten, ihre Ausdrucksweise variiert; sie fügen winzige Einzelheiten hinzu oder lassen welche weg. Sie schaufeln sich Gruben, stolpern, bilden sich Sachen ein, spekulieren. Stimmt's? Ihr Freund

Spain aber tut nichts dergleichen. Also sagen Sie schon, Recaldo, wer ist dieser Kerl? Was hat er für eine Vorgeschichte? Für einen durchschnittlichen Fischer halte ich ihn nicht – Sie etwa?«

»Nein, er ist sehr gebildet.«

»Was, zum Teufel soll das dann, sich als alter Seebär auszugeben?«

Recaldo seufzte. »Er ist Priester im Ruhestand.«

McBride verzog die zusammengekniffenen Lippen zu einem breiten, freudlosen Grinsen. »Bingo«, rief er. »Hab doch gewußt, der alte Halunke hat versucht, mich hinters Licht zu führen. Im Ruhestand, haben Sie gesagt? Ist das eine Ihrer Schönfärbereien, FX? Sie wollen nicht zufällig andeuten, daß man ihn rausgeschmissen hat?«

»Doch«, gestand Recaldo widerwillig ein. »Leider stimmt das.«

»Gütiger Gott! Doch nicht einer von diesen Kinderschändern, oder?« Voller Abscheu schürzte McBride die Lippen.

»Nein, ganz gewiß nicht.«

»Bestimmt nicht? Wieso sind Sie da so sicher?«

»Ich habe es mir angelegen sein lassen, das herauszufinden«, erklärte Recaldo mürrisch. »Sie haben mein Wort darauf.«

Was allerdings, so überlegte er, nicht bedeutete, daß die Leute hier nicht trotzdem weiter spekulierten, woher Spain kam oder von welchen Höhen er herabgestürzt war. Er hatte das besondere Pech gehabt, sich hier zu einer Zeit anzusiedeln, als zum ersten Mal seit Menschengedenken landauf, landab Skandale innerhalb der Kirche aufgedeckt wurden. Die Zeit der Unschuld war vorbei. Von nun an wurde jeder Geistliche, gleichgültig, wie rechtschaffen er war, mißtrauisch beäugt. Ehemalige Geistliche in noch höherem Maße. Und irgendwie wurde, wie das in abgelegenen Orten nun mal so geht, die Tatsache, daß Spain ein in Ungnade gefallener Priester war, mittels einer Art schleichender Osmose allgemein bekannt.

»Wenn es nicht um Kinder ging, um was dann?« McBride ließ sich nicht beirren.

»Irgend so ein Skandal wegen einer verheirateten Frau. Einer Diplomatengattin. Das war vor über 20 Jahren, als man derlei mehr Bedeutung zugemessen hat als heute.« Er gab zu ausführliche Erklärungen ab. Das wußten sie beide.

»So, so. Was wissen Sie sonst noch? Wo ist denn das passiert?«

»In Rom.«

McBride brach in schallendes Gelächter aus. »Nicht schlecht.«

»Hm. Vielleicht nicht, wenn man Professor an der Gregorianischen Universität und so eine Art Berater beim Vatikan ist.«

»Verstehe. Herrgott noch mal. Wir sollten lieber aufpassen, daß die Presse nicht auf dieses Goldkörnchen stößt, die drehen sonst durch. Sagen Sie mir nur eines: Hat er es mit der hier getrieben?«

»Mrs. Walter?« fragte Recaldo überrascht.

»Na ja, irgendwer hat es ihr besorgt.«

»Aber doch bestimmt nicht Spain. Er ist ein Einzelgänger. Außerdem ist er ein alter Mann.«

»Dafür ist man nie zu alt. Wenn ich etwas in diesem Job gelernt habe, dann das. Sie wollen mich doch nicht etwa auf den Arm nehmen, FX? Oder doch?«

»Oder was?« fragte Coffey, als er in den Garten kam.

McBride grinste ihn lässig an; zu Recaldos Überraschung erkärte er dann: »Oh, wir haben uns gerade ein paar Geschichten erzählt; der Kerl ist eine wahre Fundgrube an Blondinenwitzen.«

»Freut mich, daß Sie etwas haben, das Sie amüsiert. Denn wenn Sie hier draußen fertig sind, müssen wir mit dem Haus anfangen; wir sind ewig weit hinter dem Zeitplan. Außerdem habe ich, fürchte ich, schlechte Neuigkeiten: Die Presse ist informiert worden, in der letzten Stunde hat mein Telephon pausenlos gepiepst. Morgen wimmelt es hier von diesen Kerlen.«

»Will einer von Ihnen raten, wer es ihnen gesteckt hat?«

Recaldo schloß einen Augenblick lang die Augen. »Mit Sicherheit O'Dowd«, meinte er.

»Na schön, vielleicht können wir ihn selbst fragen«, entgegnete Coffey. »Er müßte jeden Augenblick aufkreuzen.«

Wie gerufen kam O'Dowd um die Hausecke geschlendert.

»Einsame Gegend für eine alleinstehende Frau, um sich hier niederzulassen«, bemerkte McBride unschuldig.

»Finden Sie?« Der Lächler erwog dies ungemein ernsthaft, als wäre er nie auf eine solche Idee gekommen. »Aber hier rund um die Bucht gibt es viele wie sie. Kaum werden die Häuser zum Verkauf ausgeschrieben, sind sie auch schon weg.«

»Das mag ja sein, aber normalerweise dienen sie als Ferienhäuser. Haben Sie eine Ahnung, was sie hierher verschlagen hat?«

O'Dowd breitete die Arme aus, als wolle er die ganze Umgebung einschließen. »Das liegt doch auf der Hand, oder? Eine wunderschöne Gegend«, erwiderte er, als sei dies Grund genug, um sich hier niederzulassen. Irgendwie klang es nicht ganz aufrichtig.

»Schon, aber Landschaft kann man nicht essen, oder?« gab McBride höflich zu bedenken. »Da müssen Sie sich schon was Besseres einfallen lassen. Seit wann hat sie denn hier gelebt?«

»Müssen jetzt so sieben, acht Jahre sein.«

»So lange schon? Erzählen Sie uns mal, was sie für einen Beruf ausgeübt hat. Was hat sie hier gemacht?«

»Sie war Kunstexpertin. Hat Mr. Bleiberg beim Bau des Hotels – des Atlantis in Passage – beraten und alle Kunstwerke für ihn gekauft.«

»Mr. Bleiberg hat doch auch das Haus hier gebaut, oder?« warf Recaldo ein.

»Er hat es umbauen lassen, das stimmt, aber gewohnt hat er hier nicht lange. Das Hotel hat er nach ein paar Jahren geschlossen.«

»Augenblick mal.« Coffey hob die Hand. »Das Hotel ist doch immer noch in Betrieb, oder?«

»Otto Bleibergs Sohn Joachim hat es vor fünf Jahren neu eröffnet. Ihm hat Mrs. Walter ebenfalls geholfen.«

»Zwei zum Preis von einem, hm?« bemerkte McBride anzüglich. »Ist also alles in der Familie geblieben.«

Vor Ärger lief O'Dowds Gesicht rot an. »Haben Sie gefälligst etwas mehr Respekt«, brauste er auf. »Joachim ist ein verheirateter Mann mit Familie.«

»Oh, dann also nur der Daddy, hm?« stichelte McBride.

»Sie kamen einander erst nach dem Tod seiner Frau näher«, erklärte O'Dowd affektiert.

»Und wem stand sie sonst noch nahe – außer Ihnen? Und lassen Sie mich eines klarstellen, O'Dowd, wir reden nicht von Freundschaft, sondern von Sex.«

»Woher soll denn ich das wissen?«

»Nun, laut Ihrer Aussage waren Sie eng befreundet«, schaltete Coffey sich ein. »Also kommen Sie schon, zieren Sie sich nicht.«

Diesmal wurde O'Dowd deutlich: »Niemandem, soweit ich weiß. Wenn Sie mich allerdings fragen, wer hinter ihr her war, würde ich sagen, zum einen V. J. Sweeney, zum anderen Spain. Der alte Bock ist ständig ›vorbeigekommen‹ und hat ihr Geschenke in Form von Fischen gebracht.« Er lachte gekünstelt. »Das Zeug hat sie nie gegessen«, schnaubte er. »Sie war Vegetarierin.«

»Vor kurzem war sie im Krankenhaus, stimmt's?« fiel Coffey ihm ins Wort. »Wissen Sie, wo? Und warum?«

»In der Blackrock-Klinik in Dublin. Eine Magenoperation. Was genau es war, hat sie nicht gesagt, und ich wollte nicht fragen. Sie hätte es mir schon noch erzählt, wann sie es für richtig gehalten hätte. Aber sie war sehr krank. Ich wollte sie für vierzehn Tage mit nach Florida nehmen, um dort Urlaub zu machen. Sie hat gemeint, die Wärme würde ihr vielleicht guttun.«

Es trat eine peinliche Pause ein, bis Coffey barsch sagte: »Na schön, Mr. O'Dowd, kommen wir zu den Begleitumständen. Wir wollen wissen, was Sie seit gestern abend sechs Uhr gemacht haben. In allen Einzelheiten.«

»Das habe ich bereits Frank erzählt. Ich war unterwegs«, erklärte O'Dowd und wiederholte seine frühere Behauptung, auf der Hauptstraße Dublin-Cork, ungefähr vierzehn Meilen nördlich von Cashel, sei ihm das Benzin ausgegangen, und zwar so gegen acht Uhr dreißig.

»In welche Richtung sind Sie denn gefahren?«

»Nach Dublin. Das können Sie bei Ihren Kollegen in Tipp nachprüfen.« Er reichte Coffey einen Zettel mit einer Telephonnummer. »Ich wurde von einem der Männer Ihrer Garda Siochana abgeholt.«

»Sieh an, tatsächlich? Wie ungemein passend. Könnten Sie uns vielleicht sagen, wie es dazu gekommen ist?« fragte Coffey höflich.

Die Antwort kam prompt. »Nahe der Kreuzung N8 und N75 ist dem Wagen der Saft ausgegangen. Ich habe ihn auf den Grasstreifen geschoben und bin auf der Suche nach einer Tankstelle Richtung Twomileborris losmarschiert; kurz darauf hat der Streifenwagen mich aufgelesen. Sie haben mich zur nächsten Tankstelle gefahren und gewartet, bis ich einen Kanister voll Benzin gekauft hatte, und mich dann wieder zu meinem Wagen zurückgebracht.«

Seiner Schätzung nach hatte das Ganze eine gute Dreiviertelstunde gedauert. Auf einen Wink von Coffey ging Recaldo außer Hörweite und rief das Polizeirevier in Tipperary an, um die Sache zu überprüfen. Ein Polizist bestätigte O'Dowds Aussage.

Als sie ihn nach dem Grund für seine Fahrt nach Dublin fragten, behauptete O'Dowd etwas von oben herab, er fahre oft in die Hauptstadt, aus gesellschaftlichen wie auch aus persönlichen Gründen. Und erklärte, als sie tiefer in ihn drangen, er besuche dort die jüngste Schwester seines verstorbenen Vaters, die in einem Altersheim in der Nähe von Dalkey, einem der südlichen Außenbezirke der Stadt, lebe. Er schrieb die Telephonnummer auf und ließ den

Zettel in McBrides ausgestreckte Hand fallen. »Das können Sie überprüfen, wenn Sie wollen. Die werden ihnen bestätigen, daß ich sie mindestens einmal im Monat besuche.«

»Wie weit ist es von hier nach Twomileborris?« erkundigte sich McBride nach kurzem Schweigen.

»Ungefähr hundertdreißig Meilen, würde ich sagen«, warf Recaldo ein. »Um wieviel Uhr sind Sie zurückgekommen?«

»Kurz vor eins.«

Obwohl es schon so spät war, habe er versucht, Mrs. Walter anzurufen; als sie sich nicht gemeldet habe, sei er davon ausgegangen, sie schlafe schon, und habe keine Nachricht hinterlassen. »Dann bin ich schnurstracks ins Bett.« Sein süffisantes Grinsen bestätigte, ihm war sehr wohl bewußt, daß er ein hieb- und stichfestes Alibi hatte.

»War das nicht ein bißchen spät für einen Anruf?«

»Wir haben oft spätabends noch miteinander geplaudert, vor allem in den letzten Wochen; sie hatte Schwierigkeiten mit dem Schlafen.«

»Haben Sie sie zufällig schon vorher mal angerufen?« schaltete McBride sich ein.

»Ja, von der Tankstelle aus. Aber es war besetzt«, erwiderte O'Dowd unbekümmert.

»Und um welche Zeit war das Ihrer Schätzung nach?«

»Der erste Anruf? So um halb zehn, nehme ich an. Ein paar Minuten später habe ich erneut angerufen, aber da war es immer noch besetzt. Ich hätte es noch mal probiert, aber Ihre Kumpel haben gesagt, entweder ich komme jetzt mit, oder ich könne zu Fuß zu meinem Auto zurückmarschieren.« Er sah McBride an, der keine Miene verzog.

»Haben Sie denn kein Handy?« fragte Recaldo einigermaßen überrascht.

»Doch, aber ich hatte es nicht mit dabei, es ist kaputt.«

»Augenblick, ich will das nur genau klären«, unterbrach Coffey sie ernst. »Sie haben um halb zehn angerufen, und ein paar Minuten später war es immer noch belegt? Aber als sie um ein Uhr morgens angerufen haben, war der Anrufbeantworter eingeschaltet? So war es doch, oder?«

»Oh, das habe ich ganz vergessen. Ich habe es noch einmal versucht, als ich zur Tankstelle zurückgefahren bin, um vollzutanken – mit dem gleichen Ergebnis: besetzt.«

»Das war dann wohl so um Viertel nach zehn? Ungefähr eine Dreiviertelstunde später? Das war aber ein sehr langes Gespräch«, meinte Coffey ruhig.

»Nicht für Van... Mrs. Walter. Sie hat gerne gequasselt, nach Amerika und überallhin. Es war ihr egal – sie hat nie auch nur im geringsten auf die Kosten geachtet.«

»Nun mal langsam«, rief McBride aufgebracht. »Um ein Uhr morgens war der Anrufbeantworter wieder eingeschaltet. Richtig?«

O'Dowd überlegte einen Augenblick. »Falsch. Es hat sich niemand gemeldet.«

»War das ungewöhnlich?« wollte McBride wissen. O'Dowd starrte ihn verständnislos an.

»Kommen Sie schon, Mann, gerade haben Sie uns erzählt, sie hätten oft spätabends mit ihr telephoniert – war das das letzte Mal, daß sie es versucht haben?«

»Mehr oder weniger«, antwortete O'Dowd vorsichtig. »Wenn sie ins Bett gegangen ist, hat sie immer den Anrufbeantworter eingeschaltet; ich habe also angenommen, ich hätte mich verwählt, und hab es ein paar Minuten später noch mal probiert. Allerdings habe ich es nur ein paarmal läuten lassen; normalerweise schaltet der Anrufbeantworter sich gleich ein.« Als ihm dämmerte, worauf das Ganze hinauslief, blieb ihm der Mund offenstehen. »Sie war schon tot, stimmt's?« Der Reihe nach blickte er die drei Männer an, doch keiner antwortete ihm.

»Da ist ihm sein Dauerlächeln gründlich vergangen«, meinte McBride mit einiger Genugtuung, als sie O'Dowd nachsahen, der weit weniger selbstsicher wegging, als er gekommen war.

»Wir gehen also davon aus, daß sie zwischen neun und zehn telephoniert hat?« fragte Recaldo.

»Ich denke schon«, erwiderte Coffey. »Außer Ihnen fällt was Besseres ein. Joanna Morrows Zeitfenster war ziemlich groß – zwischen neun und eins. Ich würde sagen, das macht es ein wenig kleiner.«

»Gewissermaßen ja«, murmelte Recaldo.

»Irgendwie hab ich das Gefühl«, sagte McBride laut, »daß ihn ihr Tod nicht allzusehr überrascht hat, stimmt's?«

»Vielleicht hat er damit gerechnet«, gab Recaldo zu bedenken.

11

Was die drei Beamten am meisten überraschte, als sie Evangeline Walters Haus betraten, war die unglaubliche Ordnung. Sie gingen von Zimmer zu Zimmer und nahmen eine vorläufige Durchsuchung vor. Von den Wohnräumen und den Schlafzimmern wie auch vom Arbeitszimmer aus hatte man einen umwerfenden Blick auf die Bucht. Bade- und Garderobenzimmer sowie Speisekammer und Vorratsraum befanden sich vorn im Haus, landeinwärts. In einem der beiden Gästezimmer stand unter einem Erkerfenster ein riesiges Doppelbett. Auf einem der Nachttische lag ein Fernglas, und zwischen den bestickten Kopfkissen aus Leinen war ein Lavendelsäckchen versteckt. Auf einer kleinen Karte, die danebenlag, stand: Willkommen!

»Das Zimmer hier ist für Gäste hergerichtet worden«, meinte Recaldo. »Offenbar hat sie jemanden erwartet.«

»Wieviel Personal hat sie eigentlich beschäftigt?« fragte Coffey.

»Zwei Leute, soviel ich weiß: Marilyn Donovan, die während der Woche jeweils vormittags vorbeigekommen ist und saubergemacht hat, und einen Gärtner, der einmal wöchentlich kam. Er arbeitet oben im Hotel Atlantis. Finbarr Spillane.«

»Mit denen sollten Sie sich mal unterhalten«, bedeutete Coffey McBride; Recaldo hüstelte.

»Marilyn Donovan mußte Montag abend ins Krankenhaus gebracht werden. Soweit ich weiß, hatte sie eine Fehlgeburt.«

»Wann haben Sie das erfahren?« fragte Coffey verärgert.

»Mrs. Ryan vom Postamt hat es erwähnt, als ich mir eine Zeitung gekauft habe«, wich Recaldo geschickt aus. »Und deshalb habe ich auf dem Weg hierher kurz bei den Donovans vorbeigeschaut. Ihre Tochter – so ungefähr zehn oder elf – hat mir berichtet, ihre Mammy sei im Bons-Secours-Krankenhaus in Cork.« Er räusperte sich. »Hören Sie, ich kenne diese Leute alle. Vielleicht nicht besonders gut, aber in einem Ort wie diesem tratscht jeder, und das könnte unangenehm werden. Ich möchte gern mit meiner Arbeit hier weitermachen. Zwei Jahre hat es gedauert, um zumindest eine Art Vertrauensbasis zu schaffen, und die will ich nicht kaputtmachen.«

»Ihnen wäre es also lieber, nicht an dieser Untersuchung beteiligt zu sein?« fragte McBride. »Zumindest nicht so, daß die anderen das merken.«

Nachdenklich rieb Coffey sich das Kinn. »Wissen Sie was, darüber unterhalten wir uns heute abend, wenn wir von der Pathologin Näheres erfahren und eine genauere Vorstellung davon haben, um was es bei dem Fall wirklich geht. Ich verstehe Ihre Einstellung, aber möglicherweise habe ich auch nicht allzu lange mit dem Fall zu tun; und dann bräuchte Phil jemanden, der ihm hilft. Und Sie wären äußerst nützlich für Hintergrundinformationen – das wäre das Allermindeste.«

»Ich hab das Gefühl, daß jede Menge Laufereien und Befragungen nötig sind«, seufzte McBride. »Und zwar nicht nur hier, sondern zum Beispiel auch in der Dubliner Klinik und Gott weiß, wo sonst noch.«

»Alsdann, wir reden später darüber. Aber jetzt erst mal weiter, Phil: Wie kommt Louisa mit den Fingerabdrücken voran?«

McBride schien nur ungern seine Informationen preiszugeben. »Wahrscheinlich arbeitet sie in genau diesem Augenblick im Labor daran. Bis wir in die Zentrale zurückkommen, dürfte ihr schriftlicher Bericht vorliegen; allerdings ist sie der Ansicht, O'Dowds Abdrücke stimmten mit etlichen von denen überein, die wir unten abgenommen haben. Und ein sehr deutlicher Daumenabdruck auf der Glasplatte des Telephontischchens im Erdgeschoß stammt mit Sicherheit von Spain. Er hat eine winzige Narbe unmittelbar unter dem mittleren Hauptwirbel.«

»Und was ist mit dem Telephon?« erkundigte sich Recaldo.

»Auch von Spain, eindeutig.« McBride runzelte die Stirn.

»Nur von Spain?« Coffey sprach zunehmend lauter. »Hat jemand den Hörer abgewischt?«

»Sieht ganz danach aus.« Er zuckte die Schultern. »Das alles wird uns die göttliche Louisa später berichten.«

McBride machte kein Hehl aus der Tatsache, daß er bei weitem nicht alles sagte, was er wußte, und Recaldo beherrschte sich nur mit Mühe: am liebsten hätte er ihn zur Rede gestellt.

»Haben Sie auf Ihren Erkundungsreisen eine Handtasche entdeckt?« fragte Coffey.

McBride schüttelte den Kopf, und obwohl sie nochmals gewissenhaft suchten, fanden sie weder eine Handtasche noch einen Aktenkoffer.

»Vielleicht in ihrem Wagen?« meinte McBride. »Vorausgesetzt, es ist einer da.«

»Die Garage ist zugesperrt«, erklärte Recaldo. »Das ist mir vorhin aufgefallen. Mit einem Vorhängeschloß gesichert.«

Coffey nahm den Schlüsselbund, um sich das Auto anzusehen; in der Zwischenzeit hörten Recaldo und McBride immer wieder Evangelines Anrufbeantworter ab. Auf dem Band waren vier Nachrichten, außerdem drei oder vier Anrufe, bei denen keine Stimme, sondern lediglich irgendwelche Hintergrundgeräusche zu hören waren. Zwei von einer Stimme, je eine von zwei anderen; seltsamerweise hatte keiner seinen Namen genannt; es blieb daher ein Rätsel, wer der muntere Amerikaner war: *»Hi, Evangeline, ich bin's. Hoffentlich hast du meine Nachricht erhalten. Mir tut das alles wirklich leid. Grace ist auf dem Weg. Ich probier's heute abend noch mal.«*

Im Gegensatz dazu waren beide Anruferinnen nicht so zurückhaltend. Die erste, eine gewisse Rose O'Faolain, bestätigte eine Verabredung für Freitag, zwölf Uhr fünfundvierzig, verriet jedoch ärgerlicherweise nicht, wo. Die zweite Frau hatte die letzte und längste Nachricht auf dem Band hinterlassen: eine tiefe, angenehme Stimme, der Dialekt schwer einzuordnen. *»Heute ist der sechzehnte, elf Uhr zwanzig. Ich bin's, Grace. Leider kann Murray immer noch nicht aus Minneapolis weg. Er ruft dich an, um dir alles zu erklären. Ich komme vermutlich voraus, allerdings erst einen Tag später als geplant. Tut mir leid, aber in Limerick findet eine Auktion statt, von der ich eben erst erfahren habe, und das klingt zu gut, um es auszulassen. Ich melde mich wieder, sobald ich ungefähr weiß, wann ich komme. Bis dann.«*

»Gestern war der sechzehnte, stimmt's?« rief Coffey von der Tür her. Seine Hände waren leer. »Spielen Sie das ganze Band noch mal ab, Phil. Die Nachricht vor Grace, der Amerikaner – könnte das der Murray sein, von dem sie spricht? Ein Jammer, daß sie nicht erwähnt hat, für welchen Tag sie sich angesagt hat.«

Möglicherweise war sie sogar schon da, dachte Recaldo, als er sich an das Mädchen in Weiß erinnerte.

»Vielleicht ist sie beim nächsten Anruf von einem der Leute selbst ans Telephon gegangen?« meinte McBride. »Wahrscheinlich hat sie, sooft sie zu Hause war, abgenommen und damit den Anrufbeantworter lahmgelegt? Das mache ich jedenfalls.«

»Nun ja, auf jeden Fall werden wir hier sein, falls sie auftauchen. Coffey wandte sich an Recaldo. »Haben Sie eine der Stimmen erkannt?«

»Ja, die Nachricht vor Grace.« Er spielte das Band noch einmal ab und hörte genau hin. »Das klingt nach O'Dowd. *Ich bin's – ich komme nachher vorbei.* Das muß ebenfalls gestern vormittag gewesen sein.«

»Dann sind das also die Nachrichten von einem einzigen Tag? Das müssen wir später überprüfen. Tüten Sie das Band bitte ein, Phil? Und schalten Sie den Anrufbeantworter aus – von jetzt an gehen wir selbst dran, oder wir lassen Eircom die Anrufe abfangen.«

»Augenblick noch«, bat McBride, »ich will da was klären. Der Anruf von Grace wurde gestern vor Mittag aufgezeichnet. O'Dowd hat gesagt, er sei den ganzen Abend nicht durchgekommen, und hat dann behauptet, so um eins rum hätte sie nicht geantwortet, ein Zeitpunkt, zu dem sie nach Ansicht Dr. Morrows bereits tot war.« Er blickte auf. »Der Anrufbeantworter war eingeschaltet, als wir reinkamen, ich frage mich also, wann wurde er wieder eingeschaltet?«

»Und warum?« murmelte Recaldo.

»Nicht *warum,* FX – *wer?*« korrigierte McBride.

»Um Himmels willen, was macht das für einen Unterschied?« brauste Recaldo auf. Er haßte es, FX genannt zu werden. »Wer? Warum? Was? Wann? Wie? Genau das wollen wir doch herausfinden, oder? Vielleicht hat Spain unabsichtlich auf den Knopf gedrückt, als er mich angerufen hat.«

»Hört auf damit«, rief Coffey. »Den alten Knaben knöpfen wir uns später vor. Er war doch allein im Haus, oder? Gott weiß, was er sonst noch vorhatte.« Er ließ Evangeline Walters Schlüssel auf den Schreibtisch fallen. »Im Auto ist alles genauso sauber und ordentlich wie im Haus. Ein 7er BMW, ein Jahr alt.«

»Keine Handtasche?«

»Nichts, alles wie leergefegt. Im Handschuhfach war, abgesehen vom Inspektionsheft und einer Börse mit Kleingeld, auch nichts.«

Ebenso fehlte alles andere, das man außerdem so braucht: Aktenkoffer, Kalender, Handy – falls sie eines gehabt hatte, und es schien schwer vorstellbar, daß dies nicht der Fall gewesen war. Ansonsten lieferte ihnen das Arbeitszimmer jede Menge Informationen, doch hauptsächlich hinsichtlich Evangeline Walters Beruf. Offenbar war sie eine Koryphäe in Sachen moderne Malerei und Bildhauerei gewesen. Zwei Schreibtischschubladen waren randvoll mit Ausschnitten aus einer verwirrenden Vielfalt von Zeitungen aus unterschiedlichen Teilen der Welt; alle nannten sie als Verfasserin, ergänzt durch ein winziges Photo aus ihrer Jugend. In den sorgfältig mit Anmerkungen versehenen Katalogen, die eines der Bücherbretter füllten, stammten die meisten Einleitungen sowie die Begleittexte zu den Abbildungen von Walter. Die Untersuchungsbeamten überlegten, wieviel diese Arbeit ihr wohl eingebracht haben mochte, fanden jedoch weder Kontoauszüge noch die Kontrollabschnitte von Schecks. Dafür stießen sie auf einen Briefwechsel mit einer Galerie in Daingean – einer mittelgroßen Stadt im Nordwesten. Indem sie eins und eins zusammenzählten, identifizierten sie die erste der weiblichen Stimmen auf dem Band des Anrufbeantworters wie auch die genauere Bedeutung der Nachricht.

»Mrs. Walter ist – war eine bekannte Kunstkritikerin und Journalistin«, berichtete Rose O'Faolain einigermaßen entsetzt, als Recaldo ihr erklärte, warum er anrief. »Artikel von ihr finden Sie in fast jeder wichtigen Kunstzeitschrift, ebenso auf einigen der seriösen Handzettel zu Ausstellungen, und zwar in Großbritannien wie auch in den USA. Sie sollte am Freitag zu einem Gespräch mit einem wichtigen Sammler hierherkommen. Aber vielleicht kann ich Ihnen sonst irgendwie helfen? Ich kenne Mrs. Walter seit einigen Jahren.« Die wohlmodulierte, klar akzentuierte Stimme drang in Recaldos Ohr; sie gelangte bis zu Coffey, der neugierig mithörte.

»Einer von uns kommt bei Ihnen vorbei, um sich ein wenig mit Ihnen zu unterhalten.«

»Das können Sie morgen erledigen.« Einen Augenblick stand Coffey gedankenverloren da. »Haben Sie bemerkt – keinerlei Post«, sagte er. »Um wieviel Uhr wird die normalerweise zugestellt?«

»Der Postbote beginnt seine Runde um acht in Passage. Die außerhalb liegenden Bezirke erledigt er zuerst; so gegen zwölf ist er fertig. Ich habe den Kombi vor dem Postamt gesehen, als ich durchgefahren bin«, erklärte

Recaldo. »Vielleicht war heute keine Post für sie dabei. Oder aber sie hat sich ein Postfach in Passage oder Duncreagh eingerichtet.«

»Gute Schlußfolgerung«, bemerkte Coffey mit einem seltenen Anflug von Herzlichkeit in der Stimme. »Fahren Sie doch auf einen Sprung nach Passage rein, und erkundigen Sie sich, ja? Und wenn da nichts ist, probieren Sie's in der Stadt.«

»Haben Sie was dagegen, wenn ich es zuerst in Duncreagh versuche? Wenn ich Mrs. Ryan frage, weiß es binnen kurzem das ganze Dorf. Außerdem habe ich Mrs. Walter, soweit ich mich erinnern kann, nie im hiesigen Postamt gesehen. Ich habe so eine Ahnung, daß sie die Anonymität der Stadt vorgezogen hat.«

»Wie Sie meinen. Aber trödeln Sie nicht lange rum, sondern kommen Sie so schnell wie möglich zurück, verstanden?«

»Ja, Sir«, erwiderte Recaldo gehorsam. Binnen einer Stunde kam er aus Duncreagh zurück und brachte die Briefe mit, die er im dortigem Postamt abgeholt hatte; darunter befand sich das an eine Rechnung über eine enorme Summe von der Klinik in Dublin geheftete Schreiben eines Gynäkologen in Duncreagh. Coffey las es und reichte es dann an McBride weiter.

»Offensichtlich hat sie vor zehn Tagen ihren Termin nicht eingehalten. Jedenfalls scheint der Arzt ziemlich verärgert«, meinte Recaldo.

»Was, glauben Sie also, hat ihr gefehlt?« fragte McBride.

»Weiß nicht – Krebs, schätze ich.«

»Für eine Schätzung ist das eine äußerst präzise Angabe«, entgegnete McBride.

»Kaum. Etwas an der Art, wie O'Dowd sagte, es habe sich um eine Magenoperation gehandelt, hat mich stutzig gemacht.«

»Rufen Sie diesen Arzt an, Phil, und lassen Sie sich aufklären.«

McBride nahm den Brief, suchte im Briefkopf die Telephonnummer und wählte. Nach einem zunehmend forschen Wortwechsel fragte er, ob der Facharzt ihn wohl freundlicherweise anrufen könnte. »Wann? Was wollen Sie damit sagen? So bald wie möglich – es ist dringend!« brüllte er und nannte ihm Coffeys Handynummer. Nachdenklich musterte er den Raum. »Ich frage mich, wann diese Putzfrau zum letzten Mal da war. Noch nie habe ich eine so aufgeräumte Wohnung gesehen.«

»Ich könnte ihren Mann, Steve Donovan, aufstöbern und fragen«, bot Recaldo hilfsbereit an. »Nur ist er vermutlich unterwegs bei irgendeinem Job. Er ist Klempner.«

»Nein, im Augenblick halte ich das noch nicht für sinnvoll.« Coffey schürzte die Lippen. »Obwohl es sicherlich interessant wäre herauszufinden, wann sie zum letzten Mal hier war.«

»Putzt Mrs. Donovan sonst noch für jemanden?« erkundigte sich McBride.

»Ja, für etliche Leute, soweit ich weiß.« Recaldo hielt kurz inne. »Ted Clancy, noch ein Amerikaner, der eine kleine IT-Firma etwas außerhalb von Passage betreibt. Und die Sweeneys.«

»Dieser Name taucht immer wieder auf, ist Ihnen das schon aufgefallen? Also haben zumindest zwei oder drei Leute gewußt, daß sie nicht einsatzfähig war. Wann ist sie denn krank geworden?«

»Das könnte uns vielleicht Mrs. Sweeney sagen. Ich könnte mal nachsehen ...« Recaldo zögerte.

»Was nachsehen?« fiel Coffey ihm ins Wort. »Ich glaube, auch das sollten wir für den Augenblick zurückstellen, meinen Sie nicht auch? Hat keinen Sinn, die Geschichte rumzuerzählen, ehe wir nicht wissen, wie die Dinge wirklich liegen«, fügte er hinzu. In dem Augenblick läutete sein Handy. »Doktor«, formulierte er stumm und ging aus dem Zimmer. Als er nach ein paar Minuten zurückkam, blickte er nachdenklich vor sich hin, sagte allerdings nicht, ob der Facharzt oder Dr. Morrow ihn angerufen hatte.

McBride war in die Musterung der Sammlung gerahmter Urkunden an den Wänden des Arbeitszimmers vertieft, die offenbar zu etwa gleichen Teilen aus Auszeichnungen und akademischen Titelverleihungen bestand; alle hatten etwas mit moderner Kunst oder Kunstgeschichte zu tun. Drei weitere waren in verschiedenen europäischen Sprachen ausgestellt, eine in einer Schrift, die irgendwie chinesisch aussah.

»Ich wüßte zu gern, für was sie die chinesische bekommen hat.«

»Japanisch, FX«, stellte McBride großspurig richtig.

»Sie sprechen Japanisch?« Recaldo gelang es nicht so ganz, seine Zweifel zu verhehlen.

»Na, na, so weit würde ich nicht gehen.« Sein Gelächter klang fast wie ein Aufjaulen. »Aber ich kann es ganz gut lesen. Das da ist für die Teilnahme an einer Konferenz in Kyoto. Eine ganze Woche lang, kaum zu glauben«, spottete er. »Nun, ich muß gestehen, ich bin überrascht.«

»Ich auch.« Diesmal schwang echte Bewunderung in Recaldos Stimme mit. Jahrelang hatte er mit Spanisch gekämpft, und obwohl er es recht gut lesen konnte, scheute er sich zuzugeben, daß er an der Aussprache scheiterte. »Wo haben Sie das denn gelernt?«

McBride zuckte die Schultern. »Ein Freund hat einen Kurs am Chester Beatty absolviert. Aus Interesse habe ich mitgemacht.« Er zwinkerte ihm wie ein vorwitziger Schuljunge zu.

Recaldo lächelte. »Na, jetzt bin ich aber wirklich beeindruckt.«

»Das war ja auch die Absicht, Amigo«, meinte McBride lachend.

»Schluß jetzt!« rief Coffey sie zur Ordnung. »Schauen wir uns mal den Computer da an; vielleicht haben wir damit mehr Glück.« Es dauerte ein paar Minuten, bis ihm klarwurde, daß der Zugang gesperrt war. »Offenbar mit einem Paßwort geschützt.«

»Das paßt«, erwiderte McBride. Recaldo sagte nichts. Das war auch nicht nötig, der ganze Raum legte Zeugnis von einer regelrechten Besessenheit von Kontrolle ab. Ihre Sorgfalt war furchteinflößend. Irgendwo unter den ordentlich gestapelten Unterlagen in ihrem Schreibtisch und einem kleinen Aktenschrank oder auf den ordentlichen Bücherborden befand sich möglicherweise ein Hinweis auf das Paßwort. Doch Recaldo war realistisch genug, um zu wissen, daß man jemanden finden mußte, der Evangeline Walters Lebensweise oder ihre Geschichte besser kannte als er oder, noch besser, der wußte, wie ihr Verstand gearbeitet hatte, um dieses spezielle Geheimnis zu entschlüsseln. Er warf McBride einen Blick zu und bemerkte, wie dieser ihn mit einem wissenden kleinen Lächeln beobachtete, so als hätte er eben das gleiche gedacht.

»Kennt einer von euch sich mit so was aus?« Niedergeschlagen starrte Coffey auf den leeren Bildschirm. »Hm?« Er rieb sich mit der Hand das Kinn.

»Ich leider nicht.« Recaldo schüttelte den Kopf.

»Ich probier's mal«, erklärte McBride zuversichtlich. »Ich hab so ein Ding zu Hause. Sogar das gleiche Modell.«

Nach einigen wenigen Minuten stieß er einen Pfiff aus. »Die Dateien waren nicht nur geschützt, sondern sind anscheinend gelöscht worden«, rief er überrascht.

»Aber da muß was sein.«

»Ich sag's Ihnen doch, da ist nichts als das Betriebssystem. Keine Anwender-Software, keine Daten. Jemand hat die Festplatte gründlich leergefegt.« Er lehnte sich zurück, dachte einen Augenblick lang nach und meinte dann: »Hier, FX, helfen Sie uns mal, den Schreibtisch so weit rauszuziehen, bis ich sehen kann, was da los ist.«

Sie rückten den Schreibtisch von der Wand weg – eine handgefertigte Platte für einen Computer mit den entsprechenden Kabelkanälen. McBride folgte dem Kabel vom Computer bis zu einem kleinen Hub, etwa von der Größe einer Zigarettenschachtel, und bemerkte, daß ein zweites Kabel angeschlossen war. Diesem wiederum folgte er bis auf die andere Seite des Schreibtisches. »Sie hatte einen Laptop«, erklärte er und schnaubte, während er an dem Kabelverhau herumfummelte. »Und jetzt ratet mal, was ich glaube.«

»Was denn?« Coffey war bemerkenswert nachsichtig, was seinen Assistenten betraf.

»Ich wette jede Summe, irgend so ein besonderer Gescheitling hat alles auf den Laptop umkopiert und dann auf dem Mainframe gelöscht.«

»Wie lange braucht man dazu?«

McBride überlegte. »Es ist eine Angelegenheit von ein paar Minuten, sechs- bis siebenhundert Megabytes über eine Netzwerkverbindung zu löschen. Falls man eine serielle Verbindung benutzt, braucht man genauso viele Stunden.«

»Ist es möglich, das Gelöschte irgendwie aufzuspüren?«

»Schon. Wir können den ganzen Kram mit nach Cork nehmen und Jocks Leute darauf loslassen. Die haben die entsprechende Ausrüstung. Allerdings braucht das seine Zeit.«

»Wie lange?« fragte Recaldo.

»Möglicherweise ein paar Tage.«

»Was ist, wenn sie die Dateien mit einem Paßwort geschützt hat?« wollte Coffey wissen.

»Kann mir nicht vorstellen, daß das Jock Sorgen machen würde.«

Coffey rieb sich den Mund und überlegte. »Ich glaube, wir lassen das vorerst auf sich beruhen. Ich rede heute abend mit Jock; mal sehen, was er davon hält.«

»Na ja, zumindest haben wir *etwas* gefunden«, gab Recaldo zu bedenken.

McBride sah ihn zuerst verständnislos an, doch dann nickte er zustimmend. »Ja, verstehe, was Sie meinen. Wenn jemand die Dateien gelöscht hat, dann war da was, das niemand sehen sollte. Stimmt's?«

»Nein. Ich habe eher daran gedacht, daß das jemand gewesen sein muß, der ein bißchen mehr von PCs versteht als Otto Normalverbraucher. Und bei dem alten Spain kann ich mir das nicht so recht vorstellen.«

»Wie nett, FX. Und deshalb haben Sie ihn abhauen lassen? Also dann, wie wär's, wenn Sie sich jetzt auf die Suche nach Mr. und Mrs. Sweeney machen würden? Zischen Sie ab, und nehmen die Aussage der Sweeneys auf; morgen früh kommen Sie als erstes hierher.«

»Ich wünschte, ich könnte Sie begleiten«, meinte McBride. »Wie ich gehört habe, ist Mrs. Sweeney ganz in Ordnung.«

12

Recaldo bewahrte einigermaßen die Ruhe, bis er außer Sichtweite des Alten Kornspeichers war, doch dann raste er wie besessen über die Landstraßen. Zumindest konnte er jetzt ganz offiziell nach Cressida suchen.

Obwohl das Haus der Sweeneys dem Alten Kornspeicher fast gegenüberlag, konnte man es vom Ufer aus nur umrißhaft erkennen, da an dieser Stelle die Bucht zu breit war. Coribeen war ein imposantes Gebäude, das ursprünglich für einen der entfernten anglo-irischen Vorfahren Cressidas gebaut worden war. Frühere Generationen der Familie hatten nicht ständig dort gewohnt, und in jüngerer Zeit hatten die einzelnen Familienmitglieder das Land Stück für Stück verkauft, bis das Haus mitten auf einem Feld lag, nur über einen schmalen Pfad von der Daingean Road her zugänglich. Als Cressida es erbte, war es ziemlich heruntergekommen. Valentine Jason Sweeney hatte es als Hochzeitgeschenk für seine junge Braut wieder herrichten lassen und gleichzeitig die umliegenden fünfundzwanzig Hektar dazugekauft.

Damals war er reich gewesen und großzügig. Und im Alter von fünfundvierzig Jahren in zweiter Ehe frisch mit einer Vierundzwanzigjährigen verheiratet. Allerdings hatte er mit seinem blonden Haar und dem glatten Gesicht jünger gewirkt; erst wenn man etwas genauer hinsah, entdeckte man die feinen, kaum sichtbaren Falten. Er hatte das Aussehen eines Menschen, der ohne Schwierigkeiten, und spät, altert. Seine Frau Cressida hätte man eine Schönheit nennen können, wäre sie nicht so scheu und gehemmt gewesen. Sie war groß und schlank, hatte eine helle Haut und eine angenehm sanfte Art.

Abgesehen von dem Haus, hatten noch einige andere Gründe V. J. Sweeney veranlaßt, sich am Glár niederzulassen. Er war ein Seemann der Weltklasse und hatte etliche Male am Fastnet-Rennen teilgenommen; er kannte die gesamte Küste von Cork, wo die Voraussetzungen zum Segeln ideal waren.

In gewissem Sinne prägte die Inbesitznahme von Coribeen ihr Eheleben. Ursprünglich hatten sie zwar vorgehabt, das Haus lediglich im Sommer zu benutzen, doch von allem Anfang an legte Cressida eine erstaunliche Entschlossenheit an den Tag, es zu ihrem ständigen Zuhause zu machen. Als zwei Jahre später Gil zur Welt kam, war VJ zum wöchentlichen Pendler zu seinem Büro in London geworden, während sie auf Coribeen blieb. Gelegentlich dehnte die Woche sich auf Monate aus. In dem Maße, wie ihre Beziehung bröckelte, behagte diese Regelung beiden zunehmend.

Als Recaldo am Mittwoch nachmittag um Punkt vier Uhr vorfuhr, schien keiner außer einem Arbeiter, der Schlaglöcher in der Kiesauffahrt auffüllte, dazusein: »Schöner Tag heute, Sir. Wenn Sie die da suchen, werden Sie kein Glück haben.«

»Tatsächlich?« antworte Recaldo, als sei es nicht weiter wichtig, ob er die Sweeneys anträfe oder nicht. »Sie sind doch Mick, oder?«

»Ganz recht, Sir, Mick Moynihan. Der Boss ist in London. Oder sonst irgendwo. Die Missis hat ihn am Freitag nach dem Essen zum Flughafen in Cork gebracht.«

»Na ja, schade, daß ich mich nicht mit ihnen unterhalten kann; macht aber nichts, ich erwisch sie sicher später mal. Gute Arbeit leisten Sie da. Sind Sie da schon die ganze Woche dran?«

»Ja. Die haben das furchtbar verkommen lassen – alles voller Schlaglöcher.«

»Jetzt nicht mehr«, stellte Recaldo leutselig fest. »Mrs. Sweeney ist wohl eine regelrechte Sklaventreiberin.«

»Schon, aber dann auch wieder nicht. Eine sehr nette Frau«, erklärte er nachdrücklich. »Sie läßt mich ungestört meine Arbeit machen – hab sie seit Montag nicht mehr gesehen.«

»Um welche Zeit am Montag?« fragte Recaldo mit maskenhaftem Lächeln.

»Da war sie den ganzen Tag da, bis ich so ungefähr um drei Schluß gemacht habe.«

»Um drei? Ist das nicht ein bißchen früh, um mit dem Arbeiten aufzuhören?«

»Ich mußte noch was anderes erledigen. Mrs. Sweeney hatte nichts dagegen.«

»Waren Sie am Dienstag auch hier?«

»Nein, wie schon gesagt, ich hatte noch was anderes zu tun.« Er musterte Recaldo von Kopf bis Fuß und fuhr sich mit der Hand über den Mund. »Hab gehört, da drüben ist was passiert.« Er deutete mit dem Kopf Richtung Fluß. Recaldo brummelte nur und stieg wieder in seinen Jeep.

Er überquerte gerade die Brücke über die Flußmündung, als er mit einem Mal kaum mehr Luft bekam und plötzlich einen vertrauten säuerlichen Geschmack im Mund spürte. Seit Monaten hatte er keinen Herzanfall mehr gehabt. Er sprühte sich Nitroglyzerin in den Mund und fuhr zu Whelans Bootshandlung, die auf der anderen Seite unter der Brücke versteckt lag und kaum eine Minute entfernt war. Abseits der Straße und außer Sichtweite hielt er neben einem Container an, der als Büro diente, lehnte sich auf seinem Sitz zurück und wartete, daß die Symptome verschwänden. Ein dumpfer, drückender Schmerz in der Brust strahlte zum Rücken hin aus, bis er es kaum mehr ertragen konnte. Er schloß die Augen und zwang sich, nicht in Panik zu geraten. Nach ein paar Minuten klangen die Beschwerden ab; dafür setzten die Kopfschmerzen ein. Er klopfte an die Tür zum Büro und trat ein. »Ob ich wohl eine Tasse Tee kriegen könnte?« fragte er Terry Whelan, der in dem winzigen Büro am Tisch saß und einen nagelneuen Computer anstarrte.

»Natürlich. Mein Gott, Frank, wie sehen Sie denn aus! Was ist passiert? Spielt das Herz wieder mal verrückt?«

»Nur ein kleiner Anfall, ist gleich vorbei. Mir geht's schon wieder besser.«

Zweifelnd sah Terry ihn an. »Schon recht. Ich tu zwei Löffel voll rein, das möbelt Sie wieder auf. Und jetzt setzen Sie sich erst mal hin.« Er deutete auf seinen Stuhl. »Möchten Sie ein Aspirin?«

»Ich habe welche.« Dankbar setzte Frank sich. Langsam schlürfte er seinen Tee, und allmählich kehrte wieder ein wenig Farbe in sein Gesicht zurück. »Jetzt geht's mir schon viel besser, danke, Terry. Eigentlich bin ich vorbeigekommen, um zu fragen, ob ich mir Ihr Schlauchboot ausleihen kann.«

»Natürlich, aber ich muß zuerst noch den Tank nachfüllen. Wann brauchen Sie es denn?«

»So ungefähr in zwei Stunden? Könnten Sie es zu, hm ...« – er zögerte, versuchte, sich eine Stelle einfallen zu lassen, die einigermaßen abseits lag – »... zu dem Liegeplatz von meinem Boot bringen? Auf Trianach.«

»Ich weiß, wo das ist, Frank. Kurz hinter dem Haus, wo früher Bleiberg gewohnt hat, stimmt's?« Er drehte sich um und runzelte die Stirn. »Das Ganze ist wirklich schrecklich. Kein Wunder, daß Sie so mitgenommen sind. Ich habe gehört, sie ist zu Tode geknüppelt worden.«

Normalerweise amüsierten Recaldo die verschlungenen Wege, die Informationen nahmen; diesmal behagte es ihm allerdings nicht sonderlich. Es bedurfte einigen Geschicks, derlei mit Erfolg zu parieren. »Neuigkeiten sprechen sich schnell rum.«

»Wie wahr. Vorhin war ein Reporter hier und hat rumgeschnüffelt. So ein junger Schnösel und Wichtigtuer. Keine Bange, den hab ich mit einem Floh im Ohr wieder weggeschickt.«

»Von welcher Zeitung war der denn?«

»Von der *Sunday Tribune.*« Eines des landesweit vertriebenen Sonntagsblätter.

»Verdammt noch mal«, explodierte Recaldo. »Morgen wird eine ganze Horde von denen hier aufkreuzen.« Er hoffte sehnlichst, Coffey gäbe schnell die Presseerklärung ab, denn ansonsten wären sie nie und nimmer in der Lage, die Gerüchte zu ersticken.

»Was anderes ist nicht zu erwarten.«

»Sie haben doch nichts von wegen Niederknüppeln gesagt, oder, Terry?«

»Natürlich nicht. Glauben Sie vielleicht, ich bin ein Idiot oder was? Ich hab mich dumm gestellt. Allerdings würde ich sagen, ein paar Leuten wird es kalt über den Rücken laufen, sobald diese Meute hier auftaucht. Die schreiben doch, was sie wollen. Und machen uns fertig, wenn wir uns nicht selber schützen. Und gegenseitig. Haben Sie den Leuten gesagt, sie sollen auf der Hut sein, Frank?«

»Was würde das schon nützen?«

»Auch wieder wahr. Es gibt eine Menge Naivlinge, die glauben, sie könnten sich ein paar Pfund verdienen, wenn sie Gerüchte weitererzählen und ihr Bild in der Zeitung sehen.«

»Denken Sie da an jemand Bestimmten?«

»Na ja, da gibt's so ein oder zwei ... ich möchte lieber keine Namen nennen.«

»Sie wissen das genausogut wie ich – wenn die Leute reden wollen, dann tun sie das auch. Wir müssen einfach das Beste hoffen. Terry?«

»Was?«

»Sie wurde nicht zu Tode geknüppelt.«

»Verstehe.« Es fiel Whelan sichtlich schwer, der Versuchung zu widerstehen, nachzufragen, was genau passiert war, aber irgendwie schaffte er es. »Übrigens, wie lange brauchen Sie denn das Schlauchboot?«

»Sie könnten es morgens wieder abholen.«

»Geht in Ordnung. Nehmen Sie den Zweitschlüssel. Ich hinterleg ihn auf dem Weg nach Hause. Um sieben ist es für Sie bereit, reicht das? Und morgen so um halb acht ist es dann wieder verräumt.«

»Das wäre prima. Danke.«

Er fühlte sich viel frischer, als er zu seinem Wagen zurückschlenderte. Da er auf halbem Weg zwischen Coribeen und Trianach war, beschloß er, noch einmal zu versuchen, Cressie aufzuspüren. Wo war sie nur? Wie grausam schnell sich alles änderte. Wie hatte er sich je einbilden können, sie liebe ihn? Ein Herzanfall hatte genügt, um die Erinnerung wieder aufleben zu lassen. Die Art, wie seine Frau es nicht ertragen hatte, ihn nach der Operation anzusehen, geschweige denn zu berühren. Seine Söhne hatten die Spannung gespürt und sich von ihrer Angst anstecken lassen. Der magere, knochige Mann, der da aus dem Krankenhaus zurückkam, hatte keinerlei Ähnlichkeit mit dem zurückhaltenden, gelassenen Typ gehabt, den sie gewohnt gewesen waren.

Die Sweeneys waren auch jetzt nicht zu Hause. Diesmal kritzelte er eine offizielle, an Mr. und Mrs. Sweeney gerichtete Mitteilung auf einen Zettel und steckte ihn in den Briefkasten. Cressie könnte bestimmt zwischen den Zeilen lesen. Er wandte sich gerade zum Gehen, als eine winzige Bewegung seine Aufmerksamkeit erregte. Er trat vom Haus zurück und ließ den Blick über eines der großen Schiebefenster nach dem anderen schweifen. Nichts regte sich. Erneut hämmerte er an die Tür. Enttäuscht ging er um das Haus herum; seine Augen suchten jedes einzelne Fenster ab. Alles war ruhig. Doch als er nach Trianach zurückfuhr, schaute er nachdenklich drein.

13

In Coribeen hielt man den Atem an. Cressida kniete neben dem Mansardenfenster und preßte die Hand auf den Mund, um nicht laut loszuschreien. Irgendwo unten knarrte ein Dielenbrett. Die Treppe; er ging nach oben. Lieber Gott, bitte, laß ihn nicht hier heraufkommen, betete sie. Sie lauschte. Für einen Moment hörte sie keine weiteren Geräusche mehr, dann knarrte es wieder, diesmal leiser. Er ging hinunter. Danke, lieber Gott, danke. Ein paar Sekunden herrschte Stille, dann war das unverwechselbare Klappen der Tür zum Arbeitszimmer im Erdgeschoß zu hören. Langsam stieß sie den angehaltenen Atem aus. Hatte sie sich das alles nur eingebildet?

Sie reckte den Kopf ein winziges Stückchen über das Fensterbrett und beobachtete, wie Recaldo wegfuhr. Ihr dunkler Engel schwebte über ihr, bereit, zur Rettung herabzustoßen. Es widerte sie an, welch ungeheures Bedürfnis nach seiner so seltsam zurückhaltenden Art sie empfand, nach seinem zärtlichen Lächeln. Seinem Schweigen. Seiner Eindringlichkeit. Nie konnte sie ihn sehen, ohne den Wunsch zu verspüren, sich ihm in die Arme zu werfen; sein Verlangen zu schmecken, seinem Wunsch nachzugeben, sie – und ihren Sohn – liebevoll zu umhegen. Das hatten er und John Spain gemeinsam. Gil vertraute ihnen, vielleicht weil beide ihn wie einen normalen Menschen behandelten – nein, wie einen außergewöhnlich klugen kleinen Jungen. »Er ist ein einziges Entzücken«, hatte Recaldo eines Tages zu ihrer Überraschung gesagt. »So aufgeweckt.« Und Gil hatte gelacht, als hätte er es gehört.

Jetzt war alles ganz anders. Jetzt konnte Frank ihr nicht helfen, konnte ihr nicht helfen, Gil zu behalten. Man würde sie einsperren und ihn in irgendein schreckliches Heim stecken, wo er wieder in Schweigen und Furcht verfiele, so wie er gewesen war, ehe sie und John Spain herausgefunden hatten, wie sie ihm helfen konnten. Man hatte sie vor Spain gewarnt, doch sie hatte nicht darauf geachtet und nie Anlaß gehabt, ihm zu mißtrauen. Seit acht Jahren kannte sie ihn, und nie hatte er sie auch nur berührt oder den geringsten Annäherungsversuch unternommen. Er war mehr ein Vater für sie, als es ihr leiblicher Vater gewesen war, und so gut, so sanft zu Gil. Sie hatte die bösartigen Gerüchte ignoriert. In ihrem Kopf wirbelten die schrecklichen Bilder der vergangenen Nacht wild durcheinander, als diese gräßliche Frau ihr einen Wesenszug Spains offenbarte, den wahrzunehmen sie sich bisher nicht gestattet hatte. Und jetzt hielt Val sich im Haus auf. Hatte er den Wagen gefunden? Sie zurückkommen sehen? Voller Angst wiegte Cressida sich hin und her. Spain war in die Falle getappt, die Evangeline Walter ihm gestellt hatte, doch irgendwie steckte Val hinter alldem. Um John Spain zu vernichten, damit er sie vernichten konnte, um in den Besitz von Coribeen zu kommen. Gil war nur Mittel zum Zweck. Gil durfte man opfern. Sie auch. Doch wo kam Evangeline Walter ins Spiel? Und das Mädchen in O'Dowds Wagen? Nichts von alledem konnte sie sich erklären, gleichgültig, wie oft sie darüber nachgrübelte.

Als an jenem Tag Vals Ketsch außer Sichtweite gewesen war, hatte sie Gil in den Wagen gepackt und war losgefahren, um Spain zu warnen und um Hilfe zu bitten. Als sie bei Spains Cottage angekommen war, konnte sie sich nicht mehr daran erinnern, wie sie dorthin gelangt war. Doch er war nicht dagewesen. Sie hatte ihn gesucht. Als nächstes war sie in dem Garten gewesen ... o mein Gott ... da war noch irgend etwas anderes ... irgend jemand anderer? Sie hatte die Augen zusammengekniffen und sich angestrengt, die Schatten zu erkennen ... Val ... Lachen. Sie hatte Lachen gehört. Dann waren sie wieder in Spains Cottage gewesen. Sie hatte ihm nicht ins Gesicht sehen können, nicht einmal, als er ihr das Auge auswusch. Er hatte Gils Arm verbunden und provisorisch geschient. Gesprochen hatte er nicht. Kein Wort. Sie hatte ihm von Vals Drohungen, seinen Anschuldigungen berichten müssen. Schweigend hatte er zugehört; erst nachdem sie geendet hatte, sagte er: »Sie müssen ein wenig schlafen.« Er hatte sie dazu überredet, sich mit Gil auf sein Bett zu legen, und war dann in die Nacht hinausgegangen; als sie aufwachte, gegen vier Uhr morgens, hatte er jedoch wieder am Küchentisch gesessen, den Kopf auf die Hände gestützt. »Sie ist tot«, hatte er gesagt und ihr die Hand auf den Mund gelegt, um ihre Schreie zu ersticken.

»Sie haben sie nicht getötet. Vergessen Sie das nicht, Cressida, Sie waren gar nicht dort. Gleichgültig, wer fragt, *Sie waren nicht in dem Garten.* Konnten gar nicht dort gewesen sein. Sie lassen Gil abends nie allein, das weiß jeder.«

Ihre Zähne hatten geklappert. »Aber ich habe sie doch umgebracht ...«

»Haben Sie nicht. Sie hat gelacht, wissen Sie das nicht mehr?«

Sie hatte den Kopf geschüttelt. »Sie wollen die Schuld auf sich nehmen, nicht wahr?«

Sehr seltsam hatte er sie angeblickt. »Nein, das werde ich nicht tun.«

»Val war da, muß da gewesen sein ...« Sie hatte immer lauter gesprochen. »Sie hat ihm gesagt, daß Sie ... Er wird mir Gil wegnehmen.«

»War er im Garten?« So ausdruckslos wie ein Fels war ihr sein Gesicht erschienen. »Cressie, Sie müssen Gil von hier wegbringen. Er ist verletzt. Hören Sie mich? Ihr Auge muß genäht werden.« Er hatte mit den Zähnen geknirscht. »Sie können nicht in das Haus zurück. Das geht nicht.«

»Die Polizei?«

»Darum kümmere ich mich.«

Querfeldein hatte er sie zu der Stelle gebracht, wo sie den Range Rover versteckt hatte. Er hatte Gil getragen, und sie war ihm gefolgt, verstohlen, im Schutz der überwucherten Hecken. Sie hatten Gil auf den Rücksitz des Wagens gebettet und ihn zugedeckt; fast augenblicklich war er wieder eingeschlafen. Gesprochen hatte er immer noch kein Wort.

»Fahren Sie noch mal in das Krankenhaus, als wollten Sie Mrs. Donovan besuchen, und bleiben Sie dort, bis ich Ihnen Bescheid gebe, daß sie unbesorgt zurückkommen können. Haben Sie in Cork irgendwelche Freunde?« Als sie den Kopf schüttelte, hatte er den Namen eines Frauenhauses auf einen Zettel geschrieben. »Die verstehen sich darauf, nichts auszuplaudern. Schreiben Sie mir Ihre Handynummer auf. Ich lasse es einmal läuten, dann unterbreche ich, und eine Minute später rufe ich wieder an; auf die Weise wissen Sie, daß ich es bin.«

»Was ist mit Frank? Bestimmt sucht er mich.«

»Machen Sie sich deswegen keine Sorgen. Wahrscheinlich übernimmt er den Fall gar nicht – die Polizei schickt mit Sicherheit Verstärkung; jedenfalls werde ich mit ihm reden. Er wird Ihnen helfen.« Sie hatte gewußt, damit wollte er sagen, Frank würde ihr zuliebe auf Teufel komm raus lügen. Und als letztes hatte er wiederholt: »Vergessen Sie nur eines nicht: Sie waren nicht dabei. Sie waren gestern nacht nicht in dem Garten.«

Sie hatte geweint. Hatte ihn umarmt und ihr Gesicht an seines geschmiegt. Hatte gespürt, wie er zitterte, ehe er sich von ihr löste. »Was sollen wir bloß tun?«

»Passen Sie auf sich auf, mein Kind. Und auf Gil.« Tränen waren ihm in die Augen gestiegen. »Hören Sie nicht auf, mit ihm zu sprechen. Er wird es schaffen.«

Bis auf die Tatsache, daß sie nicht in dem Frauenhaus Zuflucht suchte, befolgte sie alle seine Ratschläge. Sie fuhr sofort zum Allgemeinkrankenhaus, trug Gil in die Notaufnahme und behauptete, er sei im Schlaf die Treppe hinuntergefallen. Glücklicherweise war der junge diensthabende Arzt viel zu müde, um nachzuhaken. Ihre Verletzungen verbarg sie, indem sie ihre Haare wie einen Vorhang drapierte. Und sie hörte nicht auf zu reden, ununterbrochen zu reden. Den völlig verschreckten kleinen Jungen zu besänftigen, mit zitternden Lippen seine gerötete Wange zu liebkosen.

Anschließend saßen sie vor dem Frauenhaus, hinter das Lenkrad gekauert, doch es gelang ihr nicht, Gil zum Aussteigen zu überreden. Um acht Uhr, als der morgendliche Berufsverkehr einsetzte, fuhr sie zum Bons und fand dort auf der Etage, wo Marilyn lag, ein leeres Fernsehzimmmer, in dem sie vor sich hin döste, bis sie hinausgeworfen wurden. An die folgenden Stunden konnte sie sich nur verschwommen erinnern, doch sie wußte noch, daß sie einige Zeit bei Marilyn Donovan verbrachte. Eine bewußte Entscheidung, nach Hause zu fahren, traf sie nicht; sie gab lediglich aus Erschöpfung nach. Als sie sich Duncreagh näherte, zögerte sie, doch sie konnte einfach nicht mehr vernünftig denken. Das Auto versteckte sie in einem etwa eine halbe Meile von Coribeen gelegenen Wäldchen; dann trug sie Gil über die Felder und bettete ihn unter eine Hekke, während sie das Haus beobachtete. Beinahe wäre sie dem Arbeiter in die Arme gelaufen, doch er bemerkte sie nicht. Beide Garagen standen leer. Sie ging durch die Hintertür ins Haus, und erst nachdem sie in alle Zimmer geschaut hatte, ging sie zurück, um Gil zu holen. Von da an verkrochen sie sich. Auf Zehenspitzen schlich sie zu einem der weiter hinten gelegenen Schlafzimmer, von dem sie ungehindert auf die Bucht sehen konnte. John Spain war mit dem Boot draußen; sie erkannte ihn an seinem gelben Ölzeug. In dem Augenblick, als sie hinausschaute, hob er die Hand, und ihr Telephon klingelte. Nur einmal, dann war es wieder still. Sie waren also nach wie vor in Sicherheit. Zumindest vorläufig. Val war entweder auf der Jacht oder, was wahrscheinlicher war, irgendwohin gefahren.

Als sie die Nummer wählte, die Spain ihr gegeben hatte, wunderte sie sich ein wenig, wo und wann Spain sich ein

Handy angeschafft hatte. Ob es aus dem Haus von Evangeline Walter stammte? Das doch bestimmt nicht – oder? Sie weigerte sich, darüber nachzudenken.

Er wollte zu ihnen kommen, sobald er es für sicher hielt, und ihnen etwas zu essen mitbringen. Sie mußte ihre Gedanken sammeln. Entscheiden, was sie tun sollte. Allein. Sie ganz allein. Behutsam betastete sie die pochende Wunde über ihrem Auge, fühlte mit den Fingerspitzen den entzündeten Wundrand; dann zog sie vorsichtig das schmerzende Bein an und kniete sich neben das Fenster. Die glühende Wange an das kalte Glas gepreßt, blickte sie auf die Bucht hinaus.

Wer war sie? Cressida Hollingsworth, einziges Kind nicht mehr junger Eltern, unerwartetes Produkt der Menopause ihrer Mutter und höchst unwillkommen, nicht zuletzt, da sie eine unerwartete Belastung für das nicht gerade üppige Budget des Paares darstellte, das sich bislang einen gewissen Lebensstil hatte leisten können.

Als Cressida fünf Jahre alt gewesen war, hatten ihre Eltern sich in einem kleinen Dorf in den Cotswolds niedergelassen. Sie wurde von einem Internat ins andere geschickt, eines schlechter und ärmlicher als das andere. Gerade sechzehn war sie gewesen, als ihre Mutter starb. Damals hatte Cressida die Schule abgebrochen, um ihrem Vater den Haushalt zu führen. Und da er Jeans nicht leiden konnte, trug sie meistens lange, romantische Jungmädchenkleider à la Laura Ashley. So verwandelte Cressida sich, versteckt unter meterweise pastellfarbenem, mit Rosenknospen, Weiden und tanzenden Cupidos bedrucktem Stoff, unbemerkt vom häßlichen Entlein in einen Schwan. Erst als sie einundzwanzig war und im Dorf eine kleine Galerie für Kunst und Kunsthandwerk eröffnet wurde, entwickelte Cressida allmählich ein Interesse an Malerei, dann an Kunstgeschichte. Es war, als wäre sie aus einem langen, wirren Schlaf erwacht. Aus zunehmendem Interesse und Selbstvertrauen erwuchs schließlich die geheime Hoffnung, eines Tages in dieser Galerie zu arbeiten. Die unerwartete Gelegenheit dazu bot sich, als der Vater begann, der Galeriebesitzerin Mrs. Wallace den Hof zu machen. Jetzt stand Cressida seinem späten Glück im Weg, und so wurde sie aus heiterem Himmel zu einem Vorstellungsgespräch eingeladen und bekam sofort eine Teilzeitstelle – unter der Bedingung, ihr Äußeres etwas aufzumöbeln. »Du brauchst ein paar anständige Kleider, Schätzchen. Vergiß diese gräßlichen Gewänder.« Mrs. Wallace hatte sie von oben bis unten gemustert. »Na komm, wir gehen einkaufen. Das Geld wird dein Vater wohl oder übel ausspucken müssen.«

Als der Colonel und Mrs. Wallace schließlich heirateten, verkauften sie das Häuschen in den Cotswolds, um auf Korfu zu leben, und Mrs. Hollingsworth die Zweite empfahl Cressida freundlicherweise an eine kleine Skulpturengalerie in Mayfair weiter und bat eine Freundin, das Mädchen bei sich unterzubringen, bis es eine eigene Unterkunft fände. Ihr Vater händigte ihr als Erbschaft achttausend Pfund aus. Die arme Cressie hielt dies für ein Vermögen. Allerdings nicht lange.

Die Galerie bezahlte sie schlecht, doch Cressida hatte nicht genügend Selbstvertrauen, um sich eine andere Stellung zu suchen. Und so glitt sie immer weiter in Schulden ab. Bis sie, als sie nahezu den Tiefpunkt ihres damaligen Lebens erreicht hatte, auf einer Vernissage V. J. Sweeney kennenlernte.

Vom ersten Augenblick an war sie wie geblendet. Die mehr als zwanzig Jahre Altersunterschied spielten keine Rolle. In Gesellschaft älterer Leute hatte sie sich ohnehin stets wohler gefühlt. Ihre Lebenserfahrung war begrenzt, schlimmer noch, sie entsprach nicht dem Zeitgeist, und so kam sie sich oft wie ein Wesen von einem anderen Stern vor. Val kam das sehr gelegen. In gewisser Hinsicht war V J nichts weiter als eine jüngere Ausgabe ihres Vaters; wie dieser erwartete er kaum etwas von ihr außer rückhaltloser, unerschütterlicher Bewunderung. Und sie ihm im Austausch gegen Sicherheit zu gewähren, dazu war sie durchaus bereit. Kaum hatte Val ihr einen Heiratsantrag gemacht, redete sie sich ein, verliebt zu sein. Sie wollte unbedingt, daß ihre Ehe ein Erfolg würde, doch nahezu von Anfang an befürchtete sie, dies könnte sich als vergebliche Hoffnung erweisen. Val liebte die Abwechslung, das Neuartige, einen rasanten Lebensstil; all dies führte dazu, daß Cressida sich immer mehr in ihr Schnekkenhaus verkroch. Er machte sich bald nicht mehr die Mühe, seine Langeweile zu verhehlen.

Etwa um die Zeit, als Gil zur Welt kam, machte Val geschäftlich eine schwierige Phase durch. Dann betrog ihn sein Geschäftspartner, und das Unternehmen geriet vollends aus den Fugen. Schließlich verkündete er, er werde die Wohnung in London verkaufen und nach Irland ziehen, um dort wieder auf die Beine zu kommen.

Früher war er für jeweils kurze Zeit gekommen und dann wieder gegangen, er hatte oft mehr Zeit auf seiner Jacht als in ihrer Gesellschaft verbracht; doch jetzt, da er ständig hier lebte, wurde er schnell unruhig. Es war eine große Erleichterung, daß Coribeen bequem und geräumig genug war, um einander aus dem Weg zu gehen. Cressida fügte sich in das Haus und die Landschaft ein, als wäre sie hier geboren. In der übervölkerten Weite Londons war ihr stets elend zumute gewesen, doch hier, am Ufer der abgelegenen Bucht, wo nur wenige Leute lebten, verspürte sie nie auch nur eine Spur von Einsamkeit. Ganz anders Val. Nachdem er die Wohnung in London verkauft hatte, wurde Cressida immer klarer, wieviel besser ihr Coribeen behagte, wenn sie allein mit Gil war. Als eine Art Gast war Val seinem neugeborenen Sohn gegenüber nachsichtig gewesen; als ständiger Bewohner des Hauses ging ihm sein Weinen auf die Nerven. Fehlschläge und Versagen veränderten seine Persönlichkeit; Langeweile machte ihn zu einem unangenehmen Gesellschafter. Ihm, in dessen Midas-Händen früher alles zu Gold geworden war, gelang nun nichts mehr, jedes Projekt schlug fehl. Das Hotel brachte das Faß zum Überlaufen. Seine Investition, die ihm als Pappenstiel vorgekommen war, als er sich eingekauft hatte, erwies sich letztendlich als wichtiger Teil seiner restlichen Mittel. Er hatte versucht, sich die Kontrolle über den Aufsichtsrat zu sichern, um dann das Hotel, das geschäftlich ein Fehlschlag war, zuzumachen und das Grundstück so erschließen zu lassen, daß es mehr Gewinn abwarf; danach wollte er Haus und Grundstück verkaufen und weggehen. Doch all das war danebengegangen.

Als er dann vor ein paar Wochen die *Azurra* verkauft hatte, wurde ihre Angst vor seiner schlechten Laune, seiner ständigen Gekränktheit, seinem Zorn immer größer. Von dem Verkauf hatte sie nichts gewußt, bis das Schiff eines Tages verschwunden war. Als es wieder auftauchte, war es frisch gestrichen und der Name in *Halcyon* geändert worden. Tagelang lief er mit einer Leidensmiene herum und starrte auf die Jacht hinaus. Die Namensänderung schien ihm noch mehr zu schaffen zu machen als der Verkauf. »Und das alles nur, weil du das verdammte Haus nicht verkaufen willst«, fauchte er sie an.

Über Evangeline wollte sie jetzt nicht nachdenken. Später, nicht jetzt. Plötzlich hörte sie ein langes, leises Pfeifen. Spain, dachte sie. Im gleichen Augenblick hörte sie, wie Gil aufschrie. Er stand mitten in seinem Zimmer wie ein Kriegsopfer. Sein Gesicht war wie das ihre durch Blutergüsse bläulich verfärbt, und den einen Arm preßte er unbeholfen an die Brust. Sie lief auf ihn zu und nahm ihn in die Arme. »Ich bin ja da, mein Schatz. Dir kann nichts passieren.« Sie schob ihn ein Stückchen von sich weg, legte ihm die Hände auf die Schultern und formulierte jedes einzelne Wort mit übertriebenen Lippenbewegungen. Er strahlte vor Freude. »Mmmmm aaa«, sagte er. »Tar?« Das war sein Kosename für Spain. Der alte Tar, die alte Teerjacke. Erleichterung überkam sie. »Braver Junge«, lobte sie ihn. »Tar ist da. Wir sind in Sicherheit.« Zumindest für den Augenblick, dachte sie.

14

Als Recaldo wieder auf Trianach eintraf, war es schon nach sechs. Superintendent Coffey und DI McBride waren offenbar gerade im Aufbruch begriffen.

»Sie haben sich ganz schön Zeit gelassen«, murrte Coffey.

»Mit dem Auto sind es vierzehn Meilen«, protestierte Recaldo schwach. »Außerdem bin ich eine Zeitlang dort geblieben, weil ich gehofft hatte, es würde doch noch jemand auftauchen.«

»Dann wäre es vielleicht besser gewesen, Sie wären mit dem Boot gekommen, wenn es auf der Straße so weit ist. O'Dowd hat uns verraten, daß Sie Ihr Boot da oben liegen haben«, meinte Coffey. »Ich schätze, Sie sind ihm auf dem Weg hierher begegnet. Morgen werden wir ihn noch mal herzitieren. Ich möchte dahinterkommen, in was für einer Beziehung die beiden zueinander standen; es gibt da etwas, das er uns nicht verrät.«

»Er verheimlicht uns eine ganze Menge«, bekräftigte McBride.

»Haben Sie schon irgendwas von der Pathologin erfahren?« fragte Recaldo; der kurze Blick, den die beiden daraufhin miteinander wechselten, ärgerte ihn. Coffey antwortete: »Nur die vorläufigen Ergebnisse; die Obduktion findet morgen vormittag statt. Jedenfalls handelt es sich tatsächlich um Mord. Gewaltsamer Sex. Ein Schlag in die Magengrube. Blutungen. Wenn auch nicht unbedingt in dieser Reihenfolge. Die Einzelheiten erfahre ich morgen. Aber behalten Sie das einstweilen für sich. Kein Kommentar der Presse gegenüber, verstanden?« fügte er hinzu.

»Für was halten Sie mich eigentlich?« McBride zog eine Augenbraue hoch, als wolle er sagen: Wollen Sie das wirklich wissen? Recaldo fragte sich, wieviel die beiden ihm verschwiegen. Doch wenn er sie herausforderte, würden sie ihn lediglich darauf hinweisen, daß sie genau das machten, worum er gebeten hatte – sie zogen ihn nicht in den Fall hinein.

»Brauchen Sie mich morgen?« fragte er gezwungen.

»Selbstverständlich«, erwiderte Coffey höflich. »Abgesehen von allem anderen, müssen Sie sich mit dieser Galeriebesitzerin unterhalten. Versuchen Sie aber nach wie vor, die Sweeneys zu erreichen.«

»Alsdann, FX, wir fahren jetzt. Bis morgen.« McBride war ungeduldig.

»Lagebesprechung morgen um halb neun«, ergänzte Coffey. Etwas freundlicher fügte er hinzu: »Sie haben einen anstrengenden Tag hinter sich; fahren Sie nach Hause, und essen Sie was. Nehmen Sie mir's nicht übel, aber Sie sehen arg mitgenommen aus.«

»Wer ist bei der Obduktion dabei?«

»Ich. Dr. Morrow hat sie ziemlich früh angesetzt.«

»Falls irgend jemand fragt: Am Vormittag geben wir eine Presseerklärung ab«, erklärte McBride. »Wir denken uns was aus, wenn wir uns morgen früh treffen. Hatten Sie in der Hinsicht irgendwelche Probleme?«

»Bis jetzt nicht.« Er blickte zu dem wolkenlosen Himmel auf. »Vielleicht geh ich noch ein Weilchen segeln«, erklärte er unschuldig, als sie in ihr Auto stiegen.

McBride grinste. »Irgendwann könnten Sie uns eigentlich mal auf Ihrer Jacht zu einer rasanten Spritztour mitnehmen«, schlug er vor und deutete damit an, daß O'Dowd ihnen von seiner Nußschale erzählt hatte. Recaldo lachte. »Ich bin mir nicht sicher, ob wir da beide reinpassen«, meinte er. Mit einem etwas unbehaglichen Gefühl fragte er sich, was O'Dowd ihnen sonst noch erzählt haben mochte. Vermutlich, daß Spain ihm das Segeln beigebracht hatte. Und was noch? Cressida. O'Dowd wußte wahrscheinlich ziemlich gut über sein Tun und Treiben Bescheid.

Recaldo sah den Schlußlichtern nach, bis sie außer Sichtweite waren, dann schlenderte er zum Ufer hinunter, allerdings nicht zu seinem Boot. Vielmehr schlug er die entgegengesetzte Richtung ein, das Flußufer am Rand des Gartens vor dem Alten Kornspeicher entlang und auf die Landzunge zu, die das Haus von den Nachbarn abschirmte.

Nachdem er die Wiese neben dem Walterschen Garten überquert hatte, wandte er sich landeinwärts und ging über das angrenzende Feld, bis er kurz vor sich zu seiner Linken einen Kamin erblickte, aus dem sich dünner Rauch kräuselte. Es erwies sich als einigermaßen schwierig, näher zu kommen, bis er sich schließlich durch eine dichte Hecke von Fuchsien kämpfte, die ein Feld mit etwas welken Kohlköpfen einfaßte. Da stand er nun, mitten in dem Fuchsiengebüsch, und betrachtete O'Dowds Bungalow, den er bislang immer nur von der Straßenseite aus gesehen hatte. Wenig später hämmerte Recaldo an die Haustür. Keine Reaktion. Damit hatte er gerechnet. Er ging um das Haus herum und hätte hineingespäht, wären nicht alle Vorhänge zugezogen gewesen. Erneut ging er zur Rückseite und schaute zu einem kleinen Mansardenfenster hinauf, von dem aus man einen Blick auf die Bucht hatte. Die Neigung des Daches erschien ihm zu gering, als daß es sich um ein richtiges Zimmer hätte handeln können. Rasch sah er sich um und entdeckte eine alte Gartenbank aus Holz; er zog sie zum Haus, kippte sie auf die Seite und verkeilte sie hinter der Regenrinne. Dann stieg er vorsichtig hinauf, und schließlich gelang es ihm, sich von seinem wackligen Standort aus aufs Dach zu hieven. Seine langen Arme reichten ohne weiteres bis zu dem Sims, auf dem er genügend Halt fand, um über die Dachziegeln hinaufzuklettern, bis er auf der Höhe des Fensters war.

Vor dem Fenster waren weder Vorhänge noch Rouleaus angebracht, und auch Möbel konnte er in dem winzigen

Raum nicht entdecken. Auf Regalen standen sieben oder acht Kartons. Doch weit mehr interessierte ihn der Feldstecher auf der Fensterbank. Er preßte den Kopf seitlich gegen das Glas, und als er sich umdrehte, blickte er direkt auf die Terrasse von Evangeline Walter. *Voyeur.* »Allmächtiger«, fluchte er und holte tief Luft. Dann lokkerte er den Griff und ließ sich langsam nach unten gleiten.

Wie dumm, wie blind er doch gewesen war. Kein Wunder, daß O'Dowd einen derart verschlagenen Eindruck machte. Hatte er die Angewohnheit, alle seine Nachbarn auszuspionieren? Oder die Leute, die Evangeline besuchten? Klatschsucht oder Erpressung? Mit Sicherheit war zwischen den beiden irgend etwas gelaufen, aber was genau? Man erzählte sich, Evangeline Walter habe viele Verehrer und ein paar Affairen zuviel gehabt. Mit verheirateten Männern. Ortsansässigen verheirateten Männern, von denen einige Kinder hatten. Aber nur mit den Betuchten. Darunter auch Michael Hussey. O'Dowd war ebenfalls nicht schlecht gestellt. Er galt allgemein als Frauenheld. Ein gerissener Hurenbock, den festzunageln keine je geschafft hatte. Mit ihm konnte die Walter sich ohne weiteres blicken lassen, vor allem, wenn sie gerade eine Affaire mit einem anderen hatte, den sie schützen wollte. Oder wenn sie sich selbst schützen wollte.

Spain? Nein, irgendwie paßte das nicht; er war nicht reich und ein gebrochener Mann. Sweeney? Sweeney war nicht mehr reich, war nicht mehr erfolgreich. Wen würde es schon kümmern, wenn die Walter eine Affaire mit Sweeney hätte? Niemanden, sagte Recaldo sich sarkastisch, außer seine Frau und deren Liebhaber; die wären entzückt. Er spann den Gedanken weiter. Sweeney und Walter waren auf dem Schiff gewesen. Alle drei, wenn man O'Dowd mitrechnete, waren am vorhergehenden Nachmittag zusammen gewesen. Gil war bei Spain gewesen, also aus dem Weg. Er war auf Trabuí gewesen, ebenfalls aus dem Weg. Eine abgekartete Sache? Wo hatte Cressie sich in dieser Zeit aufgehalten – wo nur? Und wo befand sie sich jetzt? Irgendwann war sie in dem verfluchten Garten gewesen – aber wann? Er sah sie vor sich, bis er sich zwang, seine sorgenvollen Gedanken wieder O'Dowd zuzuwenden.

Noch etwas: Laut eigener Auskunft war O'Dowd nach Dublin gefahren – zumindest war er irgendwohin gefahren und hatte die anderen zurückgelassen. Alle zusammen. Wo? Im Garten? Hatte Cressie sich ihnen dort angeschlossen? Recaldo war sich dessen, wegen des Kamms, fast sicher. Aber wann? Erneut brodelten alle Befürchtungen in ihm auf. Angenommen, Spain hatte sie ebenfalls dort gesehen. Jetzt plazierte Recaldo Spain, Sweeney, Cressie zusammen mit Evangeline Walter in den Garten. Und O'Dowd beobachtete sie aus seinem Horst. Allmächtiger, dachte er und griff sich an den Kopf. Einer von ihnen hatte sie umgebracht. Spain hatte sich eine sehr plausible Geschichte zurechtgebastelt. Er versuchte, jemanden zu schützen. Bitte nicht ... *Doch nicht Cressie? Nicht meine Liebste.* Sie sagte immer, Spain sei wie ein Vater zu ihr, gütig, fürsorglich. Als ihm jedoch erneut Coffeys Worte in den Sinn kamen, richtete er sich mit einem Ruck kerzengerade auf. Sex. Blutungen. Wie paßte Cressie in dieses Bild? Beinahe lachte er vor Erleichterung. Aber warum versteckte Cressie sich dann? War sie Zeugin geworden, wie einer der anderen Evangeline getötet hatte? Einer, den sie ihrerseits schützen wollte? Ihren Mann? Spain?

John Spain. Unvermittelt mußte Recaldo an die Gefährlichkeit, die Kraft denken, die Spain ausgestrahlt hatte, als er sich am Morgen O'Dowd entgegengestellt hatte. Über dem Leichnam von Evangeline Walter. Verdammt. Die Verknüpfungen dieses Trios untereinander kannte er nicht, doch er vermutete, Sex gehörte unter anderem mit dazu. Liebe hingegen spielte nicht die geringste Rolle. Er mußte mit Cressida reden. Falls sie jemanden brauchte, der sie beschützte, war er der Richtige.

Durch das ungemähte Gras ging er zu seinem Wagen. Er hatte stechende Kopfschmerzen und fühlte sich völlig ausgelaugt. Seit vierzehn Stunden war er ohne Unterbrechung auf den Beinen. Ein riesiger Drink und Vergessen schienen eine reizvolle Aussicht. Für die ständigen Wortgefechte mit Phil McBride benötigte er einen klaren Kopf und weit mehr Humor, als er heute aufgebracht hatte; besonders gut hatte er sich nicht gehalten.

Erschöpft fuhr er zu Husseys Pub. Entgegen den Andeutungen Coffeys war es in der Bar ruhig. Recaldo schlüpfte durch die Hintertür; Michael trank gerade in der rückwärtigen Küche seinen Tee. »Setz dich«, forderte er ihn auf und deutete auf einen Riesenteller Kraut mit Speck. »Wo das herkommt, gibt es noch eine ganze Menge mehr. Willst du was?«

»Gern.« Michael häufte ihm eine üppige Portion auf und rief seinem Bruder zu, er solle ihnen zwei Biere bringen.

»Na, wie findest du das?« wollte Michael wissen.

»Großartig. Das Kraut ist genau so, wie ich es mag: knackig und mit genügend Butter.«

»Ich sag's meiner Frau, wenn sie heimkommt. Sie ist nebenan bei den Donovans. Marilyn kommt morgen nach Hause, und da drüben ist die Hölle los.«

»Waren irgendwelche Reporter da?«

»Ein paar. Halt die Augen offen – die sind vorher um dein Häuschen rumgeschlichen, aber die meisten sind jetzt in Duncreagh. Finden es hier zu ruhig.« Sein leises Kichern wuchs sich zu einem regelrechten Lachanfall aus. Zu seiner eigenen Überraschung stimmte Recaldo in das Gelächter ein; warum, wußte er nicht so recht, aber er empfand es als ungeheure Erleichterung. »Das war wirklich ein Gedicht«, bedankte er sich und legte seinem Freund die Hand auf die Schulter.

»Wir lassen sie weiter im Dunkeln tappen. Ein paar von denen habe ich schon gesagt, du hättest mit dem Fall nichts zu tun; hab sie auf diesen McBride gehetzt. Hat Spaß gemacht.«

»Wird ganz schön schwierig sein, Mrs. Ryan am Plaudern zu hindern.«

»Wie wahr, aber die paßt auf, daß das nicht gegen dich geht. Die hält dich doch für den Größten.« Erneut schallendes Gelächter.

Recaldo ging gerade zur Tür hinaus, als Michael leise fragte: »Ist mit John Spain alles in Ordnung? Ich mache mir Sorgen um ihn. Hab gehört, er hat sie gefunden.«

»Ja, armer Kerl. Steht ziemlich unter Schock.« Er rieb sich das Kinn und seufzte. »Sag Aoife danke für das Essen.«

»Wart noch einen Augenblick. Da ist etwas, das du vielleicht wissen solltest. Die Gerüchte über Spain machen wieder die Runde.«

Recaldo ließ sich auf einen Stuhl fallen. »Ich hab's gehört. Hast du eine Ahnung, wann und wo das angefangen hat? Das ganze Gerede ist nicht wahr, das weißt du doch, oder?«

»Herrje, natürlich weiß ich das, aber wer glaubt ihm denn noch, bei dem ganzen Zeug, das heutzutage in den Zeitungen steht. Vor allem jetzt. Ich glaube, du schaust am besten mal bei Lia vorbei und redest mit ihr. Liegt ohnehin auf deinem Nachhauseweg.«

Lia Ryan – Tochter der Postdame – besaß und führte ein hervorragendes kleines Restaurant in der Straße, die zwischen dem Polizeirevier und Recaldos Haus verlief. Er trat durch die Küchentür und erwischte eine Kellnerin, die Lia holte. Sie gingen auf den Hof hinaus.

»Ich weiß nicht, ob es wirklich hier angefangen hat; jedenfalls ist es zu einem äußerst unangenehmen Zwischenfall gekommen – ist jetzt wohl ungefähr zwei Monate her. Nein, Juni war es. Während dieser Hitzeperiode, als wir kaum noch gewußt haben, wo uns der Kopf steht. Mrs. Walter war hier, zusammen mit einem Engländer, glaube ich, jedenfalls mit jemandem, der zu Besuch war. Übrigens das einzige Mal, daß ich sie hier gesehen habe, und auch das einzige Mal, daß John Spain hier war, der Ärmste. Er kam zusammen mit einer älteren Dame, die ebenfalls fremd hier war. Und äußerst zurückhaltend. Ich hab das Gefühl, sie könnte eine Nonne und mit ihm verwandt sein. Sie sahen sich ein bißchen ähnlich. Als sie an Mrs. Walters Tisch vorbeigingen, taumelte Mr. Spain unglücklicherweise ein wenig und warf eine leere Wasserflasche um. Ich meine, es war nichts passiert, aber das Getue, das sie veranstaltet hat, war ... na ja, schlichtweg erbärmlich. Ich hab gemerkt, am liebsten hätte er ihr gehörig die Meinung gesagt. Irgendwie hab ich das geregelt, aber Sie kennen doch die Art von Stille, die auf einen solchen Vorfall folgt. Ein paar Minuten lang haben dann alle getuschelt. Mrs. Walter hat die Rechnung verlangt, und nachdem sie sich vergewissert hatte, daß auch alle zuhörten, hat sie gesagt – ich schwöre bei Gott, ich wäre fast tot umgefallen, so peinlich war mir das – ›... einer dieser Kinderschänder, von denen wir immer wieder hören‹. Mehr nicht, aber allen war klar, wen sie gemeint hatte. Mr. Spain hat nicht reagiert, seine Begleiterin auch nicht, aber sie hatte ihnen den Abend gründlich verdorben. Mir auch. Es stimmt doch nicht, was sie da gesagt hat, oder?«

»Nein«, erklärt er mit allem Nachdruck, aber ihm wurde klar, wie leicht sich Zweifel einschleichen konnten. »Das ist eine gehässige, verleumderische Anschuldigung, aber so, wie sie es gesagt hat, hätte es sich auf irgend jemanden beziehen können.«

»Genau das habe ich mir auch gedacht. Aber warum hat sie so etwas Schreckliches gesagt?«

»Das ist eine gute Frage.«

Anschließend fuhr er nach Hause, ließ sich ein Bad ein und lag im heißen Wasser, bis er eindöste und erst aufwachte, als ihm das Kognakglas, das er sich vollgeschenkt hatte, aus der Hand fiel. Er räumte die Glassplitter weg, wickelte sich in ein Badetuch und streckte sich auf dem Bett aus. Eine Dreiviertelstunde später wachte er erfrischt wieder auf, schlüpfte in eine alte schwarze Cordhose und einen Rollkragenpullover und trottete barfuß in die Küche, wo der vernachlässigte Barker neben dem Boiler schlief. Als

Recaldo hereinkam, schlug er erst ein Auge auf, dann, als dieser ihm eine Riesenschale Futter und eine Schüssel mit Wasser hinstellte, auch das zweite. Recaldo packte zwei große Taschenlampen, ein paar Werkzeuge, einen Flachmann mit Kognak, Schokolade und Segelschuhe in einen kleinen Rucksack, knipste etliche Lampen an, ließ die Rouleaus herunter und schaltete das Radio ein.

Um neun Uhr dreißig schlich F. X. Recaldo sich aus dem Haus und machte auf Seitenstraßen einen Bogen um das Dorf. Gut fünfundzwanzig Minuten brauchte er, bis er zu der Stelle gelangte, an der das grau-schwarze Dingi auf ihn wartete. Der Himmel hatte sich überzogen und der Wind aufgefrischt. Wegen der dichten Wolkendecke war das einzige Licht ein mattes Schimmern auf dem tintenschwarzen Wasser, als John Spain auf seinem Heimweg langsam an ihm vorbeituckerte. Recaldo wich ein paar Schritte zurück. Kein Wunder, daß Michael sich Sorgen machte: Der Alte war ungewöhnlich spät noch draußen. Doch offenbar verbrachte er den ganzen Tag in seinem verdammten Boot, als fände er auf festem Boden keine Ruhe. Recaldo suchte das Wasser nach einer Schiffsspur ab und entdeckte eine leichte Kräuselung quer über den Fluß. Möglicherweise war Spain von der anderen Seite gekommen, aber genausogut konnte er auch, wie meistens, von der Mitte des Stroms aus Kurs auf zu Hause genommen haben. Wäre Recaldo ein Wettfanatiker gewesen, hätte er, ohne zu zögern, auf die erste Möglichkeit gesetzt. Irgendwie hatte er das merkwürdige Gefühl, Spain beschützen zu müssen. Lias Bericht war ihm durch Mark und Bein gedrungen. Er fügte der ganzen Geschichte eine neue Dimension hinzu, deren Tragweite noch nicht absehbar war.

Der alte Mann und die Bucht. Seine Ausdauer war beeindruckend. Es war nach wie vor möglich, so an ihn zu denken, wie er dies immer getan hatte: mit Bewunderung. John Spain führte ein seltsames, spartanisches Leben. Er war als Einzelgänger gekommen und war dies auch geblieben. In einem zerbeulten Cortina war er vorgefahren, im

Schlepptau sein geliebtes Boot, und hatte an der baufälligen alten Schule von Trianach ein kleines Zelt aufgeschlagen; dann hatte er das Haus wiederaufgebaut. Mit Sicherheit eine von Sparsamkeit erzwungene Entscheidung, denn er war ausgesprochen ungeschickt. Seine Nachbarn beobachteten mit Interesse die langsame, mühselige Renovierung, doch lange Zeit waren sie entweder zu schüchtern oder zu höflich, um ihm Hilfe, die er möglicherweise nicht wollte, aufzudrängen. Doch allmählich, als sie nicht umhinkonnten, seine stoische Ausdauer zu bewundern und seine tolpatschige Ungeschicklichkeit zu bemitleiden, boten ihm zuerst ein Zimmerer, dann ein Dachdecker und schließlich ein Klempner beiläufig die dringend benötigte Unterstützung an.

John Spain, zurückhaltend, stolz und unglücklich, nahm sie dankbar an und bestand auf Bezahlung mit dem einzigen, was er bieten konnte: Kinder zu unterrichten, die Nachhilfe brauchten. Da dies jedesmal höflich abgelehnt wurde, beharrte er darauf, seine Wohltäter mit Fisch zu versorgen.

Als er ihre Hilfe nicht mehr brauchte, zogen seine Retter sich einer nach dem anderen zurück und überließen ihn seinem Fischen und seinen Büchern. Weder bedrängte noch belästigte man ihn, stand ihm jedoch mit zurückhaltender Reserviertheit gegenüber. Irgendwo tief im Inneren hatten die Leute nach wie vor Hochachtung davor, was er war oder gewesen war; und als sich allmählich herumsprach, welch herausragender Gelehrter er war, stellte auch dies eine Art Einschüchterung dar.

Über all dies zerbrach Recaldo sich den Kopf, während er mit den Blicken Spains Boot folgte, bis es um die Landzunge ein paar hundert Meter hinter der Umgrenzung von Evangeline Walters Garten verschwand. Entweder fuhr er nach Hause oder weiter flußaufwärts. Der Alte war einer der wenigen, die in der Lage waren, den Fluß in der Dunkelheit zu beschiffen, wenn ihn das Fehlen von Seezeichen besonders tückisch machte. Heute abend braucht er wohl all sein Geschick, dachte Recaldo, als er zum Himmel aufblickte. Es machte ihm Sorgen, daß er bei der Befragung Spains durch seine Kollegen nicht mit dabeigewesen war. Der Alte konnte bärbeißig, aber auch herrisch sein, gelegentlich beides gleichzeitig, und vor allem McBride mit seiner herausfordernden Art hatte mit Sicherheit seine schlimmsten Eigenschaften zum Vorschein gebracht.

Gut eine Viertelstunde wartete Recaldo im Schatten, ehe er sich leise in das Schlauchboot gleiten ließ, es losband und vom Ufer abstieß. Es war ein klobiges Gefährt, doch der starke Außenbordmotor machte es äußerst schnell. Normalerweise lieh er es sich für größere Entfernungen, meist gemeinsam mit seinem Kollegen vom Zoll. In der Dunkelheit war das Boot aufgrund seiner Farbe kaum auszumachen; das war ein weiterer Grund, weshalb er es seinem Dingi vorgezogen hatte. Auf den klobigen, abgerundeten Rändern die Ruder nicht abrutschen zu lassen war mühsam, doch er kam stetig, wenn auch langsam voran und gelangte binnen fünfzehn Minuten zur *Cynara,* dem Boot von Evangeline Walter. Er glitt unter die Steuerbordseite, richtete sich vorsichtig auf und bekam ohne Schwierigkeiten den Schiffsrand zu fassen, den er innen abtastete, bis er eine Klampe fand, an der er die Leine des Schlauchboots festzurrte und sich dann an Bord hievte. Das Werkzeug brauchte er nicht: Die Luke war offen – keine Spur von einem Vorhängeschloß oder ähnlichem. Er gestattete sich einen kurzen Augenblick des Neids. Von allen Booten auf dem Fluß hätte er am liebsten dieses gehabt. Es war in prächtigem Zustand und, wie das Haus, ungeheuer aufgeräumt und tadellos in Ordnung. Allerdings roch es ein wenig muffig. Auf dem Schott und in den Bullaugenrändern keimten kleine Flecken aus schwarzem Schimmel. Er fragte sich, wann Evangeline Walter zum letzten Mal auf ihrem Boot gewesen war.

Eine sorgfältige Durchsuchung brachte nichts außer einem uralten Schnappschuß auf dem Boden unter dem Kartentisch zum Vorschein. Als er sich hinunterbeugte, nahm er einen anderen Geruch wahr. Er schnüffelte.

Whiskey. Im Dunkeln fuhr er mit der Hand unten an der Spundwand entlang und schnitt sich an einer Glasscherbe in den Finger. Er umwickelte die Hand mit seinem Taschentuch und hob den Splitter auf, der einen durchdringenden Geruch verströmte. Die Glasscherbe wickelte er in das Taschentuch, dann untersuchte er im Licht der Taschenlampe die Photographie. Drei Gestalten waren darauf zu sehen, allerdings schwer unterscheidbar, da das Photo offenbar irgendwann einmal zerknüllt worden und die Farbe vergilbt und an einigen Stellen abgeblättert war. Das Bild zeigte ein junges Paar mit einem Kind, das auf einem Tisch zwischen den zwei Erwachsenen saß, die beide rauchten. Auf die Rückseite war ein Datum gekritzelt, doch im Halbdunkel war es unmöglich zu entziffern. Recaldo steckte das Photo in seine Tasche, kletterte mit seiner Beute aufs Deck zurück und ließ sich mühsam wieder in das Schlauchboot hinunter. Er band die Leine los, drehte den Bug herum und stieß Richtung Strommitte ab. Dann steuerte er stromabwärts auf Val Sweeneys schwimmenden Palast zu.

Donnerstag

15

Frank Recaldo schlief wie ein Stein und kam erst am Donnerstag morgen um sieben Uhr dreißig wieder zu sich. Einen Augenblick lang lag er wie benommen da, dann fuhr er hoch, sprang aus dem Bett, duschte und zog sich in Rekordzeit an. Als er nach unten ging, hörte er seinen Anrufbeantworter ab. Insgesamt fünfzehn Nachrichten waren aufgezeichnet, die ersten sieben von aufdringlichen Reportern, die eine Stellungnahme forderten. Er war versucht, alles zu löschen, doch irgend etwas bewog ihn, das Band bis zum Ende abzuspielen. Die vorletzte Nachricht war von Cressida: »Frank? Mach dir keine Sorgen, wir sind in Sicherheit. Es tut mir leid.« Er lehnte sich an die Wand; ihm war fast schlecht vor Kummer. Hatte sie seine Nachricht erhalten? Er wählte ihre Telephonnummer zu Hause und die ihres Handys; beide Anrufe blieben unbeantwortet. Das alles macht mich noch verrückt, dachte er. Warum konnte sie ihm nicht vertrauen? Oder versuchte sie, ihn vor sich selbst zu schützen? Die Antwort schoß ihm blitzartig durch den Kopf: nein, nicht ihn. Die Person, auf deren Schutz Cressie am meisten bedacht wäre, war Gil. Das war eine Art Erleichterung. Doch keine Erklärung dafür, warum sie sich versteckte und was sie in Evangeline Walters Garten gewollt hatte.

Ein Unbekannter hatte den *Cork Examiner* in seinen Briefkasten gestopft. Er blätterte ihn durch, während er eine Tasse Kaffe in sich hineingoß und sich dann gerade lange genug Zeit nahm, um Barker, der anklagend zu ihm aufblickte, eine Schüssel Futter hinzuschieben.

Das Dorf erwachte gerade zum Leben, als er hindurchraste, doch niemand schenkte ihm sonderliche Beachtung;

8.05 Uhr, das war selbst für den eifrigsten Zeitungsreporter zu früh, zumindest für einen der irischen Sorte. Er brauchte kaum sieben Minuten, um sich zu vergewissern, daß das Schlauchboot weggeräumt worden war, und weitere fünf bis zum Haus von Evangeline Walter. Zu seiner Überraschung stand O'Dowd an der Haustür und spähte durch die Seitenfenster hinein. Er ließ sich nicht aus der Ruhe bringen, als Recaldo ihn fragte, was er da mache. »Nur mal nachsehen«, erwiderte er freundlich, als sei dies das Natürlichste auf der Welt.

»Sind das die Schlüssel zum Haus?« fragte Recaldo argwöhnisch.

»Hmm.«

»Bedeutet das ja oder nein, O'Dowd?«

Der Lächler zuckte die Schultern. »Wie es Ihnen beliebt.«

»Was, zum Teufel, soll das heißen?« Allmählich geriet Recaldo in Wut. Wie kein anderer brachte O'Dowd es fertig, ihn bis aufs Blut zu reizen. Nahezu alles, was er von sich gab, schien eine Herausforderung zu sein. Doch was wollte er unter Beweis stellen? Männlichkeit?

»Sie waren doch nicht etwa da drinnen, oder?« Herrgott noch mal, das alles entgleitet mir, dachte er.

»Warum sollte ich da rein wollen?«

»Hören Sie auf herumzualbern, O'Dowd. Waren Sie drinnen oder nicht?«

»Nein, Frank, ich war nicht drinnen. Und das sind meine Schlüssel, Sie Klugscheißer.«

»Was wollen Sie dann hier?«

»Du lieber Himmel, ich wollte mich nur vergewissern, ob das Haus gesichert ist. Das mache ich immer, wenn Evangeline nicht da ist.« Er zuckte zusammen. »Nicht da war.«

»Und was geht das Sie an?«

Bedächtig sah O'Dowd ihn an, kostete es aus, mehr zu wissen als der andere. Das Lächeln war verschwunden; jetzt drückte sein Gesicht pure Selbstzufriedenheit aus.

Triumph. »Alles«, erklärte er leise. »Sie war nicht nur meine Nachbarin, sondern auch meine Freundin.« Seine kieselgleichen Augen hefteten sich auf Recaldo, der überhaupt nichts mehr verstand, als O'Dowd hinzufügte: »Schließlich ist es mein Haus.«

Vor Überraschung wich Recaldo einen Schritt zurück. »Wie bitte?«

»Das haben Sie doch gehört. Das Haus gehört mir. Sie war meine Mieterin.«

Recaldo machte sich nicht die Mühe, seine Überraschung zu verhehlen. »Ich habe gedacht, es gehört Bleiberg!«

»Er hat es umbauen lassen, das stimmt, aber er hatte nie mehr als einen Mietvertrag.«

»Dafür haben Sie Beweise, nehme ich an?«

»Alle Beweise, die ich brauche.«

»Und warum haben Sie kein Wort davon gesagt?«

»Sie wollen sagen: Warum haben *Sie* es nicht gewußt. Nun, Sie haben mich nicht danach gefragt.«

»Haben Sie es den anderen gesagt?«

»Nein. Die haben ja auch nicht danach gefragt.«

Ich tappe völlig im Dunkeln, dachte Recaldo, angewidert von sich selbst und plötzlich einigermaßen besorgt, wie gründlich er O'Dowd unterschätzt hatte. »Scheint Ihnen Spaß zu machen, mich raten zu lassen.«

»Na ja, so könnte man es wohl ausdrücken.« Jer O'Dowd wippte auf den Fußballen hin und her. Er strahlte geradezu vor Schadenfreude. »Ihr seid Idioten, allesamt. Und Sie haben nicht mal genügend Verstand, um Ihren Arm von Ihrem verdammten Arsch zu unterscheiden.«

»Sie profitieren von ihrem Tod.«

»Ist das eine Frage oder eine Anschuldigung?«

»Offenbar wissen Sie mehr über die Frau, als Sie gesagt haben.«

»Über ihren Tod oder über ihr Leben?« Er blickte zu Recaldo auf, nicht im geringsten dadurch benachteiligt, daß er mindestens zwölf Zentimer kleiner war. Das

Lächeln war wieder da, als er zum Abschied leicht die Hand hob und wegstolzierte. An der Autotür rief er zurück: »Gestern abend haben ein paar Reporter hier rumgeschnüffelt. Ich hab sie weggescheucht. Deswegen bin ich heute vormittag rübergekommen.« Er grinste. »Nur für den Fall, daß jemand fragt.«

»Sie haben denen nicht etwa Ihre Meinung zu der ganzen Sache verklickert, oder, O'Dowd?«

O'Dowd warf ihm einen vernichtenden Blick zu. »Ich bin nicht durch Schwatzhaftigkeit dahin gekommen, wo ich heute bin. Das sollten Sie besser nicht vergessen. Ich überlege mir genauso gut wie Sie, was ich sage, Frank Recaldo. Sie könnten also ruhig aufhören, auf andere herunterzuschauen; man weiß nie, was man da zu sehen bekommt.« Er kam zurück und baute sich wutbebend vor dem Polizisten auf. »Ich habe Evangeline nicht umgebracht, und ich weiß nicht, wer das getan hat. Aber ich werde es, verdammt noch mal, rausfinden. Sie vergessen anscheinend eines – sie war meine Freundin. Lassen Sie es mich wissen, wenn Sie meine Hilfe brauchen. Aber versuchen Sie lieber, mich darum zu bitten; auf die Weise kommen Sie vielleicht weiter. Sie sind ein hochnäsiger Mistkerl, wenn man bedenkt, wie tief Sie gesunken sind. Und was die beiden andern Witzbolde angeht«, schnaubte er, »was, zum Teufel, haben denn die schon für eine Ahnung, was hier in der Gegend vorgeht?« Er kehrte zu seinem Wagen zurück und ließ den Motor an.

»Wir werden uns noch mit Ihnen unterhalten müssen.«

»Morgen früh bin ich wieder zu Hause, wenn Sie mit mir reden wollen. Aber nur Sie, wohlgemerkt. Sie müssen sich zweifelsohne Ihren Vorgesetzten gegenüber behaupten, nehme ich an.« Nachdem er diesen letzten Pfeil abgeschossen hatte, lächelte O'Dowd süßlich und fuhr an ihm vorbei.

»Oha, da sind Sie ja, FX.« Unbemerkt war McBride aufgetaucht und winkte ihn nun zu sich. »Setzen Sie sich in Bewegung. Ich muß um zwei wieder nach Cork. Wir haben Termine bei dem Facharzt und bei dem Computermenschen, außerdem beim Anwalt und bei der Bank.«

»Ist Superintendent Coffey nicht da?«

»Er ist bei der Obduktion und muß sich noch um einiges andere kümmern – er versucht, später vorbeizukommen. Übrigens, die Galeriedame – O'Faolain, so heißt sie doch, oder? Er möchte, daß Sie ihr heute einen Besuch abstatten. Ich nehme an, Sie hatten inzwischen immer noch kein Glück bei den Sweeneys.«

»Nein. Steht mittlerweile der Todeszeitpunkt fest?« fragte Recaldo, als sie ins Haus gingen.

»Sie hat den Zeitraum auf zwischen zehn und eins eingegrenzt. Die Einzelheiten erfahren wir in ungefähr einer Stunde. Sie können übrigens Unterkühlung zu der gestrigen Liste der Todesursachen hinzufügen. Es gibt also genügend Unklarheiten, um uns zu verwirren. Aber dieser alte Kauz hatte recht. Sie ist im Stehen gestorben. Sie scheinen zu wissen, wovon Sie reden«, meinte er gedehnt. »Zumindest bei einigen Dingen. Würde es Ihnen also etwas ausmachen, mir zu verraten, warum Sie Doc Morrow gefragt haben, ob die Frau ertrunken ist?«

»Ich habe gefragt, ob Sie an Unterkühlung gestorben ist.«

»Stimmt, aber Sie haben auch gefragt, ob Sie möglicherweise ertrunken ist, oder etwa nicht?«

»Ihre Füße waren ganz verschrumpelt. Waschfrauenfüße nennt man das. Derlei habe ich hier in der Gegend schon ein paarmal gesehen. Jedes Jahr ertrinken hier ein paar Leute, meist Fischer.«

»Aber sie hat im Wasser gestanden, stimmt's? Zumindest behauptet das der alte Knabe. Angelehnt, nicht wahr?« McBride schien äußerst skeptisch. Schlimmer noch: Er sah Recaldo an, als wäre er irgendwie schuld daran. Woran? fragte Recaldo sich grimmig. Daß er sie an der Nase herumgeführt hatte? Möglicherweise. Des Mordes konnten sie ihn kaum bezichtigen, oder?

McBrides Handy schrillte. Er hörte einen Augenblick lang zu, setzte sich dann auf eines der Sofas und machte sich Notizen. Recaldo ging in die Küche und kochte Kaffee. Warum auch nicht? Er kam sich ohnehin wie ein Lehrling vor.

»Dr. Morrow glaubt, sie hat eine Zeitlang im Wasser gelegen.« McBride kam herein, setzte sich an den Küchentisch und ließ sich eine Tasse Kaffee geben.

»Als sie schon tot war?«

»Das steht noch nicht fest, aber ertrunken ist sie offenbar nicht.« Er wirkte gereizt. »Sie haben nicht erklärt, was Sie dazu gebracht hat, Unterkühlung ins Spiel zu bringen, oder?« hakte er nach. Es lag auf der Hand, daß er nicht genau sagen konnte, was ihn störte, doch er machte eindeutig klar, daß sich sein anfängliches Mißtrauen Recaldo gegenüber verstärkt hatte.

»Das weiß ich nicht mehr. Ist das so wichtig?«

»Genau das sollen Sie mir ja sagen. Sie hatten recht, was die Unterkühlung betrifft, und beinahe recht mit dem Ertrinken. Haben Sie das zweite Gesicht oder was?«

Recaldo schnaubte ungeduldig. »Nein, hab ich nicht.«

»Aber irgendwas hat Sie dazu gebracht, das zu sagen.« McBride war hartnäckig wie ein Terrier.

»Hören Sie, es war reichlich dumm, das zu sagen«, setzte Recaldo an und verstummte dann. Besser, für einfältig gehalten zu werden, als den Eindruck zu erwecken, er versuche, jemanden zu decken. »Sie war völlig durchnäßt. Und da habe ich mich eben gewundert, das ist alles. Was ist mit dem Schlag auf den Kopf?«

»Der hat nicht viel zu bedeuten. Der Schlag in die Magengrube ist eine andere Sache. Die Frau hatte sich einer Operation unterzogen. Konzentrieren Sie sich lieber auf die Blutung.«

»Könnte die durch Geschlechtsverkehr verursacht worden sein?«

»In der Tat. Und deshalb müssen wir wissen, ob Sex oder der Schlag auf den Bauch zum Tod geführt hat. Und vor allem müssen wir rauskriegen, wer, zum Teufel, es ihr besorgt hat. Gründlich war der Kerl jedenfalls, wer auch immer es war.« *Kerl.* Recaldo zwang sich zu einem Hüsteln, um den leisen Schrei der Erleichterung zu übertönen, den er ausgestoßen hatte.

Gedämpft sagte McBride: »Was halten Sie von der Vorstellung, daß es eine ganze Bande war? Ich würde sagen, an dem Mord waren mehr als nur einer beteiligt. Wir müssen noch viel mehr über die Frau rauskriegen, als wir bisher wissen. Ich frage mich, warum sie an den Baum gelehnt war.«

»Wenn sie liegen geblieben wäre, hätte niemand sie bemerkt; sie hätte dann Stunden, Tage dort liegen können ...«, meinte Recaldo gedehnt und hielt dann inne.

»Richtig«, erklärte McBride lakonisch. »Sie hat sich kaum selbst an den verdammten Baum gelehnt, stimmt's? Ich glaube, wir können davon ausgehen, daß es nicht die Missionarsstellung war.« Er lachte. »Und Sie glauben jetzt wahrscheinlich, damit ist ihr Priesterfreund aus dem Schneider, hm?« fragte er herausfordernd.

Recaldo richtete sich zu seiner vollen Größe auf, so daß er ohne weiteres in McBrides verschlafene Augen hinunterblicken konnte. »Passen Sie auf, was Sie sagen, McBride«, knurrte er mit zusammengebissenen Zähnen.

»Und Sie, FX, Sie passen besser auf, daß Sie sich nicht zu sehr aufregen«, entgegnete McBride.

»Spain würde schwerlich behaupten, sie hätte aufrecht gestanden, wenn er sie so hingestellt hätte, glauben Sie nicht?«

»Auch wieder wahr. Doch der ist schlau, er hätte sich das alles genau überlegen können. Meinen Sie nicht auch?«

Recaldo schüttelte den Kopf. »Ich glaube, das war wirklich echt. Auch wenn das nur so ein Gefühl ist.«

»Gegen solche Gefühle habe ich nichts – die habe ich auch. Jetzt zum Beispiel. Wo genau hat sie sich befunden, als Sie gestern früh hier eingetroffen sind?«

»Genau da, wo sie war, als Sie gekomen sind. Lag auf dem Rücken am grasüberwachsenen Ufer. Vielleicht ist sie mit dem Kopf auf den Baumstrunk aufgeschlagen?«

»Joanna Morrow ist felsenfest davon überzeugt, der Schlag auf den Kopf war unerheblich. Hat sie vielleicht erschreckt oder überrascht, allerhöchstens benommen gemacht; aber offenbar war er nicht kräftig genug, um sie zu töten. Nicht allein. Doch das und der Schlag auf den Bauch zusammen ...« Er schürzte die Lippen und blickte Recaldo an, ehe er seinen Pfeil abschoß.

»Da war noch eine andere Sache. Joanna sagt auch, unter ihren Armen seien Spuren irgendeiner Art von Fesselung gewesen.« Wie eine kalte Dusche traf es Recaldo.

»Ich habe aber nicht gehört, daß irgend jemand beispielsweise einen Strick erwähnt hat – Sie vielleicht, Recaldo? Wie oft sind wir diese Geschichte mit Ihrem Spain durchgegangen? Vier-, fünfmal? An den Baum gelehnt, hat er gesagt. Hat der Alte sie möglicherweise aus dem Wasser gezogen? Oder sie reingestoßen und dann wieder rausgezogen?« Er stocherte mit dem Finger in der Luft herum. »Aber er ist alt. Hätte er genügend Kraft – was meinen Sie?«

»So viel Kraft bräuchte er dazu nicht«, erklärte Recaldo düster. »In seinem Boot hat er eine kleine Winde. Mit der zieht er seine Hummerkörbe aus dem Wasser.«

»Stimmt, die ist mir auch aufgefallen«, bekräftigte McBride. »Und was bedeutet das für uns? Sie war nicht, zu keinem Zeitpunkt, an dem Boot festgebunden, oder?«

»Soweit wir wissen nicht«, sagte Recaldo mehr zu sich selbst.

»Und wie weit ist dieses Soweit? Wir müssen noch viel mehr über den Alten erfahren, also spucken Sie's schon aus, Recaldo, Sie wissen mit Sicherheit eine ganze Menge mehr, als Sie zugeben. Irgendwas stimmt da nicht, das hab ich im Urin.« Er sah sich um und holte dann zum Schlag aus: »Und Sie auch, Recaldo. Irgendwer versucht, unsere Untersuchungen den Bach runtergehen zu lassen, wenn Sie das Wortspiel entschuldigen. Irgend jemand hat sehr sorgfältig dafür gesorgt, daß wir den Todeszeitpunkt nicht genau bestimmen können. Und das riecht mir doch sehr nach Alibi.«

Recaldo stieß einen tiefen Seufzer aus. »Weswegen ist sie denn operiert worden?« fragte er. »Hat Dr. Morrow gesagt, was ihr gefehlt hat?«

»Krebs. Sieht so aus, als hätten Sie auch da richtiggelegen, FX. Die meisten Organe sind befallen, aber laut dem Facharzt ging es zunächst um die Gebärmutter. Jemand hätte sich verdammt viel Schwierigkeiten ersparen können. Sie hatte nicht mehr lange zu leben – ein paar Wochen noch, höchstens. Der Boss hat gestern abend lang mit dem Facharzt palavert.«

»Vielleicht wollte sie mit einem Paukenschlag von der Bühne abtreten«, meinte Recaldo. McBride lachte. »So könnte man es auch nennen, alter Freund.« Irgendwie war anschließend die Atmosphäre etwas entspannter.

»Übrigens, hat die Walter eine Jacht besessen?«

Recaldo trat zu ihm ans Fenster und zeigte hinaus auf das Boot. »Die da, die am nächsten am Ufer vertäut ist, die *Cynara.*«

»Und wem gehört die große da drüben am anderen Ufer?«

»Sweeney.«

»Na ja, hab mich schon gefragt, wann dieser Name wieder auftaucht«, murmelte McBride, nach wie vor die Augen auf die Bucht geheftet. »Seltsam, daß wir immer noch nichts von denen gehört haben. Ich frage mich, woran das wohl liegt?«

»Wenn ich anrufe, meldet sich niemand, und gestern war den ganzen Tag keiner da. Ein Arbeiter, der die Auffahrt repariert, hat gesagt, er glaube, daß Mr. Sweeney seit letztem Freitag weg ist. Und Mrs. Sweeney hat am Montag Marilyn Donovan ins Krankenhaus gebracht; vermutlich ist sie immer noch dort, weil seitdem niemand sie gesehen hat.«

»Puh«, meinte McBride. »Sie sind aber auf einmal gesprächig.« Nachdenklich blickte er Recaldo an.

»O'Dowd hat mir erzählt, Mrs. Sweeney sei mit der Verblichenen eng befreundet gewesen.«

»Kommt drauf an, was man unter eng versteht«, erwiderte Recaldo verkniffen. »Wahrscheinlich weiß sie nicht mal, daß Mrs. Walter tot ist.«

»Alle anderen wissen es aber offenbar sehr wohl«, fiel McBride ihm ins Wort. »Egal, wo sie ist, ich wette, die Telephonleitungen hier in der Gegend laufen heiß. Kennen Sie sie gut?« fragte er Recaldo.

»Gelegentlich begegne ich ihr, wenn ich meinen Hund auf den Klippen ausführe.«

»Und ihren Mann?«

»Mit dem habe ich kaum mehr Kontakt. Er ist ja auch nur selten hier, und es kursieren Gerüchte über finanzielle Schwierigkeiten. Er hat oder hatte ein PR-Unternehmen in London, treibt Sponsoren für große Sportereignisse auf oder so was in der Art. Soweit ich weiß, hat er jedoch vor einiger Zeit Pleite gemacht.«

»Unwahrscheinlich, wenn man diesen auffälligen Luxuskahn da drüben betrachtet«, unterbrach McBride ihn. »Überpüfen Sie das mal lieber, alter Freund. Eine Gondel von solcher Größe sieht mir nicht nach Bankrott aus.«

»Na ja, verelendet ist er nicht gerade. Ich glaube, er hält Anteile am Hotel Atlantis. Gelegentlich habe ich ihn dort zusammen mit seiner Frau gesehen. Ansonsten hat er die meiste Zeit auf dem Schiff verbracht. Aber seit ein paar Wochen ist er nicht mehr hiergewesen, soweit ich weiß. Zumindest bin ich ihm nicht in die Arme gelaufen.«

»Und Sie glauben, damit wären sie aus der ganzen Sache raus?« Eine Fangfrage, die Recaldo nicht beantwortete.

Sie gingen in den ersten Stock hinauf. »Sehen Sie sich das mal an«, forderte McBride Recaldo auf. »Sieht aus wie ein verdammtes unbelegtes Hotelzimmer.« Es stimmte. Evangeline Walters Leben und auch ihr Lebensstil waren größtenteils ein unbeschriebenes Blatt. Es schien unwahrscheinlich, daß irgend jemand in den wenigen Stunden zwischen ihrem Tod und der Entdeckung der Leiche das ganze Haus so gründlich hätte ausräumen können. Zum einen gab es nirgendwo Anzeichen von Unordnung, keines der typischen Anzeichen einer Panik. Und zudem war ja nicht nur das Arbeitszimmer so unnatürlich ordentlich – das ganze Haus war tadellos aufgeräumt. Als Recaldo, einem Gefühl folgend, eine kleine Stiermaquette auf einem Beistelltisch anhob, markierte tatsächlich ein blasser sternartiger Umriß die Stelle, wo sie gestanden hatte. Bei den wenigen anderen Skulpturen im Wohnzimmer war es das gleiche. Noch etwas war merkwürdig: im Haus befanden sich zahlreiche wertvolle Gegenstände, klein genug, um leicht verschoben zu werden, doch nirgends schien etwas verändert worden zu sein. Die Markierungen hatten sich als nützlich erwiesen. Alles war, in jeder Hinsicht, an Ort und Stelle.

McBride durchwühlte einen der Flachordner, die auf dem Bord über ihrem Schreibtisch lagen. »Bingo!« rief er und streckte Recaldo ein Bündel Rechnungen für Gas, Wasser, Strom und dergleichen hin. Alle waren peinlich genau geordnet und als bezahlt abgehakt. Auch etliche sehr hohe Telephonrechnungen befanden sich darunter, allerdings keine nach Gesprächen aufgeschlüsselten Ausdrucke, die normalerweise an die vierteljährlichen Abrechnungen geheftet werden. Das war ausgesprochen ärgerlich, denn diese wären hilfreich bei der Suche von Freunden und Geschäftsverbindungen gewesen.

Auf der Stelle tätigte McBride einen langen, ungeheuer gereizten Anruf bei der Buchhaltungsabteilung von Eircom, in dessen Verlauf er schließlich mit dem Direktor verbunden wurde. Dieser versprach, die Ausdrucke an die Zentrale zu faxen. »Bis morgen früh sind sie bei Ihnen.«

»Nein, heute«, bellte McBride. »Ich komme vorbei, höchstpersönlich, und hole sie so gegen vier ab. Sorgen Sie dafür, daß sie bis dahin fertig sind.«

»Die gehen alle bis zum April zurück«, stellte Recaldo fest. »Ich wette, irgendwo ist auch eine Steuererklärung. Ob es hier wohl einen Speicher gibt?«

Gab es nicht. Doch irgendwo, irgendwie hatte Evangeline Walter alle ihre persönlichen Unterlagen verschwinden lassen.

»Das ist, als würde man durch Melasse waten. Ob sie sie möglicherweise selbst weggeräumt hat? Sie hat doch bestimmt gewußt, daß sie nicht mehr lange zu leben hatte.«

McBride hielt einen Augenblick lang inne. »Das wissen wir nicht mit Sicherheit – bis Coffey uns die genaue Einschätzung des Facharztes verrät. Jedenfalls verhalten sich nur wenige Leute so. Meiner Erfahrung nach klammern die meisten sich bis zum bitteren Ende an den winzigsten Hoffnungsschimmer.«

»Hat nicht O'Dowd erwähnt, sie hätte mit dem Gedanken an einen Urlaub in der Sonne gespielt? In Florida? Ich schätze, dort hätte sie sich einer alternativen Behandlung unterzogen.«

»Nicht schlecht. Aber ob sie auf Dauer in die Staaten gezogen wäre?« wandte McBride ein. »Ich wünschte, ich könnte eine Methode hinter alldem entdecken. Außer Behinderung. Wissen Sie was, ich glaube, jemand war da sehr, sehr raffiniert. Aber wer? Das ist die Frage.«

Sie verfielen beide in Schweigen und gingen, nachdem sie ungefähr ein Dutzend Ordner unter sich aufgeteilt hatten, Seite für Seite deren Inhalt durch. Eine mühsame, zum Verzweifeln unproduktive Angelegenheit, denn es tauchte nichts von Bedeutung auf. Um zwölf Uhr erklärte McBride schließlich, sie sollten besser Schluß machen.

»Ich rede kurz mit dem Boß und geh dann in Husseys Bar, um mich mit den Pressefritzen zu unterhalten. Wäre wohl der richtige Zeitpunkt, um zu schauen, ob Sie bei Miss O'Faolain was rauskriegen, das uns weiterbringt.«

»Kommen Sie anschließend wieder hierher?«

McBride kratzte sich am Kopf. »Bin mir nicht sicher. In Cork sind ein paar Dinge zu klären, außerdem möchte ich mich mit Dr. Morrow unterhalten. Ich halte Sie auf dem laufenden, wo ich bin. Und Sie kommen, wenn Sie in Daingean fertig sind, wieder zurück, für den Fall, daß diese Grace auftaucht.«

16

Zur Galerie O'Faolain gelangte man durch eine unauffällige Ladenfront, die sich auf einen weitläufigen weißen Raum, der Größe und Form nach einem kleinen Lagerhaus nicht unähnlich, öffnete. Durch Milchglasscheiben im Dach drang gedämpftes Licht, das durch punktförmig gebündelte winzige Spotlights auf Stahlschienen oben an der Wand ergänzt wurde. Sieben ungemein farbenprächtige Ölbilder waren ausgestellt, und in der Mitte des Raums stand ein Flügel mit aufgeklapptem Deckel. Recaldo ging darauf zu und ließ die Finger über den Tasten schweben, ohne sie anzuschlagen.

Mrs. O'Faolain telephonierte in einem kleinen Büro, das sich hinten anschloß. Er erkannte ihre Stimme, noch ehe er sie in dem offenen Durchgang stehen sah. Sie winkte ihm zu. »Bin gleich fertig.« Recaldo wanderte durch die Ausstellung, bis sie geschäftig auf ihn zueilte, um ihn zu begrüßen. Zu seiner Erleichterung entsprach ihre Telephonstimme in keiner Hinsicht ihrer normalen. Schicker Cork-Akzent, das stand fest, möglicherweise aus der Gegend von Montenotte, doch in natura wirkte sie bei weitem nicht so affektiert. Vielmehr war sie die Leutseligkeit in Person.

»Ich bin Rose O'Faolain.« Eine attraktive Frau mit ungebärdigem graumeliertem Haar, frischer Gesichtsfarbe und einem hinreißenden Lächeln. Sie schien sich in ihrer Haut ausgesprochen wohl zu fühlen: eine in jeder Hinsicht – Gewicht, Größe und Persönlichkeit – stattliche Frau.

»Sie sind Mister Recaldo, stimmt's?« Mit beiden Händen umfaßte sie seine und zerquetschte sie fast. »Das ist vielleicht ein Name«, sprudelte es aus ihr heraus. »Ein Vizeadmiral der spanischen Armada hieß Recalde – haben Sie das gewußt?« Sie hob die Hände und lachte. »Natürlich, was rede ich nur für einen Unsinn daher!«

Recaldo lächelte. »Wie ich sehe, haben wir das gleiche Buch gelesen.« Es schmeichelte ihm, daß sie den Rang seines Vorfahren kannte. »Don Juan Martinez de Recalde. Er steuerte sein Schiff in einem Sturm durch die Meerenge bei der Insel Blasket. Eine bewundernswerte Heldentat, wenn Sie die Gegend kennen. Die Schiffe, die ihn verfolgten, wurden alle zerschmettert. Zumindest erzählt man sich das bei uns. Meine Familie stammt aus der Umgebung von Dingle. Wir behaupten einfach, seine Nachfahren zu sein, obwohl wir es nicht beweisen können – auch wenn ich das sehr wohl versucht habe.«

»Ihr Aussehen spricht jedenfalls dafür.« Sie neigte den Kopf und musterte ihn von der Seite. »Velázquez? Goya?« Zu seiner Erleichterung erwähnte sie nicht El Greco, den Spezialisten für Gemäldeleichen.

»Übrigens war er nicht Spanier, sondern Baske«, erklärte Recaldo, der sich zunehmend für das Thema erwärmte.

»Tatsächlich? Das ist interessant.« Sie lächelte. »Dann kommen Sie also aus Dingle, hm? Die Familie meiner Schwiegermutter stammte aus Kerry; das ist ja gar nicht so weit von den Blasket-Inseln entfernt – aus Ventry. De Recalde.« Sie ließ den Namen auf der Zunge zergehen und betonte voller Genugtuung das Schluß-E. »Großartiger Name. Wann wurde denn das O drangeklebt?«

»Es gibt Leute, die meinen, wir hätten es lieber voranstellen sollen«, meinte er lakonisch.

»O'Recalde?« Sie rümpfte die Nase. »Ach, kommen Sie, das wäre ein bißchen gekünstelt – na ja, ist das O'Faolain wahrscheinlich auch. Die Familie hieß schlicht Whelan, ehe mein Schwiegervater die irische Version eingeführt hat. Er hatte das Gefühl, das klinge besser.« Sie lachte. »Und ehrlich gesagt, ich bin der gleichen Ansicht. Aber ich schätze, Sie sind nicht hergekommen, damit wir uns über Namen unterhalten. Obwohl ich nichts dagegen hätte, das ein andermal nachzuholen.«

»Ich auch nicht, Mrs. O'Faolain«, erwiderte er, selbst überrascht, wie herzlich er das sagte.

»Nennen Sie mich doch Rose«, fuhr sie dazwischen und warf einen Blick auf ihre Uhr. »Normalerweise gehe ich um die Zeit in das Pub nebenan, um eine Kleinigkeit zu essen. Hätten Sie nicht Lust mitzukommen? Mein Assistent müßte jeden Augenblick von seinem Mittagessen zurückkommen.«

Als Recaldo zögerte, erklärte sie energisch: »Hören Sie, ich weiß nicht, wie es bei Ihnen aussieht, aber ich bin völlig ausgehungert. Normalerweise esse ich eine kleine Terrine Fischsuppe und ein Sandwich, und genau das biete ich Ihnen an. Sie können mitessen oder auch nicht, ganz wie es Ihnen beliebt. Vermutlich möchten Sie sich noch weiter mit mir unterhalten – und um diese Zeit ist es normalerweise ziemlich ruhig in dem Pub, außerdem stört uns dann kein Telephongeklingel. Oh, da ist ja Martin.«

»Hat nicht Cressida Sweeney mal für Sie gearbeitet?« erkundigte Recaldo sich, als sie die Galerie verließen.

Neugierig musterte Rose O'Faolain ihn. »Stimmt, aber das war, ehe Gil auf die Welt gekommen ist. Allerdings hilft sie gelegentlich nach wie vor aus, wenn Not am Mann beziehungsweise der Frau ist.« Sie lächelte schelmisch. »Sie machen einen enttäuschten Eindruck, Mr. Recaldo.«

»Durchaus nicht.«

»Mittlerweile nimmt Gil Cressie viel zu sehr in Anspruch. Sie unterrichtet ihn selbst; mit der Schule ist der arme kleine Kerl einfach nicht klargekommen. Er ist fast taub, haben Sie das gewußt?«

»Ja«, erwiderte er, »aber ich glaube, er macht recht gute Fortschritte.«

»Dieses neue Hörgerät, das sie ihm angepaßt haben, ist wirklich großartig. So ein funkgesteuertes Ding – ich muß sagen, das bringt wirklich was. Letzte Woche hat sie mit ihm zusammen bei mir vorbeigeschaut. Auch sein Sprechen wird besser, wenn auch eher in Schüben und Sprüngen. Na ja, er ist ein unglaublich aufgeweckter kleiner Junge, konnte lesen und schreiben, noch ehe er auch nur ein einziges Wort gesprochen hat. Wirklich, ich bewundere Cressie. Eine großartige Frau. Sie beklagt sich nie.«

Ein Ober schleuste sie mit der Bemerkung »Wie immer, Rose?« zu einem Tisch in einer altmodisch eingerichteten Nische ganz hinten bei der Bar. Er war bereits für eine Person gedeckt, perfekt mit gestärktem weißem Tischtuch. Eine junge Frau legte schnell ein zweites Gedeck auf, und Rose bestellte eine halbe Flasche Volnay und einen Krug Leitungswasser. »Ich hasse dieses ekelhafte in Flaschen abgefüllte Zeug«, erklärte sie. Dann führten sie und die Kellnerin ein kurzes Gespräch darüber, was sie essen sollten.

»Garnelensuppe und belegte Brote mit geräuchertem wildem Lachs«, bestimmte Rose entschlossen. Sie plauderten ein wenig, bis der Kellner zwei große Schüsseln mit einer blaßrosa Suppe und einen Teller voller Sandwiches brachte.

Sie beobachtete, wie er die Suppe kostete. »Na?« fragte sie.

»Phantastisch.«

»Tun Sie doch nicht so überrascht«, entgegnete sie barsch. »Sie sehen halb verhungert aus. Wann haben Sie denn zum letzten Mal was Richtiges gegessen?« Ihm war zumute, als geriete er in einen Mahlstrom, doch seltsamerweise empfand er ihre Freundlichkeit als ansteckend. Sie machte es ihm leicht, sich in ihrer Gegenwart zu entspannen. Am liebsten hätte er den ganzen Nachmittag in ihrer Gesellschaft verplaudert.

»Spielen Sie Klavier?« überrumpelte sie ihn, als er gerade anfangen wollte, sie auszufragen. »Ich habe bemerkt, wie Sie den Flügel bewundert haben, während ich am Telephon war.«

»Ich bin ein wenig aus der Übung – mein Cottage ist zu klein für ein Klavier.« Zerknirscht lächelte er ihr zu und zuckte die Schultern. »Gelegentlich spiele ich abends in dem Hotel bei uns. Meistens Unterhaltungsmusik, aber gelegentlich schmuggle ich ein kleines Stück Bach ein.«

»Aha. Derlei habe ich mir schon gedacht – es hat Sie ja regelrecht in den Fingern gejuckt.«

»Sie sind eine gute Beobachterin, Mrs. O'Faolain – Rose. Aber jetzt verraten Sie mir mal, was ein Steinway in der Galerie zu suchen hat.«

»Der wohnt dort«, erklärte sie lachend, hob dann aber die Hand. »Nicht ständig, aber für Sonntagabend habe ich ein kleines Konzert geplant – Sie sollten vorbeikommen. So ein junger Bursche, Matthew Rosen, spielt ein paar Field-Nocturnes und Chopin.«

»Gern, wenn es sich einrichten läßt. Übrigens habe ich ihn vor ein paar Monaten in Dublin gehört – hat mir gut gefallen.«

»Na schön, ich lege eine Eintrittskarte für Sie zurück, außerdem kommen Sie in meinen Verteiler – ist Ihnen das recht?«

»Aber ja.« Er räusperte sich. »Allerdings würde ich Ihnen, wenn Sie nichts dagegen haben, jetzt gern ein paar Fragen zu Mrs. Walter stellen.«

»Arme Evangeline. Was wollen Sie denn wissen?«

»Alles. Was hat sie hier gemacht? Was für eine Frau war sie? Seit wann haben Sie sie gekannt? Mit wem war sie befreundet? Jede Kleinigkeit könnte mir weiterhelfen.« An ihrer eher gleichgültigen Reaktion hatte er bereits gemerkt, daß sie und Mrs. Walter nicht eng befreundet gewesen waren; jedenfalls schien sie nicht sonderlich betrübt über ihren Tod.

»Verstehe. Mal sehen...« Nachdenklich massierte sie sich das Kinn. »Ich glaube, zum ersten Mal bin ich ihr begegnet vor ungefähr – herrje, das ist jetzt wohl fast zwanzig Jahre her. Wir haben beide in London an irgend so einem Kurs in der Courtauld-Akademie teilgenommen. Ich habe ihren Namen wiedererkannt, weil ich in verschiedenen Kunstzeitschriften auf Artikel von ihr gestoßen war. Irgendwie haben wir uns zusammengetan und sind anschließend mehr oder weniger in Verbindung geblieben. Ich schätze, es war unausweichlich, daß ich sie eines Tages bitten würde, ein paar Kataloganmerkungen für mich zu verfassen. Eigentlich war es ja nur ein Vorwand, um sie wegen etwas anderem auszuhorchen.«

»Und zwar?«

»Na ja, das Hotel Atlantis in Passage South sollte damals eröffnet werden – das war das erste Mal; wahrscheinlich ist es das, in dem Sie ab und zu spielen. Ja? Nun, Otto Bleiberg, der Besitzer, war ein alter Kunde von mir und hatte mich gefragt, ob ich bereit wäre, ein paar ›Kunstwerke‹ für die Gesellschaftsräume zu kaufen. Und da ich gewußt habe, Evangeline macht gelegentlich derlei, habe ich das über sie abgewickelt. Sie ist rübergekommen, um Otto kennenzulernen. Die beiden sind auf Anhieb glänzend miteinander ausgekommen. Sie hat ihn weit mehr beeindruckt als ich. Trotzdem habe ich es irgendwie geschafft, bei dem Handel nicht beiseite gedrängt zu werden.« Vertraulich beugte sie sich zu ihm. »Wir haben dann so eine Art lockere Vereinbarung getroffen und im Lauf der Jahre ein paar – nicht viele – Sammlungen für andere Hotels, einschließlich des neuen Atlantis, zusammengestellt. Angenehme Aufträge, wenn man drankommt.« Sie lachte gackernd. »Werden gut bezahlt.«

»Haben Sie einen Vertrag abgeschlossen?«

»Was?« fragte sie verdutzt.

»Einen offiziellen Vertrag – unter Einschaltung eines Anwalts.«

»Ja, aber nur auf Ad-hoc-Basis, immer wenn wir gemeinsam einen Auftrag übernommen haben. Geholfen hat uns dabei so ein Typ namens Gough – er hat sein Büro in der South Mall in Cork.« Sie riß eine Seite aus einem kleinen Notizblock und kritzelte Namen und Telephonnummer darauf. »Hier, falls Sie Verbindung mit ihm aufnehmen wollen. Er ist übrigens nicht mein persönlicher

Anwalt, ihrer auch nicht. Ich bin mir ziemlich sicher, daß sie einen eigenen hatte – in Dublin.«

»Haben Sie eine Ahnung, wer das sein könnte?«

»Na ja, ich glaube, sie hat den Namen mal erwähnt – wie hieß er doch gleich wieder?« Sie saugte an ihrer Oberlippe. »Es waren mehrere Namen ... Boland hieß der eine. Boland und ... Boland Callaway und irgendwas mit Bindestrich.«

»Das ist wunderbar, vielen Dank. Die aufzuspüren dürfte nicht allzu schwer sein. Können Sie mir sagen, wann sie sich auf Trianach niedergelassen hat?«

Diese Frage schien Rose zu überraschen. »Erst ziemlich lange nach dem Auftrag für das Atlantis. Das Komische ist, ich habe gar nicht mitgekriegt, daß sie hier in der Gegend wohnt, bis sie eines Tages bei mir reingeschaut hat. Das war vor sechs, sieben Jahren. Ich war einigermaßen verblüfft, als sie ganz nebenbei erwähnte, sie sei vor kurzem hierhergezogen. Und nur durch Zufall habe ich rausgefunden, wo genau das war – sie war sehr darauf bedacht, es nicht zu erwähnen. Und vor allem nicht, daß sie seit fast einem Jahr in Otto Bleibergs früherem Domizil hauste. Das hat mich schon ziemlich überrascht, um es gelinde auszudrücken.« Verdrossen sah sie ihn an. »Und noch länger hat es gedauert, bis ich mir zusammengereimt habe, daß sie nach dem Tod seiner Frau mit ihm zusammengelebt hat. Möglicherweise schon vorher«, fügte sie, eher zu sich selbst gewandt, hinzu. »Evangeline Walter hat mit Sicherheit keine Zeit verschwendet. Sie war ziemlich raffiniert. Was weiß ich denn sonst noch über sie? Amerikanerin, das ist klar. Aus dem Mittleren Westen. Minnesota – St. Paul, glaube ich; könnte das hinhauen? Allerdings hat sie in allen möglichen Städten überall auf der Welt gelebt: Kyoto, Rom, München, Wien, London, in Frankreich unter anderem in Pont Aven; aus der Zeit rührte ihr Interesse an Roderick O'Conor und anderen irischen Malern, die um die Jahrhundertwende dort gearbeitet haben. Und anschließend hat sie sich dann für die hiesige Szene interessiert.«

Über den Tisch hinweg lächelte sie ihm zu. »Offenbar weiß ich doch mehr, als ich gedacht hatte, stimmt's? Aber ich schwindle ja auch ein bißchen, reime es mir aus dem zusammen, was sie, soweit ich mich überhaupt daran erinnern kann, über die verschiedenen Sammlungen geschrieben hat. Die Liste ist sogar noch länger. Wie alt sie war? In der Hinsicht kann ich nur raten. Ich würde sagen, Mitte bis Ende Vierzig, obwohl sie jünger aussah. Eine wandelnde Reklame für einen gelungenen Wettlauf mit der Zeit. Männer gängeln, das konnte sie immer noch. Ihr Lieblingssatz war: *Der ist ganz wild nach mir.* Und das galt unterschiedslos und umfassend«, fügte sie boshaft hinzu. »So als wären alle Männer nach Evangeline verrückt gewesen.«

»Haben Sie sie oft zu Hause besucht?«

»Eigentlich nicht; sie war eine erstaunlich schlechte Gastgeberin. Na ja, vielleicht doch nicht so verwunderlich. Sie hatte kein besonders ...« – sie zuckte mit den Schultern – »... kein besonderes Talent zum Geben, zur Großzügigkeit. Ein paarmal war ich auf ihren Cocktailpartys. Grauenhaft war das jedesmal – Evangeline war strikt gegen jegliche Art von Essen, hat nie etwas zu essen serviert, und auch mit dem Wein war sie ziemlich knausrig. Auf Partys hat sie immer nur Mineralwasser getrunken, und während wir anderen uns vollaufen ließen, ist sie beherrscht und gefaßt geblieben.« Sie zog eine Grimasse. »Ich war nur selten dabei, über Geschäftliches haben wir meistens in der Galerie geredet.« Sie überlegte. »Warten Sie, einmal hat sie mir ein paar Bilder für eine Ausstellung geliehen, und ich bin rübergefahren, um sie mir vorher anzusehen. Das war schon außergewöhnlich. Ein phantastisches Haus, aber wie es dort ausgesehen hat ...« Sie hob die Hände. »Wie in einem OP. Unwirklich. Unglaublich aufgeräumt. Die Art von Haus, wo man das Gefühl hat, man schleppt an den Schuhsohlen Hundescheiße mit rein. Ich hab mich dort furchtbar unbehaglich gefühlt, habe es kaum gewagt, mich hinzusetzen. Haben Sie das nicht auch so empfunden? Und natürlich nicht ein Bissen Eßbares. Ständig hat sie sich an irgendeine Diät gehalten. Um die Wahrheit zu sagen, Essen hat sie streng rationiert. Gott weiß, ich konnte von Glück reden, wenn ich es geschafft habe, ihr etwas zu trinken abzuluchsen.« Sie schnappte nach Luft, als erinnere sie sich plötzlich an die Redensart, daß man über Tote nie etwas Schlechtes sagen soll. »Können Sie mir sagen, wie es passiert ist?« Unvermittelt wirkte sie ernst.

»Tut mir leid, Rose, aber ich kann Ihnen nicht mehr sagen, als daß gestern am frühen Morgen jemand ihre Leiche im Garten gefunden hat. Vermutlich ist sie Dienstag nacht gestorben.«

»Ich hoffe nur, daß sie nicht leiden mußte – und daß nichts in Unordnung gebracht wurde, denn das hätte sie nicht ertragen.«

Er schüttelte den Kopf. »Ich fürchte, Tod ist immer irgendwie nicht in Ordnung, nicht einmal ein natürlicher.« Er schwieg eine Weile. *»Die Erntefelder, gedüngt mit brandigem Tod«*, zitierte er, ein wenig falsch und eher für sich selbst.

»Thompson, stimmt's?«

Verdutzt sah Recaldo sie an. »Keine Ahnung. Mir geht nur seit gestern diese Zeile ständig durch den Kopf.

»Francis Thompson, ›Der Jagdhund des Himmels‹. Obwohl ich mir nicht sicher bin, ob Sie es ganz richtig hingekriegt haben.«

»Mich überrascht, daß ich es überhaupt irgendwie hingekriegt habe«, meinte er lachend. »In der Schule wurde uns dieses verdammte Gedicht eingedrillt, obwohl ich es nie geschafft habe, es ganz auswendig zu lernen.« Er hielt inne. »Vielleicht freut es Sie zu hören – die Person, die sie gefunden hat, hat sie als wunderschön beschrieben«, fügte er dann hinzu.

»Etwas anderes hätte sie auch nicht erwartet. Evangeline war sehr eitel.«

»O ja, soviel habe ich auch schon mitbekommen. Um so komischer ist, daß in dem Haus so wenig Photos von ihr sind.«

»Wie bitte?«

»Wir haben lediglich ein paar Photographien gefunden, alte noch dazu, außerdem nur ganz wenige persönliche Dinge.« Hätte Coffey ihn jetzt gehört, er hätte ihn wahrscheinlich in der Luft zerrissen.

Rose O'Faolain verdrehte die Augen, als blicke sie in die Vergangenheit zurück. »Nun, im Wohnzimmer hingen drei oder vier ziemlich schöne gerahmte Schwarzweißbilder, die vermutlich in einem Photoatelier aufgenommen worden waren.« Sie lachte. »Natürlich von ihr, von wem denn sonst?« Sie überlegte einen Augenblick. »Aber da war etwas ... An dem Tag, als ich hingefahren bin, um die Ölbilder abzuholen, bin ich ein bißchen früher drangewesen als vorgesehen. Derlei hat sie wirklich irritiert – obwohl man meinen könnte, sie sei derlei gewohnt gewesen. Schließlich hat sie in einer Gegend gewohnt, in der kein Mensch Wert auf Pünktlichkeit legt. Jedenfalls, während sie in die Küche ist, um eine Flasche Wein aufzumachen, bin ich die Stufen hinunter in den wundervollen Wohnraum gegangen. Soweit ich mich erinnere, waren die Rouleaus halb heruntergelassen und die Lampen eingeschaltet. Und alles befand sich genau da, wo es hingehörte, außer dem Rothko. Den hatte sie abgenommen und auf den Boden gestellt. Er lehnte an einem kleinen Tisch, einem Kartentisch aus Mahagoni, 19. Jahrhundert. Mit einer von diesen Platten, die man drehen kann, und dann kommt darunter eine Schublade zum Vorschein. Wäre mir vermutlich nicht sonderlich aufgefallen, wenn sie nicht offengestanden hätte. Gerade wollte ich ein bißchen reinschnüffeln, da ist sie zurückgekommen, hat die Platte beiläufig zurückgedreht und das Tablett mit den Getränken darauf abgestellt. Ich bin mir fast sicher, sie war randvoll mit Zeitungsausschnitten und Photos.« Erneut dachte sie kurz nach. »Ja, auf einer, die ganz obenauf lag, war ein wunderschönes junges Mädchen zu sehen. Möglicherweise war sie das selbst, aber ich hatte nicht genügend Zeit, um mir das Photo genauer anzuschauen.«

»Wissen Sie etwas über ihre Vorgeschichte? Sie war geschieden, soweit ich weiß. Was ist mit ihrem Ehemann?«

»Als ich sie kennengelernt habe, war sie schon geschieden, zumindest hat sie das gesagt. Allerdings hat sie nie einen Ehemann namentlich erwähnt. Na ja, irgend jemand hat mir mal erzählt, es hätte mehr als einen gegeben. Da kann ich Ihnen also nicht behilflich sein, fürchte ich. Ob vielleicht der Anwalt in Dublin Näheres weiß?«

»Hatte sie Familie?«

»Kinder?« Rose schnaubte höhnisch. »Ich merke schon, Sie haben sie wirklich nicht gekannt. Eine der wenigen Frauen, denen ich je begegnet bin, die eine abgrundtiefe Abneigung gegen Kinder hegten. Fragen Sie Cressie Sweeney, die kann Ihnen das bestätigen.«

Er horchte auf. »Wie das?«

»Solange Cressie hier gearbeitet hat, war sie immer sehr nett zu ihr.« Sie hielt inne. »Wenn ich mir's recht überlege, hat sie den Ton angegeben, hat ihr auf etwas merkwürdige Weise regelrecht den Hof gemacht. Natürlich war der Altersunterschied beträchtlich – Evangeline hätte fast ihre Mutter sein können«, erklärte sie lachend, »obwohl sie es mir kaum danken würde, daß ich das sage. Dennoch hat sich so eine Art Freundschaft zwischen den beiden entwickelt. Aber dann, Menschenskind – dann hat Evangeline sie fallenlassen. Einfach so. Das war während Cressies Schwangerschaft, und das hat ihr sehr weh getan. Sie hatte ja weiß Gott nicht gerade viele Bekannte.«

»Und was ist mit Mr. Sweeney? Unterhielt sie zu beiden eine freundschaftliche Beziehung?«

Rose seufzte. »Leider Gottes ja. Sie hat VJ hier kennengelernt. Das Ganze war eine wahrhaft unglückselige Geschichte. Passiert ist es bei einer Vernissage. Normalerweise hat er sich bei solchen Anlässen nicht blicken lassen, damals aber schon. Sie hatten Gil dabei, der friedlich in meinem Büro geschlummert hat; Cress hat mir mit den Getränken geholfen. Ich habe mich gerade mit VJ unterhalten, als plötzlich Evangeline direkt neben mir aufgetaucht ist. Ich habe geglaubt, die beiden würden sich schon kennen, über Cress – schließlich sind sie mehr oder weniger Nachbarn. Folglich war ich einigermaßen erstaunt, als Sie mich gebeten hat, sie vorzustellen. Sie haben sich dann unterhalten, während ich die Runde gemacht habe; es waren ziemlich viele Leute gekommen. Ungefähr eine halbe Stunde später, schätze ich, habe ich sie dann in einer Ecke die Köpfe zusammenstecken sehen. VJ war mittlerweile ziemlich angesäuselt, und Evangeline hat sich ausschließlich und hingebungsvoll ihm gewidmet – glänzende Augen, betörendes Lächeln, die ganze Palette.«

»Und wann war das?«

Rose dachte einen Augenblick nach. »Kurz nachdem Gils Gehörschaden diagnostiziert worden war; Cressie war deswegen immer noch restlos fertig. Sie hat sich die Schuld gegeben, weil sie es nicht früher bemerkt hatte. Vermutlich war das also vor ungefähr fünf Jahren.«

»Haben sie einander oft gesehen?«

»Evangeline und VJ? Fragen Sie nicht mich.« Traurig schüttelte sie den Kopf. »Sie hat gewußt, ich mag Cressie sehr, folglich hätte sie wohl kaum mit mir über diese spezielle Eroberung gesprochen, oder?«

»Nein, wahrscheinlich nicht. War es denn eine Eroberung?«

»Meiner Ansicht nach hat sich Evangeline für keine andere Art von Beziehung interessiert«, erwiderte Rose knapp.

»Kennen Sie Mr. Sweeney gut?«

Niedergeschlagen wiegte sie den Kopf hin und her. »Kein sehr angenehmer Mensch. Charmant, ja – das schon, zumindest als ich ihn kurz nach seiner Heirat mit Cressie kennengelernt habe. Wirklich gutaussehend, groß und blond, sportlich, jugendlich, obwohl er damals, glaube ich, schon Mitte Vierzig war. Mit dem guten Aussehen war es allerdings vorbei, als er nach dem Zusammenbruch seines Unternehmens zu trinken angefangen hat.«

»Wissen Sie, was der Grund dafür war?«

»Offenbar hatte er zuviel auf zu wenige Karten gesetzt. Eine von diesen für die achtziger Jahre typischen Seifenblasen, die einfach so zerplatzt sind. Er hat Schirmherrschaften für Sportereignisse arrangiert, allerdings nur wirklich sensationelle Sachen: Grand-Prix-Rennen, Segelregatten rund um die Welt, Military – so in der Art. Für die hat er Sponsoren in der Tabak- und Getränkeindustrie aufgetrieben. Als die britische Regierung dann die Tabakwerbung verboten hat, war das ein ziemlicher Schlag für die Firma. Anscheinend hätten sie es trotzdem überstanden, wäre nicht einer seiner Partner mit zwei Dritteln der restlichen Klientenkartei abgehauen.«

»Und all das ist passiert, nachdem sie hierhergezogen sind?«

»O ja – etliche Jahre später, owohl ich nicht mehr sicher weiß, wann genau.«

»Wie sind Sie denn eigentlich auf sie gekommen?«

»Sie hatte eine Stelle in der Galerie einer Freundin in London; dort bin ich ihr ein paarmal begegnet. Das war, ehe VJ auf der Bildfläche erschienen ist. Als sie dann hierhergezogen sind, hat meine Freundin sie mir empfohlen. Und es hat funktioniert. Sie hat sich sehr engagiert, und ich hatte sie gerne in meiner Nähe. Irland hat Cressie ausgesprochen gutgetan – hat ihr Selbstvertrauen gestärkt.«

Recaldo lächelte schwach. »Vielleicht haben Sie dabei ebenfalls eine Rolle gespielt?«

»Na ja, möglicherweise.« Sehr überzeugt klang das nicht. »Jedenfalls kann sie sehr gut mit Kunden umgehen. Die finden ihre zurückhaltende Art angenehm. Eine recht wirksame Verkaufsstrategie – die Leute haben das Gefühl, sie müssen sie beeindrucken. Sie könnte jederzeit eine Ganztagsstelle bei mir haben.«

»Wie lange hat sie für Sie gearbeitet?« Das ungewohnte Vergnügen, offen über seine Liebste sprechen zu können, brachte ihn kurzfristig etwas aus der Fassung.

»Regelmäßig? Drei, vier Jahre vor und nach Gils Geburt. Sie hatte das Kind immer mit dabei – aber der Kleine ist gut zu haben, so daß ich nichts dagegen hatte.«

»Warum hat sie eigentlich weitergearbeitet?« fragte er neugierig. »Das mußte sie doch nicht, oder?«

»Sie meinen, weil sie reich sind?« Ruckartig zog sie die Augenbrauen hoch. »Herrje, Mr. Recaldo, Sie sind wirklich nicht so ganz ‘politisch korrekt’, finden Sie nicht?« Verschwörerisch senkte sie die Stimme. »Aber zufällig haben Sie nicht ganz unrecht. Der liebe VJ war nicht besonders großzügig.«

»Wie hat Sweeney sich denn dem Kind gegenüber verhalten?« erkundigte Recaldo sich, als wüßte er das nicht.

»Oh, er war entzückt von seinem wunderbaren kleinen Sohn, bis sich herausgestellt hat, daß das unglückselige Kerlchen fast taub ist. Danach hat er sich völlig zurückgezogen. Allen hat er die Schuld zugeschoben: den Ärzten, dem Krankenhaus und vor allem seiner armen Frau. Na ja, schließlich hätte so ein Macho nie und nimmer eine solche Mißgeburt gezeugt, nicht wahr?«

Recaldo schwieg einen Augenblick. »Hatte Sweeney damals immer noch eine Affaire mit Evangeline?« murmelte er dann.

»Ich habe mich schon gefragt, wann Sie darauf zurückkommen. Hören Sie, Mr. Recaldo, ich bin mir nicht mal sicher, ob es da je so etwas wie eine Affaire gegeben hat. Ich hätte wirklich den Mund nicht so weit aufreißen sollen, was die Sweeneys betrifft. Cressie wäre das gar nicht recht.«

»Keine Sorge, Rose, ich halte mich da zurück. Können Sie mir noch ein bißchen mehr über Mrs. Walter erzählen? Mit wem sie befreundet war beispielsweise.«

Rose schob ihren Teller weg und beugte sich über den Tisch. »Sie hat die Leute benutzt. Mich auch. Bis jetzt habe ich das nicht zugegeben, nicht einmal mir selbst gegenüber. Wenn ich also schon mal ehrlich bin ... ich war eigentlich nicht mit ihr befreundet. Sie hat oft für mich gearbeitet, aber das ist eine andere Sache, und da hatte ich nichts auszusetzen. Aber in all den Jahren hat sie mir nicht einen einzigen nützlichen Kontakt vermittelt. Oder Käufer in meine Galerie gebracht. Was Evangeline hatte, das behielt sie. Sie war sehr geschäftstüchtig und ungeheuer gerissen, wenn es um Geld ging. Gelegentlich konnte das recht unangenehm werden. Letztendlich war ich nur jemand, der sie mit Aufträgen versorgt hat, das war alles. Sie war zuverlässig, peinlich genau, hat hart gearbeitet. Wenn sie mir einen Text für meine Kataloge versprochen hat, dann hat sie den auch termingerecht geliefert. Ihr Stil war ziemlich langweilig, aber akkurat. Und für aufstrebende Künstler hatte sie ein todsicheres Gespür. Noch etwas: Sie konnte selbst die widerstrebendsten Sammler dazu bringen, der gleichen Ansicht zu sein wie sie. Vorausgesetzt, sie waren männlich, versteht sich.«

»Was hat sie denn nach Irland verschlagen?«

»Na ja, wissen Sie, das habe ich mich oft selbst gefragt. Ich meine, für Sie und mich stellt es vielleicht den Mittelpunkt der Welt dar, aber irgendwie kommt es mir merkwürdig vor, wenn jemand so radikal alle Verbindungen zu seiner Vergangenheit kappt. Nun, sie war wirklich eigenartig – einmalig. Hat offenbar ein recht nomadenhaftes Leben geführt.« Verschmitzt sah sie ihn an. »Habe ich da zufällig einen wunden Punkt angesprochen?« fragte sie und sah ihn forschend an. Als er nicht antwortete, wurde sie ernst. »In Wirklichkeit ist das keine schlechte Gegend für ihre Art von Arbeit. Sie hat ihre Artikel an Zeitschriften auf der ganzen Welt verkauft; außerdem haben eine Reihe international renommierter Sammler sich hier niedergelassen oder eine Zweitwohnung gekauft. Im Verlauf der letzten Jahre hat sie sich darauf spezialisiert, Biographien von Sammlern und ihren Kollektionen zu verfassen.«

»Aber wieso ausgerechnet hier?«

Sie zuckte die Schultern. »Na ja, jedenfalls gibt es hier in der Gegend ein paar ziemlich wohlhabende Leute, und Otto Bleiberg hat die meisten von ihnen gekannt. Er war ein wunderbarer Gastgeber und hatte eine echte Begabung dafür, ein wahrer Freund zu sein.«

»Und sie hatte diese Gabe nicht?«

Einen Augenblick lang schwieg Rose. »Es würde mich wirklich interessieren, ob Sie auch nur eine Person finden, die Evangeline Walter wirklich kennt – kannte. Mehr als jeder andere Mensch, dem ich je begegnet bin, hat sie ihr Leben in Unterabteilungen aufgegliedert. Ihre Freunde hielt sie voneinander fern, genau wie ihre beruflichen Kontakte.«

»War das wirklich so seltsam?« fragte Recaldo naiv. Ihm erschien das seinem Verhalten so ähnlich, das er als völlig normal betrachtete.

Rose goß sich Kaffee nach und ließ Zucker, ein Körnchen nach dem anderen, hineinrieseln. »Ich bin aus Evangeline Walter einfach nicht schlau geworden«, erklärte sie schließlich. »Um ehrlich zu sein, ich habe bei ihr nie gewußt, woher der Wind weht. Sie hatte die einigermaßen befremdliche Angewohnheit, ganz spezielle Bilder von sich selbst zu kreieren. Eines für Sie, eines für mich. In vielfältigen Variationen. Eine seltsame Frau.«

»Mrs. O'Faolain, Sie haben am Telephon erwähnt, daß sie sich am Freitag mit jemandem treffen sollte – können Sie mir sagen, mit wem?«

Sie seufzte. »Eigentlich wollte ich Sie fragen, was ich tun soll. Ich wollte nicht anrufen und absagen, denn offenbar wollten Sie vermeiden, daß sich der Mord herumspricht. Es *war* doch Mord? Heute morgen stand eine kleine Notiz im *Cork Examiner.*«

Ausflüchte erschienen zwecklos. »Stimmt, darauf, was die Zeitungen daraus machen, haben wir wenig Einfluß. Das heute morgen war nur der Anfang, fürchte ich.«

»Was soll ich also meinem Kanadier sagen?«

»Ihrem Kanadier?«

»Der Mann, mit dem sie sich am Freitag treffen sollte.«

»Na ja, wenn Ihnen das lieber ist, könnte ich mit ihm sprechen.«

»Ja, das wäre wohl am besten. Seine Nummer steht nicht im Telephonbuch, aber ich bin sicher, er hätte nichts dagegen, wenn ich sie Ihnen gebe. Er heißt Axel Mure-Robertson; die meisten nennen ihn nur Mure. Besitzt ein scheußliches viktorianisches Schloß am Suir in der Nähe von Thurles, in dem er sich nur selten aufhält. Aber zufällig weiß ich, daß er zur Zeit dort wohnt. Er sammelt Skulpturen und Glasmalerei – Harry Clarke, Evie Hone –, wundervolle Sachen. Als er angerufen hat, um anzukündigen, er wolle sich morgen die Ausstellung ansehen, habe ich Evangeline einen Tip gegeben.« Rose machte den Eindruck, als bedaure sie diese Indiskretion zutiefst; er fragte sich, ob dies der Grund für ihre ursprüngliche Weigerung war, den Namen des Mannes preiszugeben.

»Möglicherweise kommt Ihnen diese Frage komisch vor, aber hat Mr. Mure-Robertson hier in der Gegend irgendwelche geschäftlichen Interessen?«

Rose fuhr sich mit den Fingern durch die Haare. »Genau weiß ich das nicht. Allerdings war er ein Freund von Otto; er könnte also Anteile an dem Hotel halten. Zumindest im Rahmen der ursprünglichen Gesellschaft – aber mehr kann ich Ihnen auch nicht sagen.«

»Noch eine letzte Frage: Haben Sie sie je in Gesellschaft eines Mannes namens O'Dowd gesehen?«

Sie schüttelte den Kopf. »Ich glaube nicht. Der Name kommt mir nicht bekannt vor.«

»Anders herum gefragt: Ende Vierzig, graue Haare, frische Gesichtsfarbe. Lächelt meistens.«

Nachdenklich sah Rose ihn an. »Fährt er einen dunkelblauen Mercedes?« Recaldo nickte. »In dem Fall schon. Er hat sie ein paarmal von der Galerie abgeholt. Reingekommen ist er nie.«

17

Als Recaldo bei Evangeline Walters Haus ankam, war McBride verschwunden, zufällig mitsamt den Schlüsseln. Und keine Spur von Journalisten oder dem von Coffey so genannten »amerikanischen Paar«, das auf dem Anrufbeantworter Nachrichten hinterlassen hatte.

Recaldo blockierte das mit dem Vorhängeschloß gesicherte Tor mit dem Jeep und ging zum Ufer hinunter, um, wie angewiesen, darauf zu warten, daß eben dieses amerikanische Paar aufkreuzte. Er setzte sich auf die niedrige Böschung, streckte das Gesicht der untergehenden Sonne entgegen und schloß die Augen. Während er ihre Strahlen in sich aufsog, grübelte er über sein Gespräch mit Rose O'Faolain nach. Zum ersten Mal, seit der Tod Mrs. Walters zu einem Fall geworden war, hatte er das Gefühl, die Dinge einigermaßen unter Kontrolle zu haben.

John Spain kam in Sicht. Sachte bewegte sein Boot sich mit der Dünung. Zusammengekauert saß er im Heck, eine Hand auf der Ruderpinne, und steuerte durch die Wellenkämme und -täler, auf und ab, wie ein sanfter Brecher. Er hatte eine Angelleine ausgeworfen; gelegentlich betastete er sie, holte sie ein und warf sie erneut aus.

Blinkend spiegelte sich die Sonne in den blinden Fenstern von Coribeen. Recaldo stellte sein Fernglas schärfer ein und hielt nach irgendeinem Lebenszeichen Ausschau. Er sehnte sich verzweifelt danach, Cressida zu sehen. Doch das Haus lag nach wie vor verlassen da.

Er setzte den Feldstecher ab, zog sein Handy heraus und wählte auf gut Glück die Nummer der Donovans. Marilyns Mann Steve meldete sich und bestätigte durch das Gebrüll des kleinen Liam hindurch, seine Frau habe in der

Tat am Montagabend eine Fehlgeburt gehabt, befinde sich mittlerweile aber auf dem Weg der Besserung.

»Sie liegt auf Station 10. Eigentlich wollten die sie heute entlassen, aber ich schaffe es erst morgen so gegen Mittag, raufzufahren.«

»Um welche Zeit ist sie denn am Montag ins Krankenhaus gekommen?« erkundigte sich Recaldo.

»So um fünf rum, glaube ich. Nein, wahrscheinlich eher so gegen sechs. Ich war nicht da. Mrs. Hussey von nebenan hat auf die Kinder aufgepaßt, während Mrs. Sweeney Marilyn ins Krankenhaus gebracht hat.« Er hatte keine Ahnung, wann Mrs. Sweeney zurückgekommen war, nicht einmal, ob überhaupt. »Ich würde sagen, daß sie immer noch in Cork ist«, meinte er.

»Wie das?«

»Na ja, wenn ich in ihrer Haut stecken würde, wäre das genau das, was ich tun würde. Hier sieht es nicht gerade toll für sie aus«, fügte er hinzu. »Das sagt zumindest Marilyn.«

»Hatte sie Gil bei sich?«

»Den Hund? Nein.«

»Gil ist ihr Sohn«, korrigierte Recaldo ihn barsch. »Der Hund heißt Finnegan.«

»'tschuldigung«, sagte Donovan und berichtete, soweit er wisse, sei das Kind nicht bei ihr gewesen; und er sei sich zwar nicht sicher, glaube aber, der Hund sei in Mrs. Reillys Zwinger in der Nähe von Kishaun untergebracht.

Recaldo gönnte sich ein paar Minuten ungestörtes Nachdenken, ehe er Coffey anrief und ihm von seinem Gespräch mit Donovan berichtete.

»In Ordnung, ich versuche, mit ihr zu reden, solange sie noch hier ist. Augenblick mal, warten Sie.« Im Hintergrund war Gemurmel zu hören. Recaldo glaubte McBrides Dubliner Akzent zu erkennen. »Recaldo? Könnten Sie mir die Telephonnummer von Donovan geben? Es ist wohl besser, wenn ich zuerst mit ihm rede, ehe ich sie besuche. Was ist mit den Amis?« erkundigte er sich mürrisch.

»Bis jetzt nichts. Ich habe das Tor mit meinem Wagen blockiert und warte hier auf sie.«

»Bleiben Sie noch ungefähr eine Stunde, ja? Ich rufe Sie später noch mal an, zu Hause.«

»Falls ich da bin«, murmelte Recaldo in sich hinein. Erneut dachte er über Rose O'Faolain nach. Sie hatte recht, sich ein Bild von Evangeline Walter zu machen war schwierig. Doch zu versuchen, die Reaktionen im Ort auf ihren Tod einzuschätzen, war noch komplizierter und beunruhigender zugleich: als seien dadurch, daß sie mitten unter ihnen getötet worden war – *es zugelassen oder gar herausgefordert hatte, umgebracht zu werden* –, sämtliche Einwohner mit hineingezogen worden. Die Schmach hing über dem Ort wie eine üble Ausdünstung.

Eine Überfülle von Informationen schwirrte durch die Gegend, die jedoch alle zu nichts führten. Wie die Mitspieler bei einem Wahnsinnspoker bot jeder einzelne eher Theorien an als die Wahrheit: Spain, O'Dowd und die Sweeneys, deren fortdauernde Abwesenheit mit jeder Stunde mehr wie ein Schuldeingeständnis wirkte. Und er selbst natürlich, da er Cressie zu schützen versuchte.

Im Licht seines Gesprächs mit Rose O'Faolain dachte Recaldo noch einmal über den Lächler nach; er konnte sich des Gedankens nicht erwehren, daß O'Dowd ihm weit mehr Informationen liefern könnte, wenn er nur wüßte, auf welchen Knopf er drücken mußte. Sorgfältig ging er erneut O'Dowds Alibi durch, nicht nur den Zwischenfall bei Twomileborris, sondern zurück bis zum frühen Dienstagnachmittag. Indem er hatte anklingen lassen, sein Ziel sei Dublin gewesen, hatte der Lächler es geschickt vermieden, den Nachmittagsausflug zu erwähnen und so zumindest Recaldo zu erkennen gegeben, daß diesem eine besondere Bedeutung zukam. »Ich war auf der Straße Dublin–Cork«, hatte er erklärt und listig Dublin betont. Und mit dem Polizisten aufzuwarten, der seine Aussage bestätigte, war ein Meisterstück gewesen. Hatte sein Ziel sehr viel näher gelegen? War es Twomileborris gewesen? Oder Thurles?

Rose hatte eine einleuchtende Erklärung geliefert, die ihm schon während des Gesprächs irgendwie aufgefallen war und über die er jetzt noch einmal eingehender nachdachte. Der Sammler, mit dem sich Evangeline hätte treffen sollen, wohnte nur einen Steinwurf von der Stelle entfernt, an der der Lächler die Panne gehabt hatte. Hatte Evangeline O'Dowd dorthin geschickt? Und falls ja, warum? Oder hatte seine Fahrt – behutsam drehte und wendete er den nächsten Gedanken hin und her, da er reine Spekulation war – etwas mit dem Mädchen zu tun gehabt, bei dem es sich laut Finbarr nicht um Cressida gehandelt hatte? Oder stellte dies eine weitere Verbindung zu dem Hotel her?

Irgendwo in seinem Hinterkopf keimte die Idee, Evangeline Walter könnte die ganze Tragödie inszeniert haben. Nicht ihren Tod – das wäre zu weit hergeholt –, doch die Umstände, die dazu geführt hatten. Nur die Voraussetzungen dafür, daß es so weit gekommen war. Darüber hinaus konnte er sich des Eindrucks nicht erwehren, irgendwann sei ihm jede einzelne Facette enthüllt worden, wenn er nur hätte deuten könnte, was er gehört oder gesehen hatte. Eine Weile blieb er noch am Ufer stehen und beobachtete, wie das schwindende Tageslicht auf dem Wasser spielte. Spain saß nach wie vor einsam in seinem Boot, die Kapuze seiner Jacke über den Kopf gestülpt. Fast sah es so aus, als sei er nicht in der Lage, den Fluß zu verlassen. Du beobachtest mich, ich beobachte dich. Und plötzlich schlug ihm das Herz bis zum Hals. Die Bedeutung des Ganzen lag unmittelbar vor ihm, in der Bucht. Er stellte sein Fernrohr auf das gegenüberliegende Ufer ein und ließ den Blick langsam über das Wasser schweifen, suchte – er wußte nicht, was. Irgend etwas war anders, aber er konnte nicht so recht erkennen, was es war. Er beschrieb einen immer kleineren Kreis, bis sein Blick wieder auf Spains winziges Klinkerboot fiel. Als spüre der alte Mann, daß er beobachtet wurde, drehte er sich um und blickte direkt zu ihm. Er hob die Hand an die Kapuze seiner Jacke, als wolle er ihn grüßen, und fuhr dann weiter, auf das gegenüberliegende Ufer zu. Fast wurde Recaldo übel, als ihm schlagartig klarwurde, vielleicht war es gar nicht Spain, den er da sah. Die zusammengekauerte Gestalt in dem Boot, wie immer in das leuchtendgelbe Ölzeug gehüllt, hätte irgend jemand beliebiger sein können. Mann oder Frau. Cressida.

»Verdammt noch mal«, brüllte er. Er rannte das Ufer entlang, in den Garten Evangeline Walters und zur Vorderfront des leerstehenden Hauses. Mittlerweile hatte der Himmel sich überzogen, und es dunkelte rasch. Fast sieben Uhr. Unwahrscheinlich, daß Coffeys Amis noch auftauchten. Wie auch immer, das zählte für Recaldo jetzt nicht mehr. Er hatte etwas zu erledigen.

Mit halsbrecherischer Geschwindigkeit fuhr er nach Coribeen. Der Kieshaufen war verschwunden. Und vor dem Haus parkte der Range Rover.

18

Recaldo schlug den Kragen seiner Jacke hoch, als er ausstieg und sich an die Motorhaube lehnte. Gelassen beobachtete er Cressida durch die verdreckte Windschutzscheibe ihres Autos, ließ ihr – und sich – Zeit. Er hatte keine Ahnung, ob ihr Mann in der Nähe war. Schließlich schaltete sie den Motor ab und drückte zögerlich die Tür auf.

»Mrs. Sweeney.« Recaldo richtete sich auf, verharrte jedoch nach wie vor halb an die Motorhaube gelehnt. Angesichts seiner Förmlichkeit blinzelte sie nervös. »Mr. Recaldo«, grüßte sie verlegen. Nach kurzem Zögern ging sie ein paar Schritte auf ihn zu, blieb dann aber wieder stehen. Den Kopf hatte sie auf unnatürliche Weise zur Seite geneigt, und ihre Augen richteten sich auf einen Punkt irgendwo rechts neben ihm. Ihr Gesicht war totenblaß. Sie trug eine schäbige, alte, bis zum Hals zugeknöpfte grüne Barbour-Jacke; die schmutzige goldfarbene Cordhose hatte sie in grüne Gummistiefel gestopft, die Hände in den Jackentaschen vergraben. Die langen Haare hatte sie sich hinter die Ohren gestrichen; fettig und ungekämmt, als hätte sie sie seit Tagen nicht mehr gewaschen. Zum Erbarmen sah sie aus. Er sehnte sich danach, sie ihn den Arm zu nehmen und zu beschützen.

»Mrs. Sweeney«, sagte er ruhig und blickte zu Boden, »ich habe Sie und Ihren Mann gesucht.«

»Tut mir leid, Val ist weggefahren.« Ihre helle Stimme driftete durch seine wirren Gedanken. Es war, als höre er sie zum ersten Mal, und er verspürte ein schier übermächtiges Verlangen, den Tau von ihren Haaren zu lecken, seine Zunge über ihre Haut gleiten zu lassen. Fast schmeckte er das Salz. Für sie würde ich sterben, dachte er. Sterben. Ein idiotischer Gedanke. Er räusperte sich: »Wohin?«

»Wohin?« Sie sprach nun etwas lauter. »Das weiß ich nicht so genau. Nach London, vermute ich«, erwiderte sie ausweichend, um dann sogleich zu übertreiben. »Ich habe seit ein paar Tagen nichts mehr von ihm gehört. Warum wollen Sie das wissen?« Er wußte nur eins: Er liebte sie, liebte sie verzweifelt, über die Maßen, und die derzeitigen Umstände änderten das nicht um ein Jota. Im Gegenteil, er empfand es jetzt nur noch stärker.

»Und wann kommt er zurück?« Er formulierte die Frage bedachtsam. Auf dem Rücksitz des Range Rovers regte sich der kleine, in eine karierte Decke gehüllte Junge.

Sie machte keinerlei Anstalten, ihn ins Haus zu bitten.

»Was wollen Sie von Val?« Ihr Handy summte einmal. Nicht öfter.

»Haben Sie es denn nicht gehört?« setzte er an, änderte dann jedoch unvermittelt seine Taktik. Sie sollte nicht glauben, daß er versuchte, ihr eine Falle zu stellen; vielmehr wollte er, mit aller Entschiedenheit und in völligem Widerspruch zu seiner Ausbildung als Ermittlungsbeamter, gerade und vor allem das vermeiden.

»Das mit Mrs. Walter?« fragte sie mit belegter Stimme. »Ja, Georgie O'Shea hat es mir erzählt. Ich habe auf dem Weg durch Duncreagh bei ihr vorbeigeschaut.«

»Wer?« fragte er und versuchte, seine Gefühle zu bändigen. Eine Furcht, die ihn frösteln machte, durchrieselte seinen großen, schlanken Körper wie ein eisiger Strom.

»Vom Restaurant Georgina O«, erwiderte sie.

»Natürlich.« Einen Augenblick lang stand die Zeit still. Im Georgina O hatte er Cressida Sweeney zum ersten Mal gesehen, drei, vier Monate nachdem er hierhergekommen war. Es war an einem bitterkalten Samstag im Dezember gewesen. Als er in das Restaurant getreten war, hatte er feststellen müssen, daß es völlig überfüllt war. Sie hatte alleine an einem Tisch für zwei Personen gesessen und die gleiche alte Barbour-Jacke angehabt. Als er sie gefragt hatte, ob er sich zu ihr setzen dürfe, hatte sie geseufzt und ihr Buch hingelegt. »Falls es Ihnen nichts ausmacht, wenn ich weiterlese«, hatte sie gesagt, gleichzeitig aber ihre Einkäufe von dem freien Stuhl geräumt. Und gelächelt. Dieses Lächeln hatte er in seiner Erinnerung aufbewahrt und mitgenommen, um sich in schlaflosen Nächten daran zu erinnern.

Erneut summte ihr Handy. Sie lächelte unsicher. »Komm doch mit rein, Frank«, forderte sie ihn unvermittelt auf und kramte nach ihren Schlüsseln. »Ich trage nur Gil nach oben und bringe ihn ins Bett.«

»Das mache ich schon«, erklärte er hastig. Als er sich in den Wagen beugte, um das Kind hochzuheben, setzte Gil sich auf und rieb sich die Augen. »Tank.« Verschlafen kicherte er. Liebevoll nahm Recaldo das Kind auf den Arm und spürte mit überschwenglicher Freude, wie der Junge sich behaglich an seinen Hals schmiegte. »Tank«, flüsterte er. »Tank.«

Als sie ins Haus traten, warf Recaldo einen Blick auf den Boden. Der Zettel, den er am Tag zuvor eingeworfen hatte, war nicht mehr da. Er folgte Cressida die Treppe hinauf in den ersten Stock. Noch nie war er in dem Haus gewesen. Von Gils Zimmer sah man die Auffahrt. Der Raum war in hellen Farben gestrichen und voller Spielsachen und Bücher; an der Wand neben dem Bett lehnte sein Kontrabaß. Als er das Kind behutsam auf das Bett legte, wäre er beinahe auf den Bogen getreten. Erst jetzt bemerkte er, daß Gils Arm bandagiert und eine Wunde über dem Auge vor kurzem genäht worden war. Er äußerte sich dazu nicht, ebensowenig zu den dunkelblauen Blutergüssen in Cressidas Gesicht. »Dein Handy hört nicht auf zu läuten«, bemerkte er. »Du solltest vielleicht lieber antworten. Ich gieße inzwischen Tee auf.«

Leise tapste er die mit Teppichboden ausgelegte Treppe hinunter. Eine große Schale in der Diele quoll fast über von ungeöffneter Post. Hastig durchwühlte er sie, aber sein Zettel war nicht dabei. Zudem bemerkte er, daß das Telephon ausgesteckt war.

Durch das riesige vorhanglose Panoramafenster in der Küche blickte man eher nach Südwesten auf die Bucht als auf das eigentliche Mündungsgebiet. Recaldo ließ das Licht ausgeschaltet und kontrollierte, wie weit man von hier aus sehen konnte. Da er groß genug war, konnte er sich über das Spülbecken beugen, und als er sich reichlich unbequem verdrehte, gelang es ihm auch, die Handvoll Boote zu erspähen, die direkt unterhalb und links neben dem Pier von Coribeen vertäut waren. Von Spain keine Spur.

Anschließend sah er sich in der Küche um: ein großer, unordentlicher Raum, in dem überall unglasiertes Keramikgeschirr und Bücher verstreut waren; an der einen Wand stand eine ausladende Anrichte, vollgestopft mit Steingut. Auf dem unteren Bord lag ein altes Fernrohr aus Messing. In einem Karton neben der Hintertür fand er fünf leere Weinflaschen und vier Vat 69. Die Telephonnummer des Papstes, dachte er zusammenhanglos. Auf der Ablage neben dem Spülbecken stapelte sich dreckiges Geschirr; der Fußboden war von schmutzigen Fußspuren übersät. Er verglich den Zustand dieses Raums mit Evangeline Walters Haus. Zwar beschäftigten beide Frauen dieselbe Putzfrau, doch es war klar, die unnatürliche Ordnung und Sauberkeit im Haus der Amerikanerin war eher Evangeline als Marilyn Donovan zu verdanken. Er fragte sich, wann Marilyn das letzte Mal bei Cressie geputzt hatte.

Er ließ den elektrischen Wasserkocher vollaufen, ehe er sich systematsich an das schmutzige Geschirr wagte.

»Ich lege den Kontrabaß in dein Auto«, erklärte Cressie, als sie nach unten kam.

»Warum das?«

»Du mußt doch in Duncreagh spielen, oder?«

»Jemand springt für mich ein. Du kannst ihn behalten.« Vor ein paar Wochen hatte er die Idee gehabt, Gil könnte möglicherweise mit den bloßen Füßen die Töne »hören«. Cressie hatte zu Gils ungeheurem Entzücken gelernt, auf seinem Instrument ein paar einfache Kinderlieder zu spielen. Recaldo streckte die nassen Hände aus. »Gibt es hier irgendwo ein Handtuch?«

»In der Toilette in der Diele. Ich gieße den Tee auf. Oder möchtest du lieber was anderes trinken?«

»Tee ist in Ordnung. Ich komm dann gleich.«

Als er wieder in die Küche trat, stand sie am Fenster. Offenbar spürte sie, daß er das Licht anknipsen wollte, und wirbelte herum. »Nicht!« rief sie. Am Ende des Tisches hatte sie ein kleines Fleckchen für die Teekanne und zwei Porzellanbecher freigeräumt. Sie schien jetzt etwas gefaßter, nicht mehr so fahrig; sie hatte sich das Gesicht gewaschen, die Haare gekämmt, khakifarbene Jeans und dazu einen langen rotbraunen Pullover angezogen.

»Frank.« Ganz sacht lächelte sie ihm zu. Er ging auf sie zu und schloß sie in die Arme. »O Cressie, Liebste, ich habe mir solche Sorgen um dich gemacht.« Er preßte sie an sich, zeichnete mit der Zungenspitze die Umrisse ihres Mundes nach, lockte sie zärtlich, bis sie reagierte. Wie benommene Tänzer wiegten sie sich hin und her. »Ich liebe dich«, flüsterte er und küßte sie.

Sie machte sich von ihm los und starrte ihn an, als versuche sie, sich sein Gesicht einzuprägen. Unter ihren Augen waren dunkle Ringe. »Müde siehst du aus«, sagte sie und kam so jeglichem Kommentar zu ihrem durch Blutergüsse entstellten Gesicht zuvor. Sie setzte sich ans Tischende, kehrte dem Fenster den Rücken zu. Er nahm neben ihr Platz, und zwar so, daß er sowohl die Tür als auch das Fenster im Auge behalten konnte.

»Um welche Zeit ist sie gestorben?« platzte sie heraus.

»Am Dienstag, spätnachts.«

»Was bedeutet ›spätnachts‹?« flüsterte sie.

»Irgendwann zwischen zehn und eins. Das steht noch nicht fest. Wird vielleicht nie mit Sicherheit festzustellen sein.« *Wieder gegen eine Regel verstoßen.* Sie registrierte es. Er beobachtete, wie sie mit irgendeinem bösen Geist kämpfte. »Hatte dein Mann eine Affaire mit ihr?«

Sie schluckte. »Ich weiß es nicht. Aber ich habe es angenommen«, murmelte sie. Mit einem Mal kam wieder die gleiche Spannung zwischen ihnen auf wie vorher. Ganz still saßen sie da, wie von einer unsichtbaren Mauer getrennt.

»Was ist mit deinem Gesicht passiert, Cressie?«

»Nichts. Ein Unfall. Bin gegen eine ...«

»... Tür gerempelt?«

»Ja. Gegen eine Tür.«

»Gil auch?« fragte er, doch sie antwortete nicht.

Sie nahm die Teekanne und schenkte langsam die beiden Becher voll. »Georgie hat gesagt, sie sei ermordet worden.«

»Würde gerne wissen, wo sie das her hat. Aus den Zeitungen?«

»Sie meint, alle in der Stadt wüßten, daß sie zu ... zu Tode geknüppelt worden ist.«

»Nein. Das ist nicht wahr«, erklärte er verdrossen.

Sie starrte ihn mit weit aufgerissenen Augen an. »Wie dann?«

»Cressie, Liebling, du weißt doch, das darf ich dir nicht sagen.« Ihre Nähe, ihre sprunghaften Fragen verwirrten ihn. Ihre gemeinsame Zukunft stand auf dem Spiel, und er wünschte sich verzweifelt, sie nicht zu verlieren. Er wollte ihr helfen, ihr raten, was sie sagen und wie sie sich verhalten sollte. Doch angenommen, sie war in jener Nacht gar nicht dort gewesen, angenommen, sie hatte mit der ganzen Sache nichts zu tun? Was dann? Würde sie ihm nicht auf immer und ewig vorwerfen, er hätte sie verdächtigt? Aus dem gleichen Grund durfte er sie nicht dazu verleiten, jemand anderen zu belasten, vor allem, wenn sich herausstellte, daß dieser andere ihr Mann war. Oder John Spain: der Mann, den sie als Ersatzvater betrachtete. Ein Mann, den man hängen, rädern und vierteilen würde, wenn er auch nur das geringste damit zu tun hatte. Lias Bericht, wie die Walter in einem überfüllten Restaurant Spain als Kinderschänder hingestellt hatte, kam ihm wieder in den

Sinn. »Warst du mit Gil bei einem Arzt?« fragte er. Sie nickte stumm. »Wann, Cressie?«

Erneut summte ihr Telephon. Zweimal. Sie wurde rot. »Du weißt doch, ich war weg«, erklärte sie geistesabwesend.

»Ja, Cressie, das weiß ich. Man hat mir berichtet, du hättest Marilyn Donovan ins Corker Krankenhaus gebracht.«

»Sie hatte solche Angst. Wollte mich nicht gehen lassen«, plapperte sie nervös. »Entsetzliche Angst hat sie gehabt, da konnte ich sie doch nicht allein lassen. Hör mal, tut mir leid, Frank, aber würde es dir etwas ausmachen, ein bißchen später noch mal vorbeizukommen? Oder morgen? Ich bin wirklich sehr müde...« Sie verstummte, und ihre Schultern sackten nach unten.

»Wo ist Finnegan?«

»Hm? Er ist bei ... ich habe ihn am Montag, ehe ich Marilyn abgeholt habe, in den Hundezwinger bei Kishaun gebracht. Ich konnte ja nicht wissen, wie lange ich wegbleiben würde.« Sie trommelte mit den Fingern auf den Tisch. Auf ihrem Handrücken entdeckte er drei winzige, verschorfte runde Stellen, genau an der Stelle, wo vor einer Woche ihre Hand verbunden gewesen war. Sah ganz nach ausgedrückten Zigaretten aus. Der Mistkerl. Sie zog die Hand weg, als sie merkte, wie er sie anstarrte.

»Das Auto deines Mannes ist nicht da.« Er gab nicht nach.

»Was?« Immer wieder blickte sie zum Fenster. »Val ist weggefahren.«

»Wann hast du das Auto zum letzten Mal gesehen?«

»Freitag? Samstag?« erwiderte sie ausweichend nach einem Augenblick des Nachdenkens. »Ich kann mich nicht erinnern.«

»War es am Dienstag hier?«

»Da war ich mit Marilyn im Krankenhaus. Warum muß ich dir das immer wieder sagen?«

»Ein silberfarbener Lexus, stimmt's? Was hat er für ein Kennzeichen?«

Sie seufzte. »Frank, um Himmels willen ... ein englisches. L 812 FLR«, antwortete sie und biß sich auf die Unterlippe. »Glaube ich.«

»Das Motorboot liegt nicht mehr am Pier.« Sein Ton war bestimmt; er wollte sie dazu bringen, sich zu konzentrieren. Sie runzelte die Stirn, doch ihre Gedanken waren anderswo.

»Was spielt denn das für eine Rolle?«

»Verdammt noch mal, Cressida. Wir untersuchen den Tod einer Frau. Begreifst du das denn nicht? Es spielt sehr wohl eine Rolle. Und damit ist es mir Ernst. Du mußt dich zusammenreißen. Dich konzentrieren.«

»Ja, natürlich.« Cressie war verschwunden, und Mrs. Sweeney war wieder da. Erneut wich sie seinem Blick aus. Sie sah aus, als hätte sie seit einer Woche nicht mehr geschlafen. »Wahrscheinlich hat Kevin Corkery es abgeholt und zur Bootswerft gebracht. Oder Terry Whelan. Jedenfalls einer von den beiden. Ich glaube, es sollte überholt und frisch lackiert werden.« Immer wieder fuhr sie sich mit den Händen ins Gesicht. Ihr ganzes Verhalten erschien wie ein einziges Schuldeingeständnis.

Er streckte die Hände nach ihren aus, doch sie entzog sie ihm. Vorsichtig tastete er sich an die dringlichste Frage heran. »Wo warst du am Dienstag? Ich habe in Trabuí auf dich gewartet.«

»O Frank, es tut mir so leid«, rief sie. »Ich wünschte ...« Tränen stiegen ihr in die Augen.

»Cressie? Hör mir zu. Warst du am Dienstag segeln?«

Verwirrt starrte sie ihn an. »Ich gehe nie segeln ... Jedenfalls, Val ist nicht da. Habe ich dir das nicht schon gesagt?«

»Doch.« Kaum konnte er sich zurückhalten, um sie nicht anzuschreien: Nein, er ist nicht weg. Doch er versuchte es auf andere Weise. »War Gil mit dir in Cork?«

»Gil ist immer bei mir.« Sie war den Tränen nahe. »Weißt du denn überhaupt nichts mehr?«

»Nicht am Dienstag, Cressie. Ich hab ihn mit Spain draußen in der Bucht gesehen.« Ein Nachhall dessen, was

Lia gesagt hatte, klang ihn ihm an. O mein Gott, dachte er. *Die haben bestimmt gesehen, daß der Junge bei Spain im Boot war.* Hatte die Walter noch einmal das gleiche gesagt wie in dem Restaurant?

Ganz still saß Cressida da. »John hilft ihm manchmal bei seinen Aufgaben.«

»Ich weiß. Auch in seinem Fischerboot?« Sie gab keine Antwort. »Und du warst am Dienstag ganz bestimmt nicht auf der Jacht?«

»Warum fragst du mich das immer wieder? Nein, nein, nein, nein.« Ihr Gesicht war rot vor Ärger.

Wer war jenes Mädchen? Und, noch wichtiger: Warum kam er immer wieder auf sie zurück? Vielleicht lautete die wirklich wichtige Frage: Wohin war sie verschwunden?

»Val war am Dienstag segeln. Ich habe ihn mit eigenen Augen gesehen.«

»Tatsächlich?« Sie machte einen verwirrten Eindruck. »Ich war in Cork«, wiederholte sie. »Ich schwöre bei Gott, ich war nicht auf diesem Schiff.«

»Aber du weißt, wer dort war?« fragte er leise. Plötzlich wirkte ihr Gesicht pergamenten. Sie starrte ihn an, doch obwohl sie den Mund öffnete, um etwas zu sagen, gab sie keinen Laut von sich. Er wartete.

»Nein«, flüsterte sie. »Nein, das weiß ich nicht. Ich war bei Marilyn.«

»Noch etwas muß ich dich fragen. Warum hat er es umbenannt?«

»Umbenannt?«

»Das Segelboot deines Mannes«, sagte er geduldig. »Der Name wurde geändert. Warum?«

Eine Weile antwortete sie nicht, und als sie sprach, klang ihre Stimme kalt, abweisend. Weit weg. »Er hat verkauft.«

Er beugte sich zu ihr. »Was, den Namen?«

»Nein, das Schiff. Er hat gesagt, es sei zu groß, er könne es sich nicht leisten. Und er hat gesagt, er behalte den Namen *Azurra* für sein nächstes Boot. Das soll Glück bringen. Ich kann mir nicht vorstellen, warum. Aber er ist nicht immer besonders mitteilsam. Vor allem dann nicht, wenn es ihm schlecht geht.«

»Wenn er das Schiff verkauft hat, warum ist es dann immer noch an seinem Liegeplatz vertäut?«

»Sie haben so eine Vereinbarung getroffen: Er bringt dem, der es gekauft hat – wer auch immer das ist –, das Segeln bei. Oder er macht den Vorschotmann und kümmert sich um das Boot. Das sei eine glänzende Lösung, hat er gemeint: Er hat das Geld bekommen, kann das Schiff aber nach wie vor benutzen.«

»Und macht er das auch?«

»Was?« Eine ungeduldige, fahrige Handbewegung, als wolle sie eine lästige Fliege vertreiben. »Frank, ich bin wirklich sehr müde ...«

»Ob er es auch benutzt?«

Sie ließ den Kopf auf die Brust sinken. »Über seine geschäftlichen Angelegenheiten spricht Val nicht mit mir.« Kaum ertrug er es weiterzufragen, so trostlos sah sie aus, doch das hinderte sein Gehirn nicht daran, auf Hochtouren zu arbeiten.

»Weißt du, wer es gekauft hat?« fragte er beiläufig. »Könnte das zufällig Jer O'Dowd sein?«

Verblüfft sah sie ihn an, und ihr Kinn sackte nach unten. »Der?« Wie wild schüttelte sie den Kopf. »Ich... Er... wenn ich den sehe, bekomme ich eine Gänsehaut.«

»Er war am Dienstag mit Val draußen.«

Langsam wandte sie den Kopf, die Augen weit aufgerissen. »Wer war wo draußen?« Sie vermied es, ihn anzusehen.

»O'Dowd. Draußen in der Bucht, auf der *Halcyon.* Vier Leute, darunter dein Mann. Außerdem Mrs. Walter, O'Dowd und noch eine Frau; ich habe zuerst geglaubt, du seist es. Liebling, ich habe sie gesehen.«

Verblüfft sah sie ihn an. Wieder klingelte das Telephon. Cressida setzte sich ruckartig auf. »Ich? Wie hättest du mich dort sehen sollen? Ich war nicht auf dem Schiff. Ich war bei Marilyn Donovan.«

»Du hast sie am Montag zwischen fünf und sechs ins Krankenhaus gebracht, nicht am Dienstag«, erklärte er unerbittlich. »Hör auf, mich anzulügen, Cressida. Vertrau mir.«

»Ich bin am Montag spätabends zurückgekommen und gleich ins Bett gegangen. Und Dienstag früh bin ich wieder hingefahren«, erwiderte sie, ohne zu zögern. »Und das ist die Wahrheit. Ich habe versucht, dich anzurufen, um dir zu sagen, daß ich nicht nach Trabuí kommen kann, aber im Krankenhaus hat mein Handy nicht funktioniert. Außerdem war es gar nicht so einfach, Marilyn davon abzuhalten, auf eigene Faust das Krankenhaus zu verlassen. Die kann verdammt dickköpfig sein. Ich weiß nicht, wo Val war; hier war er am Montag jedenfalls nicht.« Sie biß sich auf die Unterlippe. »Wenn ich in Cork geblieben wäre, hätte vielleicht ...«

»Hätte vielleicht was? Cress?« Doch sie antwortete nicht. Er seufzte. »War Gil die ganze Zeit über bei dir?«

Sie ließ sich Zeit, ehe sie erwiderte: »Am Montag habe ich ihn auf dem Weg durch Duncreagh bei Georgie gelassen. Und am Dienstag hat John Spain sich um ihn gekümmert. Aber das weißt du ja, schließlich hast du die beiden gesehen.«

»Aber du bist zurückgekommen, nicht wahr? Du hättest das Kind nicht zwei Tage lang allein gelassen, oder? Antworte mir, Cressida. Um welche Zeit bist du am Dienstag zurückgekommen?«

Sie ließ den Kopf auf den Tisch sinken. »So gegen sechs habe ich Gil bei John abgeholt«, murmelte sie. »Ich hatte Marilyn versprochen wiederzukommen. Wir sind bei einer Freundin in Cork untergeschlüpft.«

»Wo ist dein Mann?«

»Ich weiß es nicht«, wimmerte sie verzweifelt.

Nicht eine klare Antwort hatte sie ihm gegeben. Nicht eine einzige. Sie hatte nicht gesagt, Val halte sich nach wie vor in London auf. Hatte nicht gesagt, sie sei am Dienstag sofort wieder nach Cork gefahren – nur Andeutungen.

Das Schiff war verkauft worden – aber sie war nicht sicher, an wen. Und sie hatte es nicht geleugnet, als er die Vermutung geäußert hatte, Val und Evangeline hätten eine Affaire miteinander gehabt. Das einzige, was er jetzt endlich glaubte, war: Sie war an jenem Nachmittag nicht segeln gewesen. *Dieses verdammte Mädchen ging ihm einfach nicht aus dem Kopf.* Erneut drängte sich ihm die Erinnerung an die Leute auf dem Schiff auf. Mit einem Mal fiel ein kleiner Lichtstrahl auf die vier Leute in dem Boot, und augenblicklich überkam ihn Angst davor, sie zu fragen, was genau sie am Dienstagabend gemacht hatte – außer sich verprügeln zu lassen.

»Frank!« rief sie plötzlich. Auf ihrer Stirn standen Schweißperlen.

»Was ist mit dir, Cressie? Hörst du mich?« Hastig ging er um den Tisch und packte sie am Arm. Wie ein Gerippe fühlte sie sich an, so zerbrechlich. »Halt mich fest«, flüsterte sie. »Halt mich fest, Frank.« Als sie allmählich wieder zu sich kam, ging er zum Spülbecken und holte ein Glas Wasser. Er mußte sie wegbringen, irgendwohin, wo sie und Gil in Sicherheit wären. Erst dann könnte er wieder klar denken, ohne ständig seine berufliche Integrität aufs Spiel zu setzen.

»Trink das«, wies er sie an. Sie richtete sich auf und nahm das Glas. Insgeheim dankte er dem Himmel, daß McBride nicht hier war. Er zog sich einen Stuhl heran und setzte sich neben sie, legte ihr den Arm um die Schultern und rückte ganz nahe heran. »Du hast am Dienstagabend Marilyn Donovan gar nicht besucht, oder? Du hast Gil ins Krankenhaus gebracht. Doch als du zum ersten Mal hierher zurückgekommen bist, da ist irgend etwas vorgefallen, stimmt's?« fragte er leise, aber eindringlich. »Irgend etwas, das dich dazu gebracht hat wegzulaufen. Cressie, bitte, sag es mir. Ich kann dir nur helfen, wenn du mir vertraust.«

»Ich kann nicht«, flüsterte sie. »Liebster Frank, bitte geh. Bitte, geh, Frank.«

Die Standuhr in der Ecke fing an zu schlagen. Acht Uhr. In dem Augenblick klopfte es an die Hintertür, und Spain kam auf Socken herein. In der Hand hielt er ein paar Krabben, die er ins Spülbecken warf. »Ich kann sie für euch zubereiten, wenn ihr wollt«, erklärte er barsch und nahm einen großen Topf von dem Bord unter der Geschirrablage. Ein höchst außergewöhnlicher Auftritt. Er schien sich ganz und gar zu Hause zu fühlen, zog seine Jacke aus und hängte sie über einen Stuhl.

»Hätten Sie etwas dagegen, mir zu sagen, was Sie hier zu suchen haben?« fragte Recaldo.

Spain blinzelte nervös. »Was meinen *Sie* denn?«

»Spielen Sie nicht den Unschuldigen, John Spain. Ist Ihnen denn nicht klar, daß Sie unter Überwachung stehen?«

»Ich versuche lediglich, mich um sie zu kümmern. Sie sollte nicht hier sein.«

»Haltet den Mund«, explodierte Cressida unvermittelt und sprang auf. »Haltet den Mund, alle beide. Hört auf, über mich zu reden, als sei ich gar nicht da. Ich bin schließlich nicht blöde, ich kann selbst auf mich aufpassen.«

Wut überkam Recaldo – den Liebhaber, nicht so sehr den Polizisten. »Tatsächlich? Warum läßt du dich dann von diesem Mistkerl von Ehemann verprügeln?«

»Was geht das dich an?« brauste sie auf.

Er sah sie an – eine Ewigkeit, wie es schien. »Mir liegt etwas an dir«, sagte er leise. »Und mir liegt etwas daran, was mit dir und Gil passiert. Ich würde mein Leben dafür geben, euch beide in Sicherheit zu wissen.«

Cressida brach in Tränen aus. »Er hat es vorher nur einmal getan«, schluchzte sie. »Zweimal. Und Gil hat er nie geschlagen, bis ... ehrlich ... es war meine Schuld ... ich hätte nicht ...«

»O Cressie, Liebes, hör endlich auf, immer dir die Schuld zu geben«, sagte er müde. »Das macht er doch seit Wochen.«

Cressida setzte sich hin und faßte sich mit beiden Händen an den Kopf. »Mir wäre lieber, ihr würdet gehen. Beide«, sagte sie.

Recaldo richtete sich zu seiner vollen Größe auf. »Jetzt reicht's. Schluß mit dem Drumherumreden. Du verläßt augenblicklich dieses Haus. Heute abend noch. Und Gil auch. Hier geht es nicht um Mord, es geht darum, daß Sweeney dich verprügelt. Ich frage gar nicht mehr, wo er ist, denn wir alle wissen: Er kommt zurück – wie alle Männer, die ihre Frauen mißhandeln, wird er es wieder tun. Genau davor hast du doch Angst, oder? Angst um Gil, wenn schon nicht um dich. Und damit muß Schluß sein, Cressie. Bitte.«

»Es war meine Schuld«, flüsterte sie. Traurig sah Recaldo sie an. Warum sagte sie das wieder und wieder? Doch dann dämmerte es ihm. Sie sagt die Wahrheit. Einmal, ein einziges Mal muß sie ihn provoziert haben. Am Dienstagabend, ja, am Dienstagabend. In seinem Kopf wirbelte alles durcheinander, er konnte nicht mehr klar denken.

John Spain wollte etwas sagen, doch Recaldo hob die Hand. »Erzähl mir, was passiert ist, Cressie, sonst bringe ich diesen Mistkerl eigenhändig um.«

Sie legte die Hand auf ihr blaues Auge und fing an zu reden. Es war nicht mehr als ein leises Murmeln, und sie sah keinen der beiden an. »Ich wollte ihm das Haus nicht überschreiben. Da hat er erklärt, ich sei eine schlechte Mutter, und er würde Gil den Leuten von der Fürsorge übergeben, wenn ich nicht unterschreibe. Er hat gesagt, ich müsse unterschreiben, ansonsten würde er ... würde er ...« Sie stockte. Man hätte eine Stecknadel fallen hören.

»Cressie? Du bist die beste Mutter, die ich mir vorstellen kann. Das kann er nicht tun, auf gar keinen Fall.«

»O doch, das kann er«, erklärte John Spain mit rauher Stimme. »Er hat sie beschuldigt, sie hätte zugelassen, daß ein Perverser ihr Kind unterrichtet. Er hat mich beschuldigt, mich an Gil vergangen zu haben.« Er schluckte. »Sie wissen genausogut wie ich, daß eine derartige Anschuldigung genügt, zusammen mit all den Gerüchten, die jetzt schon in Umlauf sind.« Flehentlich sah er Cressida an. »Aber ich schwöre Ihnen, Cressida, und auch Ihnen, Frank, nie in meinem ganzen Leben habe ich... O mein Gott. Nie könnte ich ... ich kann es nicht einmal aussprechen. Gil war bei mir immer in sicheren Händen.« Sein Blick irrte von ihr zur ihm.

Leise sagte Cressida: »Das weiß ich, John. Und ich habe nie daran gezweifelt.«

»Großer Gott.« Recaldos Atem ging plötzlich ganz flach und schnell. Er trat zu Cressida und umarmte sie. Dann blickte er John Spain an. »Das hat Evangeline Walter ihm eingeredet, nicht wahr?« Spain nickte.

Das Grauen der Anschuldigung war greifbar und unmittelbar bedrohlich. Wer sollte Spain verteidigen? Er, Recaldo? Der Ortspolizist, der die Mutter des Kindes bumste? Schwer vorstellbar. Die Frau war wirklich raffiniert gewesen. Aber warum hatte sie das getan? Was war der eigentliche Grund?

»Wir müssen dich und Gil für ein paar Tage von hier wegbringen, Cressie«, erklärte Recaldo entschieden. »Ich habe Freunde, die euch vielleicht helfen können. Sie wohnen ungefähr zwanzig Meilen von hier, in der Hügellandschaft hinter Duncreagh. Jim und Mary Dillon. Sie haben drei Kinder, Gil hätte also jemanden, der ihm Gesellschaft leistet. Kommst du mit? Nur für drei, vier Tage?«

»Was ist mit John?«

»John weiß ganz gut, wie er den Leuten aus dem Weg gehen kann.«

»Sie sind nicht ganz bei Trost«, knurrte Spain. »Wenn Sie nicht aufpassen, sind Sie Ihren Job los.«

»Das lassen Sie mal meine Sorge sein. Keine Widerrede, John. Komm, Cressie, du mußt ein paar Sachen zusammenpacken. Sofort. Wir verkriechen uns irgendwo, bis es ganz dunkel ist, dann nehmen wir dein Auto; John soll uns in meinem nachfahren. Na los, Cress, worauf wartest du noch?«

Als Cressie nach oben ging, meinte Spain: »Mein Auto steht vor der Tür; ich bin hergekommen, um sie wegzubringen. Sie können es nehmen.«

»Nein, ich bringe sie in ihrem Range Rover hin; ich will nicht, daß sie ganz von der Welt abgeschnitten ist. Sie können uns in meinem Wagen nachkommen, und wir beide fahren dann gemeinsam zurück.« Einen Augenblick lang herrschte Schweigen.

»Ich habe Evangeline Walter getötet«, sagte Spain.

Recaldo sah ihn an. »Tatsächlich? Und wie?«

»Sex«, murmelte er und sah betreten auf. »Sie war erst vor kurzem aus dem Krankenhaus entlassen worden, aber ich hatte Sex mit ihr.« Recaldos Gesicht wurde ausdruckslos. Nicht jetzt, hätte er am liebsten gebrüllt, nicht ausgerechnet jetzt.

»Ist das des öfteren passiert?«

»Ein paarmal, als sie hierhergezogen ist.«

»Und seitdem nicht mehr? Wollen Sie damit sagen, Sie hätten sie vergewaltigt?«

»Nein, ich glaube, so kann man das nicht nennen.«

»Wie dann? Haben Sie sie geschlagen?«

»Nein, sie ist hingefallen. Nie würde ich eine Frau schlagen, das wissen Sie, gleichgültig, was geschieht.«

»Sie hat Sie herausgefordert?«

Langsam nickte Spain. »Aber wer glaubt mir das schon?«

Recaldo legte ihm die Hand auf den Arm. »Ich glaube Ihnen. Ich habe Ihnen immer vertraut, John, aber irgendwann, und zwar bald, werden Sie mir erzählen müssen, was Dienstagnacht in dem Garten dieser verdammten Frau vorgefallen ist.« Grimmig blickte er den Alten an. »Und, genauer gesagt, was Cressida dort gewollt hat.«

»Was?«

»Halten Sie mich für einen Idioten? Ich weiß, zu irgendeinem Zeitpunkt war sie dort. Nein, das hat nicht sie mir gesagt. Das könnte damit zusammenhängen, daß sie versucht, Sie zu schützen, aber ich bin jetzt lange genug im Kreis rumgerannt. Und ich will Ihnen etwas sagen, obwohl ich das nicht sollte: Irgend jemand hat die Walter geschlagen, nicht nur auf den Kopf, sondern auch auf den Bauch. Irgendwie scheint mir das nicht Ihr Stil zu sein, egal, wie sehr sie Sie provoziert hat. Und jetzt dürfen Sie dreimal raten, wer es meiner Ansicht nach war. Die Schwierigkeit ist nur, ich komme nicht dahinter, warum. Und ebensowenig, um es noch genauer auszudrücken, warum gerade zu diesem Zeitpunkt. Ich kann mir einfach nicht zusammenreimen, was für ein Vorfall – oder welche Aufeinanderfolge von Vorfällen – das ausgelöst hat. Jedenfalls bis jetzt nicht.«

Cressida kam wieder in die Küche. »Ich bin fertig. Nur Gil fehlt noch. Er schläft tief und fest; ich brauche also jemanden, der mir hilft, ihn runterzutragen.«

»Das mache ich«, bot Recaldo an. »Und Sie gehen schon mal los, John, und fahren Ihr Auto nach Hause. Wir brechen anschließend auf und treffen uns mit Ihnen am Waldrand in der Nähe Ihres Cottage. In ungefähr zwanzig Minuten.« Er wartete einen Augenblick, bis Cressida wieder nach oben gegangen und außer Hörweite war; Spain war inzwischen schon halb zur Tür hinaus. »Sie haben im vergangenen Juni einmal abends in Lias Restaurant gegessen«, sagte er. »Würde es Ihnen etwas ausmachen, mir zu sagen, wer die Dame in Ihrer Begleitung war?«

Langsam wandte Spain ihm seinen Löwenkopf zu und sah ihn entsetzt an. »Sie haben von dem Vorfall gehört?«

»Erst vor kurzem.«

»Das war meine Schwester. Sie hat mich an jenem Tag besucht.« Er zog die Tür hinter sich zu. Recaldo war nicht viel klüger als zuvor. Zumindest glaubte er das.

19

Inspector McBride war gerade wieder im Hauptquartier eingetroffen und besprach sich mit Coffey, als Recaldo angerufen hatte, um über seine Unterhaltung mit Marilyns Mann Steve Donovan Bericht zu erstatten. Fünf Minuten später rief Coffey Steve an: »Superintendent Coffey am Apparat. Soweit ich weiß, wird Ihre Frau heute abend aus der Klinik entlassen; für Sie ist es aber offenbar schwierig, sie abzuholen, stimmt das?« begann er geschickt. »Nun, wir könnten sie heimbringen, wenn Ihnen damit gedient wäre. In ungefähr einer halben Stunde wären wir da, und da wir uns ganz gerne mit ihr unterhalten würden, könnten wir zwei Fliegen mit einer Klappe schlagen. Wäre Ihnen das recht? Ja? Würden Sie sie dann bitte anrufen und ihr sagen, daß wir auf dem Weg sind?«

Eine halbe Stunde später kam McBride beim Krankenhaus an, und man zeigte ihm den Weg zu dem kleinen Aufenthaltsraum, in dem Marilyn Donovan in einem Rollstuhl saß – in voller Kriegsbemalung, eine kleine Reisetasche zu ihren Füßen. Sein erster Eindruck war: Sie nahm ihren Namen wirklich ernst. Oder war es Zufall, daß sie die gleiche üppig-sinnliche Figur und den gleichen prachtvollen Schmollmund hatte wie ihre berühmte Namensvetterin? Ihr kurzgeschnittenes Haar war gebleicht, obwohl die Augenbrauen schwarz waren. Ende Dreißig, schätzte er. Die Putzfrau sah man ihr wahrlich nicht an.

»Mrs. Donovan?« McBride zeigte ihr seinen Ausweis. Sie warf einen Blick darauf.

»Marilyn«, trällerte sie lächelnd und zeigte dabei vollendete Zähne. »Steve hat gesagt, ein Superintendent Coffey würde mich abholen.«

»Der hatte noch zu tun und läßt sich entschuldigen. Ich fürchte, Sie müssen mit mir vorliebnehmen.« Ostentativ sah er auf den Teller mit aufgeweichten Sandwiches auf dem Tisch neben ihr. »Ist das etwa Ihr Abendessen?« fragte er. Angewidert drückte Marilyn die Zigarette, die sie verstohlen geraucht hatte, auf dem Teller aus.

»Das Zeug da hab ich einfach nicht runtergekriegt. Das Essen hier ist zum Verzweifeln.«

»Das ist offenbar in allen Krankenhäusern das gleiche«, meinte McBride und sah sie dann an, als wäre ihm gerade etwas eingefallen. »Falls Sie sich kräftig genug fühlen, könnten wir eigentlich unterwegs irgendwo anhalten und eine Kleinigkeit essen. Ich habe seit heute morgen auch nichts mehr in den Magen gekriegt, und, na ja, der beschwert sich auch schon.«

Marilyn befand sich auf Augenhöhe mit seinem Bierbauch. »Ich sehe förmlich, wie Sie dahinschwinden«, erklärte sie lachend. »Für etwas Gutes zu essen würde ich fast mein Seelenheil geben«, fügte sie launig hinzu und wollte aus dem Rollstuhl aufstehen.

»Bleiben Sie sitzen; ich schiebe Sie. Ist die Tasche da alles, was Sie bei sich haben?«

»Ja«, erwiderte sie lakonisch. »Ich war sozusagen ein bißchen in Eile.«

McBride hob die Tasche auf. »Sind Sie soweit, Madam?« Als sie im Lift nach unten fuhren, fragte er: »Italienisch? Französisch? Chinesisch? Hamburger? Indisch? Thailändisch? Was soll's denn sein? Treffen Sie Ihre Wahl.«

»Etwas Einfaches wäre recht.«

Sein Wagen stand unmittelbar vor dem Eingang zum Krankenhaus; daneben hatte sich ein wütender Pförtner aufgebaut. McBride zückte seinen Ausweis. »Ich bring die nur eben in den Knast«, scherzte er, als sie Marilyn auf den Vordersitz halfen.

»Wie eilig haben Sie es denn?« fragte er, als sie losfuhren.

Marilyn überlegte einen Augenblick. Nach dem Marathon im Rollstuhl wirkte sie nicht mehr ganz so munter.

»Na ja, ehrlich gesagt würde ich lieber erst nach Hause kommen, wenn das Baby im Bett ist. Hält einen ganz schön in Trab, diese Nervensäge, und so ganz bin ich doch noch nicht bei Kräften.«

»Wäre Ihnen die Arbutus Lodge recht?« Inspector McBride schnallte sich an und fuhr los.

»Wollen Sie mich auf den Arm nehmen? Das ist viel zu elegant – schauen Sie mich doch an! Geradewegs aus dem Krankenhaus. O nein.«

Er blickte auf sie herunter. »O doch. Sie sehen jedenfalls wunderhübsch aus – wenn ich das sagen darf, ohne daß Sie mich für frech halten.« Gleich darauf wurde er sachlich. »Hören Sie, ich muß Ihnen ein paar Fragen stellen, und dazu brauche ich ein ruhiges Plätzchen. Sie würden mir damit einen Gefallen tun, Mrs. Donovan – Marilyn.«

Man begrüßte ihn wie einen oft und gerngesehenen Gast, und kurz darauf saßen sie an einem kleinen Tisch mit Blick über die Stadt. Rundum zufrieden lehnte Marilyn sich zurück. »Hier gefällt's mir. Das hat wirklich Stil.«

»Mir auch.« Er grinste sie an. »Natürlich sieht Superintendent Coffey das möglicherweise nicht ganz so, wenn er die Rechnung kriegt. Also langen Sie zu, denn morgen schon könnte ich tot sein.« Trotz seiner tapferen Worte bestellten sie nur eine halbe Flasche Wein und etwas von der Tageskarte.

»Wurden Sie nach der Person benannt, die ich im Sinn habe?«

Sie lachte. »Ja. Ich kam, zwei Tage nachdem meine Mutter sie in *Der Prinz und die Tänzerin* gesehen hatte, auf die Welt – ist nicht gerade ihr bester Film, aber Mam fand sie großartig. Sie hat gesagt, Marilyn hätte Laurence Olivier wie jemanden aus der Laienspielgruppe von Duncreagh aussehen lassen.«

»Duncreagh? Stammen Sie von dort?«

»Nein, ich bin eine waschechte Süd-Passagierin und wohne seit jeher dort.«

»Warum arbeiten Sie als Putzfrau?« fragte er unverblümt.

»Bin wohl nicht so ganz das, was Sie sich vorgestellt haben?« Marilyn lachte glucksend. »Sie glauben wohl, ich sollte ein Kopftuch aufhaben und mit einem Mop rumfuchteln? Ein bißchen altmodisch, hm?« Verschmitzt sah sie ihn an. »Meine Arbeit ist der Grund dafür, daß ich in diesem herrlichen Restaurant sitze und köstlich speise. Habe ich recht?«

McBride hielt die Hände hoch, Handflächen nach außen gekehrt. »Vollkommen. Ich wollte damit auch nichts unterstellen. Tut mir leid, aber manchmal habe ich ein etwas loses Mundwerk.«

Marilyn Donovan mangelte es nicht an Selbstvertrauen und auch nicht, wie McBride bald feststellte, an Intelligenz. Sie war schlagfertig und brachte alles gleich auf den Punkt.

»Hören Sie, Mr. McBride, es gibt nichts, dessen ich mich schämen müßte. Ich tue das, was ich tun möchte. Ich bin die beste Putzfrau weit und breit, vielleicht die beste überhaupt. Ich kann einen Babysitter anheuern, wenn ich einen brauche, und verdiene trotzdem mehr als Steve. Ich mag meine Arbeit. Mein Preis entspricht dem einer Putzfrau in Dublin oder London, denn letztendlich ist die Arbeit überall die gleiche, egal wo man sie erledigt. Ich bin mein Geld wert, und wenn man mich respektvoll behandelt, verhalte ich mich ebenso.«

Sie trank einen großen Schluck Wasser und lehnte sich zurück. McBride schenkte ihr und sich Wein ein und kam dann gleich zur Sache; die vorherige Attitüde der Kumpelhaftigkeit war verschwunden. Was ihn ihr eher sympathischer machte.

»Mrs. Donovan – Marilyn, ich frage auf gut Glück. Wir untersuchen einen Mord, und ich habe keine Ahnung, wie die Dinge liegen. Später werde ich Ihnen ein paar präzise Fragen stellen, doch eigentlich brauche ich am dringendsten jemanden, der mir etwas über das Dorf und seine Einwohner erzählt.«

Sie ließ sich das durch den Kopf gehen. »Und was ist mit Frank Recaldo?«

»In Fällen wie diesem leitet nie der Ortspolizist die Untersuchung – zum einen stünden ihm gar nicht die entsprechenden Hilfsmittel zur Verfügung, und zum anderen muß er seinen tagtäglichen Pflichten nachkommen. Deshalb schickt man immer ein paar Leute aus der Zentrale.«

»Dublin?

»Nein, ich stamme zwar zufällig aus Dublin, bin aber seit ungefähr einem Jahr in Cork stationiert. Superintendent Coffey bearbeitet den Fall. Dahinter stecken keine bösen Absichten – es ist die übliche Praxis. Frank gehört mit zum Team.«

»Was wollen Sie von mir wissen?«

»Alles und jedes, was Ihnen einfällt. Wie sind Sie beispielsweise zu Mrs. Walter gekommen?«

»Ganz einfach, ich arbeite nur für die Fremden. Abgesehen davon, daß Sie mehr bezahlen, schätzen Sie mich auch als erste wirkliche Verbindung zu den Einheimischen. Eine Vertrauensstellung.«

»Sie sind am Montag ins Krankenhaus, richtig?«

»Ja, die ganze Aufregung hab ich verpaßt. Ich hätte die Leiche auch finden können, oder etwa nicht? Mittwoch war ein Tag, an dem ich immer für sie gearbeitet habe. Nur daß ich meistens nicht vor neun anfange, und man hat sie ja schon früher entdeckt, stimmt's?«

»Woher wissen Sie das?«

Mitleidig sah Marilyn ihn an. »Das hat Steve mir erzählt.«

»Wann?«

»Gestern abend, als er mich besucht hat«, erklärte sie nüchtern; und dann sagte sie etwas, das ihn völlig aus der Fassung brachte.

»Er hat gehört, sie war an einen Baum gelehnt, obwohl sie doch tot war.«

»Er hat was? Woher hat er denn diese Geschichte?«

Marilyn zuckte die Schultern. »Natürlich hab ich kein Wort geglaubt. Die alte Mona Spillane hat ihm das erzählt, als er gestern die Dichtungen an den Wasserhähnen in ihrer Küche ausgewechselt hat. Sie wohnt bei der Chaussee nach Trianach. Unser Nachrichtenmagazin – so nennen wir sie. Sie hat sich gar nicht mehr beruhigen können, und nur mit Mühe hat er sie vom Fenster weggeschleppt, damit sie ihm zeigt, was er reparieren soll.« Kein Wunder, daß FX so zugeknöpft ist, dachte McBride.

»Wie sind Sie mit Mrs. Walter ausgekommen?«

»Ging so.« Gleichgültig zuckte Marilyn die Schultern. »Ungefähr sechs Jahre lang habe ich für sie gearbeitet – außer in der Zeit, als Liam auf die Welt gekommen ist. Sie hatte so ihre Eigenheiten«, fügte sie leicht rätselhaft hinzu; allerdings wurde sie gleich direkter. »Nicht, daß ich sie nicht gemocht hätte, denn irgendwie habe ich das schon. Obwohl sie launisch sein konnte und dann Sachen gesagt hat, die ziemlich verletzend waren, einfach so, ohne lange zu überlegen. Ich glaube, sie war die unzufriedenste Frau, die ich je kennengelernt habe. Das hat man auch ihrem Gesicht angesehen, denn eigentlich wäre sie wirklich attraktiv gewesen. Ständig hat sie darüber gejammert, wie die Zeit vergeht. Wenn sie mich gefragt hätte – ich hätte ihr gesagt, sie solle ein bißchen mehr Selbstvertrauen haben und nicht immer glauben, alle Leute wollten sie fertigmachen. Viele würden das wohl für eine überraschende Schlußfolgerung halten, denn sie hat sich immer ziemlich aufgespielt; gleichzeitig hat sie sich jedoch die ganze Zeit Sorgen über alles und jedes gemacht. Sehe ich gut aus? Bin ich richtig angezogen? Hat irgend jemand auch nur ein Wort in einem meiner Artikel geändert? Wer versucht, mich auszutricksen? Sie war ungeheuer eitel und konnte sich nicht wirklich amüsieren oder ein bißchen gehenlassen. Jahrelang hat sie mit dem alten Bleiberg zusammengelebt; als er gestorben ist, hat sie dann das Haus gekriegt. Ein großes altes Gebäude, völlig heruntergekommen, als ich ein kleines Mädchen war. Der Alte vom Lächler

O'Dowd hat uns da immer weggejagt – den Habicht haben wir ihn genannt.«

»War sie verheiratet?«

»Geschieden. Meiner Meinung nach war sie mehrere Male verheiratet. Das ist nur so ein Gefühl, in dieser Hinsicht war sie sehr zurückhaltend. Einen Ehemann habe ich allerdings nie zu Gesicht bekommen. Nach dem Tod von Mr. Bleiberg ist der Lächler immer um sie rumscharwenzelt. Mir persönlich sagt der nicht zu, aber sie hat ihn offenbar recht gern gemocht. Ansonsten hat sie nichts ausgelassen. Ich weiß mit Sicherheit, daß sie was mit Mick Hussey gehabt hat, bis Aoife es spitzgekriegt hat und ihm beinahe den Laufpaß gegeben hätte. Und dann war da noch so ein Amerikaner, der ein paarmal aufgekreuzt ist, und ein alter Kerl irgendwo aus Tipperary. Den habe ich ab und zu bei ihr gesehen. Und natürlich der arme alte John Spain – der war Wachs in ihren Händen. Zu mir hat sie einmal gesagt, sie möge ältere Männer, weil die keine solchen Ansprüche stellen.« Marilyn schnaubte. »Das glaube, wer mag. Sie hat sie gemocht, weil sie reich waren – obwohl, Pater Spain ist wohl kaum in diese Kategorie gefallen. Dafür aber V. J. Sweeney. Auch wenn sie immer sehr darauf bedacht war, sich in der Öffentlichkeit nie in seiner Gesellschaft sehen zu lassen. Herrgott noch mal, die hat wirklich geglaubt, das würde niemand merken. Ich arbeite auch für Mrs. Sweeney. Zumindest bis vor ein paar Wochen.«

»Sie haben dort aufgehört?«

»Ja, was wäre mir auch anderes übriggeblieben?«

»Was ist denn passiert?«

»Nichts – und alles. Ich habe gemerkt, wie es ihr immer schwerer gefallen ist, mich zu bezahlen – ich nehme nur Bargeld. Zuerst hab ich nicht kapiert, daß er sie kurzhält. *Sie* hat das natürlich nicht gesagt; nur so irgendwas dahergefaselt, sie könne es nicht mehr rechtfertigen, mich zu beschäftigen, weil sie nicht berufstätig sei. Dem armen Ding war das schrecklich peinlich.«

Kaum machte McBride den Mund auf, um etwas zu sagen, als Marilyn schon die unausgesprochene Frage beantwortete:

»Ich mag Cressida Sweeney, sie ist eine der nettesten Frauen hier in der Gegend. Rundum in Ordnung. Ich bewundere sie wirklich, wie sie sich um ihren Sohn kümmert, vor allem, weil dieser Rüpel von Ehemann ihr in keiner Weise dabei hilft. Gott allein weiß, wie sie es bei dem aushält. Ich schätze, Sie haben von ihm gehört? Nein? Na ja, vor ein paar Jahren ist sein Geschäft den Bach runter – wusch.« Mit dem Finger fuhr sie sich über die Kehle. »Und da hat er angefangen zu saufen. Und ist bösartig geworden. Als sie hierhergezogen sind, waren sie meilenweit das bestaussehende Paar – und hatten Geld wie Heu. Sie sind aus London gekommen, obwohl, bei dem Namen, Sweeney, vermute ich, daß er ursprünglich aus Irland stammt. Sie hat mit Sicherheit irgendwelche irischen Vorfahren, denn sie hat das Haus auf der anderen Seite der Bucht geerbt. Das war völlig verfallen, aber sie haben es wunderschön wieder hergerichtet. Sobald es fertig war, hat er die riesige Jacht von Portsmouth rübergebracht.«

»Seit wann wohnen sie hier?«

»Sie sind vor zehn Jahren hergekommen, allerdings immer nur im Sommer. Als dann der kleine Gil auf die Welt gekommen ist, hat *sie* sich ganz hier niedergelassen. VJ erst seit ungefähr zwei Jahren, seit das Unternehmen in London Pleite gemacht hat. Eine Ehe würde ich das nicht nennen – der hat sie ständig wie ein kleines Dummchen behandelt. Und das ist sie wahrlich nicht. Nur wie gelähmt vor Schüchternheit und ihm einfach nicht gewachsen. Ich würde nie zulassen, daß ein Mann mich so behandelt. Er war unglaublich von sich eingenommen, weil er es geschafft hat, sich ein hübsches junges Mädchen zu angeln, würde ich sagen. Irgendwie Achtung vor ihr hat er nie an den Tag gelegt, aber wirklich schlimm ist es in den letzten paar Monaten geworden, und seit neuestem schlägt er sie auch. Zuerst habe ich es ihr abgenommen, wenn sie gesagt hat, sie sei gestürzt oder habe sich an einer Tür gestoßen oder so was; es hat eine Weile gedauert, bis ich kapiert habe. Steve würde so etwas nie tun, und deshalb bin ich nicht so ohne weiteres draufgekommen, schätze ich«, erklärte sie und rümpfte die Nase.

»Wieso hat *sie* Sie ins Krankenhaus gefahren?«

»Steve war wegen eines Auftrags unterwegs. Zuerst habe ich Mrs. Walter angerufen; das war reichlich dumm von mir, denn die war auch erst vor kurzem aus dem Krankenhaus gekommen und hat sich nicht wohl gefühlt. Cressida war wie der Blitz da. Zuerst hat sie mich nach Duncreagh gefahren, aber dort haben sie uns ins Bons geschickt. Es war mir wirklich arg, ihr das zuzumuten, mich so durch die Gegend zu kutschieren, aber sie hat erklärt, sie sei ganz froh wegzukommen. Warum, das hat sie nicht gesagt, aber das war auch nicht zu erwarten – sie beklagt sich nie. Ich sag Ihnen was, ich würde nicht um alles in der Welt allein in dem alten Kasten schlafen; es ist schrecklich abgelegen, und die meiste Zeit ist sie ganz allein mit dem kleinen Gil. Aber ich vermute, besser allein, als wenn Sweeney betrunken herumtobt.«

»War der Junge bei ihr?«

»Nein, ich schätze, sie hat John Spain gebeten, auf ihn aufzupassen. Die beiden sind dicke Freunde. Der Alte unterrichtet Gil jeden Tag eine Stunde lang oder so – um Cressida zu helfen. Mit den beiden kann das Kind beinahe schon reden. Früher hat es immer nur ganz furchtbare Geräusche von sich gegeben. Er ist immer noch schwer zu verstehen, hat aber ein unglaublich sonniges Gemüt. Wohlgemerkt, es gibt genügend in der Gegend, die sie für verrückt halten, dem alten Mann das Kind anzuvertrauen; ich nicht, denn ich sehe ja, wie gern er die beiden hat – wie die Kinder, die er nie gehabt hat. Gott helfe ihm.«

»Warum sagen die Leute so etwas?«

»Weil sie nichts Besseres zu tun haben«, erklärte Marilyn mit Nachdruck. »Und weil sie keine Ahnung haben, wovon sie reden. Meiner unmaßgeblichen Ansicht nach sind nicht Kinder das Problem von Spain. Sondern Frauen.«

»Woher wissen Sie das?« fragte er.

Mit einer sinnlichen Geste strich sich Marilyn über die Brust. »Na ja, um die Wahrheit zu sagen, Mr. McBride, ich glaube, auf diesem Gebiet kenne ich mich ganz gut aus.«

»Sind Sie ... hat er?«

»Nein, bin ich nicht, und er hat nie etwas Derartiges versucht. Sie haben eine schmutzige Phantasie, wissen Sie das?«

»Ich habe nichts gesagt.«

»Das war auch gar nicht nötig.«

»Wieso werden Sie denn gleich so fuchtig, wenn Sie von Spain reden? Woher wollen Sie eigentlich wissen, wie er wirklich ist?«

»Ich weiß es einfach, das ist alles. Jeden Tag plaudere ich ein bißchen mit ihm, wenn er in Lias Restaurant vorbeischaut, um die Fische, die er gefangen hat, abzuliefern. Sie ist eine gute Freundin von mir und denkt genauso. Alle diese schrecklichen Gerüchte waren längst verstummt; erst diesen Sommer hat es wieder angefangen. Und ich sag Ihnen was – irgend jemand will den alten Mann fertigmachen. Es ist einfach ekelhaft. Seit beinahe zwanzig Jahren lebt er jetzt hier, und es gab nicht die Spur eines Skandals, abgesehen von dem ursprünglichen mit der Spanierin. Und eins dürfen Sie mir glauben, wenn da irgendwas passiert wäre, wüßten wir das mittlerweile. Lia Ryan hat mir erzählt, diesmal sei Mrs. Walter diejenige gewesen, die das in Gang gesetzt hat. Im Sommer ist es zu einem Zwischenfall gekommen; ich habe in der Zeit meine Schwester in England besucht.«

»Mit wem ist Mrs. Sweeney befreundet?«

»Von Freundinnen weiß ich nichts, aber Frank Recaldo scheint sie sehr zu mögen.«

»Tatsächlich?«

»Ja, und ich würde sagen, die beiden sind wie füreinander geschaffen. Sie können kaum die Hände voneinander lassen. Oder die Augen. Wie unter einem Bann, würde ich sagen.« Sie seufzte. »Wir alle wissen, wie das ist. Oft hätte ich am liebsten zu ihr gesagt: Greifen Sie doch einfach zu. Aber sie sind sehr zurückhaltend, die beiden. Ist auch ganz gut so. VJ würde Hackfleisch aus ihnen machen, wenn er etwas davon erführe. Mag ja sein, daß er selbst nichts mehr von ihr will, aber er ist die Art von Mann, der eine Ehefrau als persönliches Eigentum betrachtet – und davon ist ihm weiß Gott wenig genug geblieben. Ich hab wirklich lachen müssen, als Frank sich diesen Köter angeschafft hat. Hat überall rumerzählt, er brauche ein wenig Bewegung; dabei hat ganz Passage gewußt, es war nur, damit er zu den Klippen raufgehen kann, wo Cressida und Gil ihren roten Setter ausführen. Es gibt etliche, die der Ansicht sind, er sollte sich lieber nicht mit einer verheirateten Frau sehen lassen, aber ich mache ihm das nicht zum Vorwurf. Und Cressida auch nicht. Frank ist umwerfend. Genau der Typ, der sich Sachen von Dunne's Store umhängen könnte und immer noch aussähe, als käme er geradewegs von Armani. Nicht gerade ein Ausbund an Fröhlichkeit, aber ein angenehmer Mensch.«

»Seine Gesundheit ist nicht gerade die stabilste, stimmt das?« McBride lieferte ihr das nächste Stichwort.

»Jetzt geht es ihm schon viel besser. Wirklich schlimm, die Sache mit dem Herzanfall, finden Sie nicht? Er hat meinem Steve erzählt, es sei nach einem Squashspiel passiert. Stellen Sie sich mal so was vor – eigentlich doch etwas ganz Belangloses. Und dabei war er damals erst achtunddreißig. Da muß schon vorher was gewesen sein, eine Herzschwäche oder so. Als er hierhergekommen ist, hat er schrecklich ausgesehen. Noch nie habe ich jemanden so mager und blaß gesehen; aber jetzt wird er immer kräftiger.«

»Eine kleine Frage noch. Wo hat Mrs. Walter eigentlich ihre Arbeitsunterlagen, Haushaltsabrechnungen und so aufbewahrt?«

»Die meisten waren in ihrem Arbeitszimmer; die restlichen in einer Holztruhe im Wohnzimmer. Man erkennt sie leicht: irgend so eine Landschaft ist draufgemalt; außerdem hat sie Goldbeschläge. Sie hat gesagt, die stamme aus Italien. Gelegentlich legte sie Kissen darauf, so daß man sie für eine Sitzbank halten könnte. Die können Sie gar nicht verfehlen.«

Freitag

20

Irgend etwas ließ ihn aus dem Schlaf aufschrecken. Angst? Er war schweißgebadet. Wenn es nicht Cressida war, die er schützte, wer dann? Halb schlafend, halb wachend, grübelte er über jenen Dienstagnachmittag nach. In seiner Vorstellung sah er wieder die beiden Frauen im Kabinenvorraum der Jacht sitzen. Der Wind spielte mit den Haaren des Mädchens, das aufs Meer hinausblickte, hinüber zu Spains Fischerboot, in dessen Bug das Kind saß, dessen weißblonde Locken im Sonnenschein glänzten. Und plötzlich wirbelten die beiden Köpfe, der des Jungen und der der Kindfrau, durcheineinander, verschmolzen und lösten sich wieder voneinander wie Schatten in einem Kaleidoskop. Er ließ die Bilder sich in seinem Denken festsetzen, schlug dann langsam die Augen auf und schaute im Licht der Nachttischlampe auf die Uhr. Freitagmorgen, fünf nach sechs. Fünf Stunden Schlaf kamen ihm wie fünf Sekunden vor. Ganz still lag er da – durchdrungen von Angst vor dem Tag, der ihm bevorstand.

Immer größer wurde seine Sorge um Cressida, und damit auch seine Verwirrung. Hatte er sie beschützt oder gefährdet, als er sie heimlich weggebracht hatte? Hatte dies möglicherweise genau die gegenteilige Wirkung und würde McBride erst recht auf sie aufmerksam machen? Die Angst, sie im Stich gelassen zu haben, überwältigte ihn.

Er hievte sich aus dem Bett, duschte und war um fünf nach halb sieben rasiert und angezogen. Lediglich für eine Tasse Kaffe nahm er sich Zeit, dann machte er sich auf den Weg, um O'Dowd aufzusuchen; er wollte allein mit ihm sprechen.

»Mir ist gar nicht aufgefallen, daß Ihr Haus so nahe am Mündungsgebiet liegt«, bemerkte Recaldo freundlich, als er seinem Gastgeber in eine modern eingerichtete Küche folgte.

O'Dowd war gerade dabei, eine Bratpfanne voller Speck, Eier und Würste zu braten; anschließend deckte er den Tisch für zwei Personen und goß eine Kanne Tee auf, über die er einen schmuddeligen rosa Teewärmer stülpte. Seine Bewegungen wirkten abgezirkelt, fast pedantisch.

»Könnte ich die Schlüssel für nebenan haben?« O'Dowd warf ihm einen Blick zu, antwortete jedoch nicht. »Ich nehme an, Sie haben Zweitschlüssel? Würden Sie mir die bitte geben?« wiederholte Recaldo lässig. »Nur solange die Untersuchung andauert.«

»Ich habe sie bereits Ihren Kumpeln aus Cork übergeben. Haben die Ihnen das nicht gesagt?«

Mist. In den Augen des Lächlers las Recaldo Verachtung. »Die Geschichte, die Sie mir neulich erzählt haben, stimmt also? Wie sind Sie in den Besitz des Alten Kornspeichers gekommen?«

Gleichgültig zuckte O'Dowd die Schultern. »Eine Vereinbarung, die ich vor Jahren mit Mr. Bleiberg getroffen habe, als der auf die Idee kam, das Haus umzubauen. Jahrelang, seit mein Vater es der Landkommission abgekauft hatte, war es nicht benutzt worden.« O'Dowd trug zwei randvoll gefüllte Teller zum Tisch und stellte einen vor seinen Gast, dem bei dem Anblick fast übel wurde.

»Könnten Sie mir etwas über Otto Bleiberg erzählen?« fragte Recaldo.

»Bestimmt wissen Sie, daß er das ursprüngliche Hotel Atlantis gebaut hat. Das war Anfang der Siebziger. Er stammte aus einer berühmten Hoteliersfamilie in der Schweiz, die Luxushotels in allen möglichen Weltgegenden besaß, nur in Irland nicht. Genaugenommen war Otto selbst nicht im dem Geschäft tätig – er war Industrieller. Als er sich jedoch frühzeitig zur Ruhe gesetzt hat, ist er auf die Idee gekommen, das Atlantis zu bauen. Er hatte sich schon geraume Zeit nach einem geeigneten Grundstück umgesehen, bis schließlich mein Vater ihm die paar Acres auf dem Felsen verkauft hat. Sie haben sich dann schnell angefreundet. Otto habe ich von frühester Jugend an gekannt.«

»Eine ungewöhnliche Lage für ein Hotel, finden Sie nicht? Vor allem für ein derart teures.«

»Sie meinen, weil es so weit vom Schuß ist?« Um seine Augen kräuselten sich Lachfältchen. »Das ist Absicht – Leute, die sich das Atlantis leisten können, buchen keine Pauschalreisen.«

»Nein, eigentlich habe ich eher das Wetter gemeint. Die meisten Leute wollen Wärme, Sonne und Zerstreuung – und all das wird hier nicht gerade im Übermaß geboten.«

O'Dowd lachte. »Wie bitte? Angesichts der dreifachen Verglasung hat man doch den Eindruck, man befindet sich in Florida. Man hat es gemütlich – und mit die schönste Aussicht in ganz Irland. Ein rundum herrlicher Bau. Sehr beliebt bei Seglern, und die sind ganz schön anspruchsvoll«, erklärte der Lächler versonnen, fast verträumt. »Sie hätten das Hotel sehen sollen, als es eröffnet wurde. Damals fand gerade das Fastnet-Rennen statt, und der Taoisech hat sich mit seinem Helikopter einfliegen lassen. Außerdem Hollywood-Stars und alle möglichen anderen Berühmtheiten. Wirklich ein großartiges Ereignis, das das Hotel weithin bekannt gemacht hat. Das Wetter war phantastisch, und die Gäste hatten einen wunderbaren Blick auf die Jachten, die durch die Bucht segelten. Das Fest hat das ganze Wochende über gedauert, und als sie aufbrachen, hatten viele Gäste, einschließlich des Taoisech, schon weitere Aufenthalte gebucht. Otto hat sehr wohl gewußt, was er macht.«

»Sie waren miteinander befreundet?«

»O ja. Sehr eng. Solange er hier gewohnt hat, habe ich ihm oft geholfen; alles mögliche organisiert, mich um das Haus gekümmert, Arbeiter angeheuert, so in der Art.«

»Ich vermute, deswegen hat er Ihnen das Haus hinterlassen, oder?«

Der Lächler richtete sich auf. »Er hat es mir nicht vererbt. Das war Teil einer Vereinbarung, die wir getroffen haben, als er mit der Renovierung begann; das Haus stand auf unserem Grundstück. Wir haben es ihm auf Lebenszeit verpachtet.«

Raffinierter Mistkerl, dachte Recaldo nicht zum ersten Mal. »Wirklich, eine großartige Abmachung. Er hat die Renovierung bezahlt, und nach seinem Tod ist es dann an Sie gefallen? Das wollen Sie doch damit sagen, oder?«

»Ja, genau das meine ich. Aber es hat ihm gehört, bis er vor ein paar Jahren gestorben ist. Er hatte es Vangie überlassen.« Nachdenklich hielt er inne. »Ich habe seinen Wunsch respektiert, daß sie so lange dort wohnen konnte, wie sie wollte.«

»Und wie lange war das?«

»Das hat ganz bei ihr gelegen. Bis sie wegziehen wollte. Oder starb«, fügte er düster hinzu.

»Und Bleibergs Angehörige?«

»Was soll mit denen sein? Seine Frau und sein Sohn hatten eine Option auf Verlängerung des Pachtvertrags. Ebenfalls recht billlig. Aber Inge ist schon vor langer Zeit gestorben, und Joachim wollte es nicht. Er besitzt unten in Glandore ein viel größeres Haus, das er kaum nutzt. Das hier hat ihn nicht interessiert.«

»Das wundert mich.«

»Wirklich?« Der Lächler hielt seinem Blick stand, dann legte er bedächtig Messer und Gabel hin. »Ihr seid doch alle gleich, ihr Hereingewehten«, erkärte er abschätzig.

»Ich komme aus Kerry, nicht aus Timbuktu«, erhob Recaldo vorsichtig Einspruch.

»Das läuft fast auf das gleiche hinaus«, erwiderte der Lächler. »Sie kapieren das einfach nicht, stimmt's?«

»Was kapiere ich nicht?«

»Nicht die Fremden haben hier das Geld, Sie Einfaltspinsel, sondern die Einheimischen. Das Geld *und* das Land. Außenseiter besitzen es vielleicht eine Zeitlang, möglicherweise sogar ziemlich lange, aber in Wirklichkeit ist es nur eine Art Leihgabe. Sie kennen doch das alte Sprichwort?« fragte er grinsend. »Wer zuletzt lacht, lacht am besten.«

»Erzählen Sie mir auch, wie das funktioniert?«

»Manchmal muß ich wirklich über Sie lachen, Frank. Und da bin ich nicht der einzige. Sie gehen nicht zur Messe, oder? Es war früher immer die schnellste Art und Weise zu erfahren, was vorgeht. Man brauchte lediglich den Kopf gesenkt zu halten und die Ohren zu spitzen. Viel besser als Husseys Bar.« Um seine Lippen spielte ein belustigtes Lächeln. »Ich wette, Sie erinnern sich an all das aus der Zeit, als Sie noch klein waren. Die alten Kerle hinten in der Kirche, die sich ab und zu rausgeschlichen haben, um eine Zigarette zu rauchen und einen Handel abzuschließen. Erinnern Sie sich daran, wie der Priester die Leute aufgefordert hat, die Kranken und Sterbenden in das Gebet einzuschließen? Na ja, waren die Jungs ganz hinten nicht diejenigen, die als erste spitzgekriegt haben, wann ein Bauernhof zum Verkauf ausgeschrieben wurde und wann der richtige Zeitpunkt war, mit der Witwe zu reden und so. Die Leute sind oft froh, wenn Sie etwas privat verkaufen können, vor allem in schwierigen Zeiten; denn dann entfällt die Gebühr für einen Makler. Mein Alter war in der Hinsicht besonders gewieft. Wissen Sie, wie man ihn genannt hat?« fragte er nicht ohne Stolz. »Den Habicht.«

»Was steckt da eigentlich dahinter, O'Dowd? Mich interessiert das alles wirklich sehr, aber ...«

»Ich könnte Ihnen hier Kerle zeigen, die aussehen, als seien sie völlig verarmt, die in Wirklichkeit aber Millionäre sind«, fuhr der Lächler ungerührt fort. »Mein Vater beispielsweise hat sein Leben lang immer ein und denselben verdammten Anzug getragen, aber er hätte ganz nebenbei jeden Hereingewehten auf- und dann weiterverkaufen können. In Wirklichkeit war er also der Raffiniertere. Ich weiß das, denn ich habe ihm dabei zugesehen und von ihm gelernt. Was allerdings seine Zeit gedauert hat. Damals bin ich mit meinem Abschluß in Wirtschaftwissenschaften von der National University zurückgekommen und habe rumgesessen; habe einfach darauf gewartet, daß mir jemand eine Stelle anbietet. Hab mir eingebildet, ich sei etwas Besseres als das Dorf mitsamt all seinen Einwohnern.

Das Haus war ein regelrechter Schweinestall; das Dach war undicht, und der Alte hat in einem klapprigen Ford Perfect die ganze Grafschaft abgefahren. Er hat einfach abgewartet, bis ich an einem Punkt angelangt war, wo ich nicht mehr ein noch aus wußte, hat gewartet, bis ich verkündete, ich wolle auswandern. Und dann hat er zugeschlagen. Noch heute sehe ich ihn vor mir, wie er mir auf die Schulter klopft und sagt: ›Ehe du losziehst, wollte ich dir noch was zeigen.‹ Dann hat er mich mit auf seine Runde genommen, wie er es genannt hat, und da hat meine Ausbildung erst richtig begonnen. Mir ist klargeworden, ich war der Sohn eines reichen Mannes, und alles, was er mir gezeigt hat, war für mich gedacht. Er hatte jeden einzelnen Penny selbst verdient, dieser knickrige alte Mistkerl. Und jetzt hören Sie mir mal gut zu, Recaldo, Bleiberg ist bei weitem nicht an meinen Dad rangekommen. Der Habicht hat um das Geheimnis von Orten wie diesem gewußt. Es geht nicht darum, was man mit dem Land macht oder was es abwirft; es geht um das Land als solches, egal, wie unergiebig und steinig es ist. Wenn man es nur lange genug nicht aus der Hand gibt. Und das hat er nicht getan.« Er hielt inne, um das wirken zu lassen. »Als er gestorben ist, haben ihm achthundertvierzig Acres gehört, das meiste davon entlang den Ufern das Glár. Als er angefangen hat, das Land aufzukaufen, so in den Vierzigern, waren die Zeiten hart, und kein Mensch wollte Land, das die Hälfte des Jahres unter Wasser stand. Er ist seiner Zeit voraus gewesen, und viele haben ihn für einen Narren gehalten – fast keiner außer dem Habicht hat das Potential des Mündungsgebiets für Freizeit- und Erholungsmöglichkeiten vorausgesehen. Landwirtschaft hat ihn überhaupt nicht interessiert.«

Er lehnte sich zurück und wartete gespannt darauf, ob Recaldo die richtige Frage stellte. Irgendwie hatte er etwas Verwegenes, Unbekümmert-Rücksichtsloses an sich, und allmählich wurde Recaldo klar, was seine eigentliche Faszination ausmachte. Er gab wirklich und wahrhaftig nichts darauf, was irgend jemand – und am allerwenigsten ein degradierter Polizist – von ihm hielt. Er war der Überlegene. Recaldo seufzte und tat ihm den Gefallen.

»Und Sie haben so weitergemacht? Ich schätze, jetzt erzählen Sie mir gleich, wie Sie beide das alles finanziert haben? Und es geschafft haben, alle Gegenspieler auszuschalten? Falls es überhaupt welche gab.«

Selbstzufrieden kicherte der Lächler in sich hinein. »Nein, das ist eine zu lange Geschichte. Warum sollte ich Sie mit so unwichtigen Einzelheiten belasten? Vielleicht ein andermal.«

»Ist mir auch recht. Aber was ist mit Mrs. Walter? An welchem Punkt ist sie bei diesem ... Handel ... dieser Vereinbarung, die Sie mit Otto Bleiberg getroffen hatten, ins Spiel gekommen?«

Der Lächler ließ sich mit seiner Antwort Zeit. Er schenkte eine Tasse Tee ein und schob sie über den Tisch. »Sie war seine ... hm ...« Offenbar hatte er Hemmungen, das Wort Maitresse auszusprechen.

»Maitresse. Geliebte«, erklärte Recaldo bestimmt. O'Dowd klatschte einen Batzen Butter auf eine dicke Brotscheibe. Sein einfacher Lebensstil überraschte Recaldo, und er beneidete ihn um seinen Appetit.

»Ich weiß nicht, ob sie das wirklich war«, meinte O'Dowd ungewöhnlich sachlich, als sei dies etwas, das ihm selbst immer unklar geblieben war. »Derlei hätte sie mir wahrscheinlich nicht erzählt. Und vermutlich erst recht keinem anderen.«

»Und in genau welcher Beziehung standen Sie zu ihr?«

»Genau? Ich würde sagen, gerade dieses *genau* ist etwas, über das ich nicht mit Ihnen sprechen will. Warum lassen Sie es nicht einfach dabei bewenden, daß wir befreundet waren?« Seine Launenhaftigkeit hatte etwas Durchtriebenes.

»Sie haben angedeutet, Sie beide seien ein Liebespaar gewesen, Sie...«, setzte Recaldo an, doch sofort fiel O'Dowd ihm ins Wort.

»Ich habe sie sehr gemocht. Sie hatte etwas Erregendes an sich, ihre Art zu leben war faszinierend. In ihrer Gegenwart langweilte man sich nie, sie war genauso unvorhersehbar wie das Wetter. Und eine sehr, sehr intelligente Frau. Eine wundervolle Gefährtin für jeden Mann. Sie hatte Stil«, fügte er hinzu, als sei dies mehr wert als Diamanten. »Ich vermisse sie sehr.«

»Um welche Zeit sind Sie Dienstagabend zurückgekommen?«

»Das alles haben wir doch schon durchgehechelt.«

»Sie waren gar nicht in Dublin, stimmt's? Sie sind nach Thurles gefahren.«

Zu seiner Überraschung lachte O'Dowd schallend. »Und was, zum Teufel, habe ich dort angeblich gemacht?« fragte er herausfordernd.

»Mr. Mure-Robertson besucht.« Recaldo versuchte, diese Vermutung so überzeugend wie nur möglich klingen zu lassen.

Und O'Dowd hatte offenbar keineswegs die Absicht, ihm das zu verraten. »Ich merke schon, Sie haben sich mit Rose O'Faolain unterhalten.«

Augenblicklich änderte Recaldo seine Taktik. »Mrs. Walter war krank, nicht wahr? Ernstlich krank?«

»Das habe ich den anderen schon gesagt – sie war mehr als nur krank, sie hatte nicht mehr lange zu leben, das arme Ding.«

»Hatte sie viele Freunde?« fragte Recaldo.

»Hier in der Gegend? Nur sehr wenige. Gelegentlich hat sie sich mit der Sweeney getroffen.« Listig, mit wissendem Blick blinzelte er unter seinen dunklen Wimpern hervor. »Zumindest eine Zeitlang. Aber das wissen Sie ja wohl.«

»Sie waren am Dienstag mit Sweeney segeln.«

Der Lächler lenkte die Frage geschickt in eine andere Richtung: »Nach *dem* sollten Sie suchen«, meinte er. Der Jachtausflug war offenbar verbotenes Terrain.

»Nach V. J. Sweeney?« Recaldo hatte den Kopf halb abgewandt; seine Miene blieb ausdruckslos. »Erzählen Sie mir vielleicht auch, warum, Jer?« fragte er ungerührt.

Doch dazu hatte der Lächler keine Gelegenheit mehr, denn ausgerechnet in dem Augenblick spazierte McBride ungeniert durch die Hintertür und schaute mit breitem Grinsen vom einen zum anderen. O'Dowd schien verärgert, Recaldo hingegen blieb gelassen.

»Herrgott nach mal, FX, mit Ihnen Schritt zu halten ist ganz schön schwierig. Ich habe mit Sicherheit mindestens zehn Pfund abgenommen, weil ich ständig hinter Ihnen herjagen muß.«

»So viel? In so kurzer Zeit?« erwiderte Recaldo ruhig und zog die Augenbrauen hoch.

»Ist das immer Ihre Art – ungebeten bei anderen Leuten hereinzuplatzen?« begehrte O'Dowd auf.

»Nur wenn ich einen Mord untersuche«, erklärte McBride honigsüß. »Bieten Sie mir jetzt eine Tasse Tee an oder was?«

O'Dowd ging zum Spülbecken und ließ erneut den elektrischen Wasserkocher vollaufen. »Bin gleich wieder da«, erklärte er und ging hinaus. Nach ein, zwei Minuten hörten die beiden das ziemlich nahe Geräusch einer Wasserspülung, das allerdings das leise Klingeln beim Abheben eines Telephonhörers nicht übertönen konnte.

McBride beugte sich zu Recaldo. »Also, wo stehen wir zur Zeit?« erkundigte er sich in gedämpftem Ton. »Haben Sie was rausgekriegt?«

»Na ja, das hängt davon ab, was Sie schon von ihm erfahren haben, oder?«

»Ach, kommen Sie, FX, werden Sie jetzt nicht pampig«, murmelte er; in dem Augenblick trat O'Dowd wieder in die Küche. Er goß eine Kanne frischen Tee auf und knallte sie vor McBride auf den Tisch.

»Einschenken können Sie sich selbst«, murrte er verächtlich und setzte sich hin. »Was unternehmen Sie wegen Spain?« fragte er unvermittelt.

»Sollten wir denn etwas Bestimmtes unternehmen?« gab McBride die Frage elegant zurück.

»Der hat sich die ganze Zeit hier rumgetrieben und sie beobachtet. Evangeline konnte seinen Anblick nicht ertragen. Vor dem ist kein Kind sicher«, fügte er wütend hinzu.

»Hat sie das gesagt?« fragte McBride freundlich. »Das sind gefährliche Gerüchte, egal, über wen man sie verbreitet. Und ausgerechnet über einen ehemaligen Priester? Lief zwischen den beiden irgendwas?«

»Daß ich nicht lache – für den alten Bock hatte sie wahrlich keine Zeit. Vangie hat alles über ihn gewußt. Sie konnte es gar nicht fassen, daß er es gewagt hat, sich überhaupt hier blicken zu lassen.«

»Und offenbar hat sie all dieses Wissen mit Ihnen geteilt?« fragte Recaldo verkniffen.

»Das brauchte sie gar nicht; das meiste kann ich mir selbst zusammenreimen.«

»Mit entsprechenden Ausschmückungen, versteht sich.« Recaldo kam einfach nicht dahinter, warum der Lächler immer wieder das alte Getratsche aufwärmte. Irgendwie schien es nicht sein Stil. Er wandte sich zu McBride. »Würde es Ihnen etwas ausmachen, mir zu sagen, was das alles soll? Außer einen Unschuldigen zu verleumden?«

»Unschuldig? Halten Sie sich da mal raus, FX.« McBride hatte keinerlei Bedenken, die Dinge beim Namen zu nennen. Doch jetzt wandte er erneut seine Aufmerksamkeit O'Dowd zu. »Waren Sie Mrs. Walters Liebhaber?« fragte er; und jetzt – kaum trauten sie ihren Augen – wurde der Lächler doch tatsächlich rot.

»Nein«, murmelte er widerstrebend. »Es war so eine Art Spiel, das sie ... wir ... gespielt haben.« An die Stelle des Lächelns trat ein weit demütigerer Ausdruck, möglicherweise mit ein wenig Ärger durchsetzt.

McBride musterte ihn durchdringend. »So war das also?« meinte er leise. »Nur gute Kumpel.« Er lächelte in sich hinein. Der Lächler schluckte krampfhaft und nickte schwerfällig. Großer Gott, dachte Recaldo, ich bin wirklich verdammt schwer von Begriff. Wer hätte das gedacht? McBride hingegen hatte sich von dem ganzen Unfug von wegen Frauenheld nicht einen Augenblick lang täuschen lassen.

O'Dowd lehnte sich über den Tisch und zischte gehässig: »Wenn Sie je dieses Gespräch erwähnen oder die Schlußfolgerungen, die Sie möglicherweise daraus ziehen, werde ich Sie alle beide fertigmachen. Und bilden Sie sich ja nicht ein, daß ich dazu nicht in der Lage wäre.«

»Wie kommt es dann, daß Sie und Mrs. Walter ...« McBride ließ die Frage in der Schwebe.

»Erstens haben wir uns sehr nahegestanden; außerdem hat die Tatsache, daß ich meistens in ihrer Nähe war, andere Kerle davon abgehalten, sie zu belästigen. Die haben geglaubt, sie hätte zarte Bande zu mir geknüpft.« Er verzog das Gesicht und versank in Schweigen. Die altmodische Wendung verblüffte Recaldo. Sie hatte etwas Unschuldiges, beinahe Jungfräuliches an sich. Der Lächler schien völlig aus dem Gleichgewicht geraten. Wäre er nicht, was Spain betraf, derart unversöhnlich gewesen, wäre Recaldo vermutlich gerührt gewesen, traurig sogar, wie beiläufig der Mann so gnadenlos bloßgestellt worden war. Evangeline Walter hatte mit Sicherheit um das Geheimnis des alternden Junggesellen gewußt. Auch McBride war offenbar nicht danach zumute, das Thema weiter zu verfolgen. Doch binnen weniger Augenblicke hatte der Lächler sich wieder so weit gefangen, daß er die Polizisten fragte, wieviel sie mittlerweile über die Tote herausgefunden hätten. Insbesondere interessierte ihn, ob sie ein Testament gefunden hätten.

»Das geht Sie rein gar nichts an«, erteilte McBride ihm eine Abfuhr. Daraufhin brachte O'Dowd sie noch mehr aus der Fassung, als er ihnen den Namen von Evangelines Anwalt in Dublin und den ihrer Bank in Cork nannte. Gleichmütig notierte McBride sich Namen und Telephonnummern.

»Sind Ihnen irgendwelche Vorgänge in der Nähe des Hauses aufgefallen, als Sie in jener Nacht aus, hm, Dublin zurückgekommen sind?« erkundigte sich Recaldo.

»Ich habe Ihnen doch schon gesagt, ich bin gleich zu Bett gegangen, nachdem ich vergeblich versucht hatte, sie telephonisch zu erreichen. Um noch vorbeizuschauen, war es schon zu spät.«

»Und Sie haben auch nicht nachgesehen, ob die Lichter noch gebrannt haben?«

»Sie meinen, ob ich noch mal zum Haus rübergegangen bin?«

»Nein«, erwiderte Recaldo. »Eigentlich habe ich eher an Ihr Mansardenfenster gedacht – ob Sie vielleicht von dort aus rübergeschaut haben.«

Einen Augenblick lang zögerte O'Dowd, ehe er antwortete. »Das ist eine Abstellkammer«, erklärte er und sah ihn verschlagen an.

»Aber angerufen haben Sie schon?« schaltete McBride sich ein. »Warum war Ihnen denn so sehr daran gelegen, mit ihr zu sprechen, mitten in der Nacht?«

»Das war nichts weiter Außergewöhnliches; wir haben oft nachts miteinander geplaudert, wenn sie nicht schlafen konnte. Aber diesmal habe ich sie angerufen, weil sie sich nicht wohl fühlte. Ich habe mir Sorgen um sie gemacht.«

»Und warum sind Sie am Morgen so früh schon zu ihr rübergegangen?« fragte McBride weiter. »Hatten Sie keine Bedenken, sie möglicherweise zu stören?«

»Sie war eine Frühaufsteherin, wie ich auch. Wie dem auch sei, ich wollte etwas mit ihr besprechen.«

»Haben Sie was dagegen, uns zu sagen, worum es dabei ging?«

Der Lächler zuckte die Schultern. »Das spielt jetzt keine Rolle mehr; es war nichts weiter Wichtiges.«

»Woher wollen Sie denn wissen, was wichtig ist und was nicht?« fuhr McBride ihn an, doch die Verzweiflung in O'Dowds Gesicht ließ ihn innehalten.

»Ich habe sie besser gekannt als die meisten anderen«, erklärte er seltsam würdevoll. »Und ich werde alles tun, um Ihnen zu helfen, den Schuft zu erwischen, der sie getötet hat. Doch was ich ihr zu sagen hatte, war rein privater Natur und geht Sie beide nichts an. Es wäre weit besser, Sie würden hier verschwinden und John Spain ein paar Fragen stellen.« Er klang jetzt weit weniger selbstsicher, so als sei ihm nicht mehr sonderlich daran gelegen.

»Was gibt es da eigentlich für ein Problem mit Ihnen und dem Alten?« wollte McBride wissen. »Was, zum Teufel, ist da los?«

»Nichts. Fragen Sie doch Cressida Sweeney, wenn Sie mehr über ihn wissen wollen«, erwiderte er gehässig. »Die habe ich oft mit Spain reden sehen. Ständig ist sie bei ihm, geht in seinem Haus ein und aus, Tag und Nacht. Und läßt auch ihren kleinen Jungen bei ihm.« Damit deutete er an, nur ein Narr oder jemand, der selbst pervers war, würde derlei tun. Doch all das klang nicht sonderlich überzeugend. McBride schob seinen Stuhl zurück. »Darf ich mal auf Ihr Klo?« fragte er und ging durch die Diele, ohne abzuwarten, daß O'Dowd ihm den Weg erklärte.

»Unflätiger Rüpel«, erregte sich O'Dowd.

Recaldo erhob sich ebenfalls. »Danke für das Frühstück, Mr. O'Dowd, auch wenn ich ihm nicht ganz gerecht geworden bin«, sagte er, als McBride zurückkam und mit herausforderndem Grinsen von einem zum anderen blickte.

»Wir sprechen uns noch, Jeremiah«,verkündete er munter. »Wirklich, auf die Namen hier fahre ich ab, das ist eine Wissenschaft für sich. Meiner ist so gewöhnlich, daß ich mir allmählich benachteiligt vorkomme.«

Er ging aus der Küche; als Recaldo ihn einholte, stand er vor dem Beet mit Kohlköpfen, schaute zu dem Mansardenfenster hinauf und versuchte, sich eine gerade Linie zwischen dem Fenster und dem Giebel des Hauses der Walter vorzusellen. Daß O'Dowd in der Küchentür stand und sie beobachtete, schien ihn nicht weiter zu stören.

»Das ist wohl das Fenster, das Sie erwähnt haben? Ich frage mich, was man von dort aus sieht?«

»Den vorderen Rand der Terrasse sowie den oberen Teil des Walterschen Gartens«, klärte Recaldo ihn auf.

»Eine sehr präzise Antwort, FX.«

»Ich bin gestern auf das Dach geklettert und habe rübergeschaut.

»Hätte nicht gedacht, daß Sie so sportlich sind«, meinte McBride nachsichtig. »Na ja, aber O'Dowd ist ungefähr so groß wie ich – möglicherweise hat er keinen so guten Ausblick.«

»Nicht unbedingt. Ich konnte auf dem abschüssigen Dach nicht aufrecht stehen – er könnte das schon, in dem Zimmer, meine ich.« Er hüstelte. »Auf dem Fensterbrett liegt ein Fernglas.«

»Das paßt. Was für guter Freund er doch war. Ich glaube, ein Feind wäre mir lieber. Zumindest wüßte man dann, woran man ist. Da, er schaut aus dem Fenster zu uns herüber. Genau das wollte ich – den alten Scheißkerl aus der Fassung bringen. Gehen wir.«

Sie marschierten über das Feld auf den Alten Kornspeicher zu.

»Hat Dr. Morrow zufällig erwähnt...«, setzte Recaldo an, formulierte dann jedoch seine Frage bedachtsam um. »Weiß man, ob die Walter je schwanger war?«

McBride starrte ihn an. »Ja, wie der Zufall es will«, meinte er bedächtig, als bereite es ihm Schmerzen, die Information preizugeben. »Vor langer Zeit, und zwar mehr als einmal. Gibt es irgendeinen Grund, warum Sie das wissen wollen? Einen *besonderen* Grund?«

»Nein, ich wollte nur das Bild abrunden, das ist alles.«

»Alsdann, FX, bis später.« Recaldo setzte sich in seinen Jeep und ließ den Blick über die Flußmündung schweifen. Weit reichte die Sicht nicht: Das gegenüberliegende Ufer war in dichten Nebel gehüllt. Seine Gedanken kreisten um Sweeney. Zwei Möglichkeiten gab es, ans andere Ufer zu gelangen: über das Wasser oder auf der Straße. Recaldo ließ den Motor an und fuhr los. Als er an Spillanes Haustür klopfte, war er nach wie vor tief in Gedanken versunken.

»Es ist offen«, trällerte eine weibliche Stimme. »Die Tür ist nur eingeklinkt. Ich bin im Wohnzimmer.«

21

»Na, Mr. Recaldo, ich habe schon damit gerechnet, daß Sie vorbeikommen«, begrüßte Miss Mona Spillane ihn, als er in das Zimmer trat. Sie war aus dem gleichen Holz geschnitzt wie ihr Neffe Finbarr, obwohl sie jünger wirkte als er: eine kleine, adrette Frau, die am Fenster des großen, hellen Raums, der sich von der Vorderfront des Hauses bis nach hinten zog, in einem Rollstuhl saß oder, besser gesagt: thronte. Das Zimmer war geschmackvoll, wenn auch spärlich möbliert, um alles leicht zugänglich zu machen und das Umherfahren mit dem Rollstuhl zu erleichtern. Zu beiden Seiten des Kaminvorsprungs standen Regale; auf dem einen reihten sich Bücher aneinander, auf dem anderen war neben drei Reihen CDs eine ausgeklügelte Hi-Fi-Anlage eingebaut. Ein Fernsehapparat war nicht zu sehen, dafür ertönte im Hintergrund leise Musik aus dem Klassiksender. Miss Spillane beobachtete, wie er fünf gerahmte Schwarzweißphotographien einer jungen Ballerina betrachtete, ehe sie erklärte: »Jetzt wissen Sie über mich Bescheid.« Sie hatte eine melodische Stimme und heitere Augen. »Wollen Sie sich nicht setzen?«

»Sie waren Tänzerin?«

»Ja, vor dem da.« Sie hieb auf die Armlehnen des Rollstuhls und lächelte zu ihm auf. »Im Corps de ballet – eine Primaballerina war ich nie.« Sie lachte. »Meine wichtigste Aufgabe bestand darin, in der Royal Ballet School in London zu unterrichten«, erklärte sie stolz. »Bei Dame Ninette.« Seine Überraschung schien sie ungemein zu freuen, und sie war offenbar höchst zufrieden, ein für allemal geklärt zu haben, mit wem er es zu tun hatte.

Er setze sich auf einen Rohrstuhl mit gerader Rückenlehne, der praktischerweise neben dem ihren am Fenster stand. »Und wann haben Sie damit aufgehört?« fragte er höflich.

»Vor achtzehn Jahren«, erwiderte sie. »Aber ich glaube nicht, daß Sie gekommen sind, um sich mit mir über meine glänzende Karriere zu unterhalten.«

Er schaute aus dem Fenster und war überrascht, was für ein guter Ausblick sich bot. Das Haus befand sich nicht nur unmittelbar gegenüber der Dammstraße nach Trianach; vielmehr hatte man, da es ein wenig oberhalb der Straße stand, einen regelrechten Rundumblick. Der ideale Platz, um das gesamte Kommen und Gehen auf der Straße zu beobachten. Er wandte sich zu Miss Spillane – irgendwie kam er gar nicht auf die Idee, sie mit Vornamen anzureden –, die ihn interessiert musterte. »Sie haben sich Zeit gelassen«, meinte sie selbstgefällig.

»Haben Sie mir etwas zu sagen?«

»Kommt darauf an, was Sie wissen wollen.« Sie erwartete eindeutig, daß er die Informationen, die er wollte, aus ihr herausschmeichelte. Und sie amüsierte sich prächtig dabei.

»Verbringen Sie viel Zeit hier?«

Graziös zuckte sie die Schultern. »Eigentlich die ganze Zeit. Tag und Nacht. Ich schlafe auf der Bettcouch dort – wenn man das überhaupt schlafen nennen kann: selten mehr als zwei, drei Stunden hintereinander«, erklärte sie in leicht gequältem Ton.

Sein Mund zuckte. »Das ist ja schrecklich, Miss Spillane. Ich hoffe doch sehr, Sie machen untertags gelegentlich ein Nickerchen?«

»Manchmal«, räumte sie gnädig ein und kicherte dann zwitschernd.

»Und um wieviel Uhr ziehen Sie sich abends zurück?«

»So um elf, zwölf.« Unter der Decke, die über ihre Knie gebreitet war, zog sie einen Feldstecher hervor. »Aber von meinem Bett aus habe ich eine großartige Aussicht«, erklärte sie lachend. »Ich vermute, Sie wollen etwas über den Dienstagabend wissen?«

Falls ihr Scharfsinn ihn überraschte, ließ er sich das zumindest nicht anmerken. »Ja. Haben Sie viele Autos von Trianach kommen oder dorthin fahren sehen? Ab, sagen wir mal, sieben Uhr?«

»Eine Aufzählung, welche Leute aus der Gegend hier wie immer hin- und hergependelt sind, erwarten Sie jetzt hoffentlich nicht.« Sie runzelte die Stirn. »Also nur das, was sozusagen außer der Reihe war, habe ich recht?«

»Ganz genau.«

»Mal sehen. Hannah Foley hat uns nach dem Mittagessen zu einem Ausflug nach Trabuí mitgenommen; von dort aus sind wir rüber nach Daingean; es war daher schon kurz nach sechs, als wir zurückgekommen sind. Mrs. Sweeneys Range Rover ist ungefähr um halb sieben reingefahren; eine Viertelstunde später ist dann dieser Leichenwagen-Mercedes des Lächlers rausgefahren; auf dem Vordersitz neben ihm hat so ein junges Ding gesessen.«

Das Mädchen – wie ein Phantom geriet es immer wieder in sein Blickfeld. »Wissen Sie, wer das war?« Trotz eines Aufflackerns von Erregung gab er sich locker.

»Nein, aber Finbarr hat gemeint, sie sei vorher bei Mrs. Walter gewesen«, berichtete sie, offenbar leicht verärgert, weil er sie unterbrochen hatte. »Sie sind rechts nach Duncreagh abgebogen. Ein paar Minuten später ist Mrs. Sweeney gekommen; sie hatte ihren kleinen Jungen dabei. Und ist ebenfalls die Straße nach Duncreagh runtergefahren – allerdings war der Lächler mittlerweile schon längst außer Sichtweite. Ungefähr eine halbe Stunde später ist dann John Spain in seinem alten Cortina in die gleiche Richtung. Kurz darauf sind Sie aus Passage aufgetaucht und zu der Insel rübergefahren, aber nicht lange dort geblieben, stimmt's? Sind Sie dort hingefahren, um Mr. Spain aufzusuchen?« fragte sie verschmitzt, erwartete aber offenbar keine Antwort.

»Danach haben wir Tee getrunken, und Finbarr hat mir geholfen, mich für ein kleines Nickerchen hinzulegen. Nach dem Ausflug war ich ein bißchen müde – die frische Seeluft.« Sie lachte.

»Und anschließend haben Sie nicht mehr viel gesehen, nehme ich an.«

»Da täuschen Sie sich aber gewaltig. Mrs. Sweeney ist später wieder durchgekommen – das muß so gegen halb zehn oder zehn gewesen sein – es war schon ziemlich dunkel; sie ist sehr schnell gefahren und wäre in der Kurve beinahe ins Schleudern geraten. Ob das Kind bei ihr war, habe ich nicht gesehen. Jedenfalls hat mich das einigermaßen überrascht – es passiert nicht oft, daß sie so spät noch diese Strecke fährt. Irgendwie habe ich mich gefragt, ob vielleicht der alte Spain krank ist oder so.«

Recaldo schlug das Herz bis zum Hals, und während er noch versuchte, die in ihm aufkeimende Panik in den Griff zu bekommen, platzte sie unvermittelt heraus: »Ist das nicht töricht von ihr, sich mit dem alten Kerl abzugeben? Zumindest sollte sie an das Kind denken, wenn schon nicht an sich selber. Was mir da alles zu Ohren gekommen ist... Und Sie wissen ja: Wo Rauch ist, da ist auch Feuer, stimmt's?«

»Von alldem weiß ich nichts«, setzte er an; sie hörte jedoch gar nicht zu. »Ich habe offenbar übersehen, wie sie zurückgekommen ist«, meinte sie spitzbübisch, »denn ich bin dann früh zu Bett gegangen – gebracht hat das allerdings nicht viel.«

»Andere Autos haben Sie also nicht mehr gesehen?«

»Das habe ich nicht gesagt«, widersprach sie und versetzte ihm einen leichten Klaps auf die Hand. »Seien Sie doch nicht so ungeduldig! So um Mitternacht hat mich etwas aus dem Schlaf gerissen – das Quietschen von Reifen. Ich habe rausgeschaut und Mr. Sweeneys Wagen über die Dammstraße rasen sehen. Ob er wohl seine Frau gesucht hat? Es hatte gerade zu regnen angefangen; daher konnte ich nicht sehen, ob er allein war; aber ich bin mir fast sicher.«

»Woher wissen Sie denn, daß es Mr. Sweeney war?« Kaum gelang es ihm, seine Stimme unter Kontrolle zu halten.

»Das können Sie sich wohl gar nicht vorstellen, daß ich alle Autos kenne, hm? Ein wirklich gutes Auto ist das einzige, was mir wirklich fehlt – und genau das kann ich mir nicht leisten. Also suche ich mir sehr sorgfältig den Wagen aus, den ich mir kaufen würde, falls ich im Lotto gewinne. Mr. Sweeney hat einen prachtvollen silberfarbenen Lexus. Neben dem BMW von Mrs. Walter ist das mein Lieblingsauto.« Als sie seine Überraschung bemerkte, grinste sie. »Nicht nur Männer mögen schnelle Autos. Auch in einer alten Frau steckt noch Leben. Meine Beine sind sozusagen auf der Strecke geblieben, als ein Lastwagen meinen Triumph Herald in einen Schrotthaufen verwandelt hat.« Sie schniefte. »Ich war damals ziemlich unternehmungslustig. Na ja. Wenn ich nur bald im Lotto gewinnen würde!«

»Vielleicht könnte ich mich als Ihr Chauffeur bewerben, Miss Spillane.«

»Dann reihen Sie sich mal schön in die Warteschlange ein.« Sie lachte entzückt auf. »Ich kann mich der Anwärter kaum mehr erwehren.«

»Wie lange war Mr. Sweeney denn drüben?« fragte er so gelassen wie möglich.

»Das weiß ich nicht, auf jeden Fall aber bis irgendwann frühmorgens. Meistens bleibt er, wenn er spätabends noch rüberfährt, bis zum Morgen dort, obwohl er das jetzt ziemlich lange nicht mehr gemacht hat. Deshalb war ich ja so überrascht, als ich ihn gesehen habe.«

»Und das war's dann?«

»Nein. Gerade war ich wieder eingenickt, da haben Lichter an der Decke mich wieder aufgeweckt: Mr. Sweeneys Wagen ist über die Chaussee zurückgefahren. Ich habe nicht nachgeschaut, wieviel Uhr es war, schließlich war ich schon halb eingeschlafen. Und dann haben Sie mich wieder geweckt, als Sie um halb sechs vorbeigefahren sind. Ihre alte Karre ist auch nicht viel besser als die von John Spain, wissen Sie das?«

»Das war ein bißchen später«, meinte er leichthin.

»Nicht viel«, beharrte sie. »Finbarrs Wecker läutet um Viertel nach. Er schläft in dem Zimmer über mir, und ich habe gehört, wie er rumgetapst ist. Jeden Morgen um dreiviertel sechs bringt er mir eine Tasse Tee. Und zwar pünktlich.«

»Haben Sie seitdem den Lexus noch mal gesehen?«

»Nein. Seit Dienstag bin ich nicht mehr weggewesen, und in der Zeit ist das Auto hier nicht durchgekommen. Ich kann aber die Augen offenhalten – wenn Sie das wollen, Mr. Recaldo.«

»›Frank‹ tut's auch. O ja, das wäre sehr hilfreich.« Er stand auf. »War irgend jemand anderer bei Ihnen?«

»Sie meinen die anderen Detectives?« fragte sie verschmitzt. Er nickte.

»Nein«, erklärte sie, zögerte dann jedoch. »Setzen Sie sich noch mal einen Augenblick, Frank. Außer dem Alter haben Finbarr und ich auch sonst noch vieles gemeinsam. Wir stehen uns seit jeher sehr nahe. Er ist zwar mein Neffe, aber trotzdem ein paar Jahre älter als ich. Ich war das jüngste von dreizehn Kindern; sein Vater war mein ältester Bruder. Doch das nur nebenbei. Finbarr sagt immer, Sie verhielten sich sehr respektvoll ihm gegenüber. Ich vermute also, Ihnen ist klar, daß er immer ein bißchen mehr weiß, als er irgend jemandem verrät – außer mir.« Sie lächelte. »Und ich bin ziemlich vorsichtig, was ich weitererzähle. Und wem. Das über Mr. Spain habe ich nur aus Sorge um Mrs. Sweeney gesagt. Die Leute reden über sie, müssen Sie wissen.«

Auf dem Heimweg schaute ein ziemlich mitgenommener Recaldo beim Revier vorbei. Mona hatte nicht nur eine Verbindung zwischen dem Lächler und dem Mädchen hergestellt – sie hatte auch seinen Verdacht, daß Sweeney sich am Dienstagabend auf der Trianach-Seite der Bucht aufgehalten hatte, bestätigt. Zudem fielen alle ihre Beobachtungen mehr oder weniger in den fraglichen Zeitraum. War er vorher schon einmal dorthin gefahren? Mit der Ketsch? Hatte er ihre persönlichen Habseligkeiten weggeschafft? Andererseits hatte sie eindeutig die Anwesenheit Cressies auf Trianach bekräftigt, ohne zu sagen, wann sie zurückgekommen war. Er rief die diensthabenden Beamten in den Polizeirevieren von Duncreagh und Daingean an und bat sie, dringend nach V. J. Sweeneys Wagen Ausschau zu halten.

»Augenblick, Frank.« Im Hintergrund hörte er Papier rascheln. »Nach dem Auto wird bereits gefahndet.«

Entmutig schloß Recaldo die Augen. *Schon wieder einen Schritt hinter McBride.*

»Nur um sicherzugehen«, meinte er lässig. »Sie wissen ja, wie das ist, wenn drei Leute am gleichen Fall arbeiten.«

»Keine Sorge, wir haben alles unter Kontrolle.«

Recaldo hatte gerade begonnen, einen frisierten Bericht über seine Gespräche mit O'Dowd und Mona zu schreiben, als es an die Tür klopfte. Am Türpfosten lehnte eine junge Frau. Eine Reporterin.

»Ja bitte?«

»Sergeant Recaldo, nehme ich an? Ich habe Sie überall gesucht«, erklärte sie mit einem breiten, verschwörerischen Grinsen.

»Tatsächlich?« erwiderte er kühl.

»O ja.« Ruckartig streckte sie ihm die Hand entgegen. »Fiona Moore. Vom *Sunday Independent.* Hab gerade in Daingean ein paar Tage Urlaub gemacht, als das passiert ist.«

»Wie passend.«

Er kannte ihre Kolumne. Sie hatte sich auf geschwätzige Interviews mit irgendwelchen Berühmtheiten spezialisiert und verstand sich darauf, dem, was sie schrieb, den Stachel zu nehmen, indem sie witzige, selbstironische kleine Kommentare zu ihrem Leben und der allgemeinen Liederlichkeit einstreute. Begabt war sie. Und gelegentlich gnadenlos. Er hatte sich immer gefragt, wie sie ihre Opfer dazu brachte, ihr Herz auszuschütten. Jetzt begriff er es. Sie wirkte harmlos. An die Vierzig und ein bißchen zu mollig, aber dennoch sehr attraktiv: makellose Haut, klare babyblaue Augen und ein breites, freundliches Lächeln. Doch er wußte sehr wohl, sie war auch in der Lage, ein Portrait zu verfassen, ohne daß ihr Opfer auch nur ein Wort gesagt hatte. Sie trug eine unwahrscheinlich enge silberfarbene Hose aus Leder und einen hellgrauen flauschigen Pullover, eine Kombination, die einem regelrecht entgegenschrie: Kuschelgefahr!

»Na, wie geht's denn so, Frank?« fragte sie unbefangen-vertraulich und lächelte träge. Ihr Akzent ließ eher auf die mittlere Atlantikküste als auf Dublin schließen.

»Wollten Sie etwas Spezielles?«

»Oh, nur ein paar Worte zu Ihrer Arbeit hier.«

»Zu meiner Arbeit?« Er runzelte die Stirn.

»Nein, Mr. Recaldo, *zu dem Mord.* Sie sind der am verdammt schwersten zu fassende Polizist, dem ich je begegnet bin.«

»So schwer auch wieder nicht – schließlich haben Sie mich aufgespürt. Wie dem auch sei – was wollen Sie eigentlich? Sie sind doch Kolumnistin, oder?«

Sie schnitt eine Grimasse. »Oh, sehr witzig.« Nichts mehr von wegen charmant. »Warum gab es heute keine Presseerklärung? Wird man eine Verhaftung vornehmen?«

»Ehrlich gesagt«, erklärte er honigsüß, »ich habe keine Ahnung.« Er zuckte die Schultern. »Ich bin nur der Dorfpolizist. Mit dem Fall habe ich nichts zu tun. Da müssen Sie schon Inspector McBride oder Superintendent Coffey fragen – falls Sie die aufstöbern können.« Er schenkte ihr die Andeutung eines Lächelns. »Tut mir leid, aber ich muß weitermachen. Sie müssen schon entschuldigen – ich stecke bis über beide Ohren in Papierkram.« Später hätte er sich selbst in den Hintern treten können, weil er so verdammt naiv gewesen war zu glauben, irgend etwas, das er sagte, könnte sie auch nur im geringsten beirren. Sie durchschaute ihn sofort. Er hatte die Tür schon fast zugedrückt, als sie den Fuß dazwischenklemmte.

»Autsch!« entfuhr es ihr. »Das hat weh getan.«

»Dann nehmen Sie Ihren Fuß weg«, erklärte er knapp. »Ich habe nichts weiter zu sagen.« Sie warf den Kopf zurück und starrte ihn an, doch nach einem Augenblick des Sich-Messens zog sie den Fuß zurück. Er knallte die Tür zu und schob den Riegel vor. Doch das half nichts.

»Ich glaube, ich schreibe für die Ausgabe am nächsten Sonntag einen Artikel über Sie«, rief sie mit ihrer rauhen Stimme. »Zur Zeit habe ich nichts Besseres zu tun. Sie geben bestimmt ein gutes Thema ab, Frank Recaldo. Ich habe ein tolles Bild von Ihnen, noch von früher.« Sie hielt inne, und einen Augenblick lang glaubte er, sie sei gegangen, doch dann fing sie wieder an. »Bin gespannt, was uns als Schlagzeile einfällt. Ich kann ja ein paar Vorschläge machen. *Sex* scheint das Naheliegendste, hinreißend, wie Sie nun mal aussehen. Wollen Sie mir nicht verraten, was, zum Teufel, ein Kerl wie Sie in diesem gottverlassenen Nest hier macht?« Sie wartete, und als er keine Antwort gab, brüllte sie: »Ich mache Sie zum Star, Frankie. Bis dann.«

Er versuchte, die Post und die auf dem Anrufbeantworter gespeicherten Nachrichten zu erledigen, konnte sich jedoch nicht konzentrieren. Nachdem er sich vergewissert hatte, daß die Luft rein war, nahm er den Stapel Unterlagen und rannte zu seinem Auto. Nur mit Mühe gelang es ihm zu entkommen, ehe eine Gruppe Presseleute um die Ecke bog und sich bedrohlich dem Polizeirevier näherte. Sie erinnerten ihn an eine Horde plündernder Fußballfans, nur daß sie fast einheitlich in städtischer schwarzer Lederkluft steckten. Er drückte auf die Hupe und fuhr mitten durch den Haufen hindurch, raste nach Hause, überzeugt, daß ihn an der Türschwelle eine weitere Horde erwartete. Was nicht der Fall war, aber vielleicht hatte ja der Hund sie weggescheucht. Der bellte wie wild, und die Hintertür war voller frischer Kratzspuren. Traurig sah Recaldo ihn an. »Armer alter Kerl, besonders gut behandle ich dich nicht, stimmt's?« sagte er liebevoll und streichelte die weichen Schlappohren. »Heute gibt's keinen Spaziergang.« Und auch sonst nicht in absehbarer Zukunft. Mit seiner freien Hand wählte er die Auskunft an, ließ sich die Nummer des

Hundezwingers bei Kishaun geben und vereinbarte, Barker bei Mrs. Reilly unterzubringen.

Nach Monas Neuigkeiten war die Begegnung mit der Journalistin ihm äußerst ungelegen gekommen; jedenfalls hatte er sich dabei nicht sonderlich gut gehalten. Er hätte sie auf der Stelle zum Teufel schicken sollen. Und nicht ein Wort sagen. *Mist.* Verzweifelt sehnte Recaldo sich danach, zu den Klippen hinaufzugehen und dort einen Spaziergang zu machen, um lange genug von hier wegzukommen, damit er sich über seine Gefühle klar wurde und vor allem entschied, was er tun könnte, um dafür zu sorgen, daß Cressie und Gil weiterhin in Sicherheit waren. Außerdem brannte seit Dienstag der Brief seiner Exfrau in seiner Tasche. Er öffnete ihn und las.

Lieber Frank,
ich schreibe Dir, weil ich Neuigkeiten für Dich habe, die ich Dir selber mitteilen wollte, ehe Du sie von den Jungen erfährst. Mehrmals habe ich versucht, Dich anzurufen, Dich aber nie erreicht.

Ich werde wieder heiraten. Den Kindern habe ich es schon gesagt – und sie scheinen es zu akzeptieren, obwohl das schwer zu sagen ist, denn zur Zeit knurren sie eher, als daß sie reden. Ich habe sie gebeten, nichts zu verraten. Er heißt Martin Doyle, und wir kennen uns seit Jahren. Gleich im Anschluß an das College ist er in die Staaten ausgewandert und hat ungefähr fünfzehn Jahre dort gelebt. Als vor sechs Jahren seine Frau gestorben ist, hat er jedoch beschlossen, wieder zurückzukommen, und hat in Dublin sein eigenes Unternehmen gegründet.

Und jetzt kommt das Härteste. Kurz nach seiner Rückkehr sind wir ein Paar geworden. Ich könnte jetzt sagen, daß ich mich eigentlich nicht verlieben wollte oder daß es einfach passiert ist, aber Du weißt selbst, wir beide sind nicht mehr miteinander ausgekommen, unser Verhältnis ist immer schlechter geworden. Schon damals, ehe du krank geworden bist, hatte ich mich entschlossen, Dich zu verlas-

sen. Aber dann habe ich gedacht, das mindeste, was ich tun könnte, wäre, zu bleiben und mich um Dich zu kümmern. Das war keine kluge Entscheidung, meinst Du nicht auch? Mittlerweile sehe ich das ein. Ich hatte viel zuviel Angst, war zu unglücklich und vielleicht auch zu wütend. Ich weiß, damals hast Du geglaubt, die Krankheit sei der Grund für den Bruch gewesen, aber das stimmt nicht, es war schon alles gelaufen. Ich hätte bereits früher gehen sollen.

Ich habe daher das Gefühl, Dir etwas zu schulden. Martin verfügt über ein gutes Einkommen, sein IT-Unternehmen läuft prächtig. Er hat ein Haus in Blackrock, in dem wir wohnen wollen. Andy und Feargal sind (für ihre Verhältnisse) einigermaßen davon angetan, also brauche ich dieses Haus nicht mehr. Wenn Du einverstanden bist, schreibe ich es zum Verkauf aus und teile den Erlös zwischen Dir und den Jungen auf – eine Hälfte für Dich, die andere als Festanlage, um ihr Studium zu finanzieren. Im Augenblick sind die Immobilienpreise in Dublin astronomisch, es wäre also ein günstiger Zeitpunkt. Das Haus ist auf mehr als zweihunderttausend geschätzt worden, und der Auktionator meint, wenn es genügend Interessenten gibt, könnten wir mehr kriegen. Vielleicht hältst Du das für kurzsichtig, aber ich habe es mir genau überlegt und bin sicher, das Richtige zu tun. Martin und ich sind sehr glücklich miteinander.

Es ist kein Blutgeld. Du warst bei unserer Trennung großzügiger, als Du es Dir leisten konntest, und ich weiß, Du hast eine schwere Zeit durchgemacht; vielleicht hilft Dir das jetzt auf die Beine. Die Jungen sagen, Du kämst in ein paar Wochen wieder nach Dublin – vielleicht könnten wir uns dann treffen und das Ganze in Gang setzen? Ich hoffe, es geht Dir gut. Sheila.

Irgendwie machte der Brief ihm klar, daß er sich bereits entschieden hatte; zumindest, was seine Stelle anging. Er ließ Barker in den Hinterhof hinaus, ging nach oben und setzte sich an seinen Schreibtisch. Dort verfaßte er einen

Antwortbrief an seine Exfrau und ein Abschiedsgesuch, in dem er gesundheitliche Gründe geltend machte; er erklärte sich mit der Kündigungsfrist von einem Vierteljahr einverstanden, bat jedoch, wenn möglich schon früher abgelöst zu werden. Endlich hatte er das Gefühl, die Untersuchung auf seine Weise, unbehindert von Sorgen wegen irgendwelcher Vorschriften, vorantreiben zu können.

Es gab eigentlich keinen einleuchtenden Grund, kein entscheidendes Argument, das V. J. Sweeney mit dem Mord ihn Verbindung brachte. Keinen, außer Recaldos unabweisbarer, immer nachhaltigerer Überzeugung. Oder war er lediglich blind vor Liebe? Einiges wußte er bereits – oder er war zumindest nahe daran: Spain wie auch Cressie waren an jenem Abend auf Trianach gewesen. Was allerdings kein Beweis dafür war, daß sie sich auch im Garten des Alten Kornspeichers aufgehalten hatten: An dem Punkt kam seine Ahnung – und der Kamm – ins Spiel. Doch andererseits deutete der Kamm lediglich darauf hin, daß sie *zu irgendeinem Zeitpunkt* dort gewesen war. Vorausgesetzt, er gehörte wirklich ihr und nicht einer der beiden anderen Frauen, die ebenfalls lange Haare hatten.

Auch Sweeney war auf Trianach gewesen; das hatte Mona bestätigt. Sweeney, Spain, Cressida, Evangeline. Was verknüpfte die vier miteinander? Was war der Auslöser der Gewalttat gewesen? Was hatte einen oder mehrere von ihnen dazu gebracht, dem tückischen Miststück einen tödlichen Hieb zu versetzen? Welches Motiv war zwingend genug? Üble Nachrede (Spain)? Eifersucht (Cressida)? Zurückweisung (Sweeney)? So betrachtet, schien keines gewichtig genug. Aber warum tänzelte immer wieder das geheimnisvolle Mädchen in seine Überlegungen? Gil? O'Dowd? Schon als er die Namen aufzählte, war ihm klar, er hatte die gesamte Besetzungsliste vor sich. Was genau hatte also zum Mord geführt? Recaldo war fest entschlossen, sich auf den Fall und sonst nichts zu konzentrieren.

Er rief im Corker Krankenhaus an und fragte, ob er Marilyn Donovan sprechen könnte. Fünfzehn vergeudete

Minuten später teilte man ihm mit, sie sei am vorhergehenden Abend entlassen worden. Als er dann bei ihr zu Hause anrief, antwortete eine ziemlich zögerliche Stimme. »Gott sei Dank. Einer von diesen verfluchten Reportern ist irgendwie an unsere Nummer rangekommen und hat mir bis aufs Blut zugesetzt. Am liebsten würde ich die Telephonschnur aus der Wand reißen. Hab ihm gesagt, meine Tochter Marilyn sei im Krankenhaus.« Sie kicherte.

»Gut, bleiben Sie dabei. Aber könnten Sie mir vielleicht ein paar Fragen beantworten?

»Mein Gott, Frank, gestern abend hab ich mir schon den Mund fusselig geredet. Dieser McBride hat mich nämlich nicht nur aus dem Krankenhaus abgeholt, sondern auch noch in die Arbutus Lodge zum Essen ausgeführt, wie finden Sie das?« Verdammt noch mal. Warum überraschte ihn das nicht? Kein Wunder, daß McBride heute morgen so guter Dinge gewesen war.

»Es dauert auch nicht lange, Marilyn.«

»Für Sie tu ich alles, aber machen Sie es wirklich kurz, denn ich fühle mich wie plattgewalzt. Die Heimfahrt hat mir den Rest gegeben, und natürlich war Liam die halbe Nacht wach.«

»Wann haben Sie zum letzten Mal bei Mrs. Walter geputzt?«

»Montag, wie immer, obwohl ich eigentlich nicht viel gemacht habe. Ich habe das Gästezimmer hergerichtet und die Wäsche für die Schlafcouch im Wohnzimmer gewechselt. In den letzten paar Wochen hat sie meistens da unten geschlafen.«

»Hat sie gesagt, wen sie erwartet?«

»Irgendwelche Verwandte aus Amerika.«

»Hat sie am Montag an Ihrem Computer gearbeitet?«

»Mein Gott, Frank, den hat sie schon seit Monaten nicht mehr benutzt. Kaum hatte sie den Laptop, hat sie praktisch nie mehr an dem großen Kasten gesessen. Der Laptop war viel praktischer, um im Bett zu arbeiten.«

»In welchem Bett?«

»Hören Sie auf, den Dummen zu spielen, Frank, die Schlafcouch im Wohnzimmer natürlich – ich hab Ihnen doch gesagt, daß sie in letzter Zeit meistens unten geschlafen hat, oder? Den Laptop und alle ihre persönlichen Unterlagen hat sie immer in der bemalten italienischen Truhe neben dem Sofa gleich neben dem Fenster verstaut. Auch Rechnungen und so. Sie konnte es nicht ertragen, wenn irgendwas rumlag.«

»Und die Kommode war am Montag noch da?«

»Natürlich. Sie stand sogar offen, weil sie gerade neue Batterien in ihr kleines Diktiergerät eingesetzt hat. Ist es nicht ...«

»Wie groß ist diese Truhe?«

Marilyn überlegte einen Augenblick, ehe sie antwortete. »Ich schätze, ungefähr so groß wie ein altmodischer Schrankkoffer mit flachem Deckel. Möglicherweise ist sie Ihnen gar nicht aufgefallen, weil meistens ein paar bestickte Kissen oder eine Decke draufliegen.«

Er fiel ihr ins Wort: »Tausend Dank, Marilyn, allmählich müssen Sie es leid sein, immer die gleichen Fragen zu beantworten.«

»Ach, kommen Sie, Frank. Sie waren unglaublich nett zu Aisling; ich schulde Ihnen also einen Gefallen. Hören Sie, Mrs. Walter war eine angenehme Arbeitgeberin. Armes Ding, wirklich schrecklich, was ihr da zugestoßen ist. Als Ihr Kollege sich gestern abend mit mir unterhalten hat, hab ich das noch gar nicht so recht begriffen. Der muß mich für eine herzlose Kuh gehalten haben. Aber jetzt, seit ich wieder daheim bin... Hören Sie, macht es Ihnen was aus, wenn ich jetzt auflege? Aoife hat Liam für eine Stunde zu sich rübergeholt, und wenn ich jetzt nicht ein bißchen schlafe, überleb ich das alles nicht.«

Recaldo legte den Hörer auf. Eine Truhe von der Größe eines Schrankkoffers paßte vielleicht in den Kofferraum eines Autos. Und auch ein Laptop. Die Frage war nur – gab es einen Anlaß, warum man sie weggebracht hatte? Und zwar einen anderen, als den, Zeit zu schinden? Bei genauerem Überlegen schienen ihm zwei Gründe für ein solches Vorgehen einigermaßen einleuchtend: einerseits, um die Ermittlungsbeamten beschäftigt zu halten, andererseits aber, um jemandem, für den das wichtig war, Informationen wie auch einen Zeitvorsprung zu verschaffen ... Doch zu welchem Zweck?

Gerade als Recaldos Gedanken sich auf derlei labyrinthischen Wegen durch sein Gehirn schlängelten, rief Cressida an. Sie klang nicht mehr so angespannt und berichtete, Gil und die neun Jahre alten Dillon-Zwillinge seien auf Anhieb prächtig miteinander ausgekommen.

»Na ja, die reden auch nicht besonders viel, oder? Mary sagt, die beiden hätten so eine Art Geheimsprache.«

»Genau das ist ja der springende Punkt. Die beiden haben offenbar keinerlei Schwierigkeiten, Gil zu verstehen. Irgendwie haben sie die gleiche Wellenlänge. Um sieben Uhr waren die drei schon auf – und haben gequasselt, als würden sie sich schon seit Ewigkeiten kennen.« Ein paar Minuten lang unterhielten sie sich, doch keiner erwähnte ihren Mann oder den Mord. Sie versprach, sich nicht von der Stelle zu rühren, bis er sie wieder anrief.

Er legte auf und überlegte sich, wie er das Haus verlassen könnte, ohne belästigt zu werden. Nach ein paar Minuten rief er schließlich Lia Ryan an, die sich bereit erklärte, ihm für ungefähr eine Stunde ihr Auto zu leihen. Er schwang sich über den Zaun seines Nachbarn, und von da aus schlich er durch mehrere Gärten bis zur Kirche hinauf, wo er in Lias altehrwürdigen, doch sorgfältig instand gehaltenen Audi stieg. Zehn Minuten später hastete Recaldo den Pfad zu Spains Haus hinauf.

Er klopfte an die Haustür. Als keine Antwort kam, trat er ein und blinzelte unsicher in die Dunkelheit. Einen Augenblick später erkannte er die Gestalt John Spains, der an dem einen Ende seines Küchentisches saß, vor sich eine Flasche Whiskey. Die Vorhänge an den kleinen Fenstern waren noch zugezogen. Nur ein kleines Öllämpchen verbreitete spärliches Licht; der übrige Teil des langen Tisches sowie der Raum waren fast unsichtbar. »Trinken Sie ein Glas«, forderte er ihn mit unsicherer Stimme auf.

Das war nun wirklich das letzte, was Recaldo wollte; dennoch setzte er sich hin, schenkte sich ein wenig Whiskey ein und nippte daran. Wirklich gut tat ihm das, und er nahm einen Schluck. »Nun?«

»Die haben mich gestern nacht mitgenommen. Ungefähr eine Stunde nachdem Sie mich hier abgesetzt hatten.«

»McBride?«

»Nein, der andere, der Superintendent, hat mich zum Polizeirevier in Duncreagh geschleppt und mich dort bis zum Morgengrauen festgehalten.«

»Und McBride war nicht dabei?«

»Nein, nur der andere Kerl; und ein Arzt – ein Fremder, den ich noch nie gesehen habe – hat mir Blutproben abgenommen.« Angewidert verzog er das Gesicht. »Ich rechne jeden Augenblick damit, daß sie zurückkommen und mich verhaften.«

Spain spielte mit dem Glas herum, ließ die bernsteinfarbene Flüssigkeit unaufhörlich darin kreisen und starrte sie wie hypnotisiert an. »Werden Sie auch Schwierigkeiten bekommen, weil Sie sie weggebracht haben?« fragte er.

»Wahrscheinlich, aber ich werfe ohnehin das Handtuch. Ich kündige.«

»Das tut mir leid, Frank. Ich fürchte, ich habe Sie in eine ziemlich ausweglose Lage gebracht.«

»Nein«, erwiderte Recaldo barsch. »Ich hatte sowieso vor, den Dienst zu quittieren. Bin froh, wenn ich erst mal draußen bin.«

Ein unbehagliches Schweigen breitete sich aus, bis Spain sich schließlich räusperte. »Sie haben mich doch gestern abend gefragt, wer im Juni mit mir in Lias Restaurant war, stimmt's?« Recaldo nickte. »Das war meine Zwillingsschwester. Ich habe das nicht für besonders wichtig gehalten, bis Sie es erwähnt haben.« Recaldo wartete ab. »Heute morgen habe ich mit ihr gesprochen.« Er blickte auf. »Sie hatten völlig recht.«

»Inwiefern?«

»Ich glaube, die Tatsache, daß sie mit mir dort war, hat Mrs. Walter so aufgebracht.«

»Wie kommen Sie denn darauf?

»Das ist eine lange Geschichte. Meine Schwester ist Nonne. Lange Jahre war sie als Missionarin in Afrika, doch vor ungefähr einem halben Jahr hat sie sich in ein Kloster in den Galtee-Bergen zurückgezogen. Dort befindet sich ein Heim für Behinderte – für geistig behinderte Erwachsene. Heutzutage treten nur noch wenig junge Mädchen in den Orden ein; folglich ist das Heim jetzt kleiner, und die Zahl der Patienten hat ständig abgenommen.« Aus trüben Augen blickte er zu Recaldo auf. »Und dort lebt ein junges Mädchen, ungefähr achtzehn Jahre alt – die Tochter von Mrs. Walter.«

Recaldo wagte es kaum, den Mund aufzumachen. »Und das haben Sie im Juni bereits gewußt?«

»Eben nicht, genau das versuche ich Ihnen ja zu sagen. Das habe ich erst heute morgen erfahren. Auch meine Schwester hat im Juni noch nichts davon geahnt. Der ganze Vorfall war ungeheuer verletzend. Verstehen Sie, als ich in Ungnade gefallen bin, war Mary in Afrika; es war also das erste Mal, daß sie sich dem stellen mußte. Sie hat nicht gewußt, was sie von Mrs. Walters Äußerung halten sollte. Natürlich kannte sie den Grund, weshalb ich aus dem Priesterstand ausgetreten bin; das habe ich ihr damals geschrieben. Ich war ihr gegenüber immer offen. Und ich habe mir selbst nichts vorgemacht und nichts beschönigt – das hat sie zu würdigen gewußt«, erklärte er mit rauher Stimme. »An jenem Abend aber hat sie etwas gehört, mit dem sie nicht gerechnet hatte; sie hat sich einfach nicht vorstellen können, was es zu bedeuten hatte. Und hat angefangen, an mir zu zweifeln. Ich glaube, das war das Schlimmste, was ich je durchgemacht habe. Wir haben seitdem kaum mehr miteinander gesprochen.« Seine Hand zitterte, als er sich erneut nachschenkte.

»Nichts in unserem Leben wird uns je verziehen«, murmelte Recaldo hilflos.

»Amen, kann ich da nur sagen«, erklärte der Alte und fügte einen Augenblick später hinzu: »Das Merkwürdige ist, meine Schwester hat mit dem Mädchen und Mrs. Walter gar nichts zu tun. Sie lebt in einer kleinen, vom Haupthaus abgesonderten Gemeinschaft. Erst vor kurzem ist ihr die Verbindung aufgefallen, als sie mit einer anderen Schwester ins Gespräch gekommen ist. Als ich heute morgen angerufen habe, hat sie mir berichtet, Mrs. Walter habe, als das Heim in Amerika geschlossen wurde, dafür gesorgt, daß das Mädchen mitsamt der Nonne, die sich seit ihrer Geburt um sie gekümmert hat, nach Irland gebracht wurde. Das Mädchen ist in ihrer Obhut hierhergereist.«

»Was fehlt ihm denn?«

»Eine Art Gehirnschaden.« Erneut blickte er auf. »Mary glaubt, die Mutter sei möglicherweise während der Schwangerschaft mit Masern in Berührung gekommen, denn das Mädchen ist zudem taub. Kann kaum oder gar nicht sprechen.«

»Sie meinen, weil sie taub ist? Oder ist es eine Folge des Gehirnschadens?

»Stumm und taub. Mary sagt, in manchen Fällen sind die Betroffenen auch blind, doch das ist glücklicherweise nicht der Fall.«

»Woher hat Mrs. Walter Ihre Schwester gekannt?«

»Vermutlich hat sie sie an ihrem Gewand erkannt. Die Nonnen tragen nicht mehr die eigentliche Ordenskleidung, aber die älteren legen meist eine Art abgemilderte Version an: marineblauer Mantel und eine silberne Halskette mit einem Kreuz. Und bedecken den Kopf mit einer Art Tuch. Die richtige Ordenstracht war weit ansprechender. Doch das Ausschlaggebende ist – die älteren Schwestern kleiden sich alle gleich. Und junge gibt es nicht viele. Ergo ...« Er seufzte tief auf.

Recaldo stellte sein Glas ab. »Wollen Sie damit sagen, Mrs. Walter hat *Sie* verleumdet, weil sie den Gedanken nicht ertragen konnte, daß irgend jemand von ihrer behinderten Tochter weiß? Das ergibt keinen Sinn, John.«

»Ich versuche erst gar nicht, einen Sinn darin zu sehen«, erwiderte Spain gereizt. »Sie haben mich gefragt, wer an jenem Abend in meiner Begleitung war. Und haben damit angedeutet, es könnte unter Umständen wichtig sein.«

Sie sahen einander an. »Ich halte es nach wie vor für wichtig«, erklärte Recaldo, »wenn ich nur dahinterkäme, was es zu bedeuten hat. Wer war an jenem Abend mit Mrs. Walter zusammen?«

»O'Dowd war bei ihr und noch ein anderer Mann, den ich nicht erkannt habe. Ungefähr in meinem Alter.«

»Und Sie haben keine Ahnung, wer das gewesen sein könnte? Nein? Wer war sonst noch in dem Restaurant? Können Sie sich erinnern?«

Spain überlegte einen Augenblick. »V. J. Sweeney war dort, zusammen mir drei, vier Männern, die vorher mit ihm segeln waren; ich habe sie an dem Nachmittag rausfahren sehen. Ansonsten kann ich mich an niemand Besonderen erinnern.«

»Wissen Sie sonst noch etwas über das Mädchen? Wie sieht es aus?«

»Danach zu fragen ist mir nicht in den Sinn gekommen. Meine Schwester hat lediglich gesagt, sie sei ›ein liebes Wesen, ein armes kleines Ding‹.«

»Wissen Sie, wer der Vater ist?«

»Danach habe ich mich erkundigt. Unbekannt.«

»Liegt das Kloster in der Nähe von Thurles?«

Spain war überrascht. »Woher wissen Sie das? Ja – ganz in der Nähe sogar. Am Suir, bei einer kleinen Ortschaft namens Twomileborris.«

»Ooooh.« Ein langer Seufzer, der sich aus Recaldos tiefster Seele zu entringen schien. »Hat die Mutter sie besucht?« fragte er gedämpft.

»Nur selten.«

»Hat das Mädchen seine Mutter besucht?«

Spain zuckte die Schultern und schüttelte den Kopf. »Danach habe ich nicht gefragt.«

»Ich bin mir fast sicher, daß sie am Dienstag hier war.«

»Tatsächlich?« Spain schien überrascht, und dem Ausdruck auf seinem Gesicht nach zu schließen, hatte ihn dies vollends aus der Fassung gebracht. »Wann am Dienstag?«

»Zur gleichen Zeit, als Sie in Ihrem Boot mit Gil rausgefahren sind. Mrs. Walter und O'Dowd waren auf der *Halcyon* – dem Schiff von Sweeney. Und sie hatten ein Mädchen dabei.«

»Oh.« Spain blickte auf. »So heißt das Mädchen.«

»Was haben Sie da gesagt?«

»Meine Schwester hat von ihr als Halcyon Walter gesprochen. Aber vielleicht habe ich mich auch verhört. Ich hatte ganz vergessen, daß das Schiff umgetauft worden ist. *Halcyon?*« Er starrte ins Leere, und Recaldo kannte ihn gut genug, um zu wissen, jetzt würde er kein Wort mehr sagen, bis er sich das Ganze zusammengereimt hatte. Ein Prickeln der Erregung – oder war es Angst? – überlief ihn.

Er gab Spain sein Handy. »Könnten Sie bitte Ihre Schwester noch mal anrufen, jetzt gleich, und sie fragen, ob Halcyon am Dienstagnachmittag bei ihrer Mutter war?«

»Machen Sie das«, forderte Spain ihn auf und schrieb ihm die Nummer auf. »Fragen Sie nach Schwester Agnes – die kümmert sich um das Mädchen.«

Schwester Agnes bestätigte seine Vermutung und fügte unaufgefordert hinzu: »Ich glaube, es war kein besonderer Erfolg. Mr. O'Dowd hat sie zurückgebracht. Er war sehr nervös und Halcyon völlig überdreht.«

Das war es also. O'Dowd hatte einen Versuchsballon aufsteigen lassen, als er Twomileborris erwähnte. Dieser heimtückische Mistkerl versuchte herauszufinden, ob irgend jemand von der Existenz von Halcyon wußte. Er hatte das Mädchen in seinem Wagen zurückgebracht. Unvermittelt stand Recaldo auf. »Ich muß wieder los. Lassen Sie die Finger von dem Whiskey, John, und ruhen Sie sich ein bißchen aus. Sind Sie heute morgen rausgefahren?

Entmutigt zuckte Spain die Schultern und kippte noch einen großen Schluck Whiskey. »Danach ist mir nicht mehr zumute.« Mittlerweile nuschelte er.

Recaldo beugte sich über den Tisch. »Brechen Sie jetzt, um Gottes willen, nicht zusammen, John Spain. Wir befinden uns beide in einer mißlichen Situation und stehen ganz allein da. Wenn Sie noch mehr von dem Zeug da trinken, bringen die Sie dazu, alles zu sagen, was sie wollen.« Er ging nicht näher darauf ein, wer »die« waren. »Verhalten Sie sich so wie immer. Und halten Sie die Augen nach V. J. Sweeney offen. Wir müssen ihn finden. Unbedingt. Und zwar schnell.« Er richtete sich auf. »Ich komme später noch mal vorbei. Und dann erzählen Sie mir *haargenau*, was sich am Dienstagabend abgespielt hat, von dem Zeitpunkt an, als ich Sie zusammen mit Gil in der Bucht gesehen habe. Hören Sie mir überhaupt zu? Sie müssen mir trauen, sonst komme ich nie dahinter, warum diese unglückselige Frau an den Baum gelehnt war. Nüchtern Sie sich aus. So gegen sieben bin ich wieder hier.«

Als er ging, saß der alte Mann da und wiegte sich vor und zurück. Spain und Cressida steckten nach wie vor in der Klemme. Möglicherweise noch tiefer als vorher.

22

Als F. X. Recaldo auf den Parkplatz des Hotels Atlantis fuhr, läutete es gerade zum Mittagsangelus. Fünf Minuten später saß er im Büro des Geschäftsführers, trank ein Bier und plauderte mit Flor Cassidy.

»Sie sind wohl auf der Flucht vor der Reporterhorde? Die waren gestern alle bis spätnachts hier. Und wie geht's Ihnen sonst, Frank? Kommen Sie einigermaßen zurecht?«

»Nur mit Mühe«, erwiderte Recaldo lächelnd. »Tut gut, mal für ein paar Minuten seine Ruhe zu haben. Und Sie? Wie läuft's bei Ihnen?«

Cassidy zögerte. »Na ja, den Sommer über war es ziemlich ruhig hier.« Er zuckte die Schultern. »Um die Wahrheit zu sagen, das Ganze ist ein ziemlich harter Kampf.«

»Dann wird es also nicht weiter schwierig für Sie sein, ein Zimmer freizuhalten? Wir erwarten ein Ehepaar, und ich vermute, die wollen irgendwo unterkommen. Verwandte der Toten. Allerdings weiß ich nicht genau, wann sie auftauchen.«

»Keine Sorge, es sind jede Menge Zimmer frei. Ich mache ihnen auch einen Sonderpreis, weil Sie sie zu mir geschickt haben. Wäre Ihnen sicher nicht besonders angenehm, wenn sie angesichts des Preises vor Schreck tot umfallen«, meinte Flor und kniff dann verlegen die Augen zusammen. »Gott im Himmel, Frank, was rede ich da? Ich habe mir wirklich nichts dabei gedacht!«

Frank lächelte. »Ich kenne das. Wir sind alle ein bißchen nervös.«

»Ich schätze, morgen abend spielen Sie nicht?«

»Nein, das laß ich diese Woche ausfallen, wenn es Ihnen nichts ausmacht.« Er trank einen Schluck Bier. »Hören Sie, ich würde gern etwas mit Ihnen besprechen. Vertraulich.« Dann fragte er ihn, so vorsichtig, wie er nur konnte, nach Sweeneys Beteiligung an dem Hotel und wurde über seine kühnsten Erwartungen hinaus belohnt.

»Ich habe eine Liste der Aktionäre sowie der Aufsichtsratsmitglieder; ich mache Ihnen nachher eine Kopie«, bot Cassidy von sich aus überraschend bereitwillig an. Recaldo warf einen Blick auf die Liste: zehn Aufsichtsratsmitglieder, einschließlich Sweeney und O'Dowd, sowie fünfzehn weitere Aktionäre, die dem Alphabet nach aufgeführt waren. An letzter Stelle stand Evangeline Walter.

»Meinen Sie, wir sollten es bekanntmachen? Daß Mrs. Walter tot ist? Schließlich ist sie Anteilseignerin«, fragte Cassidy besorgt.

»Warten Sie lieber, bis wir den Fall aufgeklärt haben«, antwortete Recaldo. »Haben Sie sie persönlich gekannt?«

Ehe er antwortete, vergewisserte Cassidy sich, daß die Tür auch richtig zu war. »Das ist vielleicht ...« Er räusperte sich und beugte sich über die Schreibtischkante.

»Sie wissen doch, alles, was Sie sagen, ist bei mir gut aufgehoben«, bemerkte Recaldo ruhig.

»Es ist nur so, beim letzten Jahrestreffen der Aufsichtsratsmitglieder ist es irgendwie zu einem kleinen Streit gekommen«, erklärte Flor Cassidy. »Das war Anfang Juni. Ich nehme an diesen Sitzungen natürlich nicht teil, aber anschließend habe ich gehört, wie zwei von denen rumgemeckert haben. Was sie gesagt haben, stimmt vielleicht nicht – möglicherweise habe ich es auch einfach falsch verstanden, oder sie haben sich lediglich über den Streit zwischen zwei Leuten unterhalten. Aber wenn Sie schon nach ihr fragen, ja, Mrs. Walters Name wurde erwähnt. Irgendwas von wegen Einmischung eines Außenstehenden.«

»Außenstehend? Aber sie ist doch Aktionärin?«

»Schon, aber sie sitzt nicht im Aufsichtsrat.« Kläglich sah er Recaldo an. »In Hotels muß man furchtbar vorsichtig sein. Schon ein bloßes Gerücht kann sich verheerend auf das Personal auswirken. Ein winziger Hinweis nur, daß an der Spitze was nicht stimmt, und gleich haben sie alle Angst um ihre Stelle. Ich wäre Ihnen also wirklich dankbar, wenn Sie nicht verraten, von wem Sie das haben.«

»Ich gebe Ihnen mein Wort darauf. Erzählen Sie mir doch einfach zuerst mal, wie dieser Aufsichtsrat arbeitet.«

Anstatt direkt zu antworten, fragte Flor: »Wissen Sie eigentlich, wie das Hotel zustande gekommen ist? Wer es hat bauen lassen und so?«

Innerlich stöhnte Recaldo auf; er blickte heimlich auf die Uhr, ließ sich jedoch seine Ungeduld, wieder von hier wegzukommen, nicht anmerken. »Ist das wichtig?«

»Ich glaube schon. Lassen Sie es mich nur kurz erzählen, dann können Sie selbst entscheiden. Das meiste, was ich Ihnen berichte, weiß ich von Joachim Bleiberg«, begann Cassidy. »Als der Kasten gebaut wurde, nannten die Leute in der Gegend ihn Bleibergs Narrenbau. Den Gipfel jeglicher Verrücktheit. Trotzdem standen die meisten dem Ganzen wohlwollend gegenüber, auch wenn jetzt viele behaupten, sie hätten von Anfang an gewußt, daß das Unternehmen zum Scheitern verurteilt sei. Andere haben es natürlich als die Chance betrachtet, die man nur einmal im Leben bekommt. Leute wie Jeremiah O'Dowd beispielsweise. Es heißt, der sei wie ein geölter Blitz zur Stelle gewesen, und ehe man sich's versah, war er Bleibergs rechte Hand. Schließlich hat er immer gewußt, was die Leute hier denken, und außerdem hatte er ein gutes Händchen dafür, Anträge bei den Planungsbehörden durchzubringen.

Ende der achtziger Jahre ist es, nach dem Zusammenbruch von Lloyds, auch mit Bleibergs Geschäften abwärtsgegangen, und er hat das Hotel zugemacht. Ein paar Jahre lang ist es dann geschlossen geblieben, bis sein Sohn Joachim genügend Leute aufgetrieben hat, die ihn bei der Wiedereröffnung unterstützt haben. Damals mußte ungeheuer viel neu hergerichtet werden, und da war es eigentlich ganz natürlich, daß er sich an die ehemalige rechte Hand seines Vaters, O'Dowd, gewandt hat. Joachim hat eine neue Dachgesellschaft mit zehn Aktionären gegründet, einschließlich des alten Otto; jeder hatte einen Sitz im Aufsichtsrat. Die meisten sind immer noch dabei.« Flor nahm seine Liste der Aufsichtsratsmitglieder und fuhr mit dem Finger die Liste entlang. »Die beiden da. Das waren die, deren Gespräch ich mitangehört habe. Sie haben behauptet, irgend jemand versuche, etliche alte Anteilseigner auszuzahlen, und sei ganz versessen darauf, den Vorsitzenden auszuschalten. Ich hatte den Eindruck, daß, wer auch immer damit gemeint war, nur ein Strohmann ist und daß jemand anderes dahintersteckt.« Er hielt inne. »Und da ist der Name von Mrs. Walter gefallen.«

»Aber Sie haben doch eben gesagt, sie sei gar nicht im Aufsichtsrat.«

»Nein, dafür besitzt sie nicht genügend Anteile – ich glaube, es gibt da eine Untergrenze. Das haben die ja gemeint mit der Einmischung von jemand Außenstehendem.«

»Und warum sollte sie etwas damit zu tun haben?«

Cassidy zuckte die Schultern. »Keine Ahnung. Aber sie ist eindeutig in diesem Zusammenhang erwähnt worden.« Er seufzte. »Ich brauche Ihnen wohl nicht zu sagen, daß es in letzter Zeit ziemlich bergab gegangen ist.« Erneut zögerte er kurz. »Als die Bleibergs sich noch selbst um alles gekümmert haben, waren sie mehr oder weniger die ganze Zeit da. Zuerst der Alte und dann Joachim. Natürlich haben sie sich im Hintergrund gehalten, aber dem Personal hat es gefallen, daß die jeden einzelnen von ihnen persönlich gekannt haben. Jetzt ist der Alte tot, und Joachim kommt seit ein paar Jahren immer seltener her. Er nimmt nicht einmal an allen Aufsichtsratssitzungen teil. Und damit sendet er meiner Meinung nach genau die falschen Signale aus. Was die beiden damals gesagt haben, hat meine Ahnung bestätigt, daß irgendwas nicht so ganz in Ordnung ist. Ich meine, unter uns gesagt, das Hotel ist ein abenteuerlicher, wundervoller Traum. Einerseits sind unsere Ansprüche sehr hochgesteckt, andererseits sind die Unterhaltskosten horrend – das können sie sich ja vorstellen –, schließlich ist es ständig jedem Wind und Wetter ausgesetzt. Das ganze Gespräch ließ darauf schließen, daß der Aufsichtsrat gespalten ist. Drei Möglichkeiten stehen zur Diskussion. Erstens, alles so zu lassen, wie es ist: ein erstklassiges Hotel in Privatbesitz; keine Pauschalbuchungen, keine Gruppen. Zweitens, Veranstaltungen für irgendwelche Unternehmen zu organisieren, Konferenzen und so – in kleinem, exklusivem Maßstab natürlich. Eine dritte Gruppe, angeführt von Sweeney, der geschäftsführender Vorsitzender ist, will das Hotel schließen und zu einem Tagungszentrum machen oder es in Einzelapartments umwandeln. Und genau da scheiden sich die Geister.« Er zuckte die Schultern und rieb sich mit der Handfläche die Stirn.

»Und welcher der beiden ist dafür?« wollte Recaldo wissen; Cassidys Antwort ließ ihn aufhorchen.

»Na ja, das ist ja das Interessante. Keiner der beiden oder eher noch: beide. Ich sag es noch einmal, das ist lediglich, was ich mitgekriegt habe, aber es hatte ganz den Anschein, als käme es ihnen einzig und allein darauf an, V. J. Sweeney auszubooten und entweder Joachim zurückzuholen oder jemand anderen – ein Name wurde nicht genannt – zum Vorsitzenden zu machen.«

»Haben Sie irgendeine Vorstellung, wer das sein könnte?« fragte Recaldo unschuldig. Und fügte, als sei ihm das jetzt erst eingefallen, hinzu: »Wann genau ist denn Sweeney Vorsitzender geworden?«

Cassidy zuckte die Schultern. »*Geschäftsführender* Vorsitzender. Vor ein paar Jahren. Joachim war gerade damit beschäftigt, in den Pyrenäen ein neues Hotel zu gründen, und ist immer seltener hergekommen. Damals schien das eine gute Idee, aber jetzt ...« Er verdrehte sie Augen. »Es liegt doch auf der Hand, V. J. Sweeney segelt den Bach runter. Und zwar ohne Notpaddel. Sein Unternehmen in England ist am Ende, und erzählen Sie mir nicht, Sie wüßten nicht, daß er die meiste Zeit sturzbesoffen ist. Keine Ahnung, wie seine arme Frau das aushält«, fügte er hinzu, und Recaldo gestattete sich die glühende Hoffnung, sie würde das nicht mehr allzu lange mitzumachen brauchen.

»Na schön, aber wo genau kommt Mrs. Walter ins Spiel?« hakte er nach.

Cassidy hob die Hände. »Du meine Güte, woher soll denn ich das wissen? Ich habe keine Ahnung. Und ich war wirklich überrascht – ich habe immer geglaubt, sie sei mit Sweeney befreundet. Zumindest waren sie ziemlich oft zusammen hier im Hotel.« Nachdenklich kaute er auf seiner Unterlippe. »Inzwischen allerdings schon ziemlich lange nicht mehr; und die beiden Burschen haben immer wieder ihren Namen erwähnt, als handle es sich um irgendeine Art persönlicher Rache.« In seinen Augen spiegelte sich Besorgnis. »Und ziemlich oft ist das Wort ›manipulieren‹ gefallen. Wird ganz schön spannend sein«, meinte er leise, »zu sehen, wer die Anteile erbt.«

»In der Tat.« Recaldo zog seine Liste hervor und ließ den Finger über die Namen gleiten, bis er bei Mure-Robertson anlangte. »Wissen Sie irgendwas über den da?«

»Mann, sind Sie ein Hellseher? Der läßt sich kaum je hier blicken, aber ob Sie's glauben oder nicht: Er hält sich zur Zeit im Hotel auf. Ich habe ihn vor einer halben Stunde gesehen, wie er in der Lounge Kaffee getrunken hat.«

»Ist er noch da?«

»Ich seh mal eben nach.« Cassidy ging aus dem Büro, kam jedoch gleich wieder zurück. »Er ist im Hallenbad und dreht ein paar Runden, hat aber im Speisesaal fürs Mittagessen gebucht. In einer halben Stunde. Wollen Sie ihm eine Nachricht hinterlassen?«

»Nein, ich seh mich nach ihm um, wenn ich wieder gehe. Wie sieht er denn aus?«

»Ungefähr so groß wie Sie, stämmiger, siebzig und ... hm ... extravagant gekleidet. Den erkennen Sie aus einer Meile Entfernung – er steht auf leuchtende Farben. Frank?«

»Ja?«

»Komisch, daß Sie ausgerechnet jetzt nach ihm fragen. Ich bin mir ziemlich sicher, daß die beiden Burschen seinen Namen ebenfalls erwähnt haben; allerdings kann ich mich nicht erinnern, in welchem Zusammenhang.« Er verzog das Gesicht. »Vielleicht habe ich mich auch schlicht verhört, weil da noch jemand im Aufsichtsrat sitzt, der so ähnlich heißt: Robert Kelly-Moore, und das ist ein bißchen verwirrend. Schließlich konnte ich mich ja schlecht mit gespitzten Ohren danebenstellen. Aber wer von den beiden es auch war, die beiden hatten offenbar Angst, daß er seine Anteile verkauft.«

»An Mrs. Walter, meinen Sie?«

»Ich weiß es nicht.« Flor schien es ziemlich unbehaglich zumute zu sein. »An sich habe ich vermutet, an O'Dowd, bis sie angedeutet haben, sie hätten den Eindruck, daß die Walter etwas damit zu tun hat. Das hat mich wirklich durcheinandergebracht, weil sie ja nicht im Aufsichtsrat ist. Ich schätze, das war auch der Grund, warum ich überhaupt gelauscht habe. Das alles ist ein ziemlicher Wirrwarr.«

»Und haben Sie irgendeine Vorstellung, was da gelaufen ist?« fragte Recaldo. Er spürte Erregung in sich aufsteigen. »Kommen Sie schon, Flor, ich hab Ihnen doch gesagt, von mir erfährt kein Mensch was.«

»Na ja, eigentlich ist das alles nur Getratsche und beruht auf nichts weiter als einer Vermutung. Die beiden haben sich immer noch unterhalten, als Jer O'Dowd aufgetaucht ist. Ab dem Augenblick haben sie kein Wort mehr gesagt. Solange ich in Hörweite war, wurde der Aufsichtsrat nicht mehr erwähnt. Aber anschließend, als O'Dowd wieder weg war, haben sie direkt vor meinem Büro weitergeschwatzt – ich hatte die Tür ein wenig offenstehen lassen«, gestand er verlegen. »Der eine – und das ist so sicher wie das Amen in der Kirche – hat gesagt: ›O'Dowd ist der eigentliche Störenfried. Die beiden stecken ständig zusammen.‹ Und der andere hat irgendwas von wegen Aktienmehrheit erwähnt.«

»Haben Sie eine Ahnung, wen er damit gemeint hat?«

»Ja und nein. Mein Gott, ich sollte Ihnen das alles eigentlich gar nicht sagen, Frank, aber der alte Bleiberg hat

Jer O'Dowd seine ursprünglichen Anteile geschenkt oder verkauft, was auch immer. Und als der Alte dann gestorben ist, hat er noch mehr gekriegt. Zur gleichen Zeit wie Mrs. Walter, glaube ich. Alle Welt weiß, daß die beiden miteinander verbändelt sind. Das haben Sie doch bestimmt auch gehört? Ich habe mich gefragt, ob sie vielleicht versucht, genügend Anteile zu kriegen, um in den Aufsichtsrat zu kommen, und ob er ihr dabei hilft. Oder irgend so was in der Art.«

»Ist das Hotel, so wie es jetzt geführt wird, mehr wert, als wenn man hier was anderes aufziehen würde?«

»Ich glaube, das müssen Sie jemanden fragen, der sich da besser auskennt als ich und kein so großes persönliches Interesse daran hat. Aber soviel kann ich Ihnen sagen: Eines dieser kleinen Feriencottages in Ihrer Nähe hat neulich für fast hunderttausend den Besitzer gewechselt. Was mir nicht gerade ein Gefühl der Sicherheit gibt, das können Sie mir glauben.«

»Inwieweit hat man Sweeney unterstützt?«

»Allgemein unbeliebt war er nicht. Er konnte sehr tüchtig sein, und normalerweise ist er zu den Aufsichtsratssitzungen nüchtern erschienen.«

In Gedanken war Recaldo meilenweit weg. Wollten die beiden Sweeney in eine Lage bringen, daß er gezwungen war zu verkaufen? Dann könnten sie den Spieß umdrehen und seinen Plan unterstützen, von dem er jedoch nicht mehr profitieren würde. Raffiniert. Wenn man sie mit O'Dowds Enthüllungen in Verbindung brachte, war Flors Geschichte in der Tat äußerst aufschlußreich. Seltsam, wie der Lächler immer wieder auftauchte, und zwar immer in Zusammenhang mit Evangeline Walter. Und noch seltsamer, daß O'Dowd, der schließlich in Passage South zur Welt gekommen und dort aufgewachsen war, übersehen hatte, wie leicht irgendwelche Spekulationen, die lange genug die Runde machen, schließlich als Evangelium verkündet werden. Recaldo ließ sich das durch den Kopf gehen, doch nur einen Augenblick lang. Der Lächler ließ sich von niemandem etwas vormachen. Was auch immer man über ihn wußte, das hatte er selbst in Umlauf gebracht. Was aber wäre, wenn – und diesen Gedanken verfolgte Recaldo weit zögerlicher –, was wäre, wenn der Lächler in letzter Zeit argwöhnte, jemand wolle ihn, den Erzdrahtzieher, seinerseits übertölpeln? Was dann? Was für ein Schlag gegen sein Ego das wäre!

Er entdeckte Alex Mure-Robertson im Speisesaal. Was die Kleidung anging, hatte Cassidy völlig recht gehabt: hellgrünes Polohemd und grellkarierte Hose; aber immerhin erwies der Kanadier sich als höflich – und sehr mitteilsam.

»Ich habe am Mittwoch mit Mrs. O'Faolain gesprochen, nachdem ich vom Tod der armen Mrs. Walter erfahren hatte. Eine traurige Geschichte. Natürlich habe ich gewußt, daß sie krank war. Aber ein solches Ende zu nehmen – erschlagen zu werden ... Wirklich schrecklich. Vermutlich wissen Sie auch nicht ...« Er sprach sehr leise und mit einem ausgeprägten Lispeln. Recaldo brauchte ein paar Minuten, um sich darauf einzustellen.

»Ich fürchte nein.« Recaldo holte tief Luft. »Darf ich Sie nach dem Zweck des Treffens fragen, das Sie mit Mrs. Walter verabredet hatten?«

»Das war, ehrlich gesagt, ihre Idee und nicht meine. Sie wollte mit mir ein Interview für die amerikanische Zeitschrift *George* machen. Darauf war ich allerdings nicht gerade scharf, und das hätte ich ihr auch gesagt. Dennoch habe ich zugestimmt, mich mit ihr zu einem Mittagessen zu treffen; ich hatte das Gefühl, zumindest diese Höflichkeit sei ich ihr schuldig. Schließlich hat sie mich freundlicherweise erst vor kurzem auf die Arbeiten eines äußerst begabten jungen Künstlers aus Kroatien aufmerksam gemacht.«

»Ihr Treffen hatte also nichts mit dem Atlantis zu tun?«

»Wieso fragen Sie das?«

»Das ist eine reine Routineangelegenheit – wir wollen uns eine Vorstellung davon machen, wie groß ihr Vermögen war, und versuchen, zu dem Zweck einige Lücken zu füllen«, schwindelte Recaldo gewandt.

Mure-Robertson lachte glucksend. »Na, wenn das kein Zufall ist. Dienstagabend ist Mr. O'Dowd bei mir vorbeigekommen, um sich mit mir über die letzte Aufsichtsratssitzung zu unterhalten und mir anzubieten, meine Anteile aufzukaufen. Offenbar hatte Mrs. Walter erwähnt, ich sei möglicherweise an einer solchen Transaktion interessiert. Allerdings habe ich keine Ahnung, wie sie auf die Idee gekommen ist.« Verschmitzt zwinkerte er ihm zu. »Seitdem hat die Situation sich natürlich ein wenig verändert.«

»Inwiefern?« Recaldo spürte einen kalten Luftzug in seinem Nacken.

»Nun, wie ich Inspektor McBride heute vormittag bereits sagte, ich habe V. J. Sweeneys Anteile am Atlantis gekauft. Gestern abend haben wir das Geschäft besiegelt.« Er strahlte vor Freude, während Recaldo verärgert das Gesicht verzog. »Mr. McBride hat mich gebeten, Ihnen das zu sagen, falls Sie zufällig Verbindung mit mir aufnähmen. Stimmt ihr Burschen euch denn nicht miteinander ab?«

Verdammt noch mal. »Mr. Mure-Robertson. Darf ich fragen, ob mit Bargeld gezahlt wurde?«

Mure-Robertson lachte schallend auf. »Allmählich wird mir das klar – Mr. McBride hatte völlig recht, als er meinte, Sie und er dächten wie eine Person. O ja, in der Tat; glauben Sie allerdings ja nicht, das entspräche meinem üblichen Geschäftsgebaren. Kurz und gut: ich habe ihm fünfundvierzigtausend Pfund Sterling auf die Hand bezahlt.« Er strahlte Recaldo an.

»Wie, um alles in der Welt ...?«

»Ts, ts, Mr. Recaldo! Nein, ich fürchte, ich kann Ihnen nicht sagen, wie genau dieser spezielle kleine Handel über die Bühne gegangen ist.« Erneut gluckste er vor Lachen. »Doch eines kann ich Ihnen versichern: zu meinem Nachteil fiel er ganz gewiß nicht aus. Selbst so, wie es zur Zeit aussieht, sind die Anteile mehr als doppelt soviel wert.«

Sweeney hatte den Abschluß des Handels abgewartet. Jetzt konnte er verschwinden.

»Sie sind also Jer O'Dowd zuvorgekommen?«

Erneut lachte Mure-Robertson. »Nicht schlecht, junger Mann. Diesen Zusammenhang hat Ihr Kollege nicht hergestellt. Aber – ja, O'Dowd hat mir wirklich einen Gefallen getan, als er sich eingemischt und Sweeney ein weit niedrigeres Angebot unterbreitet hat. Ich brauchte nur herauszufinden, wieviel es war, und dann den Einsatz ein klein wenig zu erhöhen.«

Zu Hause angelangt, war Recaldo ziemlich klar, daß man Sweeney systematisch alles abluchste, was er noch besaß. Eigentlich war es unwahrscheinlich, daß er es nicht bemerkte, doch er war öfter betrunken als nüchtern, zumindest in letzter Zeit. War ihm alles zuviel geworden? Um wegzukommen, müßte er seinen gesamten Besitz zu Geld machen. Und wenn er unbedingt wegwollte, dann weil er eine Schuld auf sich geladen hatte.

Und das brachte Recaldo unweigerlich zum Garten des Alten Kornspeichers und dem Problem mit Cressies Kamm zurück. Mittlerweile hatte er keinerlei Zweifel mehr daran, daß sie in jener Nacht dort gewesen war. Und Spain. Sweeney auch? Cressie hatte eindeutig etwas gesehen oder getan, das ihr schreckliche Angst einjagte, nicht nur vor ihrem Mann, sondern auch vor ihm. Vor ihm als Polizisten oder als Liebhaber? Log sie, um sich und damit Gil zu schützen? Oder um ihren Mann zu schützen? Für Recaldo war dies die schwierigste Frage, und er konnte sich ihr immer noch nicht stellen.

Ein DNA-Test war die einzige Möglichkeit, diejenigen eindeutig zu identifizieren, die auf Evangeline Walter losgegangen war. Er fragte sich, ob seine angeblichen Kollegen O'Dowd ebenfalls Blut abgenommen hatten, nicht nur Spain. Falls ja, hatten sie wahrscheinlich versucht, sich irgendeinen Vorwand auszudenken, um an eine Blutprobe heranzukommen. Irgendwie mußte er ihr Interesse auf Sweeney lenken.

Bislang schien ihnen seine Abwesenheit erstaunlich wenig auszumachen. Der Grund dafür könnte sein, daß sie glaubten, den Mörder bereits zu kennen. Zu gern hätte er gewußt, wie weit unten auf der Liste der Name Recaldo auftauchte. Auf die eine oder andere Weise müßte er mit schlüssigen Beweisen aufwarten, ehe sie zuschlügen. So betrachtet, war der Faktor Zeit jetzt von ausschlaggebender Bedeutung.

Nachem er sich vergewissert hatte, daß die Luft rein war, packte er den Hund in den Jeep und fuhr über Kishaun Richtung Postamt Duncreagh. Kurz nach drei war es jetzt, und als er seine Briefe einwarf, fing es an zu regnen. Zum ersten Mal hatte er das Gefühl voranzukommen. Eilig ging er die Straße hinunter zum besten Fischrestaurant in der ganzen Grafschaft, dem Georgiana O. Dort hatte Cressie – zumindest behauptete sie das – die Neuigkeit von Evangeline Walters Tod erfahren.

Das Restaurant war geschlossen. Recaldo schirmte mit den Händen die Augen ab und spähte durch das Fenster. Er sah, wie drinnen Georgie O'Shea die Tische für den Abend deckte. Als er an die Scheibe klopfte, ließ sie ihn ein. »Tut mir leid, Frank, wir haben noch zu, aber wenn Sie wollen, kann ich Ihnen ein paar frische Muscheln richten.«

Zum Essen setzte er sich an die Bar; Georgie thronte neben ihm. Seine Frage versteckte er unter etlichen allgemeinen Bemerkungen zu den grauenhaften Geschehnissen auf Trianach. Georgie erklärte, sie habe Cressida Sweeney seit Montag nicht mehr zu Gesicht bekommen.

23

Regelrecht erbost war Recaldo, als er das Georgiana O verließ; erbost, doch auch besorgt, niedergeschlagen, nervös und angespannt. Georgie hatte die Bemerkung ganz nebenbei fallenlasssen, doch ihn hatte sie zornig gemacht, und zum ersten Mal gestattete er sich den Luxus, richtig wütend auf seine Liebste zu sein. Er war viel zu verärgert, um jetzt zu ihr zu fahren und sie zur Rede zu stellen. Statt dessen schaute er bei Terry Whelans Werft vorbei und lieh sich ein kleines Motorboot. Die nächsten zwei Stunden verbrachte er mit der Suche nach Sweeney, obwohl er keineswegs die Absicht hatte, ihn ohne Rückendeckung des kräftigeren McBride anzugehen. Er wollte lediglich herausfinden, wo er sich aufhielt, und ihm, wenn möglich, jeden Fluchtweg abschneiden. Letztendlich war es jedoch Zeitverschwendung. Weder auf der *Halcyon* noch auf der *Cynara* war auch nur der geringste Hinweis darauf zu sehen, daß jemand sich dort aufhielt – allerdings ging er nicht an Bord der beiden Schiffe –, und Coribeen lag einsam und verlassen da.

Recaldo tuckerte zu Whelan zurück, stieg in seinen Jeep und fuhr zu den Dillons; er stöberte Cressie in der Küche auf. Sie blickte auf und lächelte ihm kaum merklich zu. Ein nervöses Lächeln. Unmittelbar bei der Tür blieb er stehen und beobachtete sie; mittlerweile hatte er sich ein wenig beruhigt. »Wo sind die denn alle?«

»Mary hat sie zum Schwimmen mitgenommen.«

»Ein bißchen kalt, um im Meer zu baden, findest zu nicht?«

»Nicht im Meer. Offenbar gibt es in der Nähe einen recht angenehmen Swimming-pool in einem Hotel.«

Er deutete mit dem Kopf auf den Teig, den sie knetete. »Brauchst du noch lange?«

»Nein, ich laß ihn jetzt stehen, damit er aufgehen kann. Warum?«

»Wir müssen miteinander sprechen. Komm in den Garten, wenn du fertig bist«, forderte er sie knapp auf und machte auf dem Absatz kehrt. Sie mußte aus eigenem Antrieb zu ihm kommen. Mußte aufhören, alle Männer in ein und dieselbe Schublade zu stecken wie ihren brutalen Ehemann. Mußte ihm, verdammt noch mal, vertrauen.

So heftig erschrak er, als er im grellen Tageslicht ihr geschundenes Gesicht sah, daß er vor Qual beinahe laut aufgeschrien hätte. Sein Ärger war vergessen. Auf den Wangen unter den gelblich verfärbten Blutergüssen um ihr Auge entdeckte er ein wenig frische Farbe. Zerbrechlich wirkte sie, verängstigt, doch auch so war sie für ihn die schönste Frau, die er je gesehen hatte. Er sehnte sich danach, sie bei der Hand zu nehmen, mit ihr in das schattige Gebüsch zu flüchten und sie leidenschaftlich, zärtlich zu lieben, ihre Ängste wegzuküssen. Doch noch lagen etliche Hindernisse vor ihnen, die es zu überwinden galt. Zögerlich ging sie auf ihn zu und setzte sich neben ihn auf die Bank, wo er auf Sie gewartet hatte.

Behutsam, eher versuchsweise, legte er ihr den Arm um die Schultern. Zu seiner unbändigen Freude lehnte sie sich einen Augenblick lang an ihn, ehe sie zurückwich. Wieder und wieder formulierte er in Gedanken, was er ihr sagen wollte, brachte jedoch kein Wort über die Lippen. In beklemmendem Schweigen saßen sie da.

»Du kannst mir vertrauen, Cressida.«

Sie schnaubte leise. »Sagt das nicht jeder Bulle?« entgegnete sie bitter.

»Nicht jeder Bulle will dich«, erwiderte er leichthin, beinahe so, als meine er es nicht so ganz ernst. Die implizite Vulgarität bedrückte ihn. »Nicht wollen – lieben. Ich liebe dich, Cressida.« Sanft driftete ihr wunderschöner Name durch sein Denken.

Sie wirkte, als sei sie ganz woanders, meilenweit entfernt. Verloren. Er streckte die Hand aus und legte sie auf ihre.

»Frank? Es tut mir leid.«

»Wie gut kennst du John Spain?« Nun war es an ihm, sich dem zu stellen, was er am meisten fürchtete.

»So gut wie alle anderen hier in der Gegend.«

»Und wie gut ist das?«

Verblüfft sah sie ihn an und ließ sich mit ihrer Antwort Zeit. Und dann sprach sie zögerlich, so, als versuche sie, ihre Gedanken zu ordnen. »Außer dir ist John Spain der einzige Mann, der mich je ernst genommen hat. Sonst hat man mich immer wie eine Schwachsinnige behandelt. Ja, ich kenne seine Vorgeschichte. Allerdings nicht die gräßliche Version von Evangeline Walter. Dir ist doch wohl klar, wer all das Gerede über ihn in Umlauf gebracht hat, oder?«

»Wer?«

»Offenbar hat sie sich gerade in Rom aufgehalten, als es zu dem Skandal gekommen ist. *Priester verführt Diplomatengattin.* Mein Gott. So verdammt melodramatisch. Sie brauchte nichts weiter zu tun, als die Einzelheiten an ihren Handlanger weiterzugeben. O'Dowd hat dann den Rest erledigt. Ein bißchen Gemunkel hier, ein bißchen Getratsche dort. John hatte sich verliebt, das war alles. Er hat einen Fehler gemacht.«

»Um fair zu bleiben – ich glaube, viele Leute hier wissen das bereits.«

»Damals vielleicht, als er hierhergekommen ist. Und das ganze Gerede war verstummt, bis sie die Sache wieder aufgerührt und neue, noch viel abscheulichere Gerüchte verbreitet hat.« Cressida schluckte krampfhaft und sah zur Seite. Tiefe Röte breitete sich langsam über ihren Hals aus. Als er sah, wie offenkundig ihre Gefühle der Toten gegenüber waren, kam ihm etwas – etwas, an das er vorher nicht gedacht hatte – in den Sinn: Evangeline Walter hatte sich sehr gut darauf verstanden, die Aufmerksamkeit von ihrer eigenen Vergangenheit abzulenken. Indem sie sich auf die Schwächen ihrer Nachbarn konzentriert hatte? Hatte sie vor John Spain Angst gehabt? Nicht Abscheu verspürt, sondern Furcht? Furcht vor seiner Klugheit? *Furcht vor dem, was er über sie wußte?*

»Warum hatte sie denn eine solche Abneigung gegen ihn?« fragte er etwas geistesabwesend.

Cressie zuckte die Schultern. »Ich glaube, Evangeline Walter hat nie für irgendeinen Menschen Zuneigung empfunden. Nicht wirklich.«

»Ich habe gehört, sie hat dich gemocht. Daß ihr beide zeitweise befreundet wart.«

Sie starrte ihn beinahe wütend an. »Mich hat sie am allerwenigsten gemocht; sie hat mich für ein erbärmliches Geschöpf gehalten. Für dumm. Ich weiß das, weil ich gehört habe, wie sie es gesagt hat. Um meine Freundschaft hat sie sich nur bemüht, weil sie an Val interessiert war – und ich verdammte Närrin habe die beiden tatsächlich miteinander bekannt gemacht.«

»Es geht also nicht nur um John Spain, stimmt's? Sondern auch um dich, Cressida.« Voller Zärtlichkeit sprach er ihren Namen aus und berührte sie sehr, sehr behutsam mit den Fingerspitzen an der Schulter. Ihre Hand griff nach oben und umklammerte seine; ein erregendes Gefühl unbändiger Freude überkam ihn.

»Sie hat behauptet, er würde es mit mir treiben«, brach es aus ihr heraus, als sie sich ungestüm zu ihm wandte. »Und das sei der Grund, warum ich immer hinter ihm herrenne. Sie haben ihn einen alten Lüstling genannt. Und haben gesagt, er stelle eine ... eine Gefahr für Gil dar. Ich kann dir gar nicht sagen, was sie alles erzählt haben, aber mittlerweile merke ich, wie die Leute mir ausweichen, wenn ich nach Passage reinfahre. Entweder sie schauen weg oder einfach durch mich hindurch, als sei ich ein Stück Dreck. Das schlimmste ist – keiner sagt auch nur ein Wort; eigentlich brauchen sie das auch gar nicht – ich weiß auch so, was sie denken. Aber es ist nicht wahr. Er ist ein guter Mensch. Nie hat er mich auch nur angefaßt, und mit Sicherheit würde er nie und nimmer Gil etwas Derartiges antun. Er ist der fähigste Lehrer der Welt. Er hätte keinen Erfolg mit seinem Unterricht, wenn Gil ihm nicht bedingungslos vertraute. Er ist der einzige Freund, den ich hier habe.«

»Nicht ganz, Cressie.«

»O Frank, Lieber, dich habe ich nicht gemeint, aber du hättest nicht herkommen sollen. Es ist nicht richtig. Du bist doch ein verdammter Polizist, oder? John hat gesagt, du würdest deine Stelle verlieren. Daß diese Kerle aus Cork dich in der Luft zerreißen.«

»Mach dir darüber keine Gedanken. Erzähl mir lieber, was Dienstagnacht passiert ist. Ich möchte dir helfen. Und das kann ich nur, wenn ich genau weiß, was vorgefallen ist.«

»Ich hätte sie daran hindern sollen.«

»Woran? Um Himmels willen, was, glaubst du, hatte sie vor?«

Sie antwortete nicht. »Cressie! Bitte!« Doch sie blieb stumm. Müde lehnte er sich zurück; er mußte daran denken, was er empfunden hatte, als ihm zum ersten Mal die Gerüchte zu Ohren gekommen waren, sie gehe ständig bei Spain ein und aus. Daß sie ein Paar seien. Der Alte und das Mädchen. Schier zur Verzweiflung hatte dieses Gemunkel ihn getrieben. Er umfaßte ihre Hand fester. »Cressie – bei dem, was Dienstagnacht passsiert ist, da ist es in Wirklichkeit gar nicht um John gegangen, nicht wahr?« fragte er bedächtig. Er spürte, wie sein Herzrasen in seiner Stimme nachbebte. »Es ist nicht um das gegangen, was sie gesagt hat, oder? Sondern darum, zu wem sie es gesagt hat, hm?« Fehlschlag. Sie sprach unvermittelt von etwas anderem.

»Sie hat es Val gesagt. Hat ihm eingeredet, ich betrüge ihn. Und hat ihn überzeugt. Was war ich doch für eine kleine Närrin. Ich konnte einfach nicht verstehen, warum sie so scharf auf ihn war – schließlich ist er in letzter Zeit praktisch ständig betrunken.« Sie schloß die Augen und legte den Kopf auf die Lehne der Bank. »Dauernd hat sie ihn zu sich eingeladen. Und er hat sich immer heimlich weggeschlichen. Ich habe ihn gesehen. Er hat es geleugnet, hat erklärt, es gehe um geschäftliche Dinge, hat mich als eine Idiotin beschimpft. Aber ich habe ihn gesehen, wie er mit ihr auf dem Boot draußen war. Zusammen mit O'Dowd.«

»Nur die drei?« fragte er so unbeteiligt wie möglich. »Wann genau war das?«

»Ein paarmal. Zufällig habe ich sie gesehen. Vor ein paar Wochen hatte Gil eine schlimme Erkältung. Irgendwann war er es leid, nicht rauszudürfen, also haben wir den Speicher aufgeräumt. Von dort hat man eine gute Aussicht.«

»Auch am Dienstag? An dem Nachmittag habe ich die beiden auf dem Schiff gesehen. O'Dowd war bei ihnen.«

»An dem Tag habe ich sie nicht gesehen«, wich sie aus. »Ich war im Krankenhaus, erinnerst du dich?«

»Um welche Zeit bist du zurückgekommen?« fragte er vorsichtig. Bleib ganz gelassen, ermahnte er sich, sie soll von sich aus reden.

Sie zuckte die Schultern. »Spät, ziemlich spät«, murmelte sie geistesabwesend, doch dann brach es unvermittelt aus ihr heraus: »Dieser doppelgesichtige O'Dowd, nach außen hin die Liebenswürdigkeit in Person, aber in Wirklichkeit führt er immer etwas im Schild. Und Val hat den großen Herren gespielt, stimmt's? Hat sie zu einer Spritztour auf dem verdammten Schiff eingeladen. Das sähe diesem Mistkerl ähnlich.«

»Hat O'Dowd dich irgendwie belästigt?« fragte er und war sich nicht sicher, ob er sie damit ablenken wollte oder ob Eifersucht aus ihm sprach.

»O'Dowd?« Voller Abscheu verzog sie das Gesicht. Und lachte dann zu seiner Verblüffung gekünstelt auf, ein Lachen, aus dem Verzweiflung sprach. »Lieber, lieber Frank, dir liegt wirklich an mir, stimmt's?« Verwunderung, aber auch Traurigkeit schwangen in ihrer Stimme mit. »Und deshalb glaubst du, alle anderen mögen mich auch?« Sie schniefte und schüttelte langsam den Kopf. »Armer Frank.«

Doch diesmal ließ er sich nicht ablenken. »Was ist passiert, als du am Dienstag aus Cork zurückgekommen bist?« Sie wich seinem besorgten Blick aus, stand auf und begann, langsam auf und ab zu gehen.

»Cressida? Warum bist du Dienstagnacht zum Haus von Evangeline Walter gefahren?«

Nach wie vor kehrte sie ihm den Rücken zu; ihre Schultern sackten nach unten.

»Du hast meine Frage nicht beantwortet«, erklärte er ruhig. *Auch wenn das nicht die Frage ist, die ich eigentlich stellen will. Ich möchte dich fragen, ob du ein gemeinsames Leben mit mir beginnen willst. Ich möchte die Tür hinter uns schließen und die ganze Welt aussperren, dich mit Zärtlichkeiten überschütten. Dich aus deiner Verwirrung befreien. Dich dazu bringen, dich selbst zu mögen. Ich wünsche mir, daß du immer, immer in meinen Armen einschläfst. Ich möchte ... ich möchte dich von diesem grauenhaften Säufer wegholen.*

Sie wirbelte herum. Er sah, wie die Haut über ihrer Kehle sich spannte, als sie schluckte. Mit der Zungenspitze befeuchtete sie ihre ausgetrockneten Lippen.

»Woher weißt du, daß ich dort war?« flüsterte sie.

Er griff in seine Tache, und als er ihr den Kamm hinstreckte, überlief ihn ein Angstschauder, daß er möglicherweise irgendwelche anderen kleinen Hinweise auf ihre Anwesenheit übersehen hatte. Ihre Finger schnellten vor und betasteten den zerbrochenen Schildpattkamm, mit dem sie an jenem Abend die Haare hochgesteckt hatte, an dem sie sich ineinander verliebt hatten. Und dann brach sie zusammen.

»Ich habe sie umgebracht«, wisperte sie. »Ich habe Evangeline Walter getötet.«

»Wann genau war das?« fragte er ruhig, obwohl sein Herz einen wahren Trommelwirbel vollführte.

»Um wieviel Uhr? Was spielt denn das für eine Rolle? Hast du nicht gehört, was ich gesagt habe?«

»Das habe ich sehr wohl gehört. Um wieviel Uhr?«

»Acht, neun? Ich weiß nicht, wie spät es war ... es ist allmählich dunkel geworden. Wieso fragst du mich nach der verdammten Uhrzeit? Ich habe dir doch gesagt ...« Ihre Stimme wurde gefährlich schrill. Sie versuchte, ihm ihre Hand zu entziehen, doch er ließ sie nicht los. »Ich habe sie getötet«, schrie sie.

»Wo war John Spain um diese Zeit?«

»Ich habe es gewußt, ich habe es gewußt«, rief sie. »Du glaubst, John Spain hat sie getötet, aber das stimmt nicht. Ich habe sie umgebracht.« Ihre Stimme war trotzig, ihr Gesicht verschlossen. »Ich war dort, in ihrem Garten, ich habe sie gesehen.«

»Wen hast du gesehen?« Sogar in seinen eigenen Ohren klang seine Stimme hohl. Was am Dienstag geschehen war, wäre auch ohne sie geschehen. Warum, o warum nur war sie nicht in Cork geblieben, bei Marilyn? In Sicherheit.

»Cressie? Erzähl mir alles von Anfang an. Ich will dir helfen. War Val dort?«

Unvermittelt schweifte sie ab. »Er hat mir nie etwas davon gesagt. Ich glaube, ich habe auch nie danach gefragt. Kannst du dir das vorstellen?« Sie sprach mehr zu sich selbst als zu ihm. Doch dann sah sie ihm direkt in die Augen. »Ich habe sie getötet, aber nicht deswegen«, flüsterte sie. »Ich habe sie getötet, weil sie ihn gedemütigt hat. Das habe ich einfach nicht ertragen, daß sie ihn so in den Schmutz zieht.«

»Val?«

Langsam schüttelte sie den Kopf und schloß die Augen. »Nein, natürlich nicht. John Spain.«

»Wie? Cressie, wie hast du sie getötet?«

»Ich bin auf sie losgegangen, habe sie zu Boden gestoßen. Sie ist mit dem Kopf auf das Pflaster geschlagen.«

»Wo genau ist das passiert? An welcher Stelle im Garten?« Wie ein Trommelfeuer folgten seine Fragen aufeinander, ließen ihr keine Zeit zum Nachdenken. »Antworte, das ist wichtig. Wie nahe beim Haus?« Er zwang sich, unbeteiligt zu klingen; mit der Hand umklammerte er den Kamm.

»Auf der Terrasse ... nahe dem Fenster. Ich bin weggerannt. Mein Kamm muß herausgerutscht sein, als sie mich an den Haaren gepackt hat. Sie hat gelacht, als ich sie umgebracht habe«, flüsterte sie. Angstvoll blickte sie zu ihm auf. »Was wird jetzt aus Gil?« Er packte sie bei den Schultern, zog sie zu sich auf die Bank und umarmte sie.

»Und dann hast du John Spain zu Hilfe gerufen?« flüsterte er ihr ins Ohr.

»Nein!« schrie sie. »Nein, der war schon da. Er hat gesehen, wie ich es getan habe. Er hat mich von ihr weggezerrt.« Sie zog die Schultern hoch und sagte nichts mehr.

»Hör mir zu, Cressie«, sagte Recaldo. Seine tiefe Stimme klang wie Donnergrollen in ihrem Ohr, das sie an seinen weichen Pullover preßte. »Du mußt mir sagen, was genau passiert ist. Jede einzelne Kleingkeit, alles. Und zwar jetzt – die Zeit wird knapp. Warum bist du zum Haus von Evangeline Walter gegangen? Warum ausgerechnet an diesem Abend? Warum, Cressida?«

Sie setzte sich ins Gras und sah zu ihm auf. »Ich weiß über das Mädchen Bescheid«, flüsterte sie. »Ich war ja so ungeheuer dumm.«

Langsam stieß er den angehaltenen Atem aus. »Wie bist du dahintergekommen? Und wann?«

»Am Dienstag.« Er mußte sich anstrengen, um zu verstehen, was sie sagte. »Das muß so um sieben rum gewesen sein. Ich habe Gil bei John abgeholt, mußte aber noch einmal nach Duncreagh, weil ich vergessen hatte zu tanken. Die Tankstelle in der Ross Street hatte geschlossen, also bin ich zu der auf der Nordseite der Stadt gefahren. Ich war sehr müde und bin wahrscheinlich zu schnell eingebogen, jedenfalls bin ich mit der Stoßstange auf den rechten Kotflügel des Wagens geprallt, der vor mir geparkt hatte. Zuerst habe ich gar nicht gemerkt, daß es der Mercedes von O'Dowd war. Wirklich passiert ist nichts. Der Lack war vielleicht ein bißchen zerkratzt, aber das war auch alles. Aber man hätte meinen können, ich hätte die verdammte Karre zu Schrott gemacht. Ich bin ausgestiegen, um mich zu entschuldigen, und natürlich ist auch Gil hinter mir rausgehüpft. Fast habe ich damit gerechnet, daß Jer mich schlägt, so wütend war er. Vorn in dem Mercedes saß ein irgendwie seltsames Mädchen, das plötzlich angefangen hat, Gil zuzuwinken und ihn anzulächeln. Gil hat gelacht und zurückgewinkt. Dann ist sie ausgestiegen. Ziemlich groß war sie, aber verhalten hat sie sich wie ein Kind. Lange blonde Haare, fast genau die gleiche Farbe wie die von Gil. Als sie dann angefangen hat, Gil zu betatschen, hat er Angst bekommen. Er hat sich an mein Bein geklammert, und da hat das Mädchen das gleiche gemacht. Beide haben sie ›Mama‹ geschrien. Die Leute sind stehengeblieben und haben uns angeschaut. Das hat Jer noch mehr erbost, aber dann hat er auf einmal zu lachen angefangen.

›Wer ist das?‹ habe ich gefragt. Er hat sich aber direkt an Gil gewandt. ›Kennst du Halcyon nicht, Gil?‹ hat er gefragt. Mir ist, glaube ich, der Mund offenstehen geblieben. ›Ist das nicht komisch, Gil?‹ hat er dann gesagt. ›Wir waren gerade bei deinem Daddy auf seinem Boot. Es war richtig lustig.‹ Und dabei hat er ständig gelächelt. ›Jammerschade, daß sie es dir nicht selber erzählen kann.‹ Er hat Gil direkt angesehen, und ich habe gewußt, worauf er angespielt hat. Richtig übel ist mir geworden; ich habe nur noch Punkte vor meinen Augen herumtanzen sehen. ›Wer?‹ habe ich gefragt und wollte damit sagen: ›Wer ist das Mädchen?‹ Er hat geantwortet: ›Oh, VJ und ich und Evangeline.‹ Mittlerweile hat das Mädchen einen ziemlichen Zirkus veranstaltet, und ich mußte ihm helfen, sie wieder in sein Auto zu setzen. Und gleich darauf ist er weggefahren. Das Mädchen hat sich umgedreht und immer noch gelächelt und Gil zugewinkt. Ihr Haar hat die gleiche Farbe. Blond, genauso wie Val.« Sie schlang die Arme um den Kopf. »Ich habe dir ja gesagt – ich war dumm. Stockdumm.«

»Und was hast du dann gemacht?« Er nahm ihre zitternde Hand und hielt sie fest umklammert.

»Ich bin nach Hause gefahren. Habe versucht, mich zu beruhigen. Val war in der Diele und hat telephoniert, als wir reingekommen sind. Irgend etwas Geschäftliches. Ich habe Gil gleich raufgebracht und in die Badewanne gesteckt. Anschließend habe ich ihn ins Bett gebracht. Als ich wieder nach unten gegangen bin, war Val in der Küche. Er hat aus dem Fenster geschaut, in der einen Hand eine Flasche, in der anderen ein Glas. Aber anscheinend war er noch nüchtern. Sogar freundlich. Hat versucht, nett zu sein. So ist er nur, wenn er etwas will. Die Begegnung mit O'Dowd habe ich nicht erwähnt. Ich habe mich einfach nicht getraut, weil ich gewußt habe, er hätte nur behauptet, ich bilde mir was ein. Dann habe ich ein Abendessen hergerichtet – Eier mit Speck oder so was. Alles war in Ordnung, bis er davon angefangen hat, er wolle das Haus verkaufen. Plötzlich habe ich dann gemerkt, daß Gil in der Tür stand, seinen Teddy im Arm. ›Ich habe die Dame gesehen, Dada‹, hat er gesagt, genau so. ›Ich habe die Dame gesehen, Dada.‹ So klar und deutlich, wie man sich das nur vorstellen kann.« Verwunderung schwang in Cressidas Stimme mit. »Manchmal bringt er es nicht fertig, die Worte zu formulieren, aber an dem Abend – an dem Abend hat der arme kleine Kerl wirklich klar und deutlich gesprochen, und ich habe gewünscht – oh, wie sehr ich gewünscht habe, ich hätte ihm nie beigebracht zu ...« Sie begann zu schluchzen. »Val hat wahrscheinlich geglaubt, Gil habe das Mädchen auf dem Schiff gesehen, denn ohne Vorwarnung hat er einen Satz gemacht und mir von der Seite einen Schlag versetzt. ›Was hat dein Kind im Boot dieses alten Perversen gemacht?‹ hat er geschrien. Gil ist für ihn immer nur ›dein Kind‹ oder ›das Kind da‹ oder ›der Schwachsinnige‹. Er hat es nie verkraftet, daß Gil nicht richtig hören kann. Ich weiß nicht, was dann in mich gefahren ist. Ich habe gesagt: ›Und was haben *dein* Kind und dieses Miststück auf deinem gemacht?‹ Weiter bin ich nicht gekommen. Er ist auf Gil losgegangen, hat mit der Flasche auf ihn eingeschlagen, und als ich versucht habe, ihn wegzuzerren, war ich an der Reihe. Und er hat nicht aufgehört zu brüllen, er würde dafür sorgen, daß Gil in ein Fürsorgeheim käme. Daß John Spain ihn unsittlich belästige. Und ich habe gewußt, das brächte er fertig. Er bräuchte nicht einmal irgendeinen Beweis dafür, oder? Schon allein die Beschuldigung würde genügen, daß man mir Gil wegnimmt. Und dann könnte es Monate dauern, ehe wir beweisen könnten, daß das alles Lügen sind – falls wir es je beweisen könnten –, und Gil wäre in irgend so einem grauenhaften Heim ...« Erneut wurde sie von Schluchzern geschüttelt. Recaldo drückte sie fest an sich.

»Er ist verrückt«, erklärte er. »Verrückt und gefährlich. Was ist dann passiert?«

»Ich glaube, er hat mich bewußtlos geschlagen. Als ich wieder zu mir gekommen bin, war er weg. Ich bin zum Fenster gerannt und habe das Boot draußen auf dem Fluß gesehen. Auf der Jacht haben die Lichter gebrannt. Ich hatte nur einen einzigen Gedanken: Ich muß John warnen. Das verfluchte Haus war mir jetzt egal. Ich habe Gil geholt und ins Auto gepackt. Vor lauter Wut habe ich gezittert. Ich kann mich nur noch erinnern, wie ich gedacht habe: Ich muß hier raus.

Wie ich zu Spains Cottage gelangt bin, weiß ich nicht mehr. Aber als ich dort angekommen bin, war er nicht da. Ich bin zum Ufer hinuntergerannt, um nach seinem Boot Ausschau zu halten. Allerdings konnte ich nicht weiter als bis zu der Landzunge sehen. Und ich weiß auch nicht, was mich dazu gebracht hat, um sie rumzufahren, zu der Stelle, wo dein Dingi liegt. Vielleicht hatte ich gehofft, dich zu finden? Ich bin auf die Motorhaube geklettert und habe das Wasser nach Johns Boot abgesucht. Dabei war es die ganze Zeit an einem Felsblock unmittelbar vor mir vertäut. Und dann habe ich gesehen, wie er auf Evangelines Haus zugegangen ist. Und bin ihm nachgegangen, zum Haus dieser gottverdammmten Hexe. Und habe sie umgebracht.«

»Was hat sich in dem Garten gerade abgespielt, als du hingekommen bist?« Daran, wie sie entsetzt zusammenzuckte, merkte er, endlich hatte er die entscheidende Frage gestellt. »Cressie, Liebes, was? Was war so schrecklich?«

»Wenn John es dir nicht selbst erzählt – ich bringe es nicht fertig«, erklärte sie schließlich.

Er versuchte es auf andere Weise. »Wo war Val?«

Verblüfft sah sie zu ihm auf. »Das weiß ich nicht. Ich weiß nicht, wo er war. Ich hätte es ... aber ...«

»Cressida? Wo ist er jetzt? Du mußt mir das sagen.« Oh, wie leid er es war, immer wieder die gleiche Frage zu wiederholen. In Gedanken war sie offenbar ganz woanders. Ihre Augen waren verschmiert, die Wangen naß. Kläglich nickte sie.

»War er die ganze Zeit zu Hause?«

»So ungefähr. Auf dem Boot.« Er konnte kaum verstehen, was sie sagte.

»Nicht immer.« Er hob mit dem Finger ihr Kinn an. »Neulich habe ich nachts Licht im Dachfenster deines Hauses gesehen.«

»Er ist gekommen und gegangen. Ich habe nicht gemerkt ...«

»War er da, als ich gestern vorbeigekommen bin?«

»Da war er auf der Jacht.« Jetzt wirkte sie noch unglücklicher.

»Und dieses Getue mit John Spain, das war meinetwegen, stimmt's?« fragte er schneidend.

»Ja, ich habe ihn angerufen, während du unten warst.«

»Aber er war doch mit dem Boot draußen. Ich habe ihn selbst gesehen. Wie konntest du ihn da anrufen?«

»Er hat ein Handy, wie alle anderen auch.«

Ungläubig starrte er sie an. »Ich bin doch nicht blöd, Cressida. John ist der letzte Mensch auf Gottes weiter Erde, der sich ein Handy zulegen würde. Das könnte er sich gar nicht leisten. Und falls du mir jetzt weismachen willst, es sei für den Fall, daß er draußen auf See in Schwierigkeiten gerät – vergiß es. Du weiß genausogut wie ich, John Spain ist es völlig egal, wenn er draufgeht.«

Sie wich seinem Blick aus. »Gestern hatte er eines. Mehr weiß ich auch nicht. Er hat gesagt, er würde kommen, falls ich jemanden brauche, der mich beschützt«, erklärte Cressida.

»Vor mir oder vor deinem Mann?« wollte er wissen.

»Vor beiden«, gab sie kläglich zu. »Ich habe gedacht, du würdest mich verhaften.«

»Dich? Nicht John Spain?«

»Warum solltest du denn den verhaften?« fragte sie, aufrichtig verdutzt. Ihr war offensichtlich nicht klar, daß Spain mit keinem Wort ihre Anwesenheit in dem Garten erwähnt hatte.

Die Frage war, hatten sie gemeinsam Evangeline Walter getötet? Oder hatte der Alte ihr den Gnadenstoß versetzt? Und wo, an welchem Punkt, kam V. J. Sweeney ins Spiel? Halcyon, natürlich. Seit Cressie das Mädchen gesehen hatte, stand für sie fest, es war die Tochter ihres Mannes. Noch ein im Stich gelassenes behindertes Kind. Das alles war irgendwie noch zu dürftig. Er mußte einen Beweis für Sweeneys Anwesenheit in dem verdammten Garten finden. »Hat John Spain dir erzählt, wie er die Leiche von Mrs. Walter vorgefunden hat?«

»Wie meinst du das? Sie hat in der Nähe ihres Hauses auf dem Boden gelegen. Mehr weiß ich nicht.«

»War VJ dort? Konzentriere dich, Cress – war dein Mann in dem Garten?« Verständnislos sah sie ihn an und schüttelte den Kopf. »Hast du ihn an dem Abend dort gesehen?« fragte er. »Denk nach, Cressie, um Himmels willen, erinnere dich. War Val in dem Garten?«

»Ich weiß es nicht. Ich habe dir doch erzählt, was passiert ist ...«

»Nein, das hast du eben nicht. Du hast gesagt, du hättest die Frau umgebracht«, redete er auf sie ein. »Aber was auch immer du getan hast, getötet hast du sie nicht. Deine Geschichte ergibt keinen Sinn. Genausowenig wie die von Spain. Hast du in jener Nacht Val dort gesehen?«

»Nein.« Sie klang verunsichert.

»Cressie, dein Mann hat dich und Gil geschlagen.« Sie wollte ihm ins Wort fallen, doch er hob die Hand. »Um Himmels willen. Cressida, verkauf mich nicht für dumm. Warum beschützt du ihn?«

»Weil ich Evangeline getötet habe«, flüsterte sie. »Wenn ich verhaftet und eingesperrt werde, ist niemand da, der sich um Gil kümmert.«

»Du hast Evangeline Walter nicht getötet. Hab keine Angst, dir wird nichts geschehen. Dafür werde ich sorgen.« Er klang überzeugter, als er war. »Stand Vals Auto vor dem Haus, als du am Mittwoch heimgekommen bist?« fragte er sie unvermittelt. Völlig überrascht sah sie ihn an.

»Nein, natürlich nicht. Sonst wäre ich doch gar nicht reingegangen«, antwortete sie, ohne zu zögern.

»Jetzt kommt etwas wirklich Wichtiges, überleg also ganz genau. Wann hast du das Auto deines Mannes zum letzten Mal gesehen?«

Sie zögerte. »Am Dienstag«, flüsterte sie dann. »In der Auffahrt. Das war das letzte Mal. Ich kann mich nicht erinnern, es später noch einmal gesehen zu haben.«

»Wo bist du hingegangen, nachdem du Evangeline geschlagen hattest?«

Darüber dachte sie noch eingehender nach. »Zurück zu John Spains Cottage. Er hat Gil den Arm und mir das Gesicht verbunden und mir Kognak oder Whiskey oder irgend so was eingeflößt. Und dann mußten wir uns hinlegen. Eine Weile haben wir geschlafen, zumindest so halb, während er weg ist. So gegen vier bin ich aufgewacht; da hat er am Küchentisch gesessen, auf dem Einzelteile eines Motors verstreut waren. Gil hat fest geschlafen. Ich habe ihn hochgehoben, und wir haben ihn über die Felder zu der Stelle getragen, wo er mein Auto versteckt hatte. Das hat er wahrscheinlich gemacht, als er nachts weg war. An die Fahrt nach Cork kann ich mich nicht erinnern... Gleich am nächsten Morgen habe ich Gil ins städtische Krankenhaus dort gebracht. Die Krankenschwester hat mir ständig irgendwelche lästigen Fragen gestellt, also habe ich behauptet, er sei im Schlaf die Treppe hinuntergefallen. Zumindest glaube ich, daß ich das gesagt habe. Wie ich ins Bons gekommen bin, weiß ich nicht mehr. Wir hatten kein Geld und nichts zu essen. Ich hatte Angst davor, nach Hause zu fahren, aber letztlich ist mir nichts anderes übriggeblieben. Ich habe Gil versteckt, bis ich mich vergewissert hatte, daß die Luft rein war.«

»Warum bist du nicht zu mir gekommen?«

»Ach, Frank«, rief sie. »Wie hätte ich das denn tun können? Ich habe sie umgebracht!«

»Ich sage es dir noch einmal: Du hast sie nicht getötet.«

Doch sie scheute zurück. »Was geschieht jetzt?« Erneut fing sie zu weinen an. »Würdest du ... würdest du dich bitte um Gil kümmern, falls ich ... falls ich... Dir werden sie ihn überlassen. Du bist Polizist.«

Er faßte sie an den Handgelenken und umklammerte sie. »Liebste Cressida, hab keine Angst. Ich werde mich um euch beide kümmern, daran darfst du nicht zweifeln. Ich lasse euch nicht mehr aus den Augen, alle beide nicht. Du mußt mir vertrauen.«

»Aber, Frank – ich habe sie getötet«, schluchzte sie.

Er zog sie an sich. »Das hast du nicht. Vergiß das nicht: Du hast Evangeline Walter nicht getötet. Sie ist erst sehr viel später gestorben«, erklärte er mit weit mehr Überzeugung, als angebracht war. »Ich muß jetzt gehen, Liebes, muß etwas nachprüfen. Bleib hier, bis ich dich hole; dann gehen wir zusammen zu John Spain. Und diesmal werdet ihr beide mir ganz genau erzählen, was passiert ist. Aber gemeinsam, damit es nicht zu irgendwelchen Mißverständnissen kommt.«

24

John Spain sah zum Fürchten aus: seine Haut hatte eine ungesund-gelbliche Färbung angenommen, als habe irgend etwas alles Blut und jegliches Leben aus seinen Gesichtszügen gesogen. Er war dem Zusammenbruch nahe. Recaldo starrte in die Augen des alten Mannes. Was auch immer noch geschehen mochte, für ihn kam es zu spät. Beinahe konnte man zusehen, wie er schrumpfte, verzehrt von den Traumata nicht nur der vorangegangenen Woche, sondern seines ganzen gescheiterten Lebens.

»Im oberen Stockwerk von Mrs. Walters Haus brennt Licht«, bemerkte er. »Ich habe mir gedacht, das wüßten Sie vielleicht gern.«

»Was?« Beinahe wütend blickte Recaldo ihn an. Herrgott noch mal, Coffeys verdammte Amis. Wirklich, ein verdammt günstiger Zeitpunkt. Er hatte sie ganz vergessen. Aber vielleicht hatte ja der allgegenwärtige McBride das schon geklärt. »Damit befasse ich mich später«, erklärte er knapp. »Ich muß mit Ihnen sprechen.«

»Mir fällt die Decke auf den Kopf – spazieren Sie doch mit mir zur Landzunge.« Die beiden gingen die Straße entlang zu einer flachen Bodenerhebung, die in die Flußmündung ragte.

»Ich möchte Ihnen erzählen, was Dienstagnacht geschehen ist«, erklärte Spain dumpf. »Die ganze Wahrheit diesmal.« Er ließ den Blick über das Wasser schweifen und seufzte. »Doch zuerst muß ich noch einmal auf den Vorfall im Juni zurückkommen. Ehe wir an jenem Abend zu Lias Restaurant gingen, sind meine Schwester und ich hier heraufspaziert und haben vor dem Essen noch ein Glas Wein getrunken. Wir haben auf die Flußmündung geblickt. Ein wunderschöner Abend. Ich hatte Mary seit Jahren nicht mehr gesehen und war glücklich. Sie hatte ein paar Photos von dem Tag bei sich, an dem wir uns das letzte Mal getroffen hatten; sie war damals schon Nonne, ich Priesteranwärter. Ich erinnere mich, daß mir der Gedanke durch den Kopf ging, wie widersinnig wir beiden Zweiundzwanzigjährigen in unserer strengen Kleidung aussahen. Ich habe sie an diesem Abend gefragt, ob sie jemals ihren Entschluß bedauert hatte, ob sie darunter litt, keine Kinder zu haben. Zuerst ist sie mir mit den üblichen Phrasen gekommen – die vielen hundert Kinder, die sie in ihrem Leben schon gekannt, um die sie sich in Afrika gekümmert hatte, doch ein paar Minuten darauf hat sie meine Hand genommen und sehr leise gesagt: ›Jeden einzelnen Tag meines Lebens.‹

Und mir ist es ebenso ergangen. Ich hatte meinem eigentlichen Wesen zuwidergehandelt, es pervertiert. In dieser Hinsicht hatte Evangeline Walter recht. Ich hatte meine Sehnsucht und mein Bedürfnis nach Liebe, Ehe und Familie geleugnet, hatte geglaubt, ich könne diese Drachen bezwingen. Die Ehelosigkeit habe ich mir auf eine Weise eingehandelt, wie ich in Mrs. Ryans Laden etwas kaufen würde. Habe sie von einem Bord heruntergenommen, sie abgestaubt und mir eingeredet, das sei es, was ich wolle. Zu der Zeit, als Mary und ich zum Glauben fanden, hat man kaum über Sexualität gesprochen; man hat sie nicht in Betracht gezogen. *Ich* habe sie nicht in Betracht gezogen. Sie war etwas Lästiges, Peinliches, und man hatte gelernt, so zu tun, als spiele sie keine Rolle. Wäre ich ehrlicher gewesen, wäre ich vor Ablegung der ewigen Gelübde aus dem Orden ausgetreten. Doch das habe ich nicht getan. Ich habe meine Sexualität ignoriert und mich ganz dem Intellekt verschrieben. Und mich dabei recht gut gehalten; zumindest habe ich das geglaubt. Bis zu meinem vierzigsten Geburtstag, als ich die klassische Krise eines Mannes in der Mitte seines Lebens durchgemacht habe. Eines Tages habe ich plötzlich nackt vor einem Spiegel gestanden und mich gefragt, wohin meine Jugend entschwunden war –

wie vermutlich jeder Mann sich das fragt. Und als ich mich so angesehen habe, hatte ich plötzlich eine Erektion. Nie zuvor hatte ich mich so gesehen: kräftig, stark – lebendig. Ich war entsetzt, wie primitiv ich mir vorkam. Doch während ich mich bewunderte, wurde mein Penis ebenso plötzlich wieder schlaff. Wie eine Warnung. Sie hat mich als den Heuchler entlarvt, der ich war. Die nächsten drei Jahre habe ich dann jede Frau gebumst, die sich mir angeboten hat – ich wähle meine Worte sehr bedachtsam –, habe mich nicht um sie bemüht, keinerlei Gefühle investiert. Ich wurde zu der Art weltzugewandtem Geistlichen, die ich am meisten verachte. Es war so ungeheuer einfach. In den Kreisen, in denen ich mich bewegt habe, war ich als sympathischer, ungebundener Junggeselle bei eleganten Dinnerpartys sehr gefragt – ich konnte mich in mehreren Sprachen unterhalten und flirten. Vermutlich hat mein geistlicher Stand dem Ganzen zusätzlich einen reizvollen Hauch von Verderbtheit verliehen. Ich habe weiterhin unterrichtet und mein Priesteramt versehen, doch in dieser ganzen Zeit habe ich nicht einmal, nicht ein einziges Mal meine Seele oder mein Herz erforscht, was ich da überhaupt tat. Das ist es, was ich unter pervertiert verstehe.

Und dann bin ich Consuela begegnet. Eine spanische Universität hatte mir einen akademischen Grad ehrenhalber verliehen, und der Botschafter in Rom hat einen Empfang für mich gegeben. Er war ungefähr in meinem Alter, wirkte sehr asketisch und war makellos gekleidet. Wenn ich neben ihm stand, bin ich mir wie ein ungeschlachter Bauerntölpel vorgekommen. Ich erinnere mich, wie ich den Kopf umgewandt habe, als seine Frau angekündigt wurde. Meine Nemesis. Sie hat in der Tür gestanden und versucht, ihren Mann ausfindig zu machen. Es war, als hätte der Saal sich plötzlich geleert und als durchquere sie ihn zielstrebig in meine Arme. Ihre Augen versanken in meinen, als sie sich uns angeschlossen hat. Den Rest des Abends haben wir uns ausschließlich miteinander unterhalten. Am nächsten Tag habe ich ihnen ein kleines Billett geschrieben und mich bedankt, und am Tag darauf hat sie geantwortet. Von da an haben wir miteinander korrespondiert. Von Zeit zu Zeit habe ich sie auch gesehen, jedoch immer nur in Gesellschaft. Von dem Tag an, als ich sie gesehen hatte, war mit meinen Liebeleien Schluß. Ich bin aus dem Orden ausgetreten. Mein Superior hat versucht, mich zum Bleiben zu überreden. Er hat gewußt, was für ein Leben ich geführt hatte, jedoch das Gefühl gehabt, bis zu dem Zeitpunkt, wenn meinem Ersuch nach Dispens stattgegeben würde – derlei hat damals mehrere Jahre gedauert –, würde sich das geben. Ich glaube, genau das hat mich mehr als alles andere in dem Entschluß bestärkt zu gehen. Das Außergewöhnliche daran war – ab dem Zeitpunkt, als ich aus dem Priesterstand ausgetreten bin, habe ich mir Enthaltsamkeit auferlegt. In Trastevere habe ich mir eine kleine Wohnung gesucht und weiterhin an der Universität unterrichtet. Zweieinhalb Jahre hat es gedauert, bis ich zum ersten Mal mit Consuela allein war. Ihr Mann sollte in der darauffolgenden Woche nach London versetzt werden, und sie war vorbeigekommen, um sich zu verabschieden. Noch jetzt sehe ich sie vor mir. Sie trug eine sandfarbene Hose und eine weiße Bluse; um die Schultern hatte sie einen hellgrauen Kaschmirpullover gelegt. In ihren Ohrläppchen steckten kleine Perlen. Als sie durch die Tür gekommen ist, hatte ich das gleiche Gefühl wie an jenem ersten Abend in der Botschaft, doch diesmal ist sie mir wirklich geradewegs in die Arme gestürzt. Und hat mich nie mehr verlassen.

Als der Skandal bekannt wurde, ist mir mein ehemaliger Orden zu Hilfe gekommen und hat mir eine Gastdozentur in Harvard vermittelt. Drei Jahre lang haben wir dort in wahrer Glückseligkeit gelebt. Tausend Tage des vollkommenen Glücks. Sie war mein Leben, meine Seelengefährtin. Liebe hat uns umhüllt und beschützt. Wir haben in einem abgeschirmten Universum gelebt, das, so glaubten wir, für immer Bestand hätte.

Eines Tages ist dann ein irisches Mädchen in mein Zimmer im College gekommen; sie hatte es mit dem eines anderen Professors verwechselt; zumindest hat sie das behauptet. Da ich in dem Gebäude, in dem er sein Zimmer hatte, gleich eine Unterrichtsstunde halten sollte, habe ich angeboten, ihr den Weg zu zeigen. Als wir in den Hof hinunterkamen, hat sie ihren Freund begrüßt, der auf der Wiese saß. Zu dritt sind wir zu dem Fakultätsgebäude gegangen, und ehe ich mich von ihnen verabschiedet habe, hat der Junge mich gebeten, ob er mich – einen leibhaftigen Harvard-Professor – zusammen mit seiner Freundin photographieren dürfe.

Zwei Tage später erschien das Photo mit einem umfassenden Resümee des damaligen Skandals im *Boston Globe*. Zusätzlich waren stark vergrößerte Bilder von Consuelas Kindern als Babys abgedruckt. Die Presse hat sie regelrecht an den Pranger gestellt. Jede Einzelheit ausgebreitet. Wie sie ihr glanzvolles Leben aufgegeben hatte, ihren distinguierten Ehemann, ihre drei Kinder. Die Schlagzeilen waren gespenstisch. Consuela war völlig verzweifelt. Fünf Tage lang haben wir uns in der Wohnung verkrochen und kein einziges Mal den Fuß vor die Tür gesetzt. In der ganzen Zeit haben die Reporter uns belagert. Dann ist uns das Essen ausgegangen. An jenem Morgen bin ich um sechs Uhr heimlich hinausgeschlüpft und zu einem Supermarkt gefahren, der rund um die Uhr geöffnet hatte; Consuela hat noch geschlafen. Das Mädchen, das die ganze Geschichte ins Rollen gebracht hatte, muß bemerkt haben, wie ich weggefahren bin. Irgendwie ist sie in das Gebäude gelangt und hat angefangen, an unsere Tür zu hämmern und durch das Schlüsselloch Consuela zu beschimpfen. Einer unserer Nachbarn ist aus seiner Wohnung gekommen, um sie zurechtzuweisen, und es ist zu einem Streit gekommen. Consuela ist durch die Hintertür aus der Wohnung geschlichen und über die Feuerleiter aufs Dach gerannt. Als ich zurückgekommen bin, lag sie tot auf dem Pflaster vor dem Haus; die Nachbarn standen um sie herum.« John Spain blickte auf. »Sie war im vierten Monat schwanger.«

Sie schwiegen. Recaldo nahm eine Handvoll flacher Kieselsteine und ließ sie einen nach dem anderen über das Wasser hüpfen. »Sind Sie anschließend gleich hierhergekommen?« fragte er schließlich.

»Nein, nicht gleich. Ich hatte einen Nervenzusammenbruch und war eineinhalb Jahre in einem Krankenhaus, ehe ein Freund meines ehemaligen Superiors mich herausgeholt und mir ein kleines Häuschen auf Cape Cod, etwas außerhalb von Chatham, zur Verfügung gestellt hat – die Hütte eines Walfängers, direkt am Ufer. Eines Tages habe ich im Garten ein Klinkerboot gefunden, das langsam verrottete. Als ich den Besitzer fragte, ob ich es haben könnte, hat er mich mit einem Fischer bekannt gemacht, der sich zur Ruhe gesetzt hatte. Der hat es für mich hergerichtet. Und mir auch beigebracht, mit dem Boot umzugehen und zu fischen. Als ich dann von dort wegging, habe ich das Boot mitgenommen. Kommen Sie«, forderte er ihn auf. »Ich möchte Ihnen etwas zeigen.«

Sie gingen zum Ufer hinunter, wo das Boot leicht auf dem Wasser hin und her schaukelte. »Sehen Sie das?« Voller Stolz deutete Spain auf die Stelle, wo auf der Innenseite des Bugs in eleganter Kursivschrift der Name *Consuela* stand. »Wenn ich in dem Boot sitze, habe ich das Gefühl, sie ist bei mir.«

»John? Können Sie mir jetzt erzählen, was am Dienstag passiert ist?«

John Spain holte tief Luft. »Am frühen Vormittag hat Cressie Gil zu mir rübergebracht. Marilyn war am Abend zuvor ziemlich elend gewesen, und sie wollte unbedingt wieder zu ihr. Der Kleine war erschöpft. Fast den ganzen Vormittag hat er geschlafen, und dann haben wir unsere Unterrichtsstunde abgehalten. Danach hat er gebettelt, ich solle doch mit ihm in dem Boot rausfahren. Ich wollte jedoch aus Angst vor Gerede nicht mit ihm zusammen gesehen werden. Schließlich habe ich aber doch nachgegeben. Zuerst sind wir flußaufwärts gefahren, dann aber leider bei dem umgestürzten Baum umgekehrt. Anschließend hat Gil mich gebeten, mit ihm zu der Stelle zu fahren, wo man die Robben beobachten kann. Beim Umrunden der Landspitze habe ich Mrs. Walter in ihrem Garten gesehen. Sie hat wie immer bei dem Baum gestanden und geraucht. Augenblicklich habe ich Kurs auf die Strommitte genommen, in der Hoffnung, sie würde uns nicht bemerken, aber natürlich hat sie uns erkannt. Ich habe gehört, wie sie gelacht hat. ›Oh, oh‹, hat sie gerufen. ›Was haben wir denn da? Böser Junge. Das muß ich vielleicht dem Papa sagen.‹ Und hat gar nicht mehr aufgehört zu lachen. Den ganzen Tag habe ich darüber nachgegrübelt. Und bin zu dem Schluß gekommen, diesmal war sie zu weit gegangen. Damit mußte Schluß sein. Nicht nur meinet-, sondern Gils und Cressies wegen. Er macht derart große Fortschritte, und dazu habe ich beigetragen. Das ist eines der Dinge in meinem Leben, auf die ich wirklich stolz bin.

Nachdem Cressie ihn bei mir abgeholt hatte, mußte ich noch eine Kiste Hummer zum Georgiana O bringen. Die ganze Zeit über habe ich mich gefragt, warum Evangeline mir gegenüber so unversöhnlich war; früher sind wir recht gut miteinander ausgekommen. Als sie sich hier niedergelassen hat, war ihr ungeheuer daran gelegen gewesen, sich mit mir anzufreunden, und, ja: ich schäme mich, das einzugestehen, aber ein-, zweimal haben wir miteinander geschlafen. Doch in den letzten paar Jahren wurde sie richtig gehässig; ich konnte mir einfach nicht vorstellen, was der Grund dafür war. Törichterweise hatte ich das Gefühl, die einzige Möglichkeit sei, es mit ihr auszudiskutieren. Als ich zurückgekommen bin, habe ich daher mein Boot losgemacht und bin zu ihrem Haus hinübergerudert. In dem Augenblick, als ich sie gesehen habe, war mir klar, das war ein Fehler. Ich vermute, sie hat unter Drogen gestanden, jedenfalls war sie völlig unbeherrscht, außer Kontrolle. Ich habe in den letzten paar Tagen viel darüber nachgedacht und bin zu dem Schluß gekommen, sie wollte irgend jemandem etwas vorspielen. Ich war nur Mittel zum Zweck.«

»Cressida?«

»Nein. Ich bin mir fast sicher, irgend jemand war im Garten oder im Haus, ehe Cressida aufgetaucht ist. Die Fenster haben weit offengestanden. Sie hat versucht, irgend jemanden zu beeindrucken oder zu bestrafen, oder ... jedenfalls hat sie die ganze Zeit geredet. ›Tu's, tu's. Zeig uns, was ein Mann ist.‹ Das waren nicht ganz ihre Worte, sie hat sich viel ordinärer ausgedrückt ...«

An Obszönitäten war Recaldo nicht interessiert; er wollte wissen, was es mit dem ›uns‹ auf sich hatte. »Sie hat also ›uns‹ gesagt? Was, glauben Sie, hat sie damit ausdrükken wollen?«

»Ich weiß es nicht, aber nachdem Cressie sie geschlagen hatte, meinte ich Gelächter zu hören. Das Lachen eines Mannes. Mein Gott, wie mich das anwidert.«

Schritt für Schritt berichtete Spain den ganzen Vorfall, ohne sich zu schonen. Und jetzt wurde Recaldo klar, aus welchem Grund Cressida den alten Mann gedeckt, warum sie gesagt hatte, er sei gedemütigt worden. Noch während Spain sprach, überschlugen sich Recaldos Gedanken, spielten alle Möglichkeiten durch, warum Evangeline Walter im Lauf der Zeit den Alten und Cressida so gezielt und so leidenschaftlich zu hassen begonnen hatte. Weil sie Gil gegeben hatten, was sie ihrer Tochter nicht geben konnte?

»War es Sweeney, der gelacht hat?« fragte er und wollte mit aller Kraft, daß der Alte seine Vermutung bestätigte.

»Ich habe keine Ahnung, wer es gewesen sein könnte; nicht einmal, ob ich mir das alles nicht nur eingebildet habe.«

»Was ist dann mit Cressie geschehen?«

»Ich habe sie aus dem Garten gezerrt, hin zum Boot, aber sie hat sich losgerissen. Ihr Wagen hat bei der Helling gestanden. Ich habe sie hineingeschoben, bin selbst eingestiegen und habe sie zu mir nach Hause gebracht. Beide waren übel zugerichtet. Ich hatte Angst, Gils Arm sei gebrochen. Sie war in einem jammervollen Zustand. Völlig verwirrt. Kaum habe ich verstanden, was sie mir erzählt hat – ihr Mann habe eine Affaire mit der Walter, und die habe ihm eingeredet, er könne Cressie dazu bringen, ihm das Haus zu überschreiben. Er brauche ihr nur zu drohen, der Polizei oder Fürsorge zu melden, daß ich pädophil sei.« Das unheilvolle Wort flüsterte er nur. Recaldo beobachtete, wie der Alte sich hin und her wiegte, Schmerz und Verwirrung waren in das zerfurchte Gesicht eingeätzt. Er stieß den lange angehaltenen Atem aus. »Ich konnte mein Boot nicht dort lassen, ich mußte noch einmal hin und es holen. Ich bin hineingeklettert und war schon ein Stück weit auf dem Fluß draußen, als ich einen Blick zurück auf das Haus geworfen habe, und da habe ich gesehen, wie sie aufgestanden ist.

Ich habe meinen Augen nicht getraut. Sie hat sich mit zurückgeworfenem Kopf an den Tisch gelehnt. Und gelacht. Der Wind hat Musik zu mir herübergetragen ... Ella Fitzgerald.«

»Denken Sie nach, um Gottes willen, John, denken Sie nach. Was hat sie dann gemacht?«

»Sie ist ins Haus gegangen und hat das Licht gelöscht.« Er hielt inne. »Nein, das stimmt nicht. Das Licht ist ausgegangen, und dann ist sie ins Haus.«

»Und was haben Sie gemacht?«

»Ich bin wie der Teufel gerudert. Ich mußte Cressie sagen ...«

»Augenblick. Versuchen Sie, sich zu erinnern. Blicken Sie noch einmal am Ufer des Gartens der Walter entlang. Ist da irgend etwas? Überlegen Sie, John.«

Er schlug die Hand vor den Mund. »Sweeneys Motorboot. Es war dort vertäut, an dem Baum... Es muß die ganze Zeit über dort gewesen sein.«

Recaldo krampfte die Hände ineinander und bemühte sich, seine Erregung – oder war es Furcht? – zu dämpfen. Hatte Spain sich auch wirklich nicht geirrt?

»Die Flut stieg ungeheuer schnell, und ich wurde stromaufwärts abgetrieben. Ehe ich mich's versah, war ich an der Landzunge vorbei und mußte mich dann beim Zurückrudern ungeheuer anstrengen. Für den Fall, daß VJ nach ihr suchte, habe ich Cressies Wagen zu einem abgelegenen Feld gefahren. Als ich zu meinem Cottage zurückgekommen bin, habe ich das Aufheulen eines Bootsmotors gehört.

Ich bin zur Spitze der Landzunge hinuntergerannt und habe gesehen, wie ein Motorboot über den Fluß gerast ist. Und ich bin mir beinahe sicher, es war das von Sweeney. Ich weiß nicht, was mich bewogen hat, noch einmal zum Walterschen Garten zurückzukehren – diesmal zu Fuß, am Ufer entlang. Das Motorboot war weg, aber in der Ferne, auf der anderen Seite, habe ich ganz leise immer noch den Motor gehört. Doch jetzt war jemand bei dem Baum. Ich habe mich näher herangeschlichen, sorgsam darauf bedacht, daß niemand mich sieht oder hört. Als ich dort angelangt bin, habe ich gesehen, sie war es. Ich habe ihren Namen gesagt, doch sie hat sich nicht geregt. Das Herz schlug mir bis zum Hals – ich habe die Hand ausgestreckt, und als ich sie zurückgezogen habe, war sie voller Blut. Der Kopf war ihr auf die Brust gesunken. Ganz leise habe ich ihren Namen geflüstert und sie am Handgelenk gefaßt. Kein Puls mehr.« Seine Augen begegneten denen Recaldos. »Für mich bestand kein Zweifel – sie war tot. Verzeihen Sie mir, daß ich Sie angelogen habe.«

»Allmählich verstehe ich, warum«, erwiderte Recaldo bitter.

»Ich konnte nicht mehr klar denken. Meine erste Reaktion war: Ich muß Cressie und Gil wegbringen. Zurück blieb mir nichts anderes übrig, als den umständlichen Landweg einzuschlagen – das Wasser stand zu hoch, um durchzuwaten. Und da war noch etwas ... allerdings weiß ich nicht, ob ich mir das nicht nur eingebildet habe«, fuhr er zögernd fort. »Die Persenning hat heruntergehangen, also bin ich hin und habe sie über das Boot gezogen. Mittlerweile war ich völlig erschöpft – vielleicht hatte ich schon angefangen zu halluzinieren, jedenfalls habe ich mich allmählich gefragt, ob ich mir diesen Alptraum nur eingebildet hatte. Ich bin auf die Landzunge hinaufgeklettert und habe zum Garten der Walter zurückgeblickt. Für den Bruchteil einer Sekunde glaubte ich das Licht angehen und jemand aus dem Haus kommen zu sehen.«

»Einen Mann oder eine Frau?«

Spain zuckte die Schultern. »Das konnte ich nicht erkennen, ich war zu weit weg. Auf jeden Fall eine große Gestalt.«

»Groß – heißt das hochgewachsen?«

»Nein, eher wuchtig. Eine große, massige Gestalt.«

Oder jemand Schlankes, der etwas Großes trug? dachte Recaldo. »Um wieviel Uhr sind Sie nach Hause gekommen, John?«

»Ich bin mir nicht ganz sicher – drei, halb vier? Ich habe mir die Kleider vom Leib gerissen und mich im Fluß gewaschen, dann bin ich reingegangen und habe gewartet, bis Cressie aufgewacht ist. Das war ungefähr um vier; dann habe ich sie und das Kind zu dem Range Rover gebracht und sie nach Cork geschickt. Sie war in einer miserablen Verfassung, aber etwas anderes ist mir nicht eingefallen. Ich bin aufgeblieben und habe bis in die Morgendämmerung hinein heiße Milch mit Whiskey getrunken. Dann habe ich mich fertiggemacht, um wieder rauszufahren.«

Langsam gingen Recaldo und Spain zum Cottage zurück. Als sie bei dem Jeep stehenblieben, berichtete Spain: »Gestern habe ich in Passage South eine junge Frau gesehen, von einer der Zeitungen, glaube ich. Sie war das Mädchen, das sich mit mir zusammen hat photographieren lassen. Fiona Moore heißt sie.«

25

Auf dem Rückweg war Recaldo überdreht vor Aufregung, endlich Sweeney eindeutig mit dem Schauplatz des Mordes in Verbindung gebracht zu haben; er zitterte vor Wut. Wäre Evangeline Walter noch am Leben gewesen, er hätte sie in Stücke gerissen. Die entsetzliche Geschichte des alten Mannes hatte ein Gefühl von Schmutz und Schuld in ihm hinterlassen: daß Liebe und Begehren so leicht in etwas derart Verkommenes verkehrt werden konnten. Allerdings war, falls seine Theorie zutraf, Evangeline selbst das Opfer einer unglückseligen Liebe geworden. Sie hatte das, was man ihr angetan hatte, anderen zugefügt.

Er sperrte das dunkle, verlassene Haus auf und stellte sich sofort unter die Dusche. Als er den Anrufbeantworter abhörte, ertönte eine Schimpfkanonade Coffeys, und er schaltete den Apparat einfach ab. Dann legte er eine CD mit dem Requiem von Verdi ein – es paßte zu seiner Stimmung.

Gerade war er dabei, sich ein Omelett zuzubereiten, als Flor Cassidy anrief, um ihm mitzuteilen, seine Amerikaner seien vor ein paar Stunden eingetroffen und äßen gerade im Speisesaal zu Abend. »Über Mrs. Walter habe ich nichts verlauten lassen, und sie haben sie auch nicht erwähnt. Ich habe jetzt Dienstschluß, Frank. Soll ich ihnen sagen, daß Sie vorbeikommen oder was?«

»Ich komme auf einen Sprung rauf. Oder hat Inspektor McBride schon mit ihnen gesprochen?« Flor erwiderte, seines Wissens hätten sie mit überhaupt niemandem geredet und sich seit ihrer Ankunft in ihrem Zimmer aufgehalten. Recaldo ließ sein Abendessen stehen und ging langsam zum Hotel hinauf. Von ganzem Herzen hoffte er, Mrs.

Walters Besucher wären nicht aus demselben Holz geschnitzt wie sie.

Der Speisesaal war ungeheuer geräumig und konnte ohne weiteres als Ballsaal dienen – was gelegentlich auch der Fall war. Im Mittelbereich reihten sich zu beiden Seiten Bogenfenster und Säulen aneinander, die man mit blaßgrünem, rosafarbenem und weißem Marmor verkleidet hatte. In regelmäßigen Abständen hingen ausladende Kristallüster aus Waterford an der Decke. Der ganze Raum wirkte so hell und luftig wie ein Palazzo am Mittelmeer – eine beachtliche Leistung, wenn man das kalte nördliche Meereslicht draußen bedachte. Ein Spalier von Orangen- und Zitronenbäumen in riesigen Blumentöpfen erweckte den Eindruck, als schiene die Sonne.

Das Paar saß in einer Fensternische hoch über dem Meer; sie hielten einander an der Hand und lächelten sich zu. Recaldo trat einen Schritt zurück, als der Kellner den Hauptgang servierte und sich dann diskret zurückzog. Die Frau hielt sich sehr gerade und wirkte ungemein gepflegt. Sie trug ein schlichtes, langärmeliges schwarzes Kleid, jedoch keinerlei Schmuck. Als er den Raum durchquerte, lachte sie über etwas, das ihr Mann erzählte.

»Entschuldigen Sie«, sagte er höflich.

Aus wahrhaft bemerkenswerten Augen – fahlgrau mit einem dunklen Ring um die Iris – sah sie ihn an. Sehr gelassen, leicht amüsiert, und obwohl sie nicht mehr ganz jung war, fand Recaldo sie sehr hübsch. Und das wird sie bis ins Alter hinein bleiben, dachte er, überrascht von der Sentimentalität, die ihn plötzlich überkam.

Er wandte sich an den Mann: »Mr. Murray?« fragte er.

Murray Magraw blickte auf und grinste. »Ja, der bin ich. Kommen Sie zufällig von Evangeline?« Er sprach mit leicht schleppendem amerikanischem Akzent.

»Sozusagen«, erwiderte Recaldo. »Offenbar habe ich Sie verfehlt, als Sie in in ihrem Haus waren.«

»Sie ist jetzt wieder da, oder? Warum ist sie denn nicht selber hergekommen?«

Darauf ging Recaldo nicht ein. »Ist einer von Ihnen mit Mrs. Walter verwandt?«

Die Frau warf ihrem Mann einen durchdringenden Blick zu. »Ja, mein Mann ist ihr Cousin.«

Murray achtete nicht weiter darauf. »Sie können ihr ausrichten, daß wir uns hier nicht von der Stelle rühren ...«, setzte er an, doch Recaldo fiel ihm ins Wort. »Ich fürchte, das ist nicht möglich, Mr. Murray.«

»Magraw. Ich heiße Murray Magraw – soviel hat sie Ihnen doch bestimmt verraten? Und das ist meine Frau Grace Hartfield.« Er kniff die Augen zusammen, als hätte er Mühe, die Dinge um ihn herum klar zu erkennen. »Ich fürchte, ich habe nicht so ganz verstanden, was Sie gesagt haben.«

»Es tut mir leid, Mr. Magraw, aber ich habe Ihnen etwas mitzuteilen. Haben Sie etwas dagegen, wenn ich mich setze?«

»Durchaus nicht – bitte. Jeder Freund von Evangeline et cetera. Möchten Sie einen Schluck Wein?« Er hob die Flasche und goß sich, als Recaldo verneinte, selbst nach. »Und warum können Sie ihr nichts ausrichten? Wollen Sie uns nicht sagen, wer Sie sind?«

»Mein Name ist Frank Recaldo.«

»Sie sind Polizist, habe ich recht?«

»Richtig, Mr. Magraw. Entschuldigen Sie, aber ich fürchte, ich habe schlechte Nachrichten für Sie.«

»Evangeline?« Murray wandte sich zu seiner Frau und nahm ihre Hand. »Mußte sie wieder ins Krankenhaus? Wir haben doch gewußt, irgend etwas ist nicht in Ordnung. Im Haus war es ganz kalt«, fügte er zusammenhangslos hinzu.

»Sie waren in dem Haus? Haben Sie denn Schlüssel dafür?«

»Nein, aber meine Cousine hat für uns einen in dem alten Briefkasten deponiert – nur für den Fall, daß wir einander verfehlen. Was ja auch der Fall war.«

»Mrs. Walter ist nicht im Krankenhaus. Sie ist tot«, sagte Recaldo leise.

Grace gab einen merkwürdigen kleinen Aufschrei von sich. »Murray, Murray. Liebling, das tut mir leid«, sagte sie und begann zu weinen. Murray stand auf, nahm sie in die Arme und drückte sie an sich. Über ihre Schulter sah er Recaldo an.

»Wir haben von ihrer Krankheit gewußt, aber das kommt wirklich sehr unerwartet. Es ist sehr freundlich von Ihnen, daß Sie gekommen sind, um uns das zu sagen.«

»Nein. Schuld war nicht ihre Erkrankung, es war ...«

»Ein Unfall?«

»Es war auch kein Unfall. Sie wurde überfallen.«

Ruckartig setzte Murray sich hin. Endlich hatte er begriffen. »Wollen Sie damit sagen, sie wurde ermordet? Wann?«

»Man hat sie am frühen Mittwochmorgen tot in ihrem Garten gefunden. Ich weiß, das ist ein fürchterlicher Schock, und wahrscheinlich waren Sie den ganzen Tag unterwegs, aber ich muß mit Ihnen sprechen. Es dauert nur ein paar Minuten.«

»Sagen Sie uns, was passiert ist«, beharrte Murray.

»Ein alter Fischer, John Spain heißt er, ein Nachbar, hat sie am Mittwoch frühmorgens im Garten entdeckt.«

»Woher haben Sie gewußt, daß wir hier sind?« unterbrach Grace ihn unvermittelt.

»Sie haben beide jeweils eine Nachricht auf dem Anrufbeantworter hinterlassen.« Wir haben Sie also erwartet.«

»Bitte erzählen Sie mir, was geschehen ist – ich will es wissen.«

Schweigend zog Recaldo sein Notizbuch heraus und begann mit seinem Bericht.

»Ich fürchte, ich muß Sie beide fragen, wo Sie sich innerhalb der letzten Tage aufgehalten haben – reine Routineangelegenheit«, sagte Recaldo etwas verlegen, nachdem er geendet hatte, und wünschte, er könnte sie auf andere Weise zum Reden bringen. »Es ist wirklich nur eine Formalität.« Murray sah aus, als wolle er Einspruch erheben, statt dessen erklärte er, er sei vormittags aus Minneapolis via Chicago auf dem Shannon-Flughafen eingetroffen. Grace hatte ihn am Flughafen abgeholt, nachdem sie Dienstag nacht mit der Fähre von Swansea aus in Cork angekommen war. Sie gab ihm die Adresse des Freundes – eines gewissen Seamus Crowley – in Lahinch, bei dem sie gewohnt hatte. Recaldo notierte sich dies ebenso wie den Namen des Auktionshauses in Limerick, wo sie am Tag zuvor an einer Bücherversteigerung teilgenommen hatte. »Wir sind Buchhändler«, klärte sie ihn auf. »Drüben in Oxford haben wir ein Antiquariat.«

Reichlich albern kam er sich vor, als er sich sorgfältig all diese Einzelheiten notierte, die, das wußte er, Coffey keineswegs beschwichtigen würden; aber zumindest hätte er dann etwas vorzuweisen.

»Sie haben also keine Ahnung, wer sie umgebracht hat?« sagte Murray eher zu sich selbst.

»Nein. Unsere Ermittlungen werden allerdings dadurch erschwert, daß wir im Haus nur wenige Hinweise auf ihre Privatangelegenheiten finden konnten.«

»Dann ist also doch eingebrochen worden?«

Recaldo nickte. »Wie haben keinerlei Beweise dafür, aber es sieht ganz danach aus.« Er schwieg einen Augenblick. »In welcher verwandtschaftlichen Beziehung standen Sie zu Mrs. Walter?«

»Unsere Mütter waren Cousinen. Wir kennen – kannten uns von Kind auf. Aber ich bin nicht ihr nächster Anverwandter, falls Sie darauf hinauswollen.« Murray wirkte seltsam beunruhigt, als er dies sagte, als verriete er ein nur ihm anvertrautes Geheimnis. Er blickte von Grace zu Recaldo, von Recaldo zu Grace.

»Wissen Sie, wer das ist?«

Murray dachte einen Augenblick lang nach. »Vermutlich ihr Ehemann – Exmann kann ich ihn nicht nennen, denn ich glaube nicht, daß sie sich je von ihm hat scheiden lasssen. Edward Cairnley heißt er. Er hat früher in London irgend so eine protzig aufgemachte Kunstzeitschrift herausgegeben – zumindest als ich das letzte Mal etwas von ihm gehört habe. Allerdings ist er mittlerweile vermutlich steinalt. Vielleicht kann ich irgendwo seine Adresse aufstöbern. Soweit ich mich erinnere, hat er in Dulwich gewohnt, in der Nähe der Galerie.«

»Sind sie gut miteinander ausgekommen?«

»Ich wüßte keinen Grund, dies zu bezweifeln, auch wenn die Ehe schon vor langer Zeit in die Brüche gegangen ist. Aber er hat ihr geholfen, beruflich Fuß zu fassen, und veröffentlicht nach wie vor gelegentlich Artikel von ihr; sie finden also seine Adresse bestimmt in ihren Unterlagen. Evangeline hat es in der Hinsicht immer sehr genau genommen.«

»Haben sie Kinder gehabt?« erkundigte Recaldo sich fast beiläufig; er bemerkte, wie die beiden einen Blick wechselten.

»Nein«, erklärte Murray entschieden, »die Ehe ist kinderlos geblieben.« Eine ziemlich umständliche Art, die Frage zu beantworten.

»Und wer war Mr. Walter?«

»Was?«

»Wer war Mr. Walter? Ich nehme an, sie war öfter als nur einmal verheiratet.«

»Nein, nicht daß ich wüßte. Mehrere Partner, das ja. Meist ältere Herren. Doch geheiratet hat sie nicht mehr. Walter war ihr Mädchenname«, erwiderte Murray und zog dann mit seiner nächsten Frage Recaldo den Boden unter den Füßen weg. Es war nicht so sehr, was er sagte, eher die Art und Weise, wie er es sagte, und zwar ausgerechnet jetzt: »Wem gehört die Jacht, die in der Nähe ihres Hauses vor Anker liegt?«

»Die *Cynara* – das Schiff, das unterhalb des Gartens vertäut ist – hat Mrs. Walter gehört.«

»Mehr dem anderen Ufer der Flußmündung zu liegt eine ziemlich große Jacht; wem gehört denn die?«

»Die *Halcyon.*« Klar und deutlich sprach Recaldo den Namen aus, als erhoffe er sich davon irgend etwas – was genau, das wußte er selber nicht. Er sah, wie Grace ihrem

Mann einen Blick zuwarf. »Soviel ich weiß, gehört sie einem gewissen O'Dowd. Einem Nachbarn.«

»Ihrem Vermieter?«

»Woher wissen Sie das?«

»Wieso? Ist das etwa ein Geheimnis?« gab Murray die Frage gereizt zurück. »Natürlich habe ich das gewußt; schließlich habe ich selber mit dem Gedanken gespielt, das Haus zu mieten.« Mit einer entschuldigenden Geste wandte er sich zu seiner Frau, die ihn mit offenem Mund anstarrte. »Tut mir leid, Schatz, das sollte eine Überraschung werden. Kommt natürlich ganz darauf an, ob es dir gefällt.« Er blinzelte aufgeregt, als er sich hilfesuchend zu Recaldo umdrehte. »Vangie wollte für ein paar Wochen in die Staaten reisen. Sie meinte, wir könnten dort wohnen, solange sie weg ist. Um zu sehen, ob uns die Gegend gefällt.« Aufmerksam beobachtete Recaldo, was sich zwischen den beiden abspielte. Unvermittelt war Grace aufgestanden. Sie machte den Eindruck, als traue sie ihren Ohren nicht.

»Niemals. *Nie und nimmer.* Bist du denn vollkommen verrückt, Murray? Genausogut könnte ich nach Ballymahon ziehen. Und du weißt sehr wohl, was das für mich hieße.« Ihr Mann streckte, offenbar sehr betroffen, die Hand nach ihr aus. Grace übersah sie und wandte sich zu Recaldo. »Ich nehme an, mich brauchen Sie jetzt nicht mehr, oder? Ich würde gern zu Bett gehen.«

Recaldo stand auf. »Leider muß ich Ihnen noch einige Fragen stellen, aber das hat Zeit bis morgen.« Er blickte zu Murray hinunter, der kläglich Grace nachsah, wie sie – sich ungemein gerade haltend – den Raum durchquerte, ohne sich auch nur ein einziges Mal umzudrehen.

»O Mann. Jetzt hab ich es richtiggehend vermasselt.« Hilflos zuckte Murray Magraw die Schultern. »Tut mir leid. Grace hat eine ziemlich schwere Kindheit durchgemacht – in East Cork; dort ist sie großgeworden. Eine schlimme Zeit für sie. Ich habe gehofft, wenn wir hierherkommen, hilft ihr das, darüber hinwegzukommen. Die alten Gespenster endgültig zu verscheuchen. Aber ich schätze, es ist zu nahe.« Er preßte die Hände an die Schläfen. »Jetzt kann ich meinen törichten Plan wohl endgültig zu den Akten legen.«

»War dies der einzige Grund, weshalb Sie hierhergekommen sind?« fragte Recaldo ruhig.

Magraw zögerte, allerdings nur einen kurzen Augenblick. »Nein, eigentlich nicht. Meine Cousine war sehr krank. Ich bin ihr Testamentsvollstrecker, und sie wollte sichergehen, daß alles seine Ordnung hat, ehe sie wegfährt.«

In dem Augenblick trat Grace Hartfield wieder zu ihnen an den Tisch und legte ihrem Mann die Hand auf die Schulter. »Tut mir leid, Liebling, ich hätte nicht einfach so wegrennen sollen.«

»Hat Evangeline die *Halcyon* an Mr. O'Dowd verkauft?«

Recaldo versteifte sich. »Warum fragen Sie das?« sagte er leise.

»Ach, nur so.«

»Ich habe den Eindruck, der Name beunruhigt Sie irgendwie, Mr. Magraw«, beharrte Recaldo.

Magraw schwieg; und als er schließlich den Mund aufmachte, hatte es den Anschein, als müßte man jedes Wort einzeln herausziehen. »Ich habe mich nur gewundert. Das ist der Name ihres einzigen Kindes, das bei einem Unfall einen schweren Gehirnschaden erlitten hat. Die Namensgleichheit hätte sie wahrscheinlich ziemlich gestört.«

»Oh.« Recaldos Gesicht blieb ausdruckslos. »Was meinen Sie mit ›schwerem Gehirnschaden‹?«

»Geistig war sie, soviel ich weiß, auf der Stufe einer Drei- oder Vierjährigen stehengeblieben.«

»War? Ist sie gestorben?«

»Nein.« Er wich Recaldos Blick aus. »Sie hat lange Zeit in einem Heim in New York gelebt. Evangeline hat nur sehr selten von ihr gesprochen.«

»Bis vor kurzem.« Graces Gesicht hatte sich leicht gerötet. »Evangeline wollte, daß wir das Mädchen kennenlernen. Sie wollte uns das Mädchen vererben.« Unvermittelt wandte sie sich direkt an ihren Mann. »Wie konntest du das nur zulassen, Murray? Wie, in Teufels Namen, konntest du dich bereit erklären, als Vormund eines behinderten Mädchens – einer behinderten Frau – zu fungieren, ohne dich vorher mit mir abzusprechen? Ich kann es einfach nicht fassen.«

»Aber es ist doch für alles gesorgt, wir ... Evangeline hat mich lediglich gebeten, dafür zu sorgen, daß genügend Geld da ist, um die Heimkosten für Halcyon zu decken. Du hättest damit gar nichts zu tun gehabt. *Du* wolltest sie unbedingt kennenlernen.«

»Ich glaube, ich höre nicht recht. Wie kannst du nur so naiv sein? Heime werden geschlossen, Murray. Wo hast du denn in den letzten paar Jahren gelebt? Und dann lädt man die Patienten irgendwo ab. Wenn nicht bei Verwandten, dann in irgendeiner Bruchbude.«

»In dem Fall sieht das anders aus; es handelt sich um ein irisches Kloster. Evangeline hat gesagt, auf die Nonnen sei Verlaß.«

»Herrgott im Himmel, natürlich hat sie das gesagt – mußte sie ja wohl, oder? Wie oft ist sie eigentlich dort gewesen? Das würde ich wirklich gern wissen. Hat sie dir gesagt, wie alt die Nonnen sind? Hat sie dir erzählt, sie könnten sich kaum mehr retten vor Novizinnen? Daß das Heim überquillt von jungen irischen Mädchen mit rosigen Wangen und einem engelhaften Lächeln, die emsig durch das Haus trippeln, immer eine Wärmflasche zur Hand? Sie hat dich ausgenutzt, Murray. Uns beide.«

»Schluß jetzt«, rief Murray. »Schluß, ich ertrage das nicht mehr. Nicht jetzt. Das alles hättest du mir sagen sollen, als wir zum ersten Mal darüber gesprochen haben. Ansonsten hättest du gar nicht mit hierherzukommen brauchen.«

Recaldo fühlte sich ausgesprochen unwohl in seiner Haut, nicht zuletzt, weil es auf der Hand lag, daß das Paar sich kaum jemals stritt; der Vorfall hatte beide sehr bestürzt. »Wären Sie bereit, die Leiche zu identifizieren, Mr. Magraw? Tut mir leid, daß ich Sie das fragen muß.«

Murray nickte kläglich. »Übrigens, Mr. Magraw – Mrs. Walter hat das Schiff nicht O'Dowd verkauft. Sondern einem Mann namens Sweeney. Er wohnt am anderen Ufer des Flusses.«

Murray versteifte sich. Der Name sagte ihm etwas, das stand fest. Jetzt wußte Recaldo, das Geheimnis um den Vater Halcyons war für den Mann, der ihm gegenübersaß, kein Geheimnis. Nervös blinzelte Murray ihn an.

»Valentine Jason Sweeney?«

»Ja. Kennen Sie ihn?«

»Natürlich. Wenn es der gleiche ist. Er ist der Vater von Halcyon.«

»Sind Sie sicher?« Letztendlich war es so einfach, so überaus einfach. »Sind Sie absolut sicher?«

»O ja.« Wütend wandte er sich zu seiner Frau um. »Davon hat sie nie auch nur ein Wort gesagt. Nicht ein einziges.«

Recaldo zog seine Brieftasche heraus und kramte nach dem kleinen Schwarzweißphoto, das er auf der *Cynara* gefunden hatte. Er zeigte es Murray.

»Wirklich, ein hübsches Paar, Evangeline und VJ«, murmelte Murray. »Sieh mal, Grace, das ist Halcyon – ein niedliches kleines Ding.«

Recaldo trat zu ihnen. »Und Sie sind sicher, das sind Sweeney und Ihre Cousine?«

»Und ob ich mir da sicher bin. Ich habe das Photo selber aufgenommen. Evangeline hat mir nicht gesagt, daß er hier lebt«, fügte er hinzu.

»Wenn der Vater zur Hand ist, warum, zum Teufel, hat sie dann uns eingeladen, Murray?« fragte Grace leise.

»Eine gute Frage.«

26

Es war weit nach Mitternacht. Recaldo, dem vor Erschöpfung regelrecht schwindlig war, wollte endlich ins Bett gehen, als es klopfte. Er beachtete es nicht, bis man erneut an die Tür hämmerte, immer wieder und immer lauter. Hemmungslos fluchend schlüpfte er in einen alten Trainingsanzug. »Hören Sie mit diesem gräßlichen Lärm auf, ich komm ja schon!« Er spähte durch den Spion und sah voller Wut, wie McBrides Knollengesicht ihn angrinste.

»Na, wie geht's, FX?« Offenbar hatte er schon einiges getrunken. Er trat in die kleine Diele. »Was dagegen, wenn ich reinkomme?«

»Das ist ungeheuerlich, McBride. Wissen Sie eigentlich, wie spät es ist? Was, zum Teufel, machen Sie überhaupt hier?«

McBride schniefte und zog völlig unbeeindruckt eine Halbliterflasche Whiskey aus der Tasche. »Alsdann, alter Freund, welche Frage soll ich zuerst beantworten?«

»Gar keine. Ich will wieder in mein Bett.«

»Todmüde sehen Sie aus, alter Freund. Ein Schluck von dem da wird Sie wieder aufrichten. Holen Sie uns doch ein paar Gläser. Setzen Sie sich, FX, ich möchte mit Ihnen reden«, erklärte McBride erstaunlich bestimmt. Recaldo sah ein, daß Widerspruch keinen Sinn hatte. Er setzte sich also lammfromm hin und vergrub den Kopf in den Händen. McBride schenkte aus seiner Halbliterflasche großzügig ein. »Trinken Sie das.« Mittlerweile klang er vollkommen nüchtern und schien sich nicht im mindesten daran zu stören, daß er eindeutig nicht willkommen war. »Sláinte«, sagte er und hob das Glas. »Was macht Ihr Herz?«

»Dem geht's gut.«

»Prima. Das hat mir mein Kumpel in Dublin auch verklickert.«

Ein peinliches Schweigen trat ein, ehe Recaldo knurrte: »Meine Gesundheit geht sie nichts an, und es paßt mir nicht, wenn Sie mit anderen darüber reden.«

»Tut mir leid, alter Freund. Derlei Erkundigungen gehören zu meinen Aufgaben; war nicht böse gemeint.«

Mittlerweile hatte sich eine unbändige Wut in Recaldo angestaut, die er rauslassen wollte, vorzugsweise mitten in McBrides selbstzufriedenes Fettgesicht hinein. Er beugte sich über den Tisch und zischte: »Lassen Sie mich Ihnen mal was sagen, McBride. Und das sage ich nur einmal, also hören Sie gut zu. Ich hatte meine Gründe dafür, meine Stelle aufzugeben, aber als ich hierhergekommen bin, war ich, laut Gutachten, wieder vollkommen gesund. Und ich habe nicht vor, mit irgend jemandem darüber zu diskutieren. Ich bin kein Invalide, kapiert?«

»Das habe ich auch nie behauptet.« McBride schien Recaldos Verärgerung nicht ihm mindesten zu stören. »Ich kann nicht nur Japanisch lesen, das ist Ihnen doch klar, FX?« fuhr er nachsichtig fort. »Und ich würde sagen, Sie sehen aus, als würden Sie sich gleich in die Hose scheißen.« Mit dem Daumen trommelte er auf den Tisch. »Sie machen sich über irgend etwas oder wegen irgend jemandem Sorgen. Oder vielleicht kriegen Sie nur nicht genug Schlaf. Oder beides. Habe ich recht?«

Recaldo schnaubte. »Und um mir das zu sagen, sind Sie mitten in der Nacht hierhergekommen? Sie haben vielleicht Nerven, McBride, verdammt noch mal. Hat Coffey Sie geschickt?«

»Nein, das habe ich aus eigener Initiative gemacht«, entgegnete McBride geziert. Er lockerte den Kragen und rieb sich die Lippen. »So sonderlich gut komme ich mit Coffey nämlich nicht aus, um die Wahrheit zu sagen. Ein fürchterlicher Paragraphenreiter. Und verdammt langsam obendrein. Geht mir ziemlich auf den Sack.« Er stolzierte um den Tisch herum und setzte sich seinem unwilligen Gastgeber gegenüber.

»Ich möchte Sie etwas fragen«, erklärte Recaldo. »Ist das so eine Gewohnheit von Ihnen, alte Männer mitten in der Nacht aufs Polizeirevier zu schleppen?«

»Das war nicht ich, alter Freund. Hab ich Ihnen denn nicht gesagt, wie scharf Coffey auf diese DNA-Analyse war?«

»Und?«

»Und was?«

»Erzählen Sie mir jetzt, was dabei rausgekommen ist?«

»Nein, das habe ich, ehrlich gesagt, nicht vor.« Erneut trat ein peinliches Schweigen ein, das Recaldo schließlich brach: »Fahren Sie heute nacht noch nach Cork zurück?«

»Sie meinen, ich sollte nicht trinken und mich dann ans Steuer setzen? Nein, ich häng noch länger hier rum. Vor ein paar Tagen hatte ich noch nie was von dem Kaff hier gehört, und jetzt kann ich gar nicht genug davon kriegen. Großartig, stimmt's?«

Recaldo rieb sich die Stirn, irritiert von den raschen Stimmungswechseln seines Gegenübers. Er mußte endlich wieder klar denken. »McBride, Sie haben zuviel getrunken.«

»Es ist trotzdem großartig.« McBride lächelte träge. Etwas beinahe Reptilhaftes hatte dieses vertraulich-anzügliche Grinsen. »*Sie* scheinen sich ja recht gut eingewöhnt zu haben. Hätte selber nichts dagegen, hier zu leben.«

»Quatsch. Sie können es kaum erwarten, nach Dublin zurückzukommen.«

»Auch wieder wahr.« Erneut grinste er. »Aber das Hotel ist fabelhaft. Der Kerl hat mir einen phantastischen Preis gemacht. Das hat er Ihnen wohl nicht erzählt, hm?« Mit ziemlicher Genugtuung nahm er Recaldos Erstaunen zur Kenntnis. »Wahrscheinlich, weil ich so spät eingetrudelt bin. Der einzige Haken daran ist, ich muß morgen ganz früh wieder raus. Ein bißchen eine Verschwendung, aber so ist das nun mal.« Sein Schwadronieren verlief sich im Sande, und beide schwiegen; allerdings machte McBride keinerlei Anstalten zu gehen.

»Ich wollte eigentlich einiges mit Ihnen besprechen. Hinsichtlich des Falls«, verkündete er schließlich.

»Ich hab über Mrs. Walter und ihr Museum von Haus nachgedacht und warum gerade noch so viel Zeug da war, um uns dort festzuhalten, aber nicht genug, um auch nur eine der wirklich wichtigen Fragen zu klären. Sie verstehen, was ich meine?«

»Zum Beispiel?«

»Keine einzige Information, die uns weiterbringen könnte. Haben Sie die Sachen auf dem PC gelöscht?«

»Ich hab Ihnen doch gesagt, von Computern verstehe ich nichts«, erwiderte Recaldo knapp.

»Da hab ich aber was anderes gehört. Na schön, vielleicht wissen Sie nicht gut genug Bescheid, um so ein beschissenes Buch darüber zu schreiben, aber auf jeden Fall genügend, um das hinzukriegen. Also, was genau haben Sie und der alte Spain gemacht, ehe Sie geruht haben, uns zu verständigen? Würden Sie mir das mal verraten?«

»Ich habe den Vorfall gemeldet, sobald dies nach menschlichem Ermessen möglich war.«

»Tatsächlich? Irgendwie habe ich da so meine Zweifel.« McBride streckte die Hand nach der Flasche aus. »Ich war ein bißchen begriffsstutzig. Hab mich aufgespielt, anstatt meine Augen offenzuhalten. Sie sind ein gefährlicher Mann, FX; Sie bringen Leute wie mich dazu, bei Ihnen Eindruck schinden zu wollen. Ein arroganter Mistkerl, ja, das sind Sie. Muß ganz schön happig gewesen sein, unter Ihnen zu arbeiten.« Er saugte an den Zähnen. »Jedenfalls erzählt man sich das.«

»Tatsächlich?«

»O ja. Es heißt, Sie hätten einem gerade genug Leine gelassen, um sich dran aufzuhängen, und sich immer darauf verstanden, die Leute auf Trab zu halten.«

»Ihre Freunde reden zuviel«, meinte Recaldo nachsichtig. »Mir ist nicht so recht klar, worauf Sie hinauswollen.«

»Ich habe eine Zeitlang gebraucht, bis mir das klar geworden ist. Aber jetzt hab ich's kapiert. Mrs. Walter hat das Haus nicht selbst leer geräumt, und sie hat auch nirgendwo ein Büro. In der Hinsicht hatte Coffey recht, das ergäbe keinen Sinn. Ich habe Freund Lächler danach gefragt, denn wenn irgendwer es weiß, dann der. Er war der Ansicht – ich zitiere –, das sei eine merkwürdige Vorstellung. Und das nehme ich ihm ausnahmsweise sogar ab. Ich glaube, jemand, der ganz genau gewußt hat, wonach wir suchen würden, hat ihr Zeug weggeschafft. Und Sie, FX, wären genau der Richtige für so was.«

Recaldo lachte. »Ist das eine Beschuldigung?«

»Nein, eine Frage. Haben Sie das Haus leer geräumt?«

»Warum sollte ich?«

»Nicht *warum* – *wem* zuliebe. Und *wann.* Für wen würden Sie so was tun?« Er legte den Kopf in den Nacken. »Ich nehme an, Sie haben es nicht geschafft, die so schwer erreichbare Mrs. Sweeney aufzustöbern, hm? Nein?« Er sah seinem Gastgeber unverwandt in die Augen. »Erzählen Sie mir mal, FX«, forderte er ihn mit leiser Stimme auf, »worauf genau haben Sie's angelegt?«

Recaldo kniff die Augen zusammen. »Ich habe Evangeline Walters Sachen nicht angerührt, und ich habe sie auch nicht umgebracht – falls Sie das damit andeuten wollen.«

»Nein, ich *weiß,* daß nicht Sie das waren. Aber ich gehe jede Wette ein, daß Sie wissen – oder zu wissen *glauben* –, wer es war. Möchten Sie wissen, was ich ebenfalls glaube?«

»Ich bin sicher, das erzählen Sie mir gleich.«

»Als erstes hätten wir ihr Schiff durchsuchen sollen. Das wäre doch ein geeigneter Platz, um etwas zu verstecken.«

»Auf ihrem Schiff ist nichts«, meinte Recaldo wegwerfend. »Ich hab mich dort umgesehen.«

»Oh – und wann war das?«

»Mittwoch nacht. Alsdann, McBride, verraten Sie mir jetzt den wahren Grund, weshalb Sie hierhergekommen sind?« fragte Recaldo, der sich wieder einigermaßen im Griff hatte, sehr sachlich. Die Schonzeit war vorbei, eindeutig; sein ganzes Verhalten hatte sich schlagartig verändert. Die resignierte Verärgerung, die er nach seinem anfänglichen Wutausbruch verspürt hatte, war verflogen. Nun betrachtete er den Jüngeren mit fast so etwas wie Respekt.

»Vergessen Sie den McBride-Quatsch. Ich heiße Phil.« Er hielt inne. »Einfach um ein, zwei Dinge zu klären. Ich habe gestern abend Marilyn Donovan vom Krankenhaus abgeholt. Die sieht ja wirklich klasse aus.« Er grinste süffisant. »Und ist alles andere als dumm. Das muß an der Luft hier liegen. Irgendwie sind die Frauen hier anders. Und Mittwochabend bin ich auch nicht zurückgefahren. Hab mich die ganze Zeit in dieser öden Pension in der Hauptstraße verkrochen. Abgesehen von dem kleinen Extravergnügen heute abend natürlich.«

Recaldo fixierte ihn mit seinem unnachgiebigen Basiliskenblick. »Gibt es einen bestimmten Grund, weshalb Sie mir das nicht gesagt haben?«

»Nein, eigentlich nicht. Es war Coffeys Idee. Ich sollte ein Auge auf O'Dowd und Spain haben. Und auf die Dinge ganz allgemein«, erwiderte McBride. »Er fand, Sie schauen nicht allzu genau hin. Bräuchten vielleicht Unterstützung.« Eine deutliche Warnung.

»Das hätten Sie mir sagen können.«

»Hätte ich, aber schließlich gibt es ja auch ein paar Dinge, die Sie uns nicht gesagt haben, oder?«

»Was soll das jetzt wieder heißen?«

»Ich habe Rose O'Faolain besucht. Schätze, das habe ich nicht erwähnt, hm? Noch so eine gutaussehende Frau. Und ziemlich kokett für ihr Alter, aber das scheint hier allgemein so zu sein; denken Sie nur an unsere Leiche. Jedenfalls, Rose war ungeheuer beeindruckt; Sie haben ihr's wirklich angetan, würde ich sagen.« Er grinste anzüglich. »Wissen Sie was – anscheinend hat sie geglaubt, Sie hätten mich geschickt. Keine Ahnung, wie sie auf die Idee gekommen ist. Jedenfalls wurde sie ziemlich verdrießlich, als ihr klargeworden ist, daß ich der höherrangige Beamte bin. Richtig hochnäsig war sie auf einmal. Alles, was sie über Mrs. Walter wisse, habe sie bereits Ihnen *anvertraut.* Also, wie kommt es, daß Sie uns nicht *anvertraut* haben, was Rose Ihnen *anvertraut* hat?«

»Es war nichts besonders Interessantes«, zog Recaldo sich gewandt aus der Affaire. »Nur der Name des Mannes, mit dem die Walter sich mittags treffen sollte. Mure-Robertson heißt er. Offenbar ein kanadischer Industrieller. Sammelt Glasmalerei – Harry Clarke, Evie Hone. Und Skulpturen.«

»Tatsächlich?« McBride saugte die Wangen ein und blies sie mit einem leisen Knallaut wieder auf. »Na ja, wissen Sie, soviel hat Sie mir auch erzählt. Haben Sie eine Ahnung, ob das derselbe Kerl ist, der am Suir oben ein Haus hat, nördlich von Thurles?«

»Wahrscheinlich. Ich weiß es nicht«, erwiderte Recaldo und sah dann McBride an, als hätte er plötzlich einen Geistesblitz. »Verstehe.« Er langte hinter sich nach einer Straßenkarte für Irland, die in dem Bücherregal lag.

»Sie brauchen mir kein Theater vorzuspielen«, erklärte McBride energisch. »Ich gehe davon aus, das haben Sie sich schon zusammengereimt, genauso wie ich.« Er schwieg eine Weile. »Wie das Glück es will, kaum bin ich aus Roses Galerie raus, wer latscht da um die Ecke? Unser unverzagter Lächler O'Dowd. Mit dem konnte ich mich also auch gleich unterhalten. Schon komisch, daß der zur gleichen Zeit in Daingean war, finden Sie nicht? Wäre ich ein argwöhnischer Mensch, würde ich fast vermuten, er hat mir nachspioniert.«

»Oder umgekehrt?«

»Na ja, jetzt, wo Sie es erwähnen.« Daß Recaldo ihm auf die Schliche gekommen war, störte ihn offenbar nicht im geringsten. »Natürlich hält er an seiner Geschichte fest, er sei in der Nacht, als die Walter gestorben ist, nach Dublin unterwegs gewesen, aber irgendwie traue ich dem Kerl nicht über den Weg. Was meinen Sie?«

»Wirklich ein ziemlicher Zufall.« Unbeirrt schlug Recaldo die Straßenkarte auf. Erneut drängten O'Dowd und das Mädchen sich in seine Gedanken. Er schob sie beiseite und konzentrierte sich auf Mure-Robertson. »Twomileborris. Ungefähr zwanzig Meilen auf der anderen Seite der Galtee-Berge. Und nicht mehr als drei, vier Meilen vom Suir entfernt. Die N75 führt da durch. Haben Sie eine Ahnung, wie weit entfernt das Schloß von Mure-Robertson ist?« Er hob den Kopf und bemühte sich krampfhaft, sich seine Müdigkeit nicht anmerken zu lassen. »Glauben Sie, O'Dowd war in jener Nacht dort?«

»Entweder ist er von dort gekommen, oder er war auf dem Weg dorthin. Das habe ich ihm regelrecht angesehen, aber er ist nicht einen Fingerbreit von seiner Geschichte abgewichen. Übrigens, FX«, fügte McBride listig hinzu, »woher wissen Sie denn, daß es ein Schloß ist?«

»Mrs. O'Faolain hat es erwähnt«, parierte Recaldo geschickt.

Bedächtig wiegte McBride den Kopf hin und her. Was seinen Argwohn hervorrief, war nicht ganz klar. »Morgen knöpf ich mir O'Dowd noch mal vor«, bemerkte er leise. »Der ist ganz schön raffiniert, der Mistkerl. Ich hab die Polizisten angerufen, die ihm das Alibi für Dienstagabend verschafft haben. Der Wagen hat in der Kurve bei der N75 auf dem Randstreifen gestanden, war rückwärts in den Graben gerutscht. Der Kühler hat nach vorn gezeigt – er hätte also in beide Richtungen unterwegs sein können.« McBride ächzte und wiegte weiter den Kopf hin und her. »Da werd ich wohl ganz schön was zu tun haben. Außer natürlich, Sie haben die Güte und schließen ein paar von den Lücken. Wie ich gehört habe, sind Sie durch die Gegend geschwirrt wie eine wild gewordene Wespe.«

Für diese Art von Spiel hätte Recaldo sich einen etwas wacheren Verstand gewünscht. Ehe er seine Informationen an McBride weitergab, wollte er erst einmal bestimmte Einzelheiten klären. Cressies Sicherheit hing davon ab. Er legte den Kopf zurück und schloß die Augen. McBride schwadronierte indes gnadenlos weiter.

»Übrigens habe ich von Eircom inzwischen den Ausdruck der Liste von Telephonaten gekriegt. Nachdem ich das Zeug bei der Gerichtsmedizin abgegeben habe, bin ich bei der Abrechnungsabteilung vorbeigegangen. Und die haben mir Kopien der aufgeschlüsselten Rechnungen für die letzten zwei Quartale gegeben. Recht aufschlußreich. Jetzt hat Coffey sie. Und da ich schon mal dort war, hab ich gefragt, ob ich einen kurzen Blick auf die Liste von Gesprächen werfen könnte, die die Walter in den letzten zwei Wochen geführt hat. Sie haben mir den Gefallen getan – alle Telephonate bis zum Dienstag.« Recaldo öffnete die Augen und richtete sich auf, als McBride ein kleines Notizbuch aus der Tasche zog und es aufschlug. »Ein Anruf in Oxford, um sechs Uhr achtundfünfzig, Dauer eine Minute und sechs Sekunden. Genügend Zeit, um eine Nachricht abzuhören und kurz darauf zu antworten, würde ich sagen. Die Nummer ist auf Hartfield Magraw Rare Books zugelassen. Sagt Ihnen das was? Erinnern Sie sich – Grace Hartfield hatte am Montag etwas auf das Band gesprochen. Ich habe also die Nummer angerufen und meinerseits nur ihren Anrufbeantworter erreicht. Außer daß es nicht ihre Stimme war, sondern die eines Amerikaners.« Erneut zog er das kleine Notizheft zu Rate und las vor: »›Hi. Tut uns leid, aber Grace und Murray sind im Augenblick nicht erreichbar. Wenn Sie eine Nachricht hinterlassen, rufen wir umgehend zurück.‹ Derselbe Kerl wie auf dem Anrufbeantworter von Walter.« Er blickte auf. »Und wissen Sie was? Mr. und Mrs. Magraw sind heute abend um acht Uhr fünfzehn im Hotel Atlantis eingetrudelt.« Er grinste breit.

Recaldo deutete ein Nicken an. »Ich weiß – ich habe mit ihnen gesprochen.

McBride kniff die Augen zusammen. »Sind die dann doch noch beim Haus der Walter aufgekreuzt?«

»Nein, sie waren schon im Hotel. Aber sie sind tasächlich in dem Haus gewesen. Haben Sie das gewußt?« fragte er nicht ohne eine gewisse Genugtuung.

»Wie denn das?« McBride fühlte sich sichtlich überrumpelt. »Die Schlüssel hatte doch ich.«

»Schon. Aber sie haben gewußt, wo welche für sie hinterlegt waren.« Als er dies näher erklärte, beruhigte McBride sich einigermaßen. »Das haben wir allesamt übersehen. Spricht nicht gerade für uns, hm? Ich hab gedacht, dieser verdammte Briefkasten sei völlig zugerostet. Da sieht man's mal wieder.« Er blies die Backen auf. »Ich frage mich nur, wer das sonst noch gewußt hat?« Eine Weile schwiegen beide und ließen sich diesen üblen Vorfall durch den Kopf gehen.

»Um wieviel Uhr sind sie denn bei dem Haus angekommen?« McBride hatte eine ungemein treffsichere Art, ihn mit unerwarteten Fragen zu überfallen.

»Genau weiß ich das nicht – am frühen Abend, schätze ich.«

»Schätzen Sie? Herrgott noch mal, wenn Coffey das hört, bekommt er einen Wutanfall. Warum haben Sie nicht beim Haus auf sie gewartet?«

»Ich habe unter anderem Sweeney gesucht. Wie Sie auch, Phil. Haben Sie ihn zufällig aufgestöbert?«

»Nur zu gern würde ich wissen, warum Sie ständig auf diesem Sweeney herumreiten. Seine Frau ist es, mit der ich mich unterhalten will. Ich nehme an, Sie wissen, wo sie sich aufhält?«

»Ja. Ich habe sie und Spain gebeten, morgen vorbeizukommen und sich mit Ihnen zu unterhalten.«

»Das wäre nicht schlecht. Haben Sie mit den Magraws gesprochen?«

»Ja, wir haben ein wenig miteinander geplaudert. Er erledigt morgen das mit dem Leichenschauhaus. Das wollte Coffey doch, oder?«

»Er wollte, daß Sie uns Bescheid sagen, wenn die beiden auftauchen. Das wollte er«, erwiderte McBride streitlustig.

»Ich bin kein Botenjunge.«

Einen Augenblick lang herrschte eisiges Schweigen, ehe McBride einräumte: »Nein, da sind wir beide uns einig.« Ob er mit »uns« Recaldo und sich oder aber Coffey und sich meinte, erklärte er nicht. »Haben Sie jetzt die Güte, mir zu erzählen, was die beiden zu sagen hatten?«

»Er ist ihr Testamentsvollstrecker. Außerdem hat er gewußt, daß sie nicht mehr lange zu leben hatte, also ist er angetanzt, um sicherzugehen, daß alles seine Ordnung hat.« Er lächelte honigsüß. »Und daß ihre Tochter gut versorgt ist.« Falls Recaldo damit gerechnet hatte, dies würde McBride überraschen, so wurde er enttäuscht.

»Aha, Sie wissen also über die Tochter Bescheid. Wir hätten wirklich unsere Kräfte bündeln sollen; dann wäre es mir erspart geblieben, O'Dowd hinterherzulaufen. Anderseits hätte ich dann vielleicht nicht dieses interessante Gespräch mit einem gewissen Mure-Robertson führen können«, fügte er nachdenklich hinzu.

»Hinsichtlich der Beteiligungen?«

McBride lachte schallend. »Würden Sie mir bitte einmal einen Gefallen tun, FX? Und endlich aufhören zu versuchen, mich für dumm zu verkaufen?«

»Nur wenn Sie auch damit aufhören«, erwiderte Recaldo vorsichtig.

»Dieses verdammte Weibsstück hatte die Finger wirklich in allem drin.«

»Also Frieden?« meinte Recaldo.

»Na schön, Frieden.« McBride grinste. »Und jetzt erzählen Sie mir mal, wo Sie überall waren, seit ich heute morgen weggefahren bin, FX.«

»Oder so getan haben, als würden Sie wegfahren.« Recaldo ließ sich nicht unterkriegen. »Ich hatte einiges an Routinekram zu erledigen. Dann habe ich zu Mittag gegessen, mich mit den Leuten von der Bootswerft sowie mit dem Geschäftsführer des Hotels und mit Mure-Robertson unterhalten.«

»Aha, da sind Sie also auch dahintergekommen, stimmt's? Haben sich zusammengereimt, warum O'Dowd so scharf darauf war, die Aktien zu kaufen.«

»Ja, ich glaube schon. Hat Mure-Robertson Ihnen erzählt, daß er den Handel mit Sweeney abgeschlossen hat?«

»Nein, das hat er mir verdammt nicht gesagt.«

»In bar: fünfundvierzigtausend.«

McBride stieß einen Pfiff aus. »Großer Gott. Wann?«

»Das wollte er mir nicht sagen. Ich schätze aber, irgendwann heute im Lauf des Tages.«

»Schon wieder Sweeney. Und Sie glauben, er hat sie umgebracht?«

»Ja. Sie nicht?«

McBride ließ sich das geraume Zeit durch den Kopf gehen, bevor er eher widerstrebend eingestand: »Nein. Ich setze mein Geld eher auf Spain. Und Ihre Freundin hat ihm ein wenig dabei geholfen. Obwohl mir nicht klar ist, wie die beiden in das Gesamtbild passen. Ein, zwei kleine Hinweise und ein paar Informationsschnipsel vom Hörensagen ergeben noch kein Motiv. Spain ist auf seine DNA getestet worden, das wissen Sie ja, oder?«

»Die Analyse fällt mit Sicherheit positiv aus.« Recaldo schluckte. »Aber er hat sie nicht umgebracht.«

»Ich fände es nicht schlecht, wenn Sie mir sagen, warum Sie dessen so sicher sind.«

Recaldo zählte seine Argumente auf, die für die Täterschaft Sweeneys sprachen. »Die Schwierigkeit ist, wir haben nichts, aber auch rein gar nichts Konkretes in der Hand. Ich setze alle Hoffnungen darauf, in seinem Auto irgend etwas zu finden.« Sein Gesichtsausdruck war ernst. »Übrigens, ich habe das Haus nicht leer geräumt. Das hat vielmehr Sweeney erledigt, glaube ich. Zwischen ihm und Walter und unserem Freund, dem Lächler, scheinen alle möglichen finanziellen Transaktionen gelaufen zu sein, die reichlich verwickelt sind.«

»Haben Sie irgendeine Vorstellung, was das für einen Grund gehabt haben könnte?«

»Ihnen das zu erzählen würde die ganze Nacht dauern; ich verschieb es also lieber auf morgen. Aber es läuft, glaube ich, darauf hinaus, daß die Walter ihn systematisch ruiniert hat, und O'Dowd hat ihr dabei – ob nun wissentlich oder nicht – geholfen.«

McBride nickte bedächtig, zog einen Kodak-Umschlag aus der Tasche und streckte ihn Recaldo hin. »Ich habe im Haus eine noch nicht entwickelte Filmrolle gefunden. Unter einem Sofa. Sagen Sie mir, was Sie davon halten.« Träge sah er zu, wie Recaldo die Photos herauszog und sich eins nach dem anderen genau ansah. Im ganzen waren es vierundzwanzig; fünf waren aufgrund Überbelichtung oder Verwackeln nichts geworden, acht waren bei einer Party aufgenommen worden. Eines war eine Teilansicht von V. J. Sweeney, der an einem Pfeiler lehnte. Recaldo meinte die Galerie O'Faolain zu erkennen. Auf zwei Photos war die *Halcyon* zu sehen; eines war eine Nahaufnahme des Namenszuges. Die übrigen Bilder zeigten immer wieder dieselben fünf Leute in unterschiedlichen Gruppierungen: O'Dowd und V. J. Sweeney, Gil, Evangeline Walter und ihre Tochter. Diese war offenbar um die zwanzig Jahre alt. Auf den aus größerer Entfernung aufgenommenen Photos sah sie recht hübsch aus, doch die Nahaufnahmen vermittelten den Eindruck, als stimme irgend etwas mit ihrem Gesicht nicht so ganz. Eine Aufnahme zeigte sie, wie sie sich mit dem Rücken an die Reling der Jacht lehnte, die an John Spains Boot, in dessen Bug Gil saß, vorbeisegelte. Da die beiden Schiffe sehr nahe aneinander vorbeigefahren waren, konnte man die Köpfe der beiden Kinder ganz dicht nebeneinander sehen. Recaldo drehte das Photo um und sah, auf der Rückseite war ein Datum aufgestempelt. Der 15. September. Er blickte auf.

»Da hätten wir sie alle beeinander, auf der schönen *Halcyon.* Mrs. Walter, ihre Tochter Halcyon, O'Dowd und ihr offenbar nicht gerade gutgelaunter Gastgeber V. J. Sweeney. Die da habe ich vergrößern lassen. Sehen Sie sich das Mädchen genau an. Und den Jungen auch. Verstehen Sie, was ich meine? Die könnten Bruder und Schwester sein. Und wissen Sie was? Ich glaube, ich weiß, warum Sie die unglückliche Mrs. Sweeney aus meinem Blickfeld gebracht haben. Marilyn – gepriesen sei sie – hat mich aufgeklärt. Cressida Sweeney ist jeden Abend vom Krankenhaus aus nach Hause gefahren. Sie würde den kleinen Jungen nie allein lassen, stimmt's? Kein Mensch hat auch nur ein schlechtes Wort über sie gesagt. Alle haben sie fast genauso gern wie Sie.« Ausnahmsweise klang dies nicht herausfordernd oder spöttisch. »Tut mir leid, alter Freund, aber sie steckt bis zu beiden Ohren im Schlamassel.«

Reglos wie eine Statue saß Recaldo da und dankte seinen Sternen, daß er am Abend mit den Magraws gesprochen hatte, ansonsten hätte er jetzt die Kontrolle über die Dinge verloren. Zum zweiten Mal an diesem Abend zog er den Schnappschuß hervor, den er auf der *Cynara* gefunden hatte, und legte ihn auf den Tisch. McBride nahm ihn und musterte ihn schweigend. »Am Dienstagabend ist Cressida Sweeney O'Dowd in die Arme gelaufen. Ich schätze, das hat sie Ihnen erzählt. Als O'Dowd das Mädchen in das Kloster zurückgebracht hat, in dem man sich um Halcyon kümmert. Mama hatte sich nicht wohl gefühlt, also hat O'Dowd ihr den Gefallen getan. Er hat gerade aufgetankt, als Mrs. Sweeney bei der Garage vorgefahren ist und sein verdammtes Auto gerammt hat.«

»Das muß aber nicht unbedingt etwas zu bedeuten haben. Woher sollte *sie* denn wissen, um wen es sich bei dem Mädchen handelt?«

»Ach, Frank. Schauen Sie sich doch bitte mal das verfluchte Photo da an.« Er hielt inne. »Ich bin zu dem Kloster gefahren. Das unglückselige Mädchen ist nicht nur zurückgeblieben, sondern auch noch taubstumm. Wohl von Geburt an. Das überrascht Sie wohl nicht? Dann haben wir beide also die gleiche Fährte verfolgt, was, alter Freund? Ich bin nicht Coffey, das sollten Sie sich merken; mir hätten Sie trauen sollen. *Ich* hätte Ihnen gesagt, daß Dr. Morrow die tödliche Blutung sowohl mit dem

Geschlechtsverkehr als auch mit dem Schlag auf den Bauch in Verbindung bringt; und Spains DNA stimmt mit einer der Spermaproben überein – ein ganz schöner Draufgänger, dieser Bursche. Ihr Freund Spain steckt ganz tief in der Scheiße, außer ...«

»Sie hatte noch mit jemand anderem Sex?«

»In der Tat.« McBride grinste breit.

Recaldo sprang aus seinem Sessel auf und baute sich drohend vor ihm auf. »Hören Sie auf, mich zum Narren zu halten, McBride. Hören Sie auf, Ihre Spielchen mit mir zu treiben. Jetzt werden Sie auch noch andere Leute auf ihre DNA untersuchen lassen, oder etwa nicht?«

»Sie etwa?« fragte McBride lässig. »Ich glaube nicht. Einfach weil Sie dermaßen scharf auf Lady Cressida sind. O'Dowd? Nein, bei dem können wir uns ebenfalls die Mühe sparen. Aber Sie haben vorhin recht überzeugend dargelegt, daß wir uns um Sweeney kümmern sollten... Wir müssen sein Auto finden. Wie gut sind Sie im Beten?« McBride trank sein Glas aus und hievte sich aus dem Sessel. »Denn jetzt hoffen wir auf ein verdammtes Wunder, und ich glaube, nicht einmal mit Miss Mona Spillanes Enthüllungen kriegen wir das hin.« Unverwandt sah er Recaldo an. »Gott sei Dank haben wir jetzt ein Wochenende vor uns. Das hält uns Coffey vom Hals. Ich habe gerade erfahren, daß es in einer Disco in der Stadt zu einer scheußlichen Messerstecherei gekommen ist. Der arme Kerl wird alle Hände voll damit zu tun haben.« Er zwinkerte. »Ich seh Sie morgen früh oben beim Hotel. Rufen Sie mich an, ehe Sie losfahren. Irgendwas sagt mir, Sie sind ein Frühaufsteher. Ich nicht, verdammt noch mal. Adios amigo.«

»Warten Sie.« Als Recaldo zurückkam, hatte er eine durchsichtige Plastiktüte in der Hand. Er hielt sie McBride hin. Sie war mit drei Metallklammern zugeheftet und enthielt zwei leere Flaschen Vat 69.

»Was soll denn das sein?« McBride hielt sie ans Licht. Der untere Teil der einen Flasche war schlammverkrustet, das Etikett zerrissen. »Wo haben Sie denn die gefunden?«

»In einem der Büsche vor Sweeneys Haus. Die andere stammt aus seiner Küche. Ich habe die Hand mit meinem Taschentuch umwickelt, als ich sie aufgehoben habe; es müßte also möglich sein, Fingerabdrücke zu finden.«

Einen Augenblick lang hielt McBride dem starren Blick Recaldos stand. »Das würde mich keineswegs überraschen«, meinte er dann leise.

»Ich habe heute meine Kündigung weggeschickt.«

McBride grinste. »Sehr theatralisch. Wir sehen uns morgen früh.«

Samstag

27

Äußerst unsanft wurde Recaldo von einem schrillen Geräusch aus einem tiefen Schlaf gerissen. Lose Falleinen, die gegen die Aluminiummasten der in der kleinen, unterhalb gelegenen Bucht vertäuten Boote klirrten, schepperten wie ungestüm bimmelnde Glocken. Ein stürmischer Tag stand bevor.

Er schlürfte kochendheißen Kaffee, duschte und zog für sein Treffen mit den Magraws eine dunkle Hose sowie ein sportliches Tweedjackett an. Da er sieben Uhr für zu früh hielt, um McBride zu wecken, erledigte er schnell noch einige Anrufe und ging dann zu den Klippen hinauf, um sich den Kopf durchwehen zu lassen.

Auf seinem halbstündigen Fußmarsch begegnete er nur wenigen Leuten; um so überraschter war er, als er durch das Tor des Atlantis ging und dort auf McBride traf, der durch den Garten schlenderte.

»Ich versuche gerade, meinen verdammten Kopf klar zu kriegen«, begrüßte er Recaldo. »Und habe mir gedacht, eine Runde durch den Garten könnte meinen hoffnungslosen Kater vertreiben. Na kommen Sie schon, Sie Langweiler.«

Schweigend spazierten sie um die Blumenrabatten; an die Stelle verkappter Feindseligkeit war gegenseitige Achtung, wenn auch noch nicht wirkliches Vertrauen getreten.

»Um zwanzig vor sieben hat Coffey mich aus dem Schlaf gerissen«, sagte McBride schließlich. »Können Sie sich das vorstellen, verdammt noch mal? Er hat gemeint, es sei wohl besser, wenn *ich* den Magraws erkläre, was jetzt auf sie zukommt. Vor zehn Minuten sind sie nach Cork aufgebrochen. Coffey wird sie etwas außerhalb in einem

Streifenwagen abfangen und ihnen den Weg zum Leichenschauhaus zeigen. Ihre kleine Flaschensammlung habe ich ihm mitgegeben. Hoffen wir mal, daß der Boss eine Weile damit beschäftigt ist.«

»Haben Sie sich ausführlicher mit ihnen unterhalten? Oder war es noch zu früh?«

»Für sie eindeutig nicht; die sind gerade in den Klippen rumgeturnt, als ich sie eingeholt habe. Und hatten bereits gefrühstückt. Die müssen schon um sechs aufgestanden sein.«

»Ich schätze, besonders gut geschlafen haben sie nicht. Welchen Eindruck hatten Sie von ihnen?« fragte Recaldo neugierig.

»Sie hat mir sehr gut gefallen. Intelligent, geradeheraus, offenherzig. Und außerdem eine verdammt gutaussehende Dame. Ein bißchen angespannt. Mit ihm hatte ich schon eher meine Schwierigkeiten. Vielleicht liegt es an dem Schock oder dem Kummer, aber sehr mitteilsam war er nicht.« Er kaute auf seinen Lippen herum. »Ich vermute, bei den beiden ist im Augenblick nicht alles im Lot.«

»Ich bin nicht sicher, ob Murray ihr die ganze Wahrheit gesagt hat. Gestern abend war sie jedenfalls ganz schön wütend. Offensichtlich hat er ins Blaue hinein Versprechungen gemacht, sich um die Tochter der Walter zu kümmern, ohne sich mit ihr abzusprechen.«

»Dann steht ihr ein kleiner Schock bevor. Als ich gestern in dem Kloster war, bin ich der Kleinen begegnet. Die Nonne sagt, sie neige zu fürchterlichen Wutanfällen und könne ganz schön schwierig sein – schließlich ist sie zurückgeblieben *und* taub. Oder sollte ich sagen: behindert? Ganz vorsichtig bin ich, wie eine Katze um den heißen Brei, um das Thema Taubheit herumgeschlichen – ob das vererbt sein könnte –, habe aber nichts herausbekommen. Wie lange, glauben Sie, halten sich solche Einrichtungen noch?«

»Genau das wollte auch Grace Hartfield wissen. Sie hat damit ihrem Mann einen ziemlichen Schrecken eingejagt.«

»Ich habe Coffey eine Zusammenfassung unserer ...« – McBride räusperte sich – »... unserer Theorien geliefert. Er kauft sie uns nicht ab, schlägt allerdings vor, wir sollten uns heute nachmittag im Haus der Walter treffen, so um vier, um das Ganze durchzusprechen. Um die gleiche Zeit kommen auch die Magraws zurück.« Er kratzte sich am Kopf. »Mehr habe ich nicht erreicht. Aber es ist besser, ich warne Sie – der ist ganz wild auf eine Verhaftung.« Er hüstelte. »Zwei, genaugenommen. Spain und Ihre Freundin sind als Opfer auserkoren, außer wir können innerhalb der nächsten paar Stunden mit etwas einigermaßen Spektakulärem aufwarten.« Und damit machte er ohne viel Aufhebens seinen Seitenwechsel klar.

»Dann sollten wir besser verdammt schnell Sweeneys Wagen aufspüren«, meinte Recaldo grimmig. »Heute morgen habe ich den Kanadier aufgeweckt und ihm die Daumenschrauben angelegt.« Er schürzte die Lippen. »Schließlich hat er zugegeben, daß die Geldübergabe am Donnerstagabend um zehn Uhr in einer Bar in Thurles stattgefunden hat.«

»Ich setze darauf, daß Sweeney sich mittlerweile auf halbem Weg nach Europa befindet oder sich zumindest nach England abgesetzt hat. Und Sie wissen ja selber, wie schwierig es ist, auf Flughäfen irgendwelche Autos ausfindig zu machen.«

Recaldo ließ sich das durch den Kopf gehen, hatte jedoch nach wie vor seine Zweifel. »Wissen Sie, ich werde das Gefühl nicht los, daß die verdammte Karre hier irgendwo in der Gegend rumsteht, direkt vor unserer Nase. Andererseits ist er regelrecht besessen von der Jacht. Wenn er abhaut, dann mit dem Schiff, da bin ich mir sicher.«

»Sie wollen mich wohl auf den Arm nehmen. Ich hab gedacht, es sei verkauft.«

»Ist es auch, aber er hat nach wie vor das Nutzungsrecht. Kommen Sie. Besuchen wir O'Dowd, um rauszukriegen, wie diese Abmachung lautet. Sein Telephon war belegt, als ich vorhin versucht habe, ihn anzurufen.«

Sie trafen O'Dowd Zeitung lesend an seinem Küchentisch. Er blickte auf und nickte ihnen schicksalsergeben zu, als sie durch die offenstehende Hintertür hereinspazierten.

»Die Jacht sollte an ein Konsortium in Kinsale verkauft werden, das war vertraglich festgelegt«, erklärte er. »Vier dieser Dot-com-Aufsteiger«, fügte er gleichgültig hinzu. »Evangeline hat mir erst am Dienstag, ehe wir mit Sweeney losgefahren sind, gesagt, sie würden am Wochenende herkommen, um den Verkauf endgültig abzuschließen *und* um die *Halcyon* zu ihrem Hafen, eben Kinsale, im Osten der Grafschaft, zu bringen.«

»Und, kommen sie?«

»Nein, ich hab sie Mittwochabend angerufen und das Ganze verschoben.« Er zuckte die Schultern. »Ich habe keine andere Möglichkeit gesehen.«

»Wie das?« fragte McBride. »Ich habe gedacht, Sie hätten sie Sweeney abgekauft?«

O'Dowd setzte sein so schrecklich unpassendes Lächeln auf. »Nein, wir haben sie gemeinsam gekauft. Anfangs habe ich das für eine verrückte Idee gehalten, aber sie hat es geschafft, mich zu überreden. *Und* einen Käufer zu finden, genau auf die Art, wie sie sich das vorgestellt hatte – noch dazu mit beträchtlichem Gewinn«, fügte er bewundernd hinzu.

»Und Sie haben bei diesem Geschäft den Strohmann gespielt, stimmt's?« erklärte Recaldo lakonisch. »Hätten Sie vielleicht die Güte, Inspektor McBride zu erklären, wie das Ganze gelaufen ist?«

O'Dowd wand sich verlegen, ehe er antwortete: »Ich habe lediglich verschwiegen, daß sie daran beteiligt war, das ist alles. Soviel ich weiß – zumindest hat Vangie es mir so geschildert –, ist sie auf die Idee gekommen, als sie in einer Seglerzeitschrift zufällig ein Inserat gesehen hat. Darin war von einem Konsortium die Rede, das ein Schiff suchte. Vangie hat herausgefunden, daß deren Vorstellungen genau mit Sweeneys Ketsch übereinstimmten, und dann den Plan ausgeheckt. Wir haben beide gewußt, er ist völlig abgebrannt;

also hat sie mich dazu gebracht, an ihn heranzutreten und ihm zu erzählen, ich wolle ein Boot kaufen und segeln lernen. Zuerst hat er mich ausgelacht und erklärt, ich solle verschwinden und mich lieber in der Segelschule von Passage South einschreiben, doch dann ist er gierig geworden, genau wie Vangie vermutet hat. Alles mögliche Blabla hab ich ihm vorgeschwafelt, wie sehr ich sein Schiff bewundere und wie praktisch es für mich wäre, es hier jederzeit verfügbar zu haben und dazu einen solchen Könner, der mir das Segeln beibrächte. Ich habe es so hingestellt, als liefe es darauf hinaus, daß er das Schiff praktisch noch besitzt, gleichzeitig aber das Geld hat. Ich habe gewußt, er wollte mehr Aktien von dem Hotel kaufen, also hatte ich ihn ...«

»Am Wickel?« sprang McBride ein.

O'Dowd räusperte sich. »Na ja, so hart würde ich es nicht ausdrücken, aber – eigentlich ja. Er hat eine recht hohe Meinung von sich als Geschäftsmann und unterschätzt uns Bauern; es war also nicht weiter schwierig, ihn rumzukriegen. Ich habe ihn in dem Glauben gelassen, mein Wunsch, segeln zu lernen, sei lediglich eine vorübergehende Laune. Ich habe mich als Idioten hingestellt, also hat er das Ganze in Bausch und Bogen geschluckt. Genau wie Evangeline es vorausgesagt hatte. Eines allerdings hatte ich nicht gemerkt: daß sie mehr im Sinn hatte, als ein gutes Geschäft zu machen. Da habe ich dann versucht auszusteigen; das Ganze schien mir zu sehr eine Privatangelegenheit zu sein.«

»Sie nehmen es ja plötzlich sehr genau, finden Sie nicht?« murrte McBride.

O'Dowd zuckte die Schultern. Von seinem früheren großspurigen Gehabe war fast nichts mehr zu merken; fast wirkte er kleinlaut. »Der Ausflug sollte unser letzter sein.« Er seufzte.

»Und warum ist das Mädchen mitgekommen, Jer?« fragte Recaldo leise.

»Das war vielleicht eine Überraschung, kann ich Ihnen sagen. Ich habe sie am Montag zum ersten Mal gesehen.

Von ihrer Existenz habe ich gewußt, doch kennengelernt habe ich sie erst am Tag zuvor. Wir sind zusammen hingefahren, um sie abzuholen. Ich habe geglaubt, der Zweck des Ausflugs sei es, Mr. Mure-Roberston aufzusuchen, doch unterwegs hat Vangie mich dann vor die vollendete Tatsache gestellt. Sie hat gesagt, sie hätte alles so geregelt, daß nach ihrem Tod ihr Cousin der gesetzliche Vormund des Mädchens werde, seine Frau aber darauf bestanden habe, es zuerst kennenzulernen; und da sie sie am Mittwoch erwartet hat, wollte sie ... ich weiß auch nicht, was sie eigentlich wollte... Möglicherweise wollte sie den Eindruck erwecken, sie kümmere sich um das Mädchen. Na ja, es spielte ohnehin keine Rolle – ich habe alles gemacht, was sie wollte.« Tränen standen ihm in den Augen. »Verstehen Sie, sie hatte noch nie wirklich vom *Sterben* gesprochen; ich war derart erschüttert, daß ich alles getan habe, was sie wollte. Außerdem hat sie es immer fertiggebracht, mich rumzukriegen«, fügte er traurig hinzu. »Während der Fahrt hat die Kleine sich fürchterlich aufgeführt, die Lederbezüge zerrissen, Aschenbecher und einfach alles, an was sie rangekommen ist, rausgerissen und so. Wir hatten sogar Schwierigkeiten, sie daran zu hindern, aus dem Auto zu springen. Als wir nach Hause gekommen sind, ist Vangie vor Erschöpfung ohnmächtig geworden. Und nach alldem hat sie mir am nächsten Tag auch noch eröffnet, ihr Cousin sei aufgehalten worden und käme erst Ende der Woche. Und daß sie es besser fände, das Mädchen hierzubehalten. Ich habe gesagt, sie sei wohl nicht mehr ganz bei Verstand, wir sollten sie lieber so schnell wie möglich in das Kloster zurückbringen.« Niedergeschlagen schüttelte er den Kopf. »Aber sie wollte nicht auf mich hören. Statt dessen ist sie auf die Idee gekommen, die Kleine auf den Bootsausflug mitzunehmen. Ich konnte es kaum fassen, aber wie üblich habe ich eingewilligt.« Er verzog das Gesicht zu einem grimassenhaften Lächeln. »Was tut man nicht alles, nur um seine Ruhe zu haben.« Ernst sah er die beiden Polizisten an. »Hören Sie, ich hatte nicht die leiseste Ahnung, daß Sweeney der Vater sein könnte. Nicht einmal, als wir auf dem Schiff waren, hab ich das kapiert. Und *sie* hat natürlich kein Wort darüber verlauten lassen. Sie konnte ziemlich verschlagen sein, wenn es ihr in den Kram paßte. Ich habe gewußt, daß sie eine Affaire miteinander gehabt hatten, das stimmt, aber er hat sie von einem Tag auf den anderen sitzenlassen, als sein Sohn auf die Welt gekommen ist. Und das hat Evangeline ganz und gar nicht behagt, auf eine solche Weise fallengelassen zu werden. Wer würde das schon so einfach hinnehmen? Das wird dieser Mistkerl mir büßen, hat sie immer gesagt.«

Er holte tief Luft. »Erst als ich Gil und Halcyon nebeneinander gesehen habe, bei der Tankstelle, hat es mir gedämmert. Und ich alter Narr habe das der armen Cressida angedeutet – und so gleichzeitig mit einer lebenslangen Gewohnheit gebrochen, nämlich nie etwas Unpassendes zu sagen. Als ich ihr Gesicht gesehen habe, war mir klar, sie war ebenfalls jetzt erst dahintergekommen. Derart durcheinander war ich, daß ich einfach losgefahren bin; ich habe sogar vergessen zu tanken. Mit der Kleinen bin ich allein kaum fertiggeworden. Irgendwann hat sie mein Handy in die Finger gekriegt, und ehe ich etwas dagegen machen konnte, hat sie es zerlegt und die Einzelteile aus dem Fenster geworfen. Folglich konnte ich auch Evangeline nicht warnen, daß Cressida möglicherweise Sweeney gegenüber etwas erwähnen und dann weiß Gott was passieren würde. Verstehen Sie, an der Tankstelle ist mir plötzlich die Ähnlichkeit der beiden Kinder aufgefallen. Es war gespenstisch. Nicht wirklich ähnlich, aber dann doch wieder... Sweeney ist ein fürchterlich aufbrausender Mensch. Zu dem Zeitpunkt war ich völlig verwirrt, außerdem war ich wütend, weil Evangline mich derart getäuscht hatte. Ich habe mir dann gedacht, vielleicht ist es ihre Absicht, Sweeney zu demütigen, ihn an den Bettelstab zu bringen. Rache ist eine gefährliche Angelegenheit, zumindest wenn man dabei so vorgeht wie Evangeline. Es hat mir nichts ausgemacht, bei der Mogelei mit dem Schiff mitzumachen, aber das Hotel war eine andere Sache. Erstens bin ich selbst daran beteiligt, und zweitens habe ich große Achtung vor der Familie Bleiberg. Ich hatte geglaubt, sie denke genauso, ihr Interesse an Ottos Traum sei ernst gemeint. Doch es war nichts als ein persönlicher Rachefeldzug gegen Sweeney – alles andere bedeutete ihr nichts. Bis dahin hatte ich uns immer für Partner gehalten, die gemeinsam versuchen, gute Geschäfte zu machen und ihre finanzielle Situation aufzubessern – zumindest hat sie das immer gesagt. Doch zu dem Zeitpunkt ist mir klargeworden, das war nicht der eigentliche Zweck. Sie hat mich als Idioten dastehen lassen, hat vergessen, daß ich hier lebe und weiterhin hier zu leben gedenke. Und die Leute würden diese Art von Rachsucht nicht einfach hinnehmen, wenn es je rauskäme. Zwar hält hier niemand besonders viel von Sweeney, aber Vangie hat sich in der Gegend einige Feinde gemacht – vor allem unter den Frauen.«

»Erzählen Sie uns, was passiert ist, als Sie an dem Abend zurückgekommen sind. Und zwar die ganze Geschichte.«

»Sobald ich nach Hause gekommen bin, habe ich sie angerufen; als sie sich nicht gemeldet hat, bin ich in das Mansardenzimmer rauf, um nachzusehen, ob bei ihr noch Licht brennt. Falls ja, wollte ich bei ihr vorbeischauen und das Ganze ausdiskutieren. Doch da ist plötzlich Sweeney in meinem Gesichtsfeld aufgetaucht; er ist direkt vom Fluß heraufgekommen und hat irgend etwas getragen – irgendeine Art Tuch, glaube ich. Dann ist er ins Haus gegangen. Als ich das Fenster aufgemacht habe, um ein Stück weiter rüberschauen zu können, habe ich Musik gehört. Ella Fitzgerald mit ›Manhattan‹, einem der Lieblingsstücke Vangies; ich habe mir daher gedacht, sie hätten sich versöhnt. Oder ich hätte das alles mißverstanden. Oder sie und Sweeney lachten sich über mich kaputt.« Er zuckte die Schultern. »Ich war verwirrt und gekränkt, hab nicht gewußt, was ich von alldem halten soll, also bin ich ins Bett gegangen.«

»Sie schienen aber nicht sonderlich überrascht, daß sie tot war, als Sie am Morgen vorbeigeschaut haben.«

»Ich bin zuerst davon ausgegangen, sie sei kollabiert, was ja kein Wunder gewesen wäre. Wenn Sie sie nach dem Bootsausflug gesehen hätten, wären Sie auch nicht überrascht gewesen. Das arme Ding war ohnehin schon fast tot. Ich habe gewußt, daß sie nicht mehr lange zu leben hatte.«

»Sie haben sie wirklich gemocht, nicht wahr?« fragte McBride auffällig gedämpft.

O'Dowd nickte. »Ja«, erwiderte er schlicht. »Bei ihr konnte ich ich selbst sein.«

»Wenn sie sich jedoch gegen Sie gewandt hätte?« fragte Recaldo. »Sie war schließlich ziemlich launisch.«

»Das war ein Risiko.« O'Dowd lächelte. In seinen Augen schimmerte mit einem Mal etwas Verträumtes auf. »Aber ein aufregendes. Ich schätze, sie hat mich mit ihrer Komplottschmiederei angesteckt.«

»Sie haben nicht zufällig Sweeneys Wagen gesehen?« unterbrach ihn Recaldo.

»Doch«, erwiderte er gedehnt. »Am Donnerstag abend, in Daingean auf dem Marktplatz. Ungefähr eine Stunde lang habe ich dort auf ihn gewartet, aber er hat sich nicht blicken lassen. Dann bin ich losgegangen, um mir ein neues Handy zu besorgen, und als ich zurückgekommen bin, war das Auto nicht mehr da. Ich hatte vor, mir diesen Stutzer mal vorzuknöpfen. Das will ich immer noch.«

»Wollen wir das nicht alle?« Die beiden Polizisten standen auf; sie waren eben bei der Tür angelangt, als Recaldo fragte, ob Sweeney von dem geplanten Verkauf der Jacht gehört hätte. Und jetzt ließ O'Dowd die Bombe hochgehen, so daß sie unvermittelt stehenblieben.

»Ja. Als wir am Dienstag von Bord der Jacht gegangen sind, hat Evangeline ihn aufgefordert, sie bis Samstag morgen herzurichten. Zu dem Zeitpunkt sollte sie abgeholt werden – so hatten wir es geplant.«

»Dann muß ihm klargeworden sein – selbst wenn er es vorher nicht gewußt hat –, daß sie hinter dem Kauf wie auch dem Weiterverkauf gesteckt hat.«

»Ich vermute, Sie wissen, daß die Jacht verschwunden ist. Nein? O ja, die ist nicht mehr da. Ein Freund hat mich heute morgen um halb sieben angerufen, als er gesehen hat, wie sie durch die Bucht gefahren ist. Keine Angst, weit kommt er nicht. Einhändig segeln kann er sie nicht, und der Motor frißt Treibstoff, folglich muß er irgendwo entlang der Küste anlegen, um aufzutanken. Ich klingle Sie an, wenn ich etwas höre.«

Schweigend fuhren sie los, jeder in seine eigenen Gedanken versunken. Als sie an Spillanes Haus vorbeikamen, bat Recaldo seinen Begleiter anzuhalten. »Schadet vermutlich nichts, wenn wir uns noch mal kurz mit Mona Spillane unterhalten. Vielleicht hat sie sich inzwischen noch an etwas erinnert.«

Die alte Dame war zum Ausgehen herausgeputzt und hatte sich einen feschen kleinen schwarzen Hut schräg in die Stirn gezogen. »Sie sehen bezaubernd aus, Miss Spillane«, erklärte Recaldo. »Ich habe Inspektor McBride mitgebracht, der Sie gerne kennenlernen wollte.«

»Guten Tag, Mona«, begrüßte McBride sie munter. »Frank hat mir berichtet, was für eine große Hilfe sie waren, als es darum gegangen ist, welche Autos an dem fraglichen Abend hier durchgefahren sind.« Als sie vor Freude rot wurde, grinste er. »Ich habe mit ihm gewettet, daß Sie sich nicht erinnern können, welche Autos am Dienstag spätnachts noch nach Trianach gefahren sind – um die Zeit, als Sie Mr. Sweeneys Lexus gesehen haben.«

»Aber natürlich weiß ich das«, verwahrte sie sich. »Frank hat jedoch gesagt, die Einheimischen seien nicht wichtig.« Sie rollte mit ihrem Stuhl ans Fenster und deutete nach Trianach hinüber, zu der Stelle, wo die Straße sich am Ende der Chaussee dreiteilte. »Ich habe gedacht, Sie wollten nur wissen, welche Autos die linke Abzweigung genommen haben.«

»Ja, schon, aber was ist mit dem Wagen vom Lächler?« fragte Recaldo. »Sie haben berichtet, er sei ungefähr um halb sieben oder sieben weggefahren, haben aber nicht erwähnt, wann er zurückgekommen ist.«

»Ich habe darüber nachgedacht. Und wissen Sie was? Ich bin mir nahezu sicher, es war kurz vor eins. Ich lasse nachts immer den Nachrichtensender eingeschaltet, und die kommen nach den Seeberichten um zehn vor eins. Mr. Sweeney war gerade zum zweiten Mal reingefahren, und der Mercedes des Lächlers hat kurz danach die Dammstraße überquert. Das war wohl kaum fünf Minuten später. Die Nachrichten fingen gerade an. Der Lächler hat die mittlere Straße genommen, sie wären sich also ohnehin nicht begegnet. Ein Uhr. Danach habe ich niemanden mehr gesehen, abgesehen von den Scheinwerfern an der Decke, von denen ich Frank erzählt habe – das war so um drei, nicht wahr?«

Recaldo streckte McBride die Hand hin: »Na los, jetzt geht's ans Zahlen«, forderte er ihn auf; McBride spielte die Scharade mit, ließ eine Handvoll Münzen in die Hand Recaldos fallen und grinste die alte Dame an. »Mona Spillane, Sie sind die verdammt beste Zeugin, die uns in der ganzen Woche untergekommen ist – wir schulden Ihnen ein paar Drinks«, rief er aus; vor dem Haus fuhr in dem Augenblick ein Wagen vor.

»Das ist wahrscheinlich Hannah Foley«, erklärte Miss Spillane fröhlich. »Sie nimmt mich zum Einkaufen nach Duncreagh mit.«

»Geht es da am Samstag nicht ziemlich zu?« fragte Recaldo.

»Aber genau das mag ich doch!« Sie lachte. »Ein bißchen Leben. Alsdann, Jungs, helft ihr mir zum Auto raus?«

McBride hob sie mit seinen kräftigen Armen hoch. »Na denn, überschreiten wir die Schwelle«, meinte er.

»Wenn das ein Heiratsantrag ist, sage ich ja.« Sie kicherte mädchenhaft. Er setzte sie auf den Vordersitz, während Recaldo den Rollstuhl zusammenklappte und in den Kofferraum legte. »Sie würden nicht zufällig gern mitkommen und uns auch am Ende der Reise helfen, Frank?« erkundigte sich Hannah Foley, als sie es sich wieder auf dem Fahrersitz bequem machte.

Recaldo lehnte sich zum Vorderfenster hinein und drückte Mona einen kleinen Zettel in die Hand. »Da sind meine Handynummer und das Kennzeichen des Lexus«, flüsterte er. »Nur für den Fall, daß Sie ihn zufällig sehen. Falls ja, dann rufen Sie mich doch bitte an. Aber behalten Sie es für sich. Wir wollen doch nicht, daß irgend jemand etwas davon erfährt.«

»In Ordnung, und vergessen Sie nicht die Drinks, die Sie mir schuldig sind, sonst ruf ich an und erinnere Sie daran.«

»Was für ein bezauberndes Geschöpf«, meinte McBride, als sie ihrerseits losfuhren. »Eine regelrechte Erholung nach diesem O'Dowd. Als würde man sich den Mund mit frischer Minze spülen.«

»Und außerdem recht gewitzt.«

»Das habe ich gemerkt. Aber wieso glauben Sie, sie würde Sweeneys Auto entdecken?«

»Ich klammere mich an Strohhalmen fest.« Er wurde ein wenig rot. »Das habe ich nur gesagt, weil ich ihr das Gefühl geben wollte, daß sie eine wichtige Rolle bei dem Ganzen spielt, oder vielleicht weil ich, was Mona betrifft, ein bißchen abergläubisch bin. Schließlich und endlich war sie es, die mir den Hinweis auf eine erste konkrete Spur zu Sweeney gegeben hat, als die Lage völlig hoffnungslos schien.«

Es war kurz nach halb elf, als sie auf dem Parkplatz des Hotels ankamen, und McBride schlug vor zu frühstücken, ehe Sie sich in jeweils verschiedenen Richtungen auf die Suche nach dem Auto und dem Schiff von Sweeney machten. »Alsdann, FX, wenn ich bedenke, was für gute Freunde wir jetzt sind – wann werde ich denn endlich der reizenden Mrs. Sweeney vorgestellt?«

»Ach, hören Sie auf, McBride. Als hätten Sie sie noch nie zu Gesicht bekommen.«

McBride war wieder in Höchstform. »Ich sag Ihnen was – ein Einkaufsbummel in der Grafton Street würde ihr recht gut bekommen. Diese alten Barbour-Jacken sind eine Katastrophe für eine so gutaussehende Frau wie sie.«

Recaldo grinste, ließ sich aber nicht dazu verleiten, näher darauf einzugehen. »Es gibt da einiges, das ich Ihnen wohl besser erzähle«, meinte er statt dessen. Als Recaldo in allen Einzelheiten berichtete, was Cressida und John Spain ihm am Tag zuvor erzählt hatten, wurde McBride ungewöhnlich ruhig. »Sie sind wirklich ein Meister im Untertreiben, FX. Offenbar hat dieses Miststück von Walter Spain das Leben zur Hölle gemacht, aber Sie wissen selber, das alles spricht nur noch mehr gegen ihn, und ich weiß genau, wie Coffey reagieren wird. Und wenn Spain dran glauben muß, dann auch Ihre Freundin. Allzugut sieht es nicht aus für die beiden, stimmt's? Wir müssen unbedingt die Verbindung zwischen Walter und Sweeney hieb- und stichfest nachweisen.«

»Die Behinderung der beiden Kinder?«

Ehe McBride antworten konnte, schrillte Recaldos Handy.

»Mr. Recaldo? Hier ist Hannah Foley. Mona hat mich gebeten, Sie anzurufen. Hören Sie, ich habe nur ganz wenig Kleingeld dabei, es könnte also sein, daß wir unterbrochen werden. Sie hat gesagt, Sie sollen zum Parkplatz des Super ...« Die Verbindung brach ab.

»Jetzt kommen wir, glaube ich, ins Geschäft, Phil«, setzte Recaldo an, als das Handy erneut läutete.

»Tut mir leid«, fuhr Hannah fort. »Mona hat gesagt, Sie glaubt, das, was Sie suchen, befindet sich auf dem Parkplatz. Keine Ahnung, wovon sie redet, aber sie beharrt darauf, daß wir uns nicht von der Stelle rühren, bis Sie hier eintreffen. Die Parkplätze für Behinderte waren alle belegt, deshalb stehen wir ganz hinten, in der Nähe vom Fischmarkt, hinter den Abfalltonnen.«

»Sind schon unterwegs.« Er steckte das Handy in die Tasche. »Das war Hannah. Können wir mit Ihrem Wagen fahren, Phil?« fragte er; in dem Augenblick tauchte aus dem Nichts Finbarr Spillane auf, der offensichtlich ein wenig plaudern wollte.

»Frank, heute morgen ist die Ketsch von Mr. Sweeney rausgefahren, haben Sie das gewußt?« fragte er. »Ich habe versucht, Sie schon früher zu erreichen, aber Sie sind mir entwischt.«

»Davon haben wir schon gehört, aber trotzdem danke, Finbarr. Tut mir leid, daß wir uns jetzt nicht aufhalten können, aber wir haben es ein bißchen eilig. Vorhin haben wir uns übrigens mit Mona unterhalten.«

Finbarr grinste. »Sie war bester Laune, nachdem Sie neulich bei ihr gewesen sind. Ganz begeistert war sie. Wissen Sie, daß Sweeneys Motorboot ebenfalls abgelegt hat?«

»Was?« riefen sie im Duett. »Wann?«

»Kaum vier oder fünf Minuten später. Ist der Ketsch direkt hinterhergefahren.«

»Was ist mit John Spain? Haben Sie sein Boot gesehen?«

Finbarr schüttelte den Kopf; irgendwie gelang es ihnen loszukommen, ohne sich weiter auf ein Gespräch einzulassen. »Mit dem müssen wir uns später noch mal eingehender unterhalten«, meinte McBride, als sie losrasten.

Zu sagen, er fuhr schnell, wäre eine ungeheure Untertreibung gewesen. Sie brauchten genau neunzehn Minuten, um die zwölf Meilen nach Duncreagh zurückzulegen.

Mona wartete auf dem Parkplatz und hatte die Augen auf ein verdrecktes Auto geheftet, das in eine schmale Lücke gezwängt war. Die Zweige eines Holunderstrauchs verdeckten es beinahe. Der hintere Teil des Autos war derart schlammverkrustet, daß es schwerfiel zu sagen, welche Farbe es hatte. Doch offenbar war den scharfen Augen der alten Dame das englische Nummernschild aufgefallen.

»Sie sind ein wahres Wunderwesen, Miss Spillane. Mein Glücksstern«, flüsterte Recaldo ihr ins Ohr. »In ein paar

Tagen schau ich bei Ihnen vorbei und erzähle Ihnen alles ganz genau. Bei einer Flasche Champagner – mindestens.« Er legte den Finger auf den Mund und richtete sich auf. »Haben Sie auch ganz herzlichen Dank, Hannah.«

»Sehen Sie irgendeine Möglichkeit, an die Schlüssel für die Karre ranzukommen?« fragte McBride. »Ich nehme an, so dumm wäre Sweeney nicht, daß er in seinem Haus Ersatzschlüssel zurückgelassen hat, oder?«

Recaldo wählte bereits die Nummer der Dillons. Beim zweiten Läuten meldete sich Cressida. »Nein«, erklärte sie. »Ich habe keinen, aber er hat Ersatzschlüssel bestellt.«

»Wo?«

»Bei Malone. Der Händler in der ...«

»Ich weiß, wo das ist. Danke, Liebes.«

»Frank, die machen am Samstag um zwölf Uhr zu.«

Thady Malone machte es sich gerade in seiner ganzen Leibesfülle auf dem Fahrersitz seines Autos bequem, als Recaldo geschickt die Ausfahrt des Vorhofs blockierte. Als er sah, um wen es sich handelte, hievte Malone sich wieder hoch. »Irgendwas Dringendes?« erkundigte er sich freundlich.

Recaldo beruhigte sich und rang sich ein reumütiges Lächeln ab. »Für mich schon, Mr. Malone«, erklärte er. »Ich habe Val Sweeney versprochen, unterwegs die Ersatzschlüssel für ihn abzuholen. Ich war schon auf halber Strecke, als es mir wieder eingefallen ist. Ich hoffe, es macht Ihnen nichts aus, Mr. Malone.« Dieser stellte keine Fragen, ließ Recaldo jedoch eine Empfangsbestätigung unterschreiben, ehe er ihm die Schlüssel aushändigte.

Als Recaldo zu McBride zurückkam, hatte dieser bereits das Abschleppen des Lexus zum Polizeirevier in Duncreagh veranlaßt und Coffey benachrichtigt. »Der ist schon unterwegs«, erklärte er. »Wir sollen auf ihn warten, ehe wir das Ding aufsperren.« Er streckte die Hand nach den Ersatzschlüsseln aus. »Der Abschleppwagen kommt in ungefähr zwanzig Minuten. Coffey wird allerdings noch eine Stunde brauchen – der fährt wie ein Begräbnisunternehmer. Sie nehmen den Wagen; ich fahre mit dem Laster zum Revier oder geh zu Fuß rüber.«

»Danke, Phil, ich komme so schnell wie möglich zurück. Können Sie Coffey hinhalten?«

»Sicher. Ich beneide Sie nicht darum, Cressida all das beibringen zu müssen.«

»Besser ich als irgendein anderer«, erwiderte Recaldo grimmig.

McBride räusperte sich. »Coffey hat gesagt, Sie sollen sie nach Trianach bringen und dort auf uns warten. Und auch gleich noch John Spain mit anschleppen.«

»Schöne Aussichten«, murmelte Recaldo.

McBride legte ihm die Hand auf den Arm. »Nur nicht aufgeben«, ermutigte er ihn und reckte den Daumen in die Höhe.

28

Cressida erwartete Recaldo am Tor zum Grundstück der Dillons. Sie wirkte, als hätte sie seit Wochen nicht mehr geschlafen. »Mary hat Gil und die Zwillinge wieder zum Schwimmen mitgenommen«, erklärte sie zerstreut. »Sie paßt auf sie auf, bis wir ... ich ... wieder zurückkomme. Ich weiß nicht, wie ich ihr je für alles danken soll.« Sie war den Tränen nahe. Zärtlich streichelte Recaldo ihre Wange.

Ihre ganze Sorge richtete sich darauf, ihr Kind zu beschützen. Offenbar kam sie dabei nicht umhin, das Bild seines Vaters gründlich zu übertünchen. Ein seltsames Gefühl von Unwirklichkeit und Sinnlosigkeit sowie der Vergeblichkeit seiner Hoffnung, der Lexus würde irgendwelche wichtigen Hinweise liefern, überkam Recaldo. Zu viele Hoffnungen hatte er darauf gesetzt, ihn zu finden. Zu viel kostbare Zeit vergeudet. »Er ist mit dem Schiff abgehauen«, erkärte er schroff.

»Val ist ein guter Segler«, meinte sie. »Dem wird schon nichts passieren.« Es klang, als spräche sie von einem kleinen Ausflug. Am liebsten hätte er sie bei den Schultern gepackt und sie in die Wirklichkeit ihres Lebens mit einem, wie er glaubte, heimtückischen Mörder zurückgeholt. Barmherzigerweise rief in dem Augenblick McBride an und nahm ihm diese unangenehme Aufgabe ab.

»Frank, ich kann nur ganz kurz sprechen, Coffey ist gerade zum Pissen. Sie hatten in jeder Hinsicht recht. Wir haben den Mistkerl. Mrs. Walters italienische Truhe war mitsamt dem ganzen Zeug, einschließlich des fehlenden Laptops, im Kofferraum des Lexus. Die nehmen gerade Fingerabdrücke.«

»Ist das alles?« murmelte Recaldo; Cressie hatte ihn am Arm gepackt. In dem beengten Raum des Autos konnte sie McBrides Stimme laut und deutlich hören. Recaldo legte seine Hand auf ihre und umklammerte sie.

»Nein, Sie Esel, bei weitem nicht.« Es gelang McBride nicht, seine Aufregung zu verhehlen. »Können sie sich das vorstellen: ein blutbefleckter Schal, in die Dienstagszeitung eingewickelt. Noch etwas – wir haben eine vollständige Garnitur Kleidung gefunden; das Zeug ist ebenfalls blutdurchtränkt. Stinkt grauenhaft. Fragen Sie mal Ihre Dame, was ihr Mann am Dienstag angehabt hat.«

»Gelblichbeige Cordhose und einen marineblauen Pullover, soweit sie sich erinnert«, erwiderte Recaldo, nachdem er hastig Cressie gefragt hatte; sie sah aus, als würde ihr gleich übel.

»Sagen Sie ihr, sie ist ein Schatz«, erklärte McBride und unterbrach die Verbindung. Recaldo schaltete das Handy aus, steckte es in die Tasche und hielt Cressie fest. Sein Herz überschlug sich schier bei dem Gedanken an das Martyrium, das ihr bevorstand. Und ihm. An die Fraglichkeit ihrer gemeinsamen Zukunft.

Sie schoben den Gang zum Treffen im Alten Kornspeicher so lange wie möglich hinaus. Die Terrassentür stand offen. »Ich warte hier«, erklärte Cressida ängstlich und setzte sich an den Gartentisch. »Ich kann es nicht ertragen, da reinzugehen.«

»Ich bin gleich wieder bei dir«, beruhigte er sie. In der Küche traf er auf die Magraws. Murray entkorkte gerade eine Flasche Wein, während Grace das Cellophan von einem Teller mit belegten Broten entfernte.

Sie blickte auf. »Die haben wir aus dem Dorf mitgebracht«, sagte sie. »Essen Sie mit uns?«

»Danke, gerne, aber Mrs. Sweeney ist im Garten. Und Inspektor McBride wir auch bald dazustoßen.«

»Und Superintendent Coffey?« erkundigte Murray sich. »Er hat uns hierherbestellt.«

»Da bin ich mir nicht sicher«, erwiderte Recaldo. »Die Dinge haben eine neue Wendung genommen. Übrigens, Mrs. Sweeney hat nichts von der Beziehung Ihrer Cousine zu ihrem Mann gewußt. Das heißt, bis vor ein paar Tagen.«

Murray starrte ihn mit unbewegter Miene an. »Muß ziemlich schrecklich für sie sein. Erst so hinters Licht geführt zu werden und dann all das ...«

Nachdem sie auf die Terrasse getreten waren, begann erstaunlicherweise Cressida das Gespräch.

»Mein Mann wird von der Polizei gesucht«, erklärte sie mit monotoner Stimme. »Wegen des Mordes an Evangeline Walter.« Nervös strich sie sich die Haare aus dem Gesicht und enthüllte dabei unabsichtlich den mittlerweile etwas verblaßten Bluterguß auf der Wange.

»Um ihn zum Tod von Evangline Walter zu befragen«, stellte Recaldo richtig.

Cressida überhörte die Unterbrechung und sprach unbeirrt weiter. »Das alles wäre nicht passiert, wenn ich nicht das Mädchen gesehen hätte. Ich hätte es ihm nicht sagen sollen ...«

»Halcyon? Sie haben sie kennengelernt?« fragte Murray, plötzlich hellwach.

»Ich habe sie gesehen. Sie sieht wie mein Sohn Gil aus.« Sie biß sich auf die Lippe. »Der das Ebenbild seines Vaters ist.« Flehend sah sie Murray an. »Ist sie Vals Tochter?«

Murray vermied es, sie anzusehen. »Möglicherweise.«

»Herrgott im Himmel«, brauste Grace auf. »Du weißt verdammt gut, daß sie es ist.«

»Ohne einen DNA-Test kann niemand völlig sicher sein«, setzte Murray an, doch dann begegnete sein Blick dem Cressidas. »Ja«, gab er zu und sah sie mitleidig an. »Ja, soweit ich weiß, ist Halcyon die Tochter von V. J. Sweeney.«

»Wann haben er und Evangeline sich kennengelernt?«

»Sie sind einander vor fünf- oder sechsundzwanzig Jahren begegnet, als sie noch studiert haben. Sie war damals auch blond. Ein wunderschönes Paar«, schwärmte er verträumt. Doch dann veränderte sich plötzlich sein Ton, und er setzte sich kerzengerade auf. »Sie war ganz wild nach ihm. Ich bin ihm nur ein paarmal begegnet und habe ihn, schätze ich, immer für einen eingebildeten Trottel gehalten. Tut mir leid, Ma'am, aber so war's. In der Beziehung hat ausschließlich Evangeline den Ton angegeben.« Er schniefte. »Fünf, sechs Jahre haben sie in New York zusammengelebt. Bis kurz nach der Geburt Halcyons.«

»Er hat sie nie auch nur mit einem Wort erwähnt. Nicht ein einziges Mal«, sagte Cressida verzagt und wurde rot. »Vielleicht hat er sie nicht erkannt? Als sie hierherkam, hatte sie dunkle Haare.«

»Sie hat sie sich färben lassen ... so vor zehn, zwölf Jahren«, erwiderte er unbestimmt. »Hat gesagt, sie sei es leid, für eine schwachsinnige Blondine gehalten zu werden.«

»Waren sie verheiratet?«

»Verheiratet? O nein, dafür waren sie zu lässig. Für Kinder auch, schätze ich«, bemerkte Murray.

»Hat er sie wegen Halcyons Behinderung verlassen?« Recaldo packte sie an der Schulter; sie starrte ihn an, als wolle sie sagen: Ich weiß, ich führe mich verdammt erbärmlich auf, aber ich muß das bis zum Ende durchstehen.

»Ja, ich glaube, er hat Evangeline die Schuld daran gegeben«, erwiderte Murray.

Cressida zuckte zusammen. »Ja, das ergibt einen Sinn. Seit ihm klar war, daß Gil fast taub ist, konnte er ihn nicht mehr ertragen. Doch bis zu jenem Abend, an dem ich erwähnt habe, daß ich das Mädchen gesehen hatte, hat er ihm nie weh getan. Ich bin einfach zu weit gegangen – es war nichts weiter als eine Vermutung. Ich hätte das erst für mich selber klären müssen ... Was geschieht jetzt mit ihr?«

»Wir kümmern uns um sie. Evangeline hat uns gebeten, ihr Vormund zu sein«, erklärte Grace und streichelte Murrays Handrücken.

»Wir werden sie in dem Kloster besuchen. Evangline hat von uns nicht erwartet, sie zu uns zu nehmen oder so etwas in der Art. Wir sollen lediglich dafür sorgen, daß es ihr an nichts fehlt.« Die Erleichterung machte ihn geschwätzig.

»Darf ich fragen, wie lange sie schon in einem Heim lebt?« fragte Cressida leise.

»Seit sie zwei oder drei war«, erwiderte Murray. »Seit frühester Kindheit. Von Anfang an haben die Nonnen für sie gesorgt. Und werden dies wahrscheinlich auch weiterhin tun.«

»Hat Val sie irgendwie unterstützt? Jemals?«

»Soweit ich weiß nicht«, gestand Murray widerstrebend ein. »Nein, eigentlich fast mit Sicherheit nicht.«

»Ich sollte sie besuchen«, meinte Cressida.

»Aber Cressie«, setzte Recaldo an, schwieg dann jedoch unvermittelt. Cressida würde tun, was sie für richtig hielt, denn nur so gäbe es eine Hoffnung für sie als Paar. Seine Zeit des Wartens war noch nicht vorüber; vielleicht hatte sie erst begonnen.

»Ich werde mich um Halcyon kümmern«, erklärte sie nachdrücklich. »Was auch immer Val ihr gegenüber empfunden haben mag, sie braucht eine Familie. Er ist ihr nächster Verwandter.«

Entsetzt sahen die Magraws sie an. Grace streckte die Hand nach Cressida aus. »Aber, meine Liebe, verstehen Sie denn nicht ...«

»In dem Kloster geht es ihr gut, und sie fühlt sich dort wohl«, fiel Murray ihr barsch ins Wort. »Evangeline hat sie nicht vernachlässigt; egal, was Sie glauben – sie hat sich um sie gekümmert.«

»Ach, Murray, mach dir doch nichts vor. Evangeline hat ihr gegenüber nichts als Ärger und Wut verspürt.«

»Grace, wie redest du denn auf einmal ...«

»Ich denke nicht daran, einfach dazusitzen und zuzusehen, wie diese junge Frau die Verantwortung für jemanden übernimmt, von dem sie bis vor ein paar Tagen nichts gewußt hat«, verwahrte Grace sich ärgerlich.

»Du ja auch nicht.«

»Ganz recht.«

Verwirrt hatte Cressida den Kopf von ihr zu ihm gedreht. »Eigentlich habe ich mir nur vorgestellt, sie zu besuchen, dafür zu sorgen, daß sie weiß, es gibt uns. Keineswegs wollte ich damit zum Ausdruck bringen, daß Sie sich nicht so um sie kümmern sollen, wie Sie dies für richtig halten. Aber wir wohnen ja ganz in der Nähe. Niemals würde ich sie aus einem Leben herausreißen, das ihr vertraut ist. Wenn sie sich in dem Kloster wohl fühlt, dann sollte man sie bei den Nonnen lassen, doch wenn die Umstände sich ändern ...«

»Halcyon ist aber auch geistig behindert«, gab Grace zu bedenken.

»Ja, das hat Frank mir gesagt. Wir haben Glück, daß John Spain Gil hilft. Ihr wird er auch helfen; er ist so gütig und freundlich. Je mehr Leute etwas für sie tun, desto besser, meinen Sie nicht auch?« Es war klar: Sie versuchte, die beiden Kinder zu beschützen, sie vor dem Makel zu bewahren, die Abkömmlinge eines Mörders zu sein.

In dem Schweigen, das nun folgte, stach irgend etwas Recaldo ins Auge. Angestrengt starrte er auf die Flußmündung hinaus und wollte gerade ins Haus gehen, um Evangeline Walters Feldstecher zu holen, als McBride auftauchte. Die beiden Männer gingen zum Ufer hinunter. »Ich glaube, das ist Spains Boot, das da am Pier der Sweeneys vertäut ist. Sehen Sie's?« fragte Recaldo. »Ich habe das ungute Gefühl, er ist mit dem Motorboot rausgefahren.«

»Warum das?«

Recaldo zuckte die Schultern und sah ihn niedergeschlagen an. »Irgendwie habe ich den Eindruck, die Geschichte ist noch nicht ganz ausgestanden; was meinen Sie?«

»Wie wahr.«

»Kommt Coffey nicht?«

»Nein. Er ist wieder ins gerichtsmedizinische Labor gefahren; dort ist die Pathologin auf dem Sprung, hellauf entzückt, von ihren Wochenendvergnügungen weggeschleppt zu werden.« Er grinste. »Wir werden ihn zu Rate ziehen, wenn es sich als notwendig erweist«, ahmte er ihn nach, wurde dann aber gleich wieder sachlich. »Die Walter hatte ein Tonbandgerät eingeschaltet. Dreiundvierzig Minuten schierer Horror, kaum auszuhalten. Ich weiß nicht, ob es etwas gibt, das rein akustisch brutalen Pornofilmen entspricht. Sie wollen wahrscheinlich gar nicht genauer wissen, mit was für einem Kerl Cressida zusammengelebt hat, aber ich kann mir gut vorstellen, warum Sie sie möglichst fern von ihm halten wollen. Und wenn irgend so ein Blödsinn zur Sprache kommt, von wegen zu ihrem Mann zu stehen, dann lassen Sie mich das nur wissen. Das treibe ich ihr schnell aus«, erklärte er grimmig. »Großer Gott. Die Presse wird sich darauf stürzen. Die Geliebte, der Mörder, seine Frau, deren Liebhaber. Bringen Sie sie von hier weg, sie und das Kind. Und gehen Sie auch von hier weg, Frank. Sie haben hier nichts mehr zu suchen, Sie beide. Diese Geschichte wird man nie vergessen. Am liebsten würde ich das Haus hier eigenhändig niederbrennen. Dieses verdammte Weibsstück war völlig übergeschnappt. Wie er auch. Ein Prachtpaar. Sie haben das Ganze durchgehechelt, während sie darauf gewartet hat, daß er sie umbringt. Großartig. Hat ihn dazu angestachelt. War richtig scharf darauf. Hat ganz den Anschein, als hätte sie zwanzig Jahre lang darauf hingearbeitet, seit er sie und das Baby im Stich gelassen hat. Doc Morrow hat berichtet, sie sei mit Drogen abgefüllt gewesen, legalen und anderen. Ein ganzer verdammter Cocktail. Hätte er es nicht getan, hätte sie es wahrscheinlich auch von alleine geschafft. Aber dieser Mistkerl mußte ihr einen üblen Hieb auf den Bauch versetzen. Mittlerweile haben wir ihn landesweit zur Fahndung ausgeschrieben. Wenn er nicht vorher schon ein Ungeheuer war, dann ist er das mit Sicherheit jetzt.« Er blickte um sich. »Und das in einer so wunderschönen Gegend. Auf nichts ist mehr Verlaß, auf rein gar nichts.«

Die beiden wollten gerade durch den Garten wieder zu den anderen gehen, als Recaldo unvermittelt stehenblieb und eine Hand hob. »Hören Sie das?«

»Was?«

»Ich glaube, das Rettungsschiff fährt raus.« Recaldo fischte sein Handy aus der Tasche und wählte eine Nummer. »Die *Halcyon*«, erklärte er kurz darauf so ruhig wie möglich. »Vor ungefähr einer Viertelstunde ist ein Funknotruf reingekommen. Sie haben gerade die Mannschaft alarmiert. Kommen Sie, wir gehen besser hin.«

Sie rannten zu den anderen zurück. Die Magraws versprachen, Cressida zu Recaldo nach Hause zu bringen.

Recaldo sprang in McBrides Wagen, und mit Höchstgeschwindigkeit rasten sie los. Als sie beim Bootshaus ankamen, kletterten gerade vier der sechs erforderlichen Männer in voller Montur, gelbes Ölzeug und Gummistiefel, in das Boot. »Der SOS-Ruf ist vor ein paar Minuten reingekommen«, rief der Bootsführer. »Bei den Baltiboys-Felsen ist eine Jacht in Schwierigkeiten.«

»Wie weit draußen ist das?« fragte McBride Recaldo.

»Oh, ein ganz schönes Stück. Wird eine Zeit dauern, bis sie dort hinkommen – drei, vier Stunden hin und zurück. Charlie Curren wird Ihnen erklären, was jetzt passiert. Er ist oben im Büro des Zweiten Offiziers ehrenhalber. Da rauf ...« Seine Stimme ging in dem Getöse unter, als der riesige Doppelmotor ansprang und das Rettungsschiff die Helling hinunterglitt.

Recaldo beobachtete, wie das Boot immer weiter hinausfuhr; währenddessen kletterte McBride über eine Metalleiter zu dem winzigen Büro unter dem Dach hinauf, in dem ein junger Mann an einem Schreibtisch vor einem Panoramafenster saß. Er hatte Kopfhörer aufgesetzt. Als McBride ihm seinen Ausweis unter die Nase hielt, schob er ihn beiseite und hob einen der Kopfhörer an. »Schon gut. Ich weiß, wer Sie sind, Sir.«

»Würde es Ihnen was ausmachen, mir zu erklären, wie das funktioniert?«

»SOS-Rufe kommen über Funk, Kanal sechzehn, in die IMES rein.«

McBride hielt die Hand hoch. »Und was bedeutet IMES für Normalsterbliche?« fragte er.

Der Junge warf ihm einen vernichtenden Blick zu. »Die Irish Marine Emergency Services, die irischen Seenotdienste. Sie können sie auch als Küstenwache bezeichnen, wenn Sie wollen, das ist dasselbe. Sobald sie die Position des Schiffes kennen, das in Seenot ist, nehmen sie Verbindung mit dem nächstgelegenen Rettungszentrum auf – in diesem Fall Valentia, dem seinerseits der lokale Sender untersteht.« Er runzelte die Stirn. »Augenblick, wir haben keinen Funkkontakt mehr. Der hat den Sendebetrieb eingestellt, aber der Notruf wurde automatisch aufgezeichnet, Sie können ihn sich also selber anhören.«

Er knipste einen Schalter an und reichte McBride die Kopfhörer. Eine männliche Stimme war zu hören, vernuschelt und unartikuliert. »SOS, SOS, SOS. Jacht *Halcyon* ... Hotel, Alfa, Lima, Charlie, Yankee, Oscar, November. Ex-*Azurra.* Ein Mann an Bord. Position Nord 51° 24' West 9° 37'. Nähe Baltiboys-Felsen ... Schiff gerät außer Kontrolle. Ende.«

»Was soll das heißen: Ex-*Azurra?«* wollte McBride wissen.

»Das Schiff hieß bis vor kurzem Azurra. Die Namensänderung wurde vor ein paar Monaten gemeldet. Aber die meisten in der Gegend hier kennen es noch unter dem alten Namen.«

»Sie wissen also, wer es ist?« fragte McBride und gab die Kopfhörer zurück.

Es dauerte einen Augenblick, ehe der andere antwortete. »Ja«, bestätigte er geistesabwesend. »Den hab ich heute morgen rausfahren sehen. Ich habe gedacht, er überprüft bloß den Motor, weil er allein war, soweit ich sehen konnte. Hatte ja keine Ahnung, daß er rausfahren wollte, sonst hätte ich ihn wegen des bevorstehenden Wetters gewarnt«, erklärte er ungeduldig. »Wir versuchen nach wie vor, Funkkontakt mit ihm aufzunehmen, aber offensichtlich hat er den Mikrophonschalter losgelassen. Keine Verbindung mehr. Ein Kerl namens Sweeney – hervorragender Segler, außer wenn er säuft. Was er mittlerweile meistens tut. Ein viel zu großes Boot, um ein solches Risiko einzugehen.«

»War das seine Stimme?«

Curren zuckte die Schultern. »Schwer zu sagen. Klingt eigentlich nicht danach. Zu tief. Kommt mir aber trotzdem bekannt vor.«

»Wie schnell ist das Rettungsschiff?«

»Das macht mehr als siebzehn Knoten – ungefähr zwanzig Stundenkilometer.«

»Mehr nicht? Mit den riesigen Motoren?« McBride legte die Verwunderung einer echten Landratte an den Tag.

Curren lächelte milde. »Es gehört ziemlich viel Kraft dazu, gegen die Meereströmung anzukämpfen. Das ist ziemlich schnell.«

»Na schön. Wie lange werden sie also brauchen, bis sie die Jacht finden?«

»Wird wohl eine Stunde oder so dauern, bis sie dort sind. Dann dürfte es nicht weiter schwer sein, sie zu orten, außer es kommt Wind auf und treibt sie ab.«

»Besteht die Möglichkeit?«

»Da draußen ist alles möglich. Zwar ist es im Augenblick einigermaßen ruhig, aber für heute abend sind Stürme angesagt. Und dann das Problem mit den Lichtverhältnissen. Die Wolkendecke hängt ziemlich tief, folglich wird es früh dunkel. Die größte Gefahr stellt allerdings Sweeney selber dar; falls er trinkt, ist er unberechenbar. Könnte über Bord gehen oder zu nahe an die Baltiboys rankommen. Die sind die meiste Zeit überspült. Auf diesen tückischen Felsen ist schon so manches Schiff gekentert.«

McBride schwieg eine Weile und fragte dann: »Alarmieren Sie immer die örtliche Polizei?«

»Frank? O ja. Routineangelegenheit. Er hat einen eigenen Funkempfänger.«

»Kommt er normalerweise her, wenn ein Notruf aufgefangen wird?«

»Nein – aber er ist immer zur Stelle, wenn das Rettungsschiff einläuft. Sehr zuverlässig.« Die Art, wie Charlie dies sagte, deutete an, Frank hatte zuviel gesunden Menschenverstand, um in einem Notfall andere bei ihrer Arbeit zu stören. McBride bemerkte die Kritik, doch seine Gedanken wanderten mit zunehmender Sorge zu den Stunden, die vor ihnen lagen und die schwierig werden könnten.

»Und wie lange dauert das?«

Curren blickte auf. »In ungefähr einer Dreiviertelstunde müßten sie bei den Baltiboys sein; ein bißchen länger vielleicht. Sagen wir: eine Stunde. Dann dauert es noch mal eine Stunde, um den Kerl von der Jacht runterzuholen. Also erwarte ich sie so in drei Stunden. Es hat also gar keinen Sinn, hier rumzuhängen. Lassen Sie mir Ihre Handynummer da; ich rufe Sie an, sobald sie in Sicht kommen.« Es war jetzt Viertel vor vier. Das Rettungsboot käme erst zwischen sieben und acht zurück – frühestens. Er machte sich auf die Suche nach Recaldo.

»Was wollen Sie jetzt machen?« fragte McBride.

»Zu Cressie zurückfahren. Wahrscheinlich hätte sie gern Gil bei sich. Und dann versuchen wir, Spain aufzustöbern. Ich muß sie beschäftigt halten«, erklärte er freudlos.

»Lieber Sie als ich. Wir können nur hoffen, daß dieser Scheißkerl Sweeney ersäuft. Würde ihr und uns allen verdammt viele Schwierigkeiten ersparen. Hören Sie, Frank, dieser verdammte Wagen hat mir gereicht – ich bin völlig geschafft. Ich fahr jetzt zum Hotel rauf und schreibe meinen Bericht. Vielleicht krieg ich sogar ein kleines Nickerchen unter. Der Bursche hat gesagt, er ruft mich an, sobald das Rettungsschiff zurückkommt.« Er faßte Recaldo am Arm. »Kommen Sie, ich bringe Sie nach Hause, alter Freund.«

29

Sturm war aufgekommen, und es war bereits dunkel, als das Rettungsschiff endlich in den Hafen einlief. McBride holte Recaldo ab, und zusammen fuhren sie zum Anlegeplatz. Glücklicherweise hatten nur die allerhartnäckigsten Gaffer ausgeharrt.

»Haben Sie den Jungen abgeholt?« wollte McBride wissen.

»Nein, Mary meinte, bei ihnen sei er im Augenblick besser aufgehoben.«

»Spain haben Sie nicht gefunden?«

Recaldo schüttelte den Kopf. »Von dem war den ganzen Tag über nichts zu sehen. Ich bin so sicher wie sonstwas, daß er mit diesem verfluchten Motorboot rausgefahren ist. Hoffentlich hat das Rettungsschiff ihn gefunden.«

»Scheiße. Und Cressida?«

»Die ist bei mir zu Hause. Doktor McCarthy hat vorhin vorbeigeschaut und ihr Beruhigungstabletten gegeben; trotzdem ist sie in einem erbärmlichen Zustand. Sobald Sie mich entbehren können, bringe ich sie und Gil nach Dingle; ich kann dort das Haus meines Bruders haben. Er ist für einige Monate in den Staaten.«

»Na schön. Jetzt hängt also alles davon ab, mit was für einer Fracht das Rettungsschiff zurückkommt. Ich halte Sie soweit wie möglich auf dem laufenden, ehe eine Presseerklärung herausgegeben wird. Und tue mein Bestes, um Ihnen Coffey vom Hals zu halten; ehe ich ihm meinen Bericht aushändige, wäre es mir außerdem sehr recht, wenn Sie ihn sich ansehen. Einverstanden?«

»Ja.«

Der Bootsführer kam auf sie zu. »Sie haben Sweeneys Motorboot im Schlepptau. Frank, unten ist John Spains

Leiche. Tut mir leid, ich weiß, er war ein Freund von Ihnen.«

Obwohl er fast damit gerechnet hatte, traf ihn dies wie ein Schlag in die Magengrube. »Mein Gott.« Recaldo merkte, wie ihm Tränen in die Augen stiegen. »Ist er ertrunken?«

»Nein. Offenbar hatte er einen Herzanfall oder so was. Sweeneys Leiche hatte er schon halb aus der Jacht in sein Motorboot gezerrt; dann ist er über ihm zusammengesackt. Wahrscheinlich hat er sich überanstrengt – Sweeney war ein ziemlicher Brocken. Unserer Ansicht nach hat wohl Spain den Notruf gesendet. Im Motorboot haben wir ein Funkgerät gefunden.«

»Sweeneys Leiche haben Sie also auch?« McBride mischte sich ein.

»Nein, die ist abgetrieben, als wir versucht haben, sie an Bord zu hieven. Ich fürchte, der ist uns abhanden gekommen. Eine scheußliche Nacht.«

»Wir versuchen, es möglichst kurz zu machen«, erklärte McBride rücksichtsvoll. »Aber könnten Sie uns trotzdem kurz berichten, was passiert ist?«

Der Bootsführer trank einen Schluck. »Als wir uns den Baltiboys genähert haben, ist plötzlich der Sturm losgebrochen. Es war grauenhaft, der Orkan hat gewütet, das Wasser ist an den Felsen aufgeschäumt. Die Jacht war zur Seite gekippt und der Mast zersplittert, wahrscheinlich an der Verankerung abgebrochen. Wir sind zwar ganz um sie herum gefahren, konnten aber kein Anzeichen von Leben entdecken; auch niemanden, der sich an die Felsen geklammert hatte. Gerade als wir überlegt haben, wie einer von uns an Bord kommen könnte, hat Paul Heron das Motorboot auf uns zutreiben sehen. Fast hätten wir es gerammt. Keine Ahnung, wie er mit diesem blödsinnigen Boot da rausgekommen ist, aber da war er nun mal. Hätte er nicht sein gelbes Ölzeug angehabt, hätten wir ihn wahrscheinlich gar nicht entdeckt. Gott schenke seiner Seele Frieden. Ich glaube, anfangs sind wir gar nicht auf die Idee gekommen, daß er tot sein könnte. Ein zäher alter Bursche. Kräftig wie ein Bulle. Ein tapferer Mann.«

Bis Dr. McCarthy die Leiche untersucht und John Spain für tot erklärt hatte, dauerte es noch einmal eine Stunde; es war jetzt weit nach Mitternacht. »MI«, verkündete er nachdrücklich. »Myokardinfarkt. Ich weiß auch nicht, wie er so lange durchgehalten hat. Vor fünf Jahren hatte er schon einmal einen Herzanfall. Und zwischendurch vielleicht noch einen, obwohl er geraume Zeit nicht mehr zu mir in die Sprechstunde gekommen ist. Ein guter Mensch. Meine Frau wird ihn vermissen. Sie sagt immer, seine Hummer seien die besten. Gott schenke seiner Seele Frieden.«

Nachdem der Arzt gegangen war, wartete McBride allein auf den Bestattungsunternehmer; Recaldo ging nach Hause. Cressida saß in der Küche am Tisch und umklammerte mit beiden Händen eine Tasse kalten Tee. Als er eintrat, blickte sie ängstlich auf. »Ich bin aufgewacht und habe das Rettungsschiff einlaufen hören«, erklärte sie. »Und habe darauf gewartet, daß du anrufst.«

Recaldo zog den Mantel aus und holte den Kognak, ehe er antwortete. Dann setzte er sich neben sie und nahm ihre Hand. »Liebes, das Boot haben sie gefunden, aber ...« Er zögerte, ehe er ihr in groben Zügen den Bericht des Bootsführers wiedergab. Als sie hörte, daß Spain tot war, bettete sie den Kopf auf den Tisch und weinte bitterlich. Recaldo goß zwei große Gläser Kognak ein und hielt ihr eines hin.

»Hast du gewußt, daß er Vals wegen rausgefahren ist? Es muß ihm doch klargewesen sein, wie gefährlich es da draußen war.« Unvermittelt hob sie den Kopf. »Woher hat er denn gewußt, wo Val mit dem Schiff hinwollte?« flüsterte sie.

»Das kann ich dir nicht sagen, aber ich habe so das Gefühl, er hat die Jacht beobachtet. Und vielleicht sogar mit ihm gesprochen.«

»Er hat sich selbst zugrunde gerichtet, um mich zu retten«, sagte sie beinahe ehrfürchtig. »Armer lieber John. Er wird mir ungeheuer fehlen«, schluchzte sie. »O Frank, was sollen wir jetzt machen?«

Er schloß sie in die Arme und hielt sie fest, bis sie zu weinen aufhörte. »Val ist tot, und alles, was ich verspüre, ist Erleichterung.« Sie schluckte krampfhaft. »Was wird jetzt geschehen?«

»Du wirst zulasssen, daß ich dir helfe, und wir versuchen, so bald wie möglich von hier wegzukommen. Später können wir dann immer noch entscheiden, was das Beste ist. Gleich morgen früh holen wir Gil ab und fahren nach Dingle. Phil hat versprochen, für mich einzuspringen.« Und plötzlich liebten sie sich, mit einer Leidenschaft, die sie über jede Angst hinaustrug.

Am Sonntagmorgen fuhr das Rettungsboot nicht noch einmal hinaus. Schleppnetzfischer, die ein Stück von den Baliboys entfernt gekreuzt waren, bargen um zehn Uhr siebenundfünfzig Valentine Sweeneys Leiche aus dem Wasser und übergaben sie um zehn Minuten nach zwölf den Behörden in Passage South. Der Kapitän berichtete, die *Halcyon* sei völlig zertrümmert, und es lohne sich nicht, sie zu bergen.

Passage South

Die Einwohner von Passage South kamen zum Meer herunter. Langsam tauchte ein glänzender schwarzer Sarg aus dem Nebel auf; hinter ihm folgten auf dem Kopfsteinpflaster vereinzelte Trauernde zu Fuß. Die Sargträger gingen im Gleichtakt zu dem Glockengeläut. Schließlich blieben sie stehen und ließen den Sarg unbeholfen in das Fischerboot hinunter. So beengt war der Raum in dem Boot, daß Recaldo Gefahr lief, nach hinten über das Heckwerk gedrängt zu werden. Noch nie hatte man eine solche Zeremonie erlebt. In der zunehmenden Düsterkeit hatte sie etwas Seltsames, Ursprüngliches, beinahe Heidnisches an sich. Der kleine Motor der *Consuela* sprang stotternd an, und das Fischerboot löste sich aus seiner Vertäuung. Langsam beschrieb es einen Bogen in die Bucht hinaus; kurz dahinter folgte der Motorsegler.

Wie auf Kommando trieb um die Landzunge eine Flotille kleiner Boote von der Segelschule mit roten Segeln auf sie zu und schloß sich an. Vom Jachthafen her folgten Fischerboote jeglicher Form und Größe, sodann ein, zwei Segelschiffe, Motorboote und vier oder fünf Ruderboote. Vom Hafen bis zur Flußmündung erstreckte sich die großartige Armada und hielt gebührenden Abstand zu den zwei Schiffen, die im Mittelpunkt der düsteren Feier standen. Mittlerweile war es dunkel geworden, und das fahle Licht des Vollmonds schimmerte auf dem Wasser.

Drei in rascher Aufeinanderfolge abgefeuerte Leuchtraketen durchbrachen die Stille und erhellten die Szenerie in der Bucht. Ein lautes Aufseufzen ging durch die wartende Menge. Die Menschen sahen zu, wie der Kreis der Boote sich immer weiter von der *Consuela* entfernte und sie allein zurückließ. Recaldo stellte den Außenbordmotor ab, löste ihn aus seiner Verankerung im Heckwerk und kippte ihn ins Meer. Der Kreis der Schiffe weitete sich zunehmend, als sich auf wundersame Weise der Nebel lichtete und der Mond die kleine Barke in helles Licht tauchte. Die dunkle Gestalt des Steuermanns richtete sich auf und legte eine Hand auf den Sarg. Einen Augenblick lang regte sich nichts, dann tauchte aus der Düsterkeit das Motorboot auf und nahm Recaldo an Bord.

Als es sich entfernte, war eine Explosion zu hören; gleichzeitig flackerte unter dem Sarg ein Licht auf. Zwei weitere Explosionen folgten, und jetzt griff das Feuer um sich. Binnen Sekunden züngelte es auf, und noch ehe den Zuschauern wirklich klarwurde, was geschah, war der ausbrennende Bootsrumpf hinter einer schwarzen, teerigen Rauchwolke ihren Blicken entschwunden.

Epilog

COUNTY KERRY – ACHT MONATE SPÄTER

Über den Klippen über dem Blasket-Sund ließ Gil einen Drachen steigen. Auf dem nassen Gras rannte er mit Finnegan und Barker auf den Fersen hin und her. Wie verzaubert stand Halcyon da und sah zu, wie der Drachen in immer weiteren Kreisen herabstieß und wieder in den klaren blauen Himmel aufstieg. Nicht weit von den Kindern spazierten Frank und Cressida dahin, die Gesichter nach oben gewandt, um die spärliche Wärme der Sonne in sich aufzusaugen. »Gil, geh nicht zu nah an den Abgrund«, rief Cressida, als das Kind an ihr vorbeiflitzte. Es drehte sich um und winkte ihr zu, tätschelte dann den kleinen Funkempfänger, der vorne an seiner Latzhose befestigt war. »Kann nicht hören«, rief es munter. Als Halcyon Anstalten machte, ihm nachzulaufen, wollte Cressida hinter ihr herjagen, doch Frank hielt sie zurück. »Laß sie, ihr passiert schon nichts. Sieh doch nur, wie vergnügt sie ist.«

Ein strahlender, kühler Vormittag war es. »Bist du glücklich?« fragte Recaldo leise und streichelte mit dem Handrücken Cressidas Wange. Der angespannte, verängstigte Ausdruck, der monatelang auf ihrem Gesicht gelegen hatte, verschwand allmählich. Sie umfaßte sein Gesicht mit beiden Händen und küßte ihn. Eng umschlungen standen sie da, und die Kinder tanzten im Kreis um sie herum. »Pfui«, schrie Gil – oder zumindest etwas, das sehr ähnlich klang. »Oh – pfui.« Er nahm seine Halbschwester bei der Hand und zog sie kichernd weg.

Coribeen hatten sie – es war nicht zu vermeiden gewesen – dem Lächler O'Dowd verkauft. Dafür hatten sie in der Nähe von Castlebrion, weiter nördlich auf der Halbinsel von Dingle, ein Feriencottage erstanden, in das sie nach ihrer Hochzeit für den Sommer einziehen wollten. Die letzten acht Monate hatten sie zurückgezogen in einem Vorort von Dublin gelebt, wo Gil endlich eine Schule besuchen konnte.

»Ahoi, ihr beiden«, rief eine Stimme. Überrascht drehten sie sich um und sahen, wie Phil McBride sich zu ihnen hinaufschleppte.

»Ist das Halcyon dort bei Gil? Hab gar nicht gewußt, daß ihr sie zu euch genommen habt.«

»Nur vorübergehend. Sie war die ganze letzte Woche hier. Morgen holt eine der Nonnen sie wieder ab.«

»Sie und Gil scheinen ja prächtig miteinander auszukommen.«

Frank und Cressie wechselten einen Blick. »Wir probieren, sie so richtig müde zu machen, sonst schleicht sie die ganze Nacht durchs Haus und schaltet den Fernseher ein und aus. Trotzdem, sie ist jetzt viel besser zu haben als vorher; mittlerweile hat sie sich an uns gewöhnt. Aber du hast völlig recht, Gil kommt sehr gut mit ihr zurecht. Er hat sogar eine Art primitiver Zeichensprache entwickelt und glaubt, sie versteht sie. Wir nehmen's einfach, wie es kommt – von Besuch zu Besuch. Manchmal läuft es prima, manchmal nicht so ganz.«

Frank warf den Kopf zurück und lachte. »Damit will sie sagen – manchmal ist es schlicht die Hölle. Übrigens, noch mehr unangenehme Folgen?«

McBride zuckte die Schultern. »Seit meiner Versetzung? Nee. Na ja, mein neuer Boß hat mich anfangs ein bißchen schikaniert, aber damit bin ich zurechtgekommen. Seltsam, aber der Alte, Coffey, hat sich letztlich als recht anständig erwiesen. Er mag einen ordnungsgemäß abgeschlossenen Fall, und den haben wir ihm mit Sicherheit geliefert – auch wenn unsere Methoden ein bißchen unkonventionell waren. Obwohl, wenn du nicht gekündigt hättest, und zwar zu genau dem Zeitpunkt, hätte das alles möglicherweise ein wenig anders ausgesehen. Genug davon. Wir haben's überlebt, stimmt's? Ich bin wieder in Dublin, wo ich hingehöre, und habe, na ja, sagen wir mal so: eine Freun ...« Er wurde ein wenig rot.

»... Liebste gefunden?« Frank legte den Arm um seinen Freund. »Das liegt in der Luft.«

»Tatsächlich?« meinte McBride leichthin.

Dank

Ohne die liebevolle Unterstützung meines Mannes John, meiner Kinder und Schwiegerkinder, die mir immer, doch vor allem in den letzten eineinhalb Jahren, eine Quelle von Freude und Kraft waren, wäre dies Buch nie geschrieben worden. Ihnen allen danke ich von ganzem Herzen.

Ebenso Ciaran Smyth und Pat Flaherty sowie dem Küstenaufseher Ted O'Driscoll, die in Irland leben; Jane Jones von der Audiologie-Abteilung im Radcliffe-Krankenhaus, den Anwältinnen Shelley Cranshaw und Dorothy Flood und dem Seeman Tim Goodfellow in Oxford, die mich in technischen Dingen berieten. Bei dieser Gelegenheit möchte ich betonen, daß alle etwaigen Fehler, was die Darstellung oder die Fakten betrifft, einzig und allein auf mein Konto gehen. Besonders dankbar bin ich Cole Moreton für den Namen Recaldo.

Das Vorgehen der Polizei – der Garda Siochana – ist reine Erfindung und von der Autorin für den Ablauf der Geschichte zurechtgebogen. Die Leute, die mich beraten haben, sollten sich daher nicht dafür verantwortlich fühlen oder irritiert sein; ich vertraue darauf, daß diejenigen, für die Plausibilität und Genauigkeit wichtig sind, mir dies nachsehen. Das gleiche gilt notwendigerweise für die medizinischen Probleme, die ich eher vom Standpunkt des Patienten als unter dem Blickwinkel des Arztes beschrieben habe.

Und schließlich gilt mein herzlicher Dank Ruth, meiner Lektorin Francesca und meiner Agentin Chris für ihre nie nachlassende Unterstützung und Hilfe.

Jodi Picoult

Die einzige Wahrheit

Roman. 464 Seiten. Geb.
Aus dem Amerikanischen von Ulrike Wasel
und Klaus Timmermann.

Eingebettet in die wogenden Weizenfelder von Lancaster County scheint die Idylle der kleinen Amisch-Gemeinde von Paradise vollkommen. Doch ein erschütternder Fund bereitet dem Frieden ein jähes Ende: In der Scheune der rechtschaffenen Fishers wird die Leiche eines Neugeborenen entdeckt. Niemand aus der Familie kann sich vorstellen, was geschehen ist. Doch alle Hinweise deuten darauf hin, daß die junge unverheiratete Tochter Katie die Mutter des toten Kindes ist. Als Katie unter Mordverdacht gestellt wird, übernimmt Ellie, eine entfernte Verwandte und Staranwältin aus Philadelphia, die Verteidigung. Auch Ellie steht an einem Wendepunkt in ihrem Leben: Sie ist froh, Abstand von ihrem Partner und ihrer Karriere gewinnen zu können und endlich wirklich gebraucht zu werden. Aber ihre Aufgabe ist alles andere als leicht, denn Ellie muß sich an das gottgefällige Leben der Amisch ohne Strom und Telefon erst gewöhnen – und Katie gibt die Wahrheit nur sehr zögerlich preis...

Vor dem faszinierenden Hintergrund einer traditionellen Amisch-Gemeinde erzählt »Die einzige Wahrheit« von Liebe und Tod, Verrat und bewegender Treue: ein meisterhafter psychologischer Thriller und die mitreißende Freundschaft zweier ungewöhnlicher Frauen.

KABEL

Rosita Steenbeek

Etruskische Schatten

Roman. 270 Seiten. Geb. Aus dem Niederländischen von Stefanie Schäfer.

Lisa, eine junge Bildhauerin aus Amsterdam, lebt seit fast zehn Jahren in Rom, wie ihre beste Freundin, die Journalistin Heleen. Als Lisas Geliebter Lorenzo, der als Archäologe in den Gräbern der Etrusker forscht, plötzlich ums Leben kommt, gerät Lisas Welt aus den Fugen, und nicht einmal Heleen kann ihr helfen. Nach Monaten der Trauer faßt Lisa Mut, den Umständen von Lorenzos Tod auf den Grund zu gehen. Sie reist in die Toskana, trifft endlich Lorenzos Familie und seine Freunde. Und sie sucht die mit Wandmalereien reich verzierten etruskischen Grabungsstätten auf, in denen er zuletzt tätig war. Erst die Spuren dieser faszinierenen Kultur, die pure Vitalität und Sinnlichkeit ausstrahlt, geben Lisa Trost und Zuversicht. Und schließlich findet sie auch die Kraft, sich dem Leben aufs neue zu stellen.

»In der Tradition Stendhals und Goethes macht Rosita Steenbeek aus der klassischen Figur des nordeuropäischen Reisenden, der sich von der mediterranen Welt angezogen fühlt, endlich eine Frau.« *Il Giorno*

KABEL

Krystyna Kuhn

Fische können schweigen

Roman. 282 Seiten. Geb.

Gräten, Schuppen, Zacken und wimpernlose Augen – seit Wochen schon bringt die junge Zeichnerin Berit nichts anderes aufs Papier, denn den lukrativen Auftrag, ein riesiges Fischelexikon zu illustrieren, konnte sie ganz einfach nicht ablehnen. Jetzt hat sie sich eine Pause verdient, und eine Party bei ihrer besten Freundin wird ihr guttun. Doch auf dem Nachhauseweg stolpert Berit buchstäblich über eine Leiche. Die Bilder von dem nächtlichen Toten lassen sie nicht mehr los, ihr Interesse an dem Fall ist geweckt. Und außerdem ist da auch noch Ron, der die Ermittlungen in dem Mordfall leitet, cool und humorvoll und überhaupt ganz anders, als Berit sich einen Kommissar bei der Kripo Frankfurt vorgestellt hatte. Die Spuren führen zu einem internationalen Ring, der mittels genmanipulierter Edelfische den Markt beherrschen will. Da passiert ein zweiter Mord, und diesmal kennt Berit das Opfer ...

KABEL

Thomas Perry

Auf der Spur des Wolfs

Roman. 400 Seiten. Geb.
Aus dem Amerikanischen von Wulf Bergner.

Rita Shelford ist ein Unschuldslamm. Aber sie hat für Bernie Lupus gearbeitet, den legendären Chefbuchhalter der Cosa Nostra. Nun ist Bernie tot und Rita scheinbar der einzige Schlüssel zu den Geldverstecken seiner Arbeitgeber, denen sie in letzter Sekunde entkommen ist. In ihrer verzweifelten Lage wendet sich Rita an Jane Whitefield, die ihr bei der Flucht vor ihren kaltblütigen Verfolgern helfen soll. Eines wird sehr bald klar – die Zeit drängt. Doch als die beiden Frauen Ritas Koffer aus ihrem Hotelzimmer holen wollen, erwartet sie ein lebensgefährlicher Gast – Bernie Lupus: Sein Tod war nur inszeniert. Lupus schließt sich den Frauen an, aber damit verwandelt sich der Auftrag für Jane in einen Alptraum – denn Lupus will die Milliarden der Mafia für immer verschwinden lassen... Auf ihrer spektakulären Verfolgungsjagd durch die Vereinigten Staaten stellt Thomas Perry seiner einzigartigen Heldin Jane Whitefield mit dem cleveren Mafioso Bernie Lupus eine faszinierende Figur zur Seite.

KABEL